U0898877

The Black House

路易斯岛三部曲

# The Black House

# 黑 屋

Peter May

〔英国〕彼得・梅 著

郑丽 译

译林出版社

那是一片永不满足的土地，
我看到闪闪发光的原野，
曾经走过的高速公路充满欢乐
却永不再来。

——A. E. 豪斯曼《记忆中的青山》

三件事情不期而至：恐惧、爱情和嫉妒。

——盖尔人谚语

# 引子

他们还是孩子，只有16岁。靠着酒精壮胆，在安息日逐渐逼近的脚步催促下，他们在黑暗中摸索着寻找爱情，结果却只发现了死神。

不同寻常的是，那时只有一丝微风。温暖的微风，如同吹到皮肤上的气息，深情而诱人。8月的天空，一层薄雾遮掩了星星，残缺的月亮将惨白的月光洒在退潮后坚实的沙滩上。大海温柔地向海岸吹着气，闪着银光的泡沫扑打着金色沙滩。一对年轻人从村里的柏油碎石路上匆忙跑下来，他们心中热血沸腾，如同波涛汹涌的海浪。

在他们左侧，小港口起伏的海水击碎了水面的月光，他们听到小船在绳子的拉扯下嘎吱作响，在黑暗中顽皮地互相推搡着抢占地盘，木头相互碰撞，发出轻柔的哐啷声。

威廉握着她的手，感觉到她有些不情愿。他已经品尝了她唇边美酒的甜蜜，在她急切的热吻中，感到今晚她最终会妥协。但时间太短了，马上就到安息日了。只有半小时，路过街灯时他偷瞄过手表。

凯特呼吸急促。她害怕的不是做爱，而是她父亲。她知道父亲会坐在火堆前，看着随着午夜来临火苗渐小的炭火。安息日前炭火会熄灭，像定时一样准确无误。她几乎能感觉到父亲的不耐烦正慢慢燃烧成怒火，时钟嘀嗒嘀嗒地走着，快到凌晨了女儿还没回来。在这个虔诚的岛上，事情怎么可能如此一成不变呢？

各种想法充斥着她的脑海，与她脑子里盘踞着的欲望争夺地盘，也和削弱了她少女抵抗力的酒精搏斗。短短几小时前他们在社交俱乐部度过的周六之夜，看起来似乎能延伸到永恒。但时间越是匮乏，越会稍纵即逝。现在一切都结束了。

一条老渔船斜倚在水位线之上的鹅卵石上。当他们从老渔船的阴影旁溜过时，她胸中既充满恐慌，又涌动着激情。透过半遮半掩的混凝土舢板棚，他们看到远处的海滩油画般地镶嵌在光秃秃的窗框里。大海闪闪发光，似乎由内而外在燃烧。威廉松开她的手，轻轻把木门推开一条缝，把她推了进去。里面一片漆黑，一股混合着柴油、海水和海草的味道弥漫在空气中，就像思春期男女匆忙做爱后留下的令人哀伤的馨香。一条放在拖车上的船的阴影赫然耸现在他们头顶，两扇小小的长方形窗户敞开着，像面对海滩的窥视孔。

他猛然把她推到墙边，她立刻感到他的嘴唇压在她唇上，他用舌头强行把她的双唇分开，同时双手揉搓着她柔软的乳房。他弄疼了她，她一下把他推开，“别这么粗鲁。”在黑暗中，她急促的呼吸听起来像打雷。

“没时间了。”她听出他语气中的紧张。男人的紧张，同时还夹杂着欲望和焦虑。她开始动摇了。她的初夜就这么交出去吗？在肮脏的舢板棚里抓住短暂的几分钟污秽地交媾？

“不。”她把他推到一边，走到窗前透了口气。如果他们抓紧时间，12 点前赶回去还来得及。

她看到一个阴影飘向窗口，几乎同时触摸到了它，又软又冷又重。她不由自主地喊了一声。

“看在上帝的分上，凯特！”威廉紧随其后，欲望和焦虑外又增添了一丝尴尬。他突然脚下一滑，好像踩到了冰上。他重重地摔倒了，肘着地，胳膊感到一阵刺痛。“见鬼！”地上到处是湿滑的柴油，他感到屁股上都湿透了，现在手上也是。他不假思索地从口袋里摸出打火机。这里的光线真他妈的太暗了。只是当他拇指一动，火苗一闪时，他才突然想到自己将面临变成人肉火把的危险。但已经太迟了，火光突然令人惊骇地划破黑暗。他做好了最坏的准备，但并没出现柴油燃烧产生的烟雾，也没有突如其来的灼热火焰，只有一个让人瞠目结舌的物体，第一眼几乎让人以为撞到了鬼。

一个男人吊在梁上，脖子上挂着一根磨损的橙色塑料绳，脑袋以不可思议的角度歪向一边。此人是个大块头，身上一丝不挂，胸口和屁股上的青白色肌肤松弛地垂着，像一件过于宽大的衣服。腹部划了一刀，变成了一张微笑的大嘴，几团又滑又亮的东西从里面耷拉下来，垂在两腿之间。在火光照耀下，这具死尸的影子在布满斑痕和涂鸦的墙上舞动着，如同许许多多鬼魂在欢迎新来者。在死尸旁边，威廉看到了凯特的脸：面色苍白，两眼乌黑，惊恐万状。有一刻他误认为周围的所谓柴油是消费部门用来鉴定免税资格时使用的染红的农用柴油——接着他意识到那是血，又黏又稠，正在他手上变干，成了褐色。

# 一

## 1

天色已晚，天气湿热难耐，是那种只有节日期间才会出现的状况。小小的书房里，芬被一片黑暗笼罩着，就像有双柔软的黑色大手把他固定在椅子上。他像飞蛾般被台灯的光线所吸引，却被强烈的光线刺痛了双眼，因此很难把注意力集中在笔记上。电脑在沉寂中发出轻柔的嗡嗡声，屏幕在他视线内闪烁着。他几小时前就应该去睡了，但他必须完成这篇文章。开放大学为他提供了唯一的出路，而他还一直在拖延。太蠢了。

听到门后一声响动，芬气呼呼地在座位上转过身，以为会看到莫娜。但芬责备的话没有说出口，却被眼前的一个巨人惊得目瞪口呆。此人身材高大得难以直立，脑袋歪向一侧，以免碰到天花板。房间并不大，但这人至少有 8 英尺高。他的腿很长，黑色裤腿塞在黑靴里面。方格棉衬衫束在腰间，外面套件带风帽的防寒夹克，敞着口，风帽从翻倒的衣领处滑落下来。他的双臂垂在身体两侧，两只大手从短短的袖子里伸出来。在芬看来，他大约 60 岁，布满皱纹的阴郁脸上有一双毫无表情的黑眼睛，长而油腻的银灰色头发垂落到耳下。他默默地站在那里瞪着芬，在浓重的阴影中，芬书桌上的灯光映射出他冷酷无情的面容。他到底要干什么？芬毛骨悚然，整个人被恐惧笼罩着。

接着，芬仿佛听到自己的声音从远处传来，在黑暗中像孩子一样哭叫着："怪——人……"那人还是死死地盯住他。"这儿有个怪——人……"

"怎么了，芬？"是莫娜的声音，她惊恐地摇晃着他的肩膀。

芬睁开眼睛，看到她带着困惑和倦容的受惊面孔，但他依然能听到自己的哭叫："怪——人……"

"看在上帝的分上，你怎么了？"

他转身背对着她，深深地吸了口气，想放松下来。他的心剧烈地跳着，"不过是个梦，一个噩梦。"但在他脑海中，那个出现在他书房里的人依然栩栩如生，就像儿时的梦魇。他瞄了一眼床头柜上的闹钟，指针显示的时间是 4 点 07 分。他想咽口唾沫，但嘴里很干。他知道很难再进入梦乡了。

"你刚才吓死我了。"

"对不起。"他拉好被子，坐在床沿，然后闭上眼睛，抹了下脸，但那人还在，异常刺眼。他站起来。

"你去哪儿？"

"去撒尿。"他轻手轻脚地踩着地毯，走过去打开门进入过道。月光洒在过道里，地面被仿乔治亚窗户分隔成了几何图形。半道上他经过了书房敞开的门，看到里面黑漆漆的。想到那个侵入梦境的高个子男人，他不禁打了个冷战。他脑海里的这个形象是如此清晰强烈，其存在是如此不容置疑。他在卫生间门口停住了，就像四周来每晚都做的那样，双眼紧盯着过道尽头的那个房间。门半开着，月光洒进整个房间，本该拉上的窗帘敞开着，里面只有可怕的空寂。芬一阵心痛，转过身去，脑门上冒出一层冷汗。

尿液溅在水上的声音充满了整个卫生间，一切好像恢复到令人安心的正常状态。他总是在夜深人静时感到抑郁，但今晚大脑中的空白被填补了。穿着风帽夹克的男人的形象取代了其他思想，犹如鸠占鹊巢。芬问自己是否认识这个人，在那张长脸和散乱的头发上是否有什么熟悉的东西。突然，他想起莫娜对警察描述的车里的那个人。她印象中那人穿着风帽夹克，60岁左右，有一头油腻的灰色长发。

## 2

他坐公交车去了市中心，看着成排的灰色石头房子从车窗旁一闪而过，如同枯燥的黑白电影中不断闪动的画面。他可以自己开车，但爱丁堡并不是适合开车的城市。他到达王子街的时候，云散开了，阳光波浪般地横扫过城堡下大片绿色的花园。一群人正围着几个吞火和耍棍的街头艺人看热闹。一支爵士乐队在美术馆前的台阶上表演。芬在韦弗利站下了车，经过布里奇斯城堡后走向老城，先向南经过大学，再向东转进入索尔兹伯里悬崖的阴影。阳光斜照着悬崖下的翠绿色斜坡，市警察总部“A”区的轮廓在天空的映衬下十分醒目。

在楼上的走廊里，一些熟人向芬点头致意。有人把手放在他胳膊上说：“我为你的不幸感到难过。”他只是点点头。

总督察布莱克几乎没有从文案中抬头，只是指指桌子另一侧的椅子。他脸颊瘦削，肤色苍白，正用被香烟熏黄的手指整理着文件。最后他转向芬，目光像老鹰一样犀利，“开放大学那边的事怎么样了？”

芬耸耸肩，“办妥了。”

“我从没问过你当初为什么从大学辍学。格拉斯哥大学，对吗？”

芬点点头，“因为我那时年轻，长官，也傻。”

“你为什么选择警察这行？”

“这是当时不得已的选择，我刚从岛上来，没工作，没资历。”

“那你熟悉警署里的某些人，对吗？”

“我认识几个人。”

布莱克若有所思地看着他，“你是个好警察，芬，不过这不是你想要的工作，对吗？”

“但这就是我。”

“不，这是曾经的你，一个月前的你。这之后发生的事，哦，是一场悲剧。但生活还是要继续，我们也一样。大家都理解你需要时间才能从哀伤中走出来。上帝知道干我们这行的目睹了多少生离死别才明白这点。”

芬怨愤地瞪着他，“你不知道失去孩子意味着什么。”

“是的，我不知道。”布莱克的声音里毫无同情之意，“但我失去过亲人，我知道你不得不面对什么。”他把双手放在胸前，像在祈祷，“但老想着这件事，嗯，对健康不利。芬，这不正常。”他抿了下嘴唇，“是该做决定的时候了，想想你的余生要做什么。但在你做出决定之前，我想让你回到工作上来，除非你身体糟糕到无法胜任。”

要求他回来工作的压力不断加剧。有来自莫娜的催促，还有同事们的电话、朋友们的建议。他一直在抗拒，因为他不知怎样才能回到事故前的状态。

“什么时候？”

“马上。今天。”

芬大吃一惊，摇摇头，“我需要一段时间来调整自己。”

“你已经休整了一段时间，芬。要么回来，要么辞职。”布莱克没等他答复就伸手从一摞参差不齐的文件中取出一个马尼拉纸文件夹推给他，“你记得5月份的利斯路谋杀案吗？”

“记得。”芬没有打开文件夹。根本无须打开。他记得太清楚了，风雨交加之中，在五旬节派教堂和银行之间的一棵树上赫然吊着一具赤裸的尸体。墙上的海报上写着：耶稣救赎[①]。芬记得那看起来像是为银行做的广告，可以读作：耶稣存款于苏格兰银行[②]。

“还有一宗谋杀案，”布莱克说，“同样的手法。”

---

① 原文：Jesus saves。

② 原文：Jesus saves at the Bank of Scotland。

“在哪儿？”

“北部。北部警区。它出现在 HOLMES[①]电脑上。事实上，正是 HOLMES 把你和这个案件的调查联系起来的。”他眨眨长长的睫毛，用怀疑的眼神盯着芬，“你还会说方言，对吧？”

芬吃了一惊，“盖尔语？自从离开路易斯岛后我就再也没说过盖尔语。”

“那你最好温习一下，被害者来自你的家乡。”

“克罗伯村？”芬目瞪口呆。

“被害者比你年长几岁。名字是……”他看了看面前的一张纸，“麦克里奇。安格斯·麦克里奇。认识他吗？”

芬点点头。

## 3

阳光从客厅窗户倾泻进来，似乎是责怪他们自寻烦恼。尘埃悬浮在寂静的空气中，陷入了阳光之网。他们能听到孩子们在街上踢球的喧闹声。几周前，罗比也有可能身在其中。壁炉架上嘀嗒嘀嗒的钟声不时打断他们的沉默。莫娜眼睛红红的，但眼泪已经哭干了，取而代之的是愤怒。

“我不想让你走。”这已经变成他们争吵时她的老调调。

“今天早晨你还想让我去工作。”

---

① 内政部大型主要查询系统的简称，苏格兰的一种犯罪数据库。

“但我想让你回家。我不想一连好几个星期孤孤单单待在这儿，”她颤抖着深吸了口气，“带着我的回忆。带着……带着……”

也许她永远也找不到合适的词结束，但芬替她做了这件事：“你的内疚？”他从未明说儿子的死怪她，但他却表达了这个意思，尽管在心里他想尽量克制自己。看到她投向他的痛苦目光，他立刻后悔了，“不管怎样，不过几天罢了。”他用手指向后捋了下打着小卷儿的金发，“你真认为我想去吗？我已经花了 18 年的时间避免这么做。”

“但现在你渴望得到这个机会。逃脱的机会，从我身边离开的机会。”

“哦，别傻了。”但他知道她是对的。同时他也知道，他不仅想从莫娜身边离开，而且想逃离所有这一切，回到那个曾经生活非常简单的地方，回到童年，回到子宫。他曾花费了大部分成年时光避免这么做，现在要放弃先前的努力是多么容易啊。少年时代对他来说最重要的事情就是离开家乡，现在却轻而易举就把当年的理想忘记了。

他想起当年他和莫娜结婚是多么草率。为了各种各样错误的原因，为了有人陪伴，为了找个不再回去的理由。但 14 年来他们获得的不过是一个居所，一个两人都为对方构筑的空间，一个他们共同占据却从未完全分享的空间。他们曾是朋友，他们之间有过真正的温情，但他怀疑是否曾经有过爱情。真正的爱情。就像生活中的许多人一样，看来他们不过是退而求其次罢了。罗比曾是两人之间的桥梁，但罗比现在不在了。

莫娜说："你想过最近这几周我是怎么度过的吗？"

"我想我知道。"

她摇摇头，"不，你无须像我这样每时每刻都和一个用沉默来表达严厉斥责的人待在一起。我知道你在责怪我，芬。"

"我从未那么说过。"

"你从来不用那么说。但你知道吗？无论你怎样严厉地责备我，我十倍地责备我自己。这也是我的不幸。芬，他也是我的儿子。"眼泪又回来了，模糊了她的双眼。他哑口无言。"我不想让你走。"又来了。

"我别无选择。"

"你当然可以选择，总会有选择的。几周来你一直在选择不去工作，现在你可以选择不去路易斯岛。直接告诉他们就行了，你不想去。"

"我不能。"

"芬，如果你明天上了飞机……"他等着她鼓起勇气下最后通牒，但莫娜没有说下去。

"那又怎样，莫娜，如果我明天上了飞机会怎样？"他在引诱她说出来。那就是她的错了，与他无关。

她把目光移向一边，紧咬着下唇，直到尝到了血腥味，"别指望你回来的时候我还在这里，就这样。"

他看了她很久，"也许这样最好。"

这架 37 座的双引擎飞机在风中颤抖着，倾斜着机身绕图阿斯湖转着圈，准备降落在斯托诺韦机场备受大风侵袭的短跑道上。当飞机钻出厚重低矮的云层时，芬俯视着蓝灰色的大海，海浪拍打着从艾伊半岛伸出的黑色岩石——那块被他们称为岬角的、边缘参差不齐的长条形陆地，激起了白色的浪花。他看到地表被雕凿成了熟悉的图案，就像第一次世界大战时富有特色的战壕，不过人们挖这些沟渠不是为了战争，而是为了供暖。几个世纪以来的泥炭挖掘在辽阔但毫无特色的沼泽地上留下了鲜明的疤痕。下面海湾里的水看起来很凉，被所向披靡的风吹皱了。芬已经忘记了这种风，不知疲倦、肆无忌惮横贯 3000 英里大西洋席卷而来的狂风。除了斯托诺韦海湾的庇护，岛上几乎没有一棵树。

在长达一小时的飞行中，他尽量不去思考。不去预想他回到生他养他的岛上的情形，也不去重温他离家时那可怕的寂静。昨晚莫娜是在罗比屋里睡的。他整理行李时听到过道那头传来她的哭泣声。早晨他离开时没留一句话。当他带上前门时，他知道不仅把莫娜关在了他的生活之外，而且关闭了他宁愿从未有过的生命的一章。

现在，看到下面机场熟悉的瓦坑铁圆顶屋，还有远处灯光闪耀的陌生的新渡轮码头，芬心潮澎湃。这么久了，记忆的闸门突然打开，往事如洪水般汹涌而来，一下将毫无准备的他淹没了。

# 二

我曾听生于50年代的人描述过他们褐色阴影中的童年，一个漆黑如墨的世界。我成长于60～70年代，我的童年充满了紫色霞光。

我们住的所谓“白屋”在克罗伯村外大约半英里的地方。克罗伯村是他们称之为内斯的社区的一部分，内斯位于路易斯岛——苏格兰外赫布里底群岛最北端的一个岛屿——的最北端。白屋是在20年代用石头和石灰，或者混凝土砖建成的，房顶上覆盖着石板、波纹铁或柏油毡。建造这些白屋的目的是为了取代那些古老的黑屋。黑屋是无浆石墙，茅草覆顶，为人和牲畜遮风挡雨。主屋的石头地板中央日夜不停地燃烧着炭火，这个房间叫火屋。屋里没有烟囱，人们希望烟能从屋顶的一个小洞飘出去。当然，这种办法不是很奏效，而且屋里总是乌烟瘴气，难怪人都短命。

我祖父曾经住过的黑屋的废墟矗立在距离房子仅一箭之遥的花园里，屋顶没了，四面墙壁也都倒塌了，不过那里倒是个玩捉迷藏的绝妙去处。

我父亲是个很务实的人，有一头浓密的黑发和一双犀利的蓝眼睛。夏天他的皮肤如同涂抹了沥青的皮革，因为他大部分时间都在户外。小时候他经常带我去赶海。那时我不明白是怎么回事，后来才知道他失业了。捕鱼业曾经一度裁员，他担任船长的那条船被当作废料卖掉了，所以他才有大把的时间。伴随着清晨的第一缕曙光，我们起床去海滩搜寻头天夜里被冲上海岸的东西。木材，大量的木材。他曾告诉我有个人用冲到海滩上的木材建造了一栋房子。他自己也用从海滩上捡来的大部分木料搭建了我们的阁楼。大海赐予了我们很多，也夺去了很多，几乎每个月我们都会听说某个可怜的人溺水而死。有时是捕鱼事故。还有人在游泳时被暗流卷走，或坠崖而亡。

我们每次从海滩回来都会满载而归。绳子，渔网，还有父亲卖给补锅匠的铝浮筒。暴风雨过后收获更丰。正是在一次暴风雨后，我们发现了一面 45 加仑容量的大鼓。尽管暴风雨渐渐平息了，狂风仍旧肆虐，海水依然暴怒地掀起巨浪，狠狠地鞭打着海滩。大片大片破碎不堪的云朵以每小时 60 英里甚至更快的速度从头顶飘然而过。阳光透过云层，把大地渲染成了明亮且不断变幻的色彩斑驳的图案，绿色，紫色，褐色。

那面大鼓没有任何标识，但非常沉重，父亲为我们的发现激动不已。不过要靠我们自己的力量搬动这么重的鼓是不可能的，它倾斜着身子，有一半埋在沙子里。因此父亲找来了一台拖拉机、一辆拖车和一些男人来帮忙。下午，我们已经把它稳妥地安置在农场的外屋里。父亲没用多久就把它打开了，发现里面全是涂料，明亮的紫色光泽涂料。结果我们家每扇门、每个橱柜和架子、每扇窗户和所有的地板都被涂成了紫色。我住在那里的那些年一直是这样。

我母亲是个可爱的女人，她把一头紧密的金色卷发扎成了马尾。她面色苍白，满脸雀斑，有双水汪汪的棕色眼睛，我甚至都不记得她化过妆。她是个温柔的人儿，性情开朗，但如果被惹急了她就会火冒三丈。她在农场干活。农场是一片从我们家一直延伸到海岸的狭长地带，只有6英亩左右。肥沃的草场是放牧羊群的理想场所，羊群是农场从政府获得补贴的主要收入来源。她也种土豆、萝卜和一些谷物，还有提供草料的青草。我对母亲最后的印象是她穿着蓝色工装裤和黑色雨靴坐在我们家的拖拉机上，忸怩地对当地报社的摄影师微笑着，因为她在内斯农展会上获了奖。

到我开始上学的时候，父亲在斯托诺韦阿尼什角的炼油厂找到了一份新工作。他和村里的一群男人每天一大早就搭乘一辆白色货车赶往镇上了。因此我上学的第一天，是母亲开着家里那辆锈迹斑斑的老福特安格里亚车送我去学校的。我非常激动，我最好的朋友阿泰尔·麦金尼斯也和我一样迫不及待地想上学。我们俩年纪只差一个月，而且他家的平房距离我们家农场最近，所以我们在上学前的那段日子里经常一起嬉戏玩耍，尽管他父母和我父母从来都不是最好的朋友。我想，可能有些阶层差别的原因吧。阿泰尔的父亲是克罗伯学校的教师，这所学校不仅有小学一至七年级，还有初中一二年级。他是中学教师，教数学和英语。

我记得那是个刮着大风的9月天，翻涌的云层压得很低，几乎擦着地面，从风的边缘可以嗅到大雨将至的气息。我穿着褐色风帽夹克和短裤，知道一旦短裤淋湿就会擦痛皮肤。黑色长筒雨靴不断磕碰着小腿肚，我把装着网球鞋和一盒午餐的崭新帆布书包甩到肩膀上，迫不及待地要出发。

母亲正从充当车库的木棚里向外倒车，这时风中传来汽车喇叭声。我转身看到阿泰尔和他爸爸停下了他们那辆橙黄色的希尔曼复仇者，是二手车，但看起来跟新的一样，使我们的安格里亚相形见绌。麦金尼斯先生让发动机空转着，跳下车走到母亲身边和她聊了几句。过了一会儿，他来到我身边，把手搭在我肩上，让我搭他的车和阿泰尔一起去学校。直到汽车开走了，我转过身看到妈妈在挥手，才意识到没有和她道别。

我现在知道了孩子第一次去学校时父母的感受，那是一种对于不可挽回的变化的奇怪的失落感。回首往事，我知道那就是我妈妈内心的感受，那种感受就刻在她脸上，还有她不知怎么就错过了那个重要时刻的遗憾。

克罗伯学校坐落在村庄下面的一个山谷里，面向北面的内斯港，被耸立于山顶、主宰着村庄天际线的教堂的阴影笼罩着。学校四周都是开放的牧场，可以看到远处灯塔的塔楼。某些日子里，人们的视线可以一路畅通无阻地穿越明奇海峡直抵大陆，看到远方地平线上的山峦最朦胧的轮廓。大家总说如果能看到大陆，天气就要变坏了。这话说得没错。

克罗伯小学有 103 个孩子，中学有 88 个。那天另外 11 个朝气蓬勃的孩子和我一起入学，我们分两排坐在教室里，一排6个座位，两排座位前后挨着。

我们的老师是麦凯夫人，一位瘦瘦的、头发灰白的女士，她的实际年龄可能比看上去年轻得多，我原来以为她很老了。麦凯夫人其实是个非常文静的人，但很严厉，有时说话挺刻薄。她问班里同学的第一件事情就是是否有人不会说英语。当然，我听过英语，但在家里我们只说盖尔语，父亲不同意买电视，所以我不懂她什么意思。阿泰尔举起手，脸上带着狡黠的笑意。我听到了自己的名字，班里所有人的目光都转向我。傻瓜都知道阿泰尔对她说了什么。我感到自己的脸腾地红了。

“嗯，芬利克斯，”麦凯夫人用盖尔语说，“看来你父母不够明智，没在你上学之前教你英语。”我直接的反应是很生父母的气。我为什么不会说英语？他们知道这有多丢脸吗？“你要知道我们在班上只能说英语，并不是盖尔语有什么不好，但事情就是这样。我们很快就能知道你学习速度有多快。”我低头看着课桌。“我们先来确定你的英文名字吧。你知道是什么吗？”

我不服气地抬起头，“芬利。”我知道这个名字，因为阿泰尔的父母平时就这么叫我。

“好。既然我今天要做的第一件事是登记，你现在可以告诉我你的姓是什么。”

“麦克劳尔伊德。”我的这个盖尔语发音对说英语的人来说听起来有点像“麦克劳智”。

“麦克劳德，”她纠正我说，“芬利·麦克劳德。”然后她换成英语，把其他名字也念了一遍：麦克唐纳、麦金尼斯、麦克莱恩、麦克里奇、默里、皮克福德……所有人的目光都转向了那个叫皮克福德的男孩，麦凯夫人对他说了句什么，全班都窃笑起来。男孩的脸红了，支支吾吾地解释着。

“他是英格兰人。”邻桌用盖尔语对我悄声说。我转过头，吃惊地看到一个漂亮小女孩，她的头发是金黄色的，梳着两根马尾辫，辫梢系着蓝色蝴蝶结。“你看，他是班里唯一一个名字不是‘M’开头的，所以他一定是英格兰人，麦凯夫人猜他是灯塔看守人的儿子，因为他们一般是英格兰人。”

“你俩在嘀咕什么？”麦凯夫人的声音本来就尖厉，她一说盖尔语就更是吓到了我，因为我听得懂。

“对不起，麦凯夫人，”马尾辫女孩说，“我正在给芬利翻译。”

“哦，翻译吗？”麦凯夫人语气里带着嘲讽和怀疑，“对一个小女孩来说，这可是个大词。”她停下来查看了一下花名册，“我正打算按字母顺序给你们重新排位，但既然你是个了不起的语言学家，玛乔丽，你最好继续坐在芬利旁边……为他翻译。”

玛乔丽笑了，对自己很满意，没领会到老师嘲弄的语气。而对我来说，能够坐在一个梳着马尾辫的漂亮小姑娘旁边再好不过了。我扫视了一下教室，发现阿泰尔正瞪着我。当时我认为那是因为他想和我坐一起，但现在我知道是因为嫉妒。

课间休息时我把他带到操场责问：“你为什么告密我不会说英语？”

他却不以为然，“他们早晚会发现的，不是吗？”他从口袋里摸出一个小小的银灰色吸入器，把管口塞进嘴里，压下芯管猛吸一口气。自从认识阿泰尔起，我就发现他总是随身带着一个吸入器。我家人说他有哮喘病，但那时我觉得这没什么大不了。我只知道他有时呼吸困难，但吸一下吸入器就好了。

一个红头发大个子男孩从他手中抢走吸入器，“这是什么？”他把它举起来放在阳光下，好像这样就能看穿里面的秘密。这是我与默多·麦克里奇的首次接触。他比别的男孩更高更壮，有一头蓬乱而抢眼的红萝卜色头发。后来我发现他们叫他默多·鲁阿兹。鲁阿兹在盖尔语中是红色的意思，因此其字面意思就是“红色的默多”。这是为了把他和他父亲区别开，他父亲也叫默多·麦克里奇，不过他父亲长着一头黑发，被称作默多·杜博。每个人都有绰号，因为重名的人太多。默多·鲁阿兹有个哥哥，叫安格斯（Angus），比我们大几岁，绰号“天使”（Angel），因为他在同龄人中是个恶霸，看来默多·鲁阿兹注定要步他的后尘。

“把它给我！”阿泰尔想把吸入器抢过来，但默多·鲁阿兹将它举得高高的让他够不着。尽管阿泰尔也很壮实，但他根本不是大个子默多的对手。默多把吸入器扔给一个男孩，那男孩又扔给另一个，另一个又扔回给默多。和其他恶霸一样，默多·鲁阿兹已经吸引了众多追随者，像苍蝇逐臭一样，都是些软弱无能但会见风使舵的家伙，懂得如何避免成为牺牲品。

“过来拿啊，呼噜噜。”默多·鲁阿兹戏弄道。阿泰尔刚要去抓，他却把它扔给了一个跟屁虫。

我能清楚地听到阿泰尔抢夺吸入器时胸腔里发出的刺耳响声，由于羞愤交加，他的气管被堵塞了。我抓住一个帮凶，从其手里夺过吸入器。“给你。”我把它还给我的朋友，阿泰尔猛吸了几口。我感到一只手揪住了我的衣领，一股不可抗拒的力量把我推到墙根。粗砺的毛坯墙把我的脑袋擦出了血。“你他妈的在搞什么鬼，盖尔小侉子？”默多·鲁阿兹的脸距我仅有两英寸，我能闻到他嘴里的恶臭。“不会说英语，什么也不会说。”具有讽刺性的是他是在用盖尔语嘲弄我，但我当时并没有意识到这点。盖尔语是操场上的语言，我们只在教室里说英语。

“放开他！”这是个小男孩的声音，但具有足够的威慑力镇住那些围在周围边看热闹边起哄的男孩们。默多不解地皱皱眉，一张丑陋的大脸顿时布满阴云。一分钟内居然被挑战了两次，他不能容忍这种情况发生。他松开我的衣领，转过身。那男孩不比我大，但他身上的某种气场让默多停住了脚步。此时能听到的除了风声，就是对面操场上女孩们跳绳发出的咯咯笑声。大家都盯着默多，他知道他的“一世英名”危在旦夕。

“你要是找茬……我就去找我大哥。”

我忍不住想笑。

男孩逼视着默多·鲁阿兹，默多显然被吓住了。“如果你想跑去找你大哥……”男孩说“大”和“哥”时语气带着蔑视，“那我就去告诉我父亲。”

默多金属丝般的红头发下脸色苍白，“好，那……那别挡我的路。”这是虚弱无力的反击，谁都知道。他从人群中挤出一条路，穿过了操场，他的小喽啰们紧随其后，暗自怀疑是否跟错了主子。

“谢谢。”人群散开后我对男孩说。

他只是耸耸肩，若无其事的样子，“就是受不了他妈的无赖。”这是我第一次听到有人骂脏话。他双手插在兜里，离开了。

“他是谁？”我问阿泰尔。

“你不知道吗？”阿泰尔很吃惊。我摇摇头。“是唐纳德·默里，”他声音变小了，带着敬畏，“他是牧师的儿子。”

上课铃响了，我们都往教室走去。确实只是碰巧，当校长打开门扫视着走廊里潮水般的学生，寻找一个可能的目标时，我正好经过他门口。“你，孩子。”他用一根手指指向我。我停住了，他把一个信封塞到我手里。我不懂他接下来说的是什么，只是越来越紧张地站在那里。

“他不会说英语，麦凯夫人说我可以当他的翻译。”

玛乔丽犹如一个盘旋在我肩头的守护天使。我转身看她，她报以迷人的微笑。

“噢，是吗？翻译，呃？”校长饶有兴趣地打量着我们，故作严厉地挑挑一边的眉毛。他高个子，秃顶，戴着一副半月形眼镜，总是穿着大一号的灰色粗花呢套装。“那你最好和他一起去，年轻的女士。”

“好的，麦考利先生。”她好像知道所有人的名字，真让人惊奇。“来吧，芬利。”她把手臂搭在我臂弯里，领着我向操场走去。

“我们去哪儿？”

“你拿的那张纸条是克罗伯商店的订单，是给小卖部补货的。”

“小卖部？” 我不知道她在说什么。

“你啥也不知道，傻瓜。小卖部就是我们在学校里买糖果、薯片、柠檬汽水等东西的地方。这样我们就不用穿越马路，冒着被车撞到的危险了。”

“噢。”我点点头，对她的无所不知感到惊奇。后来我才知道她有个姐姐在小学六年级。“那么只有我们才会被撞到吗？”

她咯咯地笑着说：“老麦考利一定以为你看起来像个理智的家伙。”

“那他就错了。”我想起了和默多·鲁阿兹的冲突。她又咯咯地笑起来。

克罗伯商店在大约半英里外的路尽头一栋旧石头谷仓里。它位于干道的拐角，有两扇小窗户，看起来里面似乎什么也没有，两扇窗户中间有一道窄窄的门洞通向店里。从远处可以看到谷仓，紧靠一间锈红色波纹屋顶的石屋。干道是单行道，又长又直，没有人行道，两侧斜插着腐烂的木头篱笆桩，对羊来说形同虚设。沟渠里高高的草丛晒成了褐色，被风吹弯了腰，石楠丛已经名存实亡了。在旁边的斜坡上，房子沿干道一字排开，就像项链上的一粒粒方珠，房子周围没有树木或灌木丛为其添彩，只有杂乱的篱笆、破旧的汽车或烂拖拉机的残骸。

“你住在克罗伯什么地方？” 我问玛乔丽。

“我不住克罗伯，我住在米兰尼斯农场，离克罗伯大约两英里。”她压低了声音，在风中几乎听不清，“我妈是英格兰人，”

她好像对我倾诉秘密，“所以我说英语时才没有盖尔口音。”

我耸耸肩，不明白她为什么告诉我这些，“我不知道。”

她大笑起来，“你当然不知道。”

天很冷，下起雨来，我把风帽戴上，偷瞄了一眼马尾辫女孩。她的发辫被风吹散了，但她似乎很享受发梢轻抽脸颊的感觉。她的双颊变得红通通的。“玛乔丽。”我在风中提高了嗓门，“这个名字真好听。”

“我讨厌它，”她瞪着我，“这是我的英文名字，但没人这么叫我。我真正的名字是马萨丽。”和“玛乔丽”一样，她把重音放在第一个音节上，“s”变成了柔和的“sh”，正如盖尔语中字母“r”后面的所有“s”的发音一样，这是北欧海盗统治这个岛 200 年后留下的传统。

“马萨丽，”我试着叫了一下，看是否顺口，觉得听起来很悦耳，“这个更好听。”

她羞涩地看了我一眼，温柔的蓝眼睛和我四目相对后又闪开了，“那你喜欢你的英文名字吗？”

“芬利？”

她点点头。

“我不喜欢。”

“那我叫你芬吧。怎么样？”

“芬，”我又试着叫了声，觉得干脆利索，“好的。”

“很好。”马萨丽笑了，“那你以后就叫这个名字了。”

这就是马萨丽·莫里森给我取这个名字的经过，它将伴随我的余生。

那时候，学校的新生在第一周只待到午饭时间，我们吃完午饭就放学。尽管我和阿泰尔在第一天早晨搭车去上学，却只能步行回家。大约只有一英里的路程。阿泰尔在校门口等我。我有事耽搁了，因为麦凯夫人把我叫去，让我将一张纸条转交给父母。我看到马萨丽独自走在前边路上。我们上午从商店返回的时候淋湿了，后来不得不一起坐在暖气片上烘烤。现在雨已经停了。

“快点，我一直在等你。”阿泰尔急不可耐地要回家。他想和我一起去他家房子下面岩石上的潮水潭里捉螃蟹。

“我想从米兰尼斯农场回去，”我告诉他，“那是条捷径。”

“什么？”他看着我好像我疯了，“走那条路要好几个小时！”

“不，不会的。我可以从克罗斯–斯凯格斯特路穿过去。”我不知道那地方在哪，但马萨丽告诉我那是从米兰尼斯到克罗伯的捷径。

我甚至都没等他反对，便快跑着去追马萨丽。我赶上她的时候已经气喘吁吁了。她会意地对我莞尔一笑，“我以为你要和阿泰尔一起走回家。”

“我想和你一起经过米兰尼斯，”我若无其事地说，“那是条捷径。”

她看起来并没有被我说服，“对于捷径来说那可够远的，”她微微耸了下肩，“但我不能阻止你和我一起走，如果你愿意的话。”

我窃笑，克制住得意忘形的冲动，回头看到阿泰尔正瞪着我们。

干道两侧各有一条岔路，这条通往农场，前面一条通向克罗伯。这条通往农场的路不时有车辆临时停在路边，它朝东南方向蜿蜒而去，穿越了远方地平线上的大片泥炭沼。但这里的地势更高，如果你回头望去，能看到这条路是从斯温波斯特和克罗斯那边延伸而来的。在另一边，克罗伯公墓如林的墓碑苍凉悲怆地指向天空，下面的大海沿着西海岸线泛起白色的浪花。路易斯岛北部的地势平坦，没有被山峦隔断。从大西洋到明奇海峡的气流从上空横扫而过，形成了变幻莫测的天气状况。光明和黑暗如同不断变化的调色板，互相映衬：小雨、阳光、黑色的天空、湛蓝的天空，还有彩虹。童年时我好像天天能见到彩虹，通常是双彩虹。那天我们就看到了这样的景象，一道彩虹在泥炭沼上空迅速形成，在深蓝色天空的衬托下特别绚丽，美得难以言表。

小路向下进入一个缓坡，通向小山谷里一片密集的农舍。这里的篱笆修整得比较整齐，成群的牛羊在牧场吃草。有一座高高的红屋顶谷仓，还有一栋白色大农房，被一圈石砌的外屋围着。一条土路从白色大门通向白房子，我们在大门前停下脚步。

“你想进来喝杯柠檬汽水吗？”马萨丽问道。

但我这时很焦虑，不知道自己在哪里，也不知该如何回家，只知道这次回家肯定会很晚了。我已经能感觉到妈妈的愤怒。“最好不了，”我看了看表，尽量装出满不在乎的样子，“我可能回家有点晚了。”

马萨丽点点头，“这就是走捷径的后果，总会让你迟到。”她开心地笑着，“如果你愿意，可以周六上午过来玩。”

我用穿着长筒雨靴的脚尖踢了踢草丛，耸耸肩，故作潇洒地说：“我会考虑的。”

“那就随你便吧。”她转身蹦蹦跳跳地沿着小径向大白房子走去。

我一直都不知道那天我是怎么就找到了回家的路，因为过了米兰尼斯后，那条路逐渐消失了，变成了一条坎坷不平的小径。我沿小径走了一段时间，心里越来越绝望，这时我看到一辆车的车顶飞速闪过附近的地平线。我跑上斜坡，发现自己正在马萨丽说过的那条克罗斯—斯凯格斯特路上。我望望两侧，这条路好像消失在泥炭沼中了。我不知道该选择哪一边，内心充满恐惧，就要哭了。一定是冥冥之中有神明指引我选择了左边，因为如果我转向右边的话永远都回不了家。

即便如此，20多分钟后我才来到一个岔路口，那里有一块弯曲的白底黑字的路标指向克罗伯，让人不敢确信。我开始奔跑，泪流满面，雨靴的边缘把小腿磨得生疼。我闻到了大海的味道，在看到它之前就听到了它的声音。接着我来到高地上，看到克罗伯自由教堂熟悉的轮廓，它赫然耸立在石壁道上，被一片风格迥异的低矮农房和农场簇拥着。

我到家的时候，妈妈正在屋外停下那辆福特安格里亚，阿泰尔坐在后座上。她跳下车，紧紧抓住我，好像我会被风吹走，但她的如释重负很快被怒不可遏所替代。

“看在上帝的分上，芬利克斯，你到底去哪里了？我已经来来回回跑了两趟去学校找你，都快要发疯了。”她把我脸上的泪水擦去，我极力克制着不让更多的泪水流出来。阿泰尔下了车，好奇地站在旁边看着。妈妈瞥了他一眼，“阿泰尔放学后过来找你，他不知道你去哪儿了。”

我盯了他一眼，牢牢记住：只要牵扯到女孩，他是靠不住的。

我说：“我送那个米兰尼斯农场的女孩回家了。我不知道会花这么长时间。”

妈妈大惊失色，“米兰尼斯？芬利克斯，你到底在想什么？再也不要这么做了。”

“但马萨丽想让我周六上午过去玩。”

“哦，那我不允许！”妈妈变得很强硬，“太远了，我和你爸都没时间接送你。明白吗？”

我点点头，试图忍住泪水。她突然对我心生怜悯，给了我一个很温暖的拥抱，柔软的嘴唇吻在我发烫的脸颊上。这时我想起麦凯夫人给我的纸条，从口袋里摸出来交给妈妈。

“这是什么？”

“老师给你们的纸条。”

妈妈皱着眉头接过纸条打开。我看到她的脸红了，她飞快地把它叠起来塞进了外衣口袋里。我始终不知道纸条上写的是什么，但从那天起，我们在家只说英语。

第二天早晨，我和阿泰尔走着去上学，因为阿泰尔的爸爸要去斯托诺韦参加一个教育会议，而我妈妈的一只母羊出了点问题。我们在路上大部分时间都沉默不语，有时被风猛烈地抽打，有时又感受到一小缕阳光的温暖。大海卷起白色的浪花，拍打着下面海滩上的沙地。快到山脚下的时候，我说："你为什么在我妈面前假装你不知道我去米兰尼斯了？"

阿泰尔怒气冲冲地说："我比你大，我会因为让你去那里挨训。"

"比我大？四周而已！"

阿泰尔昂起脑袋，像周六早晨站在克罗伯商店外面的那些老男人那样郑重其事地摇摇头，"已经大很多了。"

我丝毫没被说服，"好了，我告诉妈妈我放学后去你家玩，你最好支持我。"

他惊讶地看着我，"你的意思是，你不去我家？"我摇摇头。"那你去哪儿？"

"我要送马萨丽回家。"我看了他一眼，不让他有反驳的余地。

我们更加沉默地走着，直到来到主路上。"我不知道你为什么要送女孩回家，"阿泰尔很不高兴，"太娘们气了。"我一言不发。我们穿过主路来到通往学校的单行道上。现在其他孩子也从四面八方会聚过来，三三两两地朝远处的学校大楼走去。突然，阿泰尔说："那好吧。"

"什么好吧？"

"如果你妈问，我就告诉她你在我们家玩。"

我瞄了他一眼，但他避开了我的眼神，"谢谢。"

"只有一个条件。"

"什么条件？"

“我和你一起送马萨丽回家。”

我既震惊又不解，狠狠瞪了他很长时间。但他依然躲避着我的眼神。为什么呢？我纳闷，既然这样做太娘们，他为什么也要送马萨丽回家？

当然，多年之后我知道了原因，但那时我不知道。从我们那天早晨的谈话起，为了获得马萨丽的青睐，我和阿泰尔开始了竞争，它一直贯穿了我们的校园生活，以及以后的生活。

# 三

## 1

芬刚把包从行李输送带上提起来，一只大手就伸过来抓住提手，从他手里夺了过去。他惊讶地转过身，发现一张友好的大脸正冲他咧着嘴笑。这张脸圆圆的，没有皱纹，浓密乌黑的头发在额头形成V形发尖。这是个40岁出头的男人，体形健硕，但比芬的6英尺身高略矮。他穿着深色西装，白色衬衫，系蓝色领带，外面套一件厚重的黑色棉夹克。他把另一只大手伸向芬，“探长乔治·甘恩，”他说话带有明显的路易斯口音，“欢迎来到斯托诺韦，麦克劳德先生。”

“我是芬。乔治，你到底怎么认出我的？”

“我能在百步之外认出一名警察，麦克劳德先生。”他笑着说。他们向停车场走去，他说：“你可能会看到一些变化，”他扑进强劲的西风中，又笑了，“不过有一点从未改变，那就是风，总是吹个不停。”

但今天的风是暖风，8月的阳光不时从破碎的云层中闪露出来。甘恩在机场门口把他的大众汽车拐向环形交叉路口，他们翻过小山，又开下奥利弗斜坡，接着右拐，朝镇上驶去。谈话转向谋杀案。

“新千年以来的第一例，”甘恩说，“我们在整个20世纪只有过一例。”

“唔，但愿这是21世纪的最后一起谋杀案。尸体解剖一般在什么地方进行？”

“阿伯丁。我们这个岛上有三名法医，都来自镇上的联合诊所。其中两名是代理医生，他们负责检查任何突然死亡的人，甚至进行尸体解剖，但有争议的尸体都转移到福雷斯特山的阿伯丁。”

“因弗内斯不是更近吗？”

“没错，不过那里的病理学家不认可我们的代理医生。除非全让他做，否则他不愿做任何一具尸体的解剖。”甘恩狡黠地对芬眨了下眼，“不过你可不是从我这里听到这些的。”

“听到什么？”

甘恩的脸上又绽开了笑容，芬明白两人已经心有灵犀了。

当他们沿着那条又长又直的路向斯托诺韦驶去时，芬看到小镇在他们面前铺展开，环绕着港口和港口后面绿树覆盖的小山。在芬看来，90年代在新的防波堤头建造的这个玻璃和钢铁结构的渡轮码头像个飞碟，旁边的老码头好像废弃了。再次见到这个地方给他心头带来了奇特的震撼。从远处看，它几乎和记忆中的一模一样，只有那个飞碟是新的，毫无疑问它也把几个外星人带来了。

他们经过刷着黄漆的肯尼思·麦肯齐有限公司的老工厂，那里曾有数百万米的家纺哈里斯粗花呢堆在成千上万个货架上等待出口。一排陌生的新房子通向一个大金属棚，政府在那里投资进行盖尔语电视节目的制作。尽管芬年轻时盖尔语并不时尚，现在却带来了价值百万英镑的生意。学校甚至用盖尔语教授数学、历史和其他课程。如今说盖尔语是件很酷的事。

“他们在一两年前重建了恩厄布勒酒吧，”当他们经过一个交叉路口处的加油站和小超市时，甘恩说，芬对这两样建筑没什么印象，“酒吧甚至周日也营业。现在安息日人们能在镇上的很多地方喝酒或吃饭。”

芬诧异地摇摇头。

“每周日有两班来自爱丁堡的飞机，甚至有来自阿勒浦的渡轮。”

芬年轻时，周日整个岛上都停业，根本不可能外出吃饭、喝酒、买烟或加油。他记得安息日游客在街道上走来走去，又渴又饿，直到周一的第一艘渡轮到来才能离开。当然，众所周知，在斯托诺韦的教堂人去楼空之后，每逢周日酒吧和旅馆里到处是从后门溜进来偷偷摸摸纵酒狂欢的人。毕竟，在安息日喝酒并不违法，但是违反习俗。至少，不能让别人看到自己这么做。

“他们还把秋千锁住吗？”芬想起了孩子们的秋千被链条拴住并上锁的凄凉景象。

“不，他们几年前就不那么做了。”甘恩轻声笑起来，“严守安息日规矩的人说这是得寸进尺的开端，也许他们是对的。”

原教旨主义新教教会已经主宰岛上的生活几世纪了。据说公然反对教会的酒店或者餐馆老板会悄无声息地被迫停业，银行贷款会来电话催款，执照被取消。在那些大陆上的旁观者看来，教堂的权力似乎是中世纪才有的那种专制，但在岛上这是冷酷的现实。在这里，某些教派把任何娱乐都看成罪孽深重的行径，而任何削弱他们权威的企图则是魔鬼的恶行。

甘恩说："说真的，尽管他们不再把秋千用链条锁起来了，你也永远不会看到孩子们在周日荡秋千，就像你不会看到任何人把洗的衣物晾晒出来一样。而且，无论如何不能出城。"

一个新体育中心遮挡住了芬儿时的学校。他们经过了岛议会办公区和老西弗斯旅馆，旅馆对面有一排传统阶式山墙砂岩屋。新丑和老丑的结合。斯托诺韦从来都不是最美的城镇，现在依然没有丝毫起色。甘恩右拐进入路易斯街，传统的港口屋紧挨着酒吧和黑暗的小店，然后向左转入教堂街，直奔警察局。芬注意到所有街道的名称都用盖尔语。

"谁在调查这个案子？"

"从因弗内斯来的一群人，"甘恩说，"他们是周日一大早乘直升机过来的。一个总督察，一个探长，七个探员，外加一个法医小组。一出乱子他们就忙乎起来了。"

警察局是一排粉色的粗灰泥大楼，位于教堂街和肯尼斯街的拐角处，旁边是耶和华见证会的教堂和中餐馆。甘恩把车开进大门，停在一辆大型白色警车旁。

"你在斯托诺韦多久了，乔治？"

“三年了。我在斯托诺韦出生长大，但大部分时间都在岛上的其他警局，还有因弗内斯。”甘恩钻出汽车，尼龙防寒夹克磨得沙沙作响。

芬从副驾驶座边下了车，“你认为这些外来的人接手这项调查怎么样？”

甘恩遗憾地笑笑，“和我料想的差不多。大家都没多少经验。”

“首席调查官怎么样？”

“哦，你会喜欢他的，”甘恩笑得眼角堆起了细纹，“他是个不折不扣的混蛋。”

这个不折不扣的混蛋是个结实的小个子，前额上浓密的浅棕色头发用百利发乳梳到了脑后。他长着一副老式面孔，同时散发着老式须后水味（是百露吗？），甚至在他开口之前，芬就猜到他是格拉斯哥人。“总督察汤姆·史密斯。”首席调查官从桌子后站起来伸出手，“我为你的不幸深感遗憾，麦克劳德。”芬怀疑他们是否全知道了，心想也许事先有人提醒过他们。史密斯的握手简短有力。他重新坐下来，烫过的白衬衫的袖子整齐地挽到肘部，浅黄褐色西装外套仔细地搭在椅背上。他桌子上堆满文件，但井然有序。芬注意到他粗胖的手指洗得干干净净，指甲修剪得整整齐齐。

“谢谢。”芬机械地回答。

“请坐。”史密斯说话的时候看文件比看芬的次数还多，“我有 13 个刑事调查人员，包括当地的警察，还有 27 个制服警，在这个岛上我有40多个可以调派的警察。”他抬起头，“我不知道为什么我还需要你。”

“我并没有毛遂自荐，长官。”

“是的，你是HOLMES推荐的，这当然不是我的主意。”他停顿了一下，“发生在爱丁堡的谋杀案你锁定犯罪嫌疑人了吗？”

“没有，长官。”

“都三个月了还没头绪？”

“最后四周我一直在休假。”

“是啊，”他看起来好像失去了兴趣，又回到了文件中，“那你认为你能对我们这项小小的调查有什么真知灼见？”

“在未获悉基本情况之前，长官，我没任何想法。”

“信息都在电脑里。”

“不过我有个建议。”

“哦，是吗？”史密斯怀疑地抬起头，“说说看。”

“如果还没有进行尸体解剖，不如把那位在爱丁堡谋杀案中做尸检的病理学家请来，这样我们就可以进行第一手资料的比对。”

“好主意，麦克劳德，也许这就是我已经这么做的原因。”史密斯向后靠在椅背上，他的自鸣得意几乎和他的须后水一样令人生厌。“威尔逊教授昨天已乘最后一班飞机抵达。”他看了下手表，“尸体解剖大约半小时后进行。”

“那你不准备把尸体运往阿伯丁了？”

“这里的设施足够完备了，所以我们就把山搬到了穆罕默德面前。”

“你想让我怎么做？”

“老实说，麦克劳德督察，什么也不用做。我这里有支完美的团队，不用你帮忙也完全能够开展这项调查。”他带着深深的挫败感叹了口气，“不过看来HOLMES认为你也许能说出这宗谋杀案是否和利斯路谋杀案之间有联系，上帝禁止我们违背HOLMES的意愿。你干吗不参加尸体解剖，看看类似的证据，如果你想到什么了不起的主意的话，我们会考虑一下的。好吗？”

“我不介意看一眼犯罪现场。”

“随意。甘恩探长可以带你去转转，反正给我们配备的当地警察除了打杂外对我们来说也没多大用。”他对自己团队以外的所有人都不屑一顾，包括芬，这点显而易见。

“我想看看档案，”芬得寸进尺，“也许可以和一些证人谈谈。还有嫌疑人，如果这边有的话。”

史密斯抿着嘴，冷冷地盯着芬良久，“我不能阻止你这么做，麦克劳德，但你也许知道我希望在几天内结案，所以你不要有任何幻想。我认为这宗谋杀案和爱丁堡案之间没有联系。”

“为什么？”

“就是直觉吧，这儿的人头脑简单。”他得意地笑着，“嗯，你知道的。”他用铅笔敲着桌子，为不得不向一个来自其他警局的下级警官解释感到恼火，“我认为这是一起幼稚的模仿杀人案。当时爱丁堡案子里有很多细节在报纸上被披露出来。我认为凶手是个怀恨在心的当地人，为了掩盖自己的形迹，设法转移我们的视线。所以我要走捷径，缩短整个进程。”芬抑制住想笑的冲动。他知道所有这些关于捷径的事，他在童年时就知道这些捷径会把你引入歧途，但总督察无须知道这些秘密。史密斯说：“除非验尸发现一些意想不到的东西，我要从克罗伯每个成年男子，还有我们可以想到的任何嫌疑人身上提取DNA样本。我猜最多有几百个。规模经济。这可比让警官们没完没了地调查好几周实惠多了。”史密斯属于新一代高级警官中的一员，最关心的是账本底线。

芬很惊讶，“你有凶手的DNA样本？”

史密斯面露得意之色，“我们是这样认为的。除了对当地民情的了解，我们还在周日派出大量警员去事发地点搜查，发现被害者装在塑料袋里的衣服被扔到大约半英里外的一个沟渠里，衣服上到处是呕吐物。既然法医非常肯定被害者没呕吐，我们可以确信那是凶手留下的。如果病理学家能确认这点，我们应该有了完美的凶手DNA样本。”

## 2

在教堂街，还有去内港的一路上，悬挂的小花篮在风中摇曳，这是试图把色彩带入灰色生活的大胆尝试。粉色、白色、绿色的商店排列在街道两边。在街道尽头，芬看到一组渔船停泊在码头，随着海水的起伏摇晃着。一缕耀眼的阳光在对面海滩白色的舢板棚上晃了一下，又迅速掠过卢斯堡空地的树梢。

“你觉得这个首席调查官怎么样？”甘恩问。

“我非常同意你的评价。”芬和甘恩相视而笑。

甘恩打开车门，他们上了车。“那一位老认为自己是超级明星。我在因弗内斯的上司过去常说这些高层人物和你我没什么两样，脱裤子还是一条腿一条腿地来。”

芬大笑起来。他喜欢想象总督察史密斯是如何挣扎着把裤腿从粗壮的短腿上褪下来的。

“听着，”甘恩说，“很抱歉我不能为你提供这位病理学家的内线消息，我甚至都不知道他已经在岛上了。这回你知道他们在多大程度上把我当成圈内人了吧。”

“没关系。”芬不以为然，“事实上，我很了解安格斯，他是个好人，至少他会站在我们这边。”他们把车倒回到街上。“你觉得史密斯为什么自己不参加这次验尸？”

“也许他爱呕吐。”

“不清楚。一个能用那么多须后水的人不可能太敏感。”

“是啊，说得对，尸体都比他好闻。”

他们悄悄驶离了肯尼斯街，向城北的湾头开去。芬透过副驾驶座的窗户看着外面的儿童游乐场、网球场、草地保龄球场、远处的运动场，以及后面山上的高尔夫球场。在街道另一侧，公寓的老虎窗下挤满了小商店。芬感觉自己好像从未离开过这里，不禁感叹道：“80年代的周五、周六晚上，年轻人通常开着他们的老爷车在这儿转来转去。”

“他们现在还这样，和钟摆一样准时，每个周末都是如此。

一大群人。"

芬想，对年轻人来说这是多么悲哀的生活，整天无所事事。沉闷的宗教统治着这个社会，人的天性受到了很大压抑。经济下滑，失业率上升，酗酒成风，自杀率大大高于国家平均值。现在他想离开的冲动和 18 年前一样迫切。

芬年轻时，西部群岛医院就取代了山上战争纪念碑下的乡间诊所，成为当地最新的医疗机构。它装备齐全，设施现代，比大陆给城里人服务的许多医院都要先进。他们从麦考利路拐进去，芬看到在一个宽阔停车场的拐角处有一栋低矮的两层楼建筑。甘恩把车开到山脚下，向右拐入一个小小的私人停车处。

安格斯·威尔逊教授正在停尸房等着。他把护目镜推到头套上面，防护面具拉到下巴以下，露出铜色和银色混杂的浓密胡子。他在长袖布衫外套了件绿色手术衣，外面罩着塑料围裙。面前的不锈钢解剖台上摆着一副用来保护前臂的塑料套袖，还有一双棉手套、一双乳胶手套，以及一只戴在不动刀的手上的特殊钢网手套，以防止刀刃不慎偏斜。他急不可耐地要开始了。

"血腥时刻到了！"他绿眼睛里闪烁的光芒给人留下了这样的印象：一个脾气暴躁的怪人。这是他为了给自己的粗鲁无礼寻找借口而刻意树立的形象，眼下这个毛病就要犯了。"你好吗，老兄？"他伸出手来和芬握了握手。"是同一个凶手，对吧？"

"这是你在这儿要告诉我们的。"

"鸟都不拉屎的鬼地方！原以为如果这个世界上还有个地方

能找到鲜鱼，这儿就是。我昨晚在宾馆点了鲽鱼。是啊，确实新鲜。新鲜得刚从该死的冰箱里蹦出来，又跳进了油炸锅。上帝啊，我在自己家里也能做！”他看着甘恩，探身从甘恩的胳膊底下拽过文件夹，“这就是和这宗谋杀案有关的报告和照片吗？”

“是的。”甘恩伸出手，“探长乔治·甘恩。”但教授已经转身开始看报告，并摆出了照片。甘恩自觉地把手缩了回去。

“你们能在过道对面的病理室找到头套、鞋套、护目镜、防护面具和手术衣。”

“你想让我们把它们都穿戴上？”甘恩说。芬想，也许他有段时间没参加尸检了。

“不，”威尔逊教授转过身，“我想让你们把它们堆成堆，放把火烧了。”他瞪着甘恩，“我当然是叫你们把这些该死的东西穿戴上，除非你们想感染艾滋或其他病毒。当我们用摆锯切开受害者头盖骨的时候，这些病毒会隐藏在空气中的骨粉里。要么你可以站到那边去，”他朝走廊一侧的大窗户挥了下手，“不过你就听不到我说的任何该死的话了。”

“天哪，”他们在病理室穿上防护服时甘恩说，“我还以为那个首席调查官是最坏的。”

芬大笑起来，随即又停下来。这是他今天第二次大笑，他已经很久没有这样开怀大笑了。一旦意识到这点，无论他想到什么好笑的事情，都会被重新涌上心头的情感浪潮迅速压下去。他冷静片刻，让自己镇定下来，“安格斯人不错。会叫的狗不咬人，他是刀子嘴豆腐心。”

“如果我被他乱咬得了狂犬病，我会吓死的。”甘恩对病理学家的尖嘴利舌仍心有余悸。

他们回到停尸房时，教授已经把照片铺满了几乎所有可利用的角落。他正在检查桌上受害者的衣物。不锈钢桌上盖着一大张白色羊皮纸，用来收集布料上掉落的纤维或变干的呕吐物残渣。受害者生前穿一件带拉链的羊毛衫，里面是一件白色棉衬衫，下面是一条蓝色粗斜纹棉布牛仔裤，一双肮脏变形的大号白色跑鞋放在桌子一端。病理学家已经戴上防护手套，左手拿着一个方形放大镜，右手仔细地用镊子在深蓝色羊毛衫上干燥的呕吐物里挑拣着。“你没告诉我这个受害者和我同名。”

“他们从不叫他安格斯，”芬说，“大家都叫他天使。不管你在哪里寄一封收信人地址为‘路易斯岛内斯天使’的信，他都会收到。”

甘恩探长大吃一惊，“我不知道你认识他，麦克劳德先生。”

“我和他曾在同一所学校。他弟弟在我班上。”

“天使……”威尔逊教授的注意力还在镊子上，“他长翅膀了吗？”

“这个绰号是讽刺性的。”

“啊，也许这就能解释为什么有人要杀他了。”

“也许吧。”

“逮住你了，你这个小混蛋！”教授直起身，把镊子举到灯光下，一粒小小的像白色念珠样的东西被小心地夹在镊子齿间。

“这是什么？”甘恩问。

“鬼魂，”他看着它们，咧嘴笑了，“一粒药的鬼魂，某种缓释药物的外壳。这种外壳上到处是微孔，让药慢慢渗透出来。这个壳里是空的，这种药的外壳完成使命后有时会在胃里存留几小时。我们经常看到这种现象。”

“这对我们有什么意义吗？”芬问。

“也许有，也许没有。但如果这真是凶手的呕吐物，它就能告诉我们一些关于他的特别信息。毒性检验也许能检验出药物名称，也许不能，但我们还是有办法知道他吃的是什么药。”

“怎么办？”

教授把放大镜举到这个微小的外壳上，“用放大镜确实看不出来，但如果放在解剖镜下，我们就会清楚地发现刻在表面上的数字或字母，甚至医药公司的标志。我们可以从药书上查找到这些标记，以辨别药物名称。这会花费一点时间，但我们会有所收获的。”他把这粒幽灵似的药丸外壳小心地放入一个塑料证据袋里，封上口，“你看，我们是现今最聪明的家伙吧。”

“那 DNA 呢？”芬看着羊毛衫上粘的干结的没有消化的块状食物，猜不出它们到底是什么。看来不管人们吃的是什么，最终看起来都会像麦片粥里切碎的胡萝卜末。“你能从这些东西里提取出 DNA 吗？”

“哦，我想是的。我们肯定能从唾液中找到口腔黏膜细胞。我们会从口腔、食管或胃里的任何细胞核中找到 DNA，它们时刻在脱落，肯定能在呕吐物中找到。”

“时间长吗？”甘恩问。

“如果我们今天下午把样本拿到DNA实验室，提炼，放大……明天上午就会拿到结果。”教授把一根手指放到嘴唇上，“不过别告诉任何人，否则每个人都想这么快拿到结果了。”

芬说：“那位首席调查官说他要采集至少两百个DNA样本，用来和你从这团呕吐物中提取的东西进行比对。”

“啊，”威尔逊教授笑了，胡子竖了起来，“那就要多花些时间了。况且，我们还没有确定这不是受害者自己的呕吐物。”

两个身穿白外套、戴着黄色大橡胶手套的助手从过道对面六搁架的冷柜里把尸体推出来，放到解剖台上。天使麦克里奇是个大块头，比芬印象中的还要壮，比芬最后一次见他时重了约50磅。在橄榄球的并列争球中，他绝不会给前排丢脸。他从父亲那里遗传来的厚密黑发现在稀疏多了，白发比黑发多。他死后皮肤变成了暗淡的浅灰褐色。嘲弄的嘴唇、所向披靡的拳头现在变得松弛无力，再也不能像童年时那样肆无忌惮地向别人施加精神或肉体上的伤害了。

芬看着他，努力让自己无动于衷，但是天使的尸体仍让他感到紧张，让他胃部抽搐痉挛，让他浑身不舒服。他的目光移到尸体腹部那个可怕的裂口上，一团肿胀发亮的红褐色小肠挂在腹壁裂口外，被一块脂肪挡住了，芬从爱丁堡的验尸报告中知道它叫肠系膜。好像还有一段气球状大肠鼓了出来。大腿上布满了一道道干结的血印和体液痕迹。萎软的小阴茎看起来像个干无花果。芬转过身，看到甘恩探长面朝房间后面站着，几乎紧贴在窗户上，面色惨白。

威尔逊教授从尸体腿上部的股静脉里取了一点血，又从眼睛里取了点玻璃体液。芬觉得目睹一根针扎进眼睛里太残忍了，眼睛总是特别脆弱。

教授一边用几乎听不见的声音对一台手提录音机自言自语，一边检查尸体的脚和腿，指出尸体膝盖上有红紫色的瘀青，接着检查腹部的裂口。“嗯，伤口从左上腹部开始，在右下腹部结束，末端渐渐淡化成一道划痕。”

“这点重要吗？”芬问。

教授直起身来，“唔，从凶手的角度看，这意味着切开腹部的刀刃是从右向左划的。”

芬突然看出了其中的玄机，“爱丁堡那桩凶杀案是从左向右。这是否意味着一个凶手惯用右手，而另一个是左撇子？”

“我们不能因此判断左右手，芬，你现在应该非常清楚这一点！你可以用同一只手从两边砍，只不过这两者是不同的。”他用一根手指沿伤口上部边缘比画了一下，那儿的皮肤变干后颜色更深了，“爱丁堡受害者的伤口比这更深、更触目惊心，从腹膜后腔把肠系膜切断了。你应该记得，垂在两腿之间的大约 3 英尺的一团小肠已经有部分被切断流干了。”芬回忆起现场的情景，在人行道上，一道道淡绿色和黄色的液体与血液混合成了大理石似的花纹，发出刺鼻的气味。验尸时，干瘪的小肠变成了一团暗金色的东西，和天使的完全不同。“这里鼓出一片楔形网膜，还有一个球状的横结肠。”教授围着尸体腹部的刀口和里面冒出的东西忙活着，他量了量刀口，“25.5 厘米，我想，比爱丁堡案中的刀口短，不过我需要再核实一下。另外，这个人要重得多，攻击他得花更大的力气。”

尸体外表检验转移到手和胳膊上。教授注意到死者两个肘旁都有瘀青，满是油污的手上有旧伤疤。他从有缺口的指甲下面刮下一些黑色污垢，“有意思，这可不像一个和攻击者进行过殊死搏斗的人的手，没有外伤，指甲缝里也没有皮屑。”

对胸部进行仔细检查后发现那里也没有外伤，但脖子上有明显的伤痕，和膝盖与肘上一样的紫红色瘀伤。脖子左侧有排成一列的四个圆形伤痕，其中两个直径接近半英寸，右侧有一个更大的椭圆形伤痕。“这和指尖造成的伤痕一致，你可以看到新月形伤口，应该是凶手的指甲抓伤的，细小的片状皮肤堆积在凹陷处。”教授抬头看了一眼芬，“真有意思，你知道吗，把一个人掐死需要的压力是多么小啊。你不用令其窒息，只要阻止脑部血液向下流动就可以了。促使脑部血液下流的颈静脉只需4.5 磅的压力就可以切断，而向脑部供应血液的颈动脉则需要施加 11 磅的压力才能停止工作。你需要用 66 磅的压力切断椎动脉，33 磅去阻塞气管。这种情况下，受害者脸上会布满鲜红的瘀点。”尸体右太阳穴上有一大块紫色瘀伤，他翻开瘀伤下面的眼皮，“对了，还有结膜周围，这表明死亡可能是由于中断静脉回流引起的。”

教授又把目光移回到脖颈处，“不过很有意思的是，还是没有任何证据表明我们的天使进行过任何形式的搏斗。一个人在进行自卫时为了把对方的手掰开可能会抓伤自己的脖子，这就是为什么我们要查看指甲盖下面有没有皮屑的另一个原因。同样有趣的是脖子周围绳子勒的伤痕，从其颜色几乎可以断定他被吊起来的时候已经死了。”他走到摆放照片的工作台旁，“看看这些照片里地面上的血泊，再把它与尸体上的血痕和体液痕迹对比，我们可以断定剖腹是在天使被吊上屋顶后进行的，而且是在死后。因此血液没有遇到阻力，只是从伤口直接流淌出来，否则地板上就会留下血液喷溅的痕迹。”

甘恩说：“你的意思是说整个过程是他先被掐死，然后吊到屋梁，最后被剖腹？”

“不，我没说过任何这样的话，”教授不耐烦了，“我只是在自言自语。上帝啊，我们才刚开始这该死的检查。”

助手小心地把尸体翻过来，松弛的肉脱离腹部的成堆脂肪散落下来，落到冰冷的钢板上。白胖松弛的臀部微陷，布满了粗硬的黑色毛发。脖子和肩膀周围也长满了与阴毛同样紧紧卷曲的毛发。还是那样，除了脖子之外，没有明显的外伤痕迹。

“啊……”教授失望地摇摇头，“我原先还希望能在他肩胛骨下找到翅根呢。”他开始检查尸体的头皮，一点点拨开头发，看得很仔细，像找虱子一样。

“相反，你认为能在里面找到角吧？”芬问道。

“如果找到你会感到惊奇吗？”

“不会。”

“啊……”这次教授终于找到了一点让他不再失望的东西。他走到工具箱边，取出一把解剖刀，又回到尸体旁，剃掉后脑勺上部的一片头发，一块比核桃稍大的紫红色瘀斑露了出来，还有一个按上去软软的椭圆形凹痕，破损的皮肤上面有变干的血迹。“头骨上有道很深的裂纹。”

“有人从背后偷袭了他。”芬说。

“看起来是那样。他倒下时膝盖、胳膊和前额都受伤了，表面上看相当严重。头骨上凹痕的形状表明他是被金属管、棒球棒或者类似的圆柱形物体袭击的。我们打开头骨就会看得更清楚。”

尸体被脸朝上翻转过来，头部枕在一个大小合适的金属块上，威尔逊教授开始剥去天使深藏秘密的外壳。他先做了一个“Y”形切割，从两侧的肩膀向下切到胸骨的某个位置，然后让刀锋顺着胸部、胃和腹部的中心一直到耻骨，这样他从两侧都可以把皮肤掀开，露出胸腔。他先用一把大剪刀剪断肋骨，接着把肋骨从锁骨部位分离，同时取出胸骨，以及人类独有的用来保护脆弱的内脏器官的两扇盾形骨架。器官一个个被取出来了——心脏、肺、肝脏、肾——都被拿到房间另一头的工作台上去称重，并在黑板上记下测量结果。然后这些器官被分割成了楔形物，如同面包片一样，以备检验。

和同龄同体重的人相比，天使的身体状况一般。肺部因常年吸烟被熏黑了，动脉硬化了，但还没到迫在眉睫的危险境地。肝脏显示出多年酗酒造成的破坏：呈浅灰棕色，布满结节和瘢痕，这是轻度肝硬化导致的。教授不得不挖透厚厚的腹膜后脂肪才找到肾脏。

胃袋里黏滑的液体被清空到一个不锈钢碗里。芬被难闻的气味熏得退后一步，但威尔逊教授看起来似乎乐在其中。他闭着眼睛，像条狗那样嗅了好几次。“咖喱，”他说，“孜然咖喱羊肉。”看到芬嫌恶的样子，他得意地笑了。

甘恩小声说：“周六晚上 8 点前后，他在斯托诺韦的巴尔蒂餐馆吃了咖喱羊肉。”

“嗯，”教授说，“真希望昨天晚上我也去尝一下。”

芬厌恶地吐了口气，“闻起来也有酒精味。”

“据目击者称，他从镇上回来后在克罗伯社交俱乐部喝过几杯啤酒。”甘恩告诉他们。

“唔，”教授说，“我得说他胃里的东西相当完整，只消化了一部分。没有明显的药物残渣。乙醇气味显著。不管他吞下了什么该死的咖喱和白酒的混合物，他没有再吐出来。因此我觉得，我们可以断定在他衣服上发现的呕吐物实际上是凶手的。”

病理学家开始把肠子从脂肪层中剥离出来，捋直了，用剪刀剪开。排泄物的气味令人作呕。芬极力克制自己呕吐。他听到甘恩大口喘着粗气，转身看到他正用一只手使劲捂住口鼻，显然想坚持到底。

最后，丢弃的肠子被扔到一个桶里拿走了。“没什么特别的。”威尔逊教授说，显然丝毫没受影响。他转向尸体的脖子部位，把“Y”形切口上面的皮肤掀起盖到脸上，露出了两次遭到伤害的颈骨和软组织——先是用手掐，后又经绳索勒，不过他很快证实脖子本身并没断。

病理学家又在尸体后脑勺两耳之间切了道口子，把头皮揭起来覆到脸上，露出头骨。他请芬让开道，一名助手用摆锯锯开颅盖骨，脑髓落到了一个不锈钢碗里。教授查看了一下头骨，点头表示满意，“和我想的一样。左顶骨有一块区域帽状腱膜下出血，2.5 ~ 3.5 厘米，和头皮挫伤的面积大致相同。少量的深硬膜下出血。顶骨相应的位置骨折，这和我的猜想非常接近。一根金属管、棒球棒或者类似形状的东西，从后面把他击倒在地。即使他不是毫无知觉，也无力反抗。”

芬走到病理学家摆放犯罪现场照片的工作台旁。照片上的舢板棚好像被一位狂热的舞台灯光师给打了灯光，颜色苍白炫目，血液已经变干，成了锈棕色。天使的尸体看起来出奇地庞大笨重，堆积着一层层布满褶皱的青白色的肉。从他裂开的腹部淌出的肠子看起来极不真实，就像 60 年代二流电影中粗劣恶心的画面。芬脑海里出现了天使最后几小时的画面。

他先去斯托诺韦吃了咖喱羊肉，然后返回内斯，在克罗伯社交俱乐部喝了几杯啤酒。他要么是和凶手一起去了内斯港的舢板棚，要么是在那儿遇到了他，至于何种原因尚不清楚。但不管什么情况，他要么认识凶手，要么对凶手毫不戒备，所以才背对着他，这才使凶手有机会从背后偷袭。他在后脑勺被重击后昏了过去，被人翻过身掐死了。凶手一定是在精神高度紧张、异常激动或者肾上腺素飙升的情况下才吐了受害者一身。

显然，凶手胆子很大。他开始着手扒去天使的衣服，这会费一段时间，鉴于一个 250 磅重的人死后的分量，这绝不是件简单的活。更不可思议的是，他还在死者脖子上系上绳子，绕到屋梁上，把尸体吊起来，双脚离地面6英寸多，这一切都说明凶手一定十分强壮。尽管谋杀本身让凶手感到恶心，但他心意已决。时间越久，被抓住的危险性就越大。他一定知道周六晚上舢板棚是年轻情侣经常光顾之地，他可能随时会被发现，这样凶杀就会受到阻碍，而不是通常的性交中断。但他并不满足于害命，还脱掉死者的衣服，然后吊起，再进行开膛剖腹，既费时又麻烦。想到这一切，芬感到很不安。

他转身问威尔逊教授："你觉得这桩案件和利斯路谋杀案有什么联系吗？是同一个凶手吗？"

教授把护目镜推上前额，把防护面具拉到胡子下面，"你知道情况是怎样的，芬。病理学家从不给直接答案，我也不会打破这个传统。"他叹了口气，"表面上看，作案手法非常相似：两个受害者都是从背后遭到袭击，在头部遭到重创不省人事后被掐死。两人都被脱去衣服后吊起来。都被剖腹。是的，伤口的角度和深度不同。杀害天使的凶手异常焦躁，直接吐在了受害者身上。我们不知道这种情况是否在爱丁堡案件中也出现了。那具尸体上没有呕吐的痕迹，而且我们从未找到衣服。你记得吧，我们在那具尸体上发现的是地毯纤维，这意味着也许受害者是在别处遇害，然后被带到利斯路处以绞刑示众。爱丁堡案件中流血更少，这可能意味着受害者在死亡一段时间后才被剖腹。"

教授开始重新组合他面前桌子上的尸体残骸，"问题是，芬，环境和背景如此不同，细节也注定会不同。因此真相就是，没有确切的证据表明两者之间的联系，没法说是否是同一个人行凶。

也许这些凶杀案的仪式化特征让你以为他们是同一个凶手，但是利斯路凶杀案显著的特征已经被几家小报披露过细节了，如果有人想仿效凶杀过程，会很容易做到。”

“不过为什么有人会想这么做？”甘恩问，他的脸色没那么绿了。

“我是病理学家，不是心理学家。”教授轻蔑地盯了甘恩一眼，接着转身面对芬，“我会拿走皮肤化验标本，然后我们就会看到出现什么毒性，如果有的话。不过不要期待太多。”

## 3

巴弗斯路曲曲折折地拐出了斯托诺韦，把去往科尔岛、图阿斯湖和海边岬角的壮观景色留在了身后。阳光在海湾上闪烁，破碎的云层在深邃湛蓝的海面上追逐着自己的影子。道路向西北方向延伸。当他们朝着西海岸巴弗斯小小的定居地行驶时，前面还有 12 英里的荒野。这里的景观令人捉摸不透，在阳光出现的一瞬间，就会发生神奇的变化。芬非常熟悉这条道路，无论什么季节，这片一望无际、毫无特色的泥炭沼会在每月、每天甚至每分钟发生变化，令芬惊叹不已：冬天死气沉沉的麦秆色，春天由小白花织成的地毯，夏天光彩夺目的紫色。在他们右侧，天空暗淡下来，内陆地区的某个地方正在下雨。在他们左侧，天空几乎是清澈透明的，夏天的阳光覆盖了整片土地，可以看到远处哈里斯山苍白的轮廓。芬已经忘记了这里的天空是如此广阔。

芬和甘恩在行进的车中沉默，满脑子都是刚才在验尸房目睹的临床尸检的血腥场面。没有什么比亲眼看见别人赤裸裸地躺在冰冷的验尸台上更能提醒自己生命的短暂了。

车子行驶到一半路程的时候，道路经过一个下坡后攀升到山顶，从那里可以眺望到大西洋正朝着岩块剥落的海岸线发泄它的怒火。在下坡处的山谷中，道路北侧大约 100 码的坡底立着一间小石头房子，锡皮屋顶漆成了明艳的绿色。这是牧羊人小屋，过去沿海的农场主往往在夏天把牲畜迁移到内陆寻找更好的牧场，这就是他们临时的家。这样的房子在岛上随处可见，大多数和这个小屋一样已经废弃很久了。芬在每周一去斯托诺韦学校宿舍的路上，以及每周五回来的路上，都会看到巴弗斯荒野中绿色屋顶的牧羊人小屋。他见过这种小屋在各种季节的样子。他经常会看到，就像今天这样，小屋被从南边洒下的阳光照亮，与北边漆黑的天空形成鲜明对比。这是岛上几乎每个男人、女人和孩子都能辨识的路标。然而，对芬来说它却有着非同寻常的意义，看到它他胸中就充满久已忘怀的或至少深埋在记忆深处不愿再触碰的伤痛。但他知道只要他在这个岛上，就会有无法回避的记忆。这些记忆，如同他儿时的其他东西一样，在他近 20 年前成人后就已经被抛于脑后了。

甘恩驾车的时候，芬默默地坐在副驾驶座上，这趟去西海岸的车程把他更深地带入了对往事的回忆中。绵延空旷的道路把聚集在不同教派的教堂周围的聚居区连接起来。苏格兰教会、苏格兰联合自由教会、苏格兰自由教会、苏格兰继续自由教会——小自由长老会[1]，因为自由教会举世闻名。每个教会都是前者的一个分支，每个教会都是人们不能相互妥协的见证，每个教会都是相互怀疑和仇恨的聚集点。他看着村子一个个在眼前缓慢移动，就像老式家庭相册中的移动画面，每幢楼房、每根栅栏柱、每片被它们身后的阳光精心挑选过的小草。始终看不到一个人，只是偶尔会在路上、乡村小店或者加油站前看到有汽车驶过。村里的小学也是空无一人，大门紧闭，因为还在放暑假。芬在想孩子们都去了哪里。右边是一望无际的泥炭沼，中间点缀着一些神态自若的绵羊，坚定地迎着大西洋的强风立在那儿。左边，大西洋卷着旋涡扑向海岸和遍布岩石的水湾，永不休止，奶白色的泡沫被黝黑坚硬的片麻岩——地球上最古老的岩石——击得粉碎。油轮的轮廓如同远方的海市蜃楼，在天边隐约可见。

在克罗斯，芬看到那棵曾经在克罗斯旅馆的遮蔽下长高的树已经被砍掉了。一个路标消失了，这是西海岸唯一的一棵树，村里没有了它看起来光秃秃的。克罗斯自由教堂仍然高耸于天际线，黑色的花岗岩屹立在装着双层玻璃的粗灰泥房子之上。那些固执的岛民决心打败大自然的力量，偶尔他们的祈祷会得到回应，因为有时候，就像今天这样，风动了恻隐之心，阳光使它刀刃般锋利的边缘变得柔和，艰难的生活得到了片刻愉悦的回报。

在教堂附近，道路达到了最高点，他们看到了下面岛上最北端的景色。东边地平线上的阳光照耀在白色小屋两端的山形墙上，中

① 苏格兰自由长老会少数派的别称。

间是老黑屋的废墟，纹理石胡乱堆放着，从草皮中显露出来。芬看到那条熟悉的土地的曲线逐渐消失在石壁道上的克罗伯村里，教堂突出的轮廓向克罗斯村的人显示克罗伯的村民和他们一样虔诚。

他们经过斯温波斯特和莱昂内尔来到内斯港的小村子，路过通往克罗伯和米兰尼斯的单行道。道路就在那里结束了，悬崖在半英里长的空旷的金色海滩的西北角形成了一个天然海港。人们通过建造防波堤和港湾壁来对抗大自然的破坏。拖网渔船和捕鱼船一度在港口进进出出进行贸易往来。但大自然进行了反击，摧毁了一头的防波堤，大块大块半裸露的岩石和混凝土因无力抵抗汹涌海水的袭击而倒塌。这个港口现在基本上废弃了，只是用作小渔船、捕蟹船和无篷小船的庇护所。

甘恩把车停在海港路对面的海边别墅外面。一条黑黄相间的警戒带在风中猛烈抖动着，噼啪作响，横跨整条道路把人们拦住。一名制服警斜靠在海景画廊的墙上，当他认出从驾驶座上下来的甘恩时匆忙丢弃了手中的香烟。某个爱搞恶作剧的人把指向海港的“去岸边”[①]的标志中的“S”抹去了，变成了“去嫖妓”[②]。芬猜想这是否是对这些年来在舢板棚——在那里的某个周六，一个堕落天使死去了——接连失去贞操的少女们的评价。

他们抬腿跨过警戒带，沿曲折的小路向下走到码头的避风处。涨潮了，绿色的海水淹没了黄沙。一条捕蟹船和一些无篷小船紧

① 原文：To the Shore。

② 原文：To the hore。

挨着拴在内墙边，渔篮堆积在上面的码头上，旁边是乱糟糟的绿色渔网，还有粉色和黄色的标志浮标。一艘从水里拖上岸的大船，摇摇欲坠地斜靠在沙滩上。

这个舢板棚很像芬记忆中的模样：绿色的波纹铁皮屋顶，白漆墙。右侧没有遮挡物，饱经风吹雨打。后墙上的两扇窗口面对着远处的海滩，左边有两扇大木门，一扇关闭，一扇半开，露出里面拖车上的一条小船。这里的警戒带更多。他们进入光线昏暗的舢板棚内部。地板上还有天使的血迹，空气中盘旋着死亡的气味，混合着柴油味与咸咸的海水味。头顶的木横梁上有一道绳子留下的深深的沟槽，凶手就是在这里把天使吊在梁上的。海的声音和风的呼啸在此变得柔和了，但仍然听得见。透过窄窄的窗口，芬看到海水正从平滑潮湿的沙滩上退却。

除了血迹外，混凝土地板异常干净，连一片碎屑也没剩，都被穿着特卫强工作服的警察仔细收集了，以用于缜密的法医检验。墙上刻满了一代人的涂鸦：默多是个同性恋，安娜爱唐纳德，还有那句古老的经典之言——去他妈的教皇。芬感到难以忍受的压抑。他走到舢板棚敞开的半间，深吸了口气。一架做工粗糙的秋千从屋梁上垂下来，座椅是两块用橘色塑料绳绑在一起的木板。这根橘色绳子和把天使吊在隔壁屋梁上的那根一样。芬觉察到甘恩在他身后，他没有转身，问道："为什么有人想杀他，我们有什么线索吗？"

"他树敌不少，麦克劳德先生，你应该知道这点，克罗伯有一整代人都曾受过天使麦克里奇或他弟弟的欺负。"

“噢，是的，”芬向地板啐了一口，好像记忆给他嘴里带来了苦涩的味道，“我就是其中之一。”他转身微笑道，“也许你应该问问我那个周六晚上在哪里。”

甘恩扬起一侧的眉毛，“也许我该问问，麦克劳德先生。”

“你介意我们沿海滩走走吗，乔治？我好久没去那里了。”

海滩靠陆地的一侧紧临不足30英尺高的低矮剥落的悬崖，远处的沙滩让位给了裸露的岩石，它们试探性地伸入水中，好像在测试水温。零零散散的岩石聚集在海湾各处，在翻滚的浪花中隐约可见。芬童年时在这片海滩上消磨了不少时光，赶海，在海边岩石间的潮水潭中捕蟹，攀崖。现在他和甘恩在沙滩上留下了清晰的脚印。“问题是，”芬说，“25年前在学校受过欺负很难成为谋杀的动机。”

“看来有更多的人和他有仇，麦克劳德先生，不仅是那些他欺负过的人。”

“什么样的人，乔治？”

“哦，首先，我们在斯托诺韦的案卷中有两桩针对他的引人注目的指控：一桩是人身攻击，一桩是性侵犯。从理论上来说，两桩案件都仍在调查中。”

芬只对人身攻击的指控感到惊讶，“除非他已经改变了，天使麦克里奇总是在打架斗殴，但这些事情总以这种或那种方式得到解决，不是在停车场恶拳相向，就是在酒吧里把酒言欢，没人去报过警。”

“哦，这人不是本地居民，甚至不是岛民。毫无疑问天使让他大吃苦头。我们只是无法找到任何人承认目睹此事。”

“发生了什么事？”

“哎呀，这是某个该死的来自爱丁堡的动物权利活动家。他叫克里斯·亚当斯，一个动物权利保护联盟的宣传总监。”

芬嗤之以鼻，“他在这里做什么？保护绵羊在周五晚上店铺打烊后不被骚扰？”

甘恩大笑，“这可不是一个动物权利活动家能解决的事，麦克劳德先生。”他的笑声渐渐消失了，“不，他在这里——现在还在——想阻止今年的塘鹅大丰收。”

芬轻叹一声，“上帝啊。”这是他多年来从没想过的事情。古加（Guga）是盖尔语对塘鹅幼鸟的称呼。克罗伯的男人每年8月都花两周时间去路易斯岛尽头东北偏北方向50英里处的一座岩石岛上捕猎塘鹅。他们叫它安斯格尔（An Sgeir），简单来说，就是岩石的意思。它是耸立在北大西洋中一片300英尺高的悬崖，饱受暴风雨侵袭。每年此时都被筑巢的塘鹅和它们的幼鸟占据。这是世界上最重要的塘鹅聚居区之一。400多年来，内斯的男人每年都来这里一次，坐在敞篷船里穿越波涛汹涌的海洋带回猎物。近年来他们驾着拖网渔船去。克罗伯村是内斯仅存的继承了这个传统的村庄，12个来自克罗伯村的男人在岩石上度过艰难的14天，在各种恶劣的天气条件下吃力地攀上悬崖峭壁，冒着摔断四肢甚至丧命的危险将塘鹅幼鸟捕杀在网中。最初这种捕杀是为了满足留守在家的村民生存的需要，现在塘鹅成了岛上一种供不应求的美味佳肴。不过国会法令限制2000只的捕杀量，这是1954

年在伦敦的国会下议院通过的鸟类保护法的一项特殊规定，所以现在只有那些运气好或者有关系的人才能品尝到塘鹅的美味。

现在芬仍能清晰地回忆起舌尖塘鹅肉细腻油滑的香味：先用盐腌制，然后在沸水中煮，它有着鸭的肉质，鱼的口感，令人垂涎欲滴。有人说它是一种需要后天培养的口味，芬就是伴随着这种口味长大的，它一直是应季的美味。在人们去安斯格尔的两个月前，他就开始向往塘鹅的美味，就像每年他都会在偷猎季节品尝野生鲑鱼丰富的味道。父亲总会设法找到一两只鸟，然后全家在第一周大快朵颐。有些人会把它们放在盐水桶里储存，整年定量食用。但以这种方式储存的塘鹅不合芬的口味，而且盐会让他的嘴巴发痛。他喜欢吃新鲜的鸟肉，配上土豆，就着牛奶吃。

“你吃过塘鹅吗？”他问甘恩。

“吃过，我母亲在内斯有些关系，我们每年总能设法搞到一只。”

“动物权利保护联盟在设法阻止这次捕猎？”

“是的。”

“天使每年都参加捕猎，对吗？”芬想起自己只参加过一次，但当时天使已是第二次参加了。记忆像道黑影从他脑海中倏地闪过。

“像钟表一样准时。他是厨师。”

“那么他对企图破坏捕猎的人不会太友好。”

“是的，”甘恩摇摇头，“其他人也不会。这就是我们找不到任何目击者的原因。”

“他造成的伤害大吗？”

“对方身上和脸上有很多擦伤，断了几根肋骨，没啥大不了的，不过这家伙会记一段时间的。”

“那他为什么还在这里？”

“他还希望阻止拖网渔船把这些人带到安斯格尔。该死的疯子！明天会有一群活动家到达码头。”

“他们约定什么时间去安斯格尔？”仅说出这句话就让芬浑身一激灵。

“明后天的某个时间，取决于天气。”

他们已经走到海滩的尽头，芬开始攀岩。

“我穿的鞋子不适合攀岩，麦克劳德先生。”甘恩差点儿在光滑的黑色岩石上滑倒。

“我知道一条从这里通向崖顶的路，”芬说，“来吧，很简单。”

甘恩狼狈地跟在他后面，几乎手脚并用。他们艰难地爬过一段窄而迂回的石子路后，接着是一段坎坷不平的天然台阶，最后终于登上了悬崖顶端。从这里他们的视线可以越过海岸草场，看到克罗伯村的房子在石壁道底部半隐半现，环绕在冷酷专横的自由教堂周围，芬童年时曾在那里度过许多冰冷痛苦的礼拜日。教堂后面的天空阴云密布，芬能在风中嗅到雨的味道，就像孩提时那样。他因攀岩变得格外兴奋，渐渐强劲的微风温柔地捶打着他，所有关于安斯格尔的念头烟消云散。甘恩一边气喘吁吁地跑，一边担心着他闪亮的黑色鞋子上的刮伤。“已经很久没这么做了。”芬说。

“我是城里人，麦克劳德先生，”甘恩喘息着说，“我从没这么做过。”

芬笑了，“这对你有好处，乔治。”他很久没有这样的好心情了，“你认为动物权利保护联盟的那个人为了报复天使麦克里奇的殴打而杀了他？”

“不，我没那么想。他不是那种人。他有点……”他在搜索合适的词，“神经质。你明白我说的意思吗？”芬若有所思地点点头。“但我干这行很久了，麦克劳德先生，知道有时最不可能的人会犯最可怕的罪行。”

“而且他来自爱丁堡。”芬陷入沉思，“有人查过他在利斯路谋杀案中有不在犯罪现场的证明吗？”

“没有，长官。”

“也许该查一查。DNA 结果会显示他是否与麦克里奇凶杀案有关，但要等一两天。也许我该和他聊聊。”

“他住在镇上的派克宾馆，麦克劳德先生。我猜动物权利保护联盟财政紧张。而且总督察史密斯已经告诉他不要离开这个岛。”

他们开始穿越海岸草场，向大路走去，前面的羊群受惊后四处逃散。芬在风中提高了嗓门:“你说还有性侵案件，那是怎么回事？”

“一个 16 岁的女孩指控他强奸。”

“他强奸她了吗？”

甘恩耸耸肩，“这类案件往往很难找到指控的证据。”

“唔，也许不是那回事。不管怎样，反正和本案无关。我认为一个 16 岁的女孩很难对麦克里奇实施凶手那样的手段。”

“也许是这样，麦克劳德先生，但她父亲完全可以做到这一点。”

芬停下了脚步，“她父亲是谁？”

甘恩冲远处的教堂点点头，“唐纳德·默里牧师。”

# 四

离盖伊·福克斯之夜[1]只有三天了。我们已经收集了一大批旧轮胎，期待着内斯最大的篝火。每个村庄都有篝火，每个村庄都希望自己的篝火最棒。这是那时我们非常看重的一场竞争。我当时 13 岁，正在克罗伯上中学二年级。那年的年终考试将会决定我的未来。当你 13 岁的时候，你的余生对你来说是需要肩负的沉重责任。

如果我考好了，就可以去斯托诺韦的尼克尔森读书，也许学习六年，甚至参加甲级考试，那我就有机会上大学，有机会逃离这个地方。

如果我考砸了，我就会去卢斯堡学校，那时卢斯堡学校还在那个城堡内，但我所接受的就是职业教育。这所学校以培养出一流的水手为骄傲，但我不想出海。我不想学习一门手艺，然后和父亲一样，在捕鱼不能提供生活来源时，被困在某个造船厂。

问题是，我学习一直不太好。13 岁少年的生活充满各种各样的诱惑，比如篝火之夜。那时我和姨妈已经一起住了五年，她总

① 11 月 5 日焚人像并燃放焰火之夜。

是让我在农场忙个不停：挖炭、给羊洗药浴、给羊配种、给羊接生、割草。她对我在学校里表现好坏根本不在意。在那个年龄，激励自己坐在枯燥的历史书或数学方程式面前熬夜苦读可不是件容易的事。

后来，阿泰尔的父亲首次登门拜访姨妈，主动提出给我辅导功课。她告诉他别犯傻，她怎么能支付得起家教的费用。他说她不用费心，他已经在辅导阿泰尔了，加上我也没什么。而且，他告诉她（我之所以知道是因为她后来逐字逐句给我转述了一遍，声音里充满怀疑），他相信我是个聪明的孩子，只不过还未能充分发挥学习潜能。只要稍加引导，他确信我能在年末通过考试，顺利毕业并考上尼克尔森高中。而且，谁知道呢，也许还能上大学。

就这样，那天晚上，我坐在了阿泰尔家平房里那间狭小里屋的桌子旁，他父亲喜欢称那间小屋为书房。它的一整面墙排满了书架，沉重的书籍把书架压得都有点凹塌了。成百上千本书。我记得当时非常好奇，一个人怎么能在一生中读这么多书。麦金尼斯先生有一张红木桌子，绿色皮革的桌面，一把配套的将军椅被推到了书架对面靠墙的位置。一把宽大舒适的扶手椅是他读书时专用的，旁边是一张咖啡桌，桌上摆放着一盏万向灯。如果他愿意抬头看的话，就会看到窗外的海景。我和阿泰尔在麦金尼斯先生放在屋子中间的一张折叠式牌桌上接受辅导。我们坐的硬椅子背对窗户，这样我们就不会因为外界分心。有时他会同时辅导我们两个，一般是数学课，但更多时候是单独辅导，男孩们在一起会习惯性地分散对方的注意力。

对于那些在冬夜的灯光下和早春的晨光中上的漫长的辅导课，我现在已忘得差不多了，只记得我不喜欢上这些课。不过，我确实记得一些很有趣的事：比如巧克力色的毡面牌桌，桌面上轮廓清晰的灰白色咖啡渍看起来像塞浦路斯地图。我记得房间一角的天花板上有一块陈旧的褐色水印，让我想起飞翔的塘鹅，还有将之横向切断的墙泥上的裂缝，弯弯曲曲一直延伸到檐口，最后消失在奶油色的浮雕壁纸后面。我还记得，当我偷瞄窗外的世界时，发现了窗玻璃上的一道裂缝，还有阿泰尔父亲身上挥之不去的污浊的烟臭，尽管我不记得看到过他吸烟。

麦金尼斯先生又高又瘦，足足比我父亲大 10 岁。我想在 70 年代他也许终于承认自己不再年轻了，但他多年来坚持留一种发型，直至 80 年代，虽然那种发型早已过时。真奇怪，人们怎么总是被锁定在某个时间段。他们生命中曾有过一段辉煌的时光，他们在接下来的几十年里固守属于他们的那个时代：同样的发型，同样的服装款式，同样的音乐，即使他们周围的世界已经发生了翻天覆地的变化。我姨妈沉溺于 60 年代：柚木家具，紫色地毯，橘色油漆，披头士。而麦金尼斯先生喜欢听老鹰乐队的歌曲，我记得有《龙舌兰日出》《镇上新丁》《快线生涯》等。

但麦金尼斯先生不是书呆子，他身体健壮，喜欢航海，还是每年一次去安斯格尔捕猎塘鹅的固定成员。他那天晚上对我有点恼火，因为我无法集中注意力。我刚到时阿泰尔就迫不及待地想告诉我什么事情，但他父亲把我推到里屋，让阿泰尔保持安静。无论什么事上完课再说。但我能感觉到隔壁阿泰尔的不耐烦，麦金尼斯先生终于意识到他正在进行一场无望的战斗，于是告诉我可以走了。

阿泰尔迫不及待地要把我带出屋子，我们在黑暗中匆忙冲向门口。那是一个寒冷刺骨的夜晚，天空从未有过的黑暗，镶嵌着宝石一样的星星。一丝风都没有，浓厚的白霜笼罩着大地，如同尘埃遍布整个旷野。月亮缓缓升到秋日的天空，把美妙的月光抛洒在波澜不惊的海面上。赫布里底群岛上空有一片高压区，他们说几天之后就会到那里。真是篝火之夜最理想的天气。我从阿泰尔呼哧呼哧的喘息声中可以听出他的兴奋。他已经长成了一个高大健壮的小伙子，比我高，但仍受到哮喘的威胁，时刻有窒息的危险。他猛吸了一口吸入器，“斯温波斯特那伙人找到一条旧拖拉机轮胎，直径有 6 英尺多！”

“该死！”我说。一条这样的轮胎比我们所有的东西燃烧的效果都好。我们已经收集了一打多，但只不过是汽车轮胎、自行车轮胎和内胎。毫无疑问，斯温波斯特的男孩们已经储备了大量类似的东西。“他们从哪里找到的？”

“这有关系吗？关键是他们已经找到了，他们的篝火将比我们的棒很多。”他停顿了一下，看到我失望的表情又笑了，“也许吧。”

我皱了下眉，“你说的‘也许’是什么意思？”

阿泰尔变得诡秘起来，“他们不晓得我们已经知道这件事，把它藏了起来，只等篝火之夜再推出来。”

也许因为老是被关在麦金尼斯先生书房里的缘故，我好像没听明白他的意思，“那又怎样？”

“他们认为如果我们知道轮胎的事，我们就会嫉妒，会想办法去搞破坏。”

我终于看出了点端倪，“唔，我们确实知道了，但我不明白我们怎么能破坏一条拖拉机轮胎。”

“是这样的，我们不打算破坏轮胎，”阿泰尔激动得眼睛闪闪发亮，“我们要把它偷出来。”

这让我很诧异。“谁说的？”

“唐纳德·默里，”阿泰尔说，“他有办法。”

第二天课间活动的时候，地面上的霜仍然很厚。所有的人都跑到操场上。有五六个人在滑冰。他们中的佼佼者一直滑到了离门口最远的地方，那里的柏油路面向一条排水沟的方向倾斜，足足有 15 英尺长。只需一个短暂的助跑，地心引力就会帮你完成其余的事情。但最后跳下来的时候动作要迅速，否则你就会栽到沟里。

我心痒难耐，跃跃欲试，准备排队尝试一下，但唐纳德·默里开始召集克罗伯的男孩们开会，我们全都聚集在工艺大楼前面。

唐纳德是个又高又瘦、相貌英俊的男孩，漂亮的沙色头发更增加了一份魅力。所有的女孩对他都很痴迷，但他对此却漫不经心。他是男孩中的男孩，男人中的领袖，如果你和唐纳德在一起，就不用再害怕麦克里奇兄弟。那时天使已经离开克罗伯学校，去卢斯堡职业学校学习了，但默多·鲁阿兹仍是一个无处不在的威胁。

一开始，唐纳德的威信来自他人人敬畏的父亲。人人，也就是说，除了唐纳德本人以外的所有人。那时牧师在社区里的威望仍然很高，而且肯尼思·默里是个让人畏惧的人。康尼克是肯尼思在盖尔语中的称呼，尽管教堂外的黑板上写的是肯尼思·默里，但所有人还是叫他康尼克，虽然不是当面。你只能当面称呼他先生或者默里牧师。我们总想象他的妻子也叫他牧师，即使是在床上。

不过，唐纳德总是叫他父亲“那个老混蛋”。他不放过任何与父亲作对的机会，拒绝周日去教堂，结果每个安息日都被关在牧师住宅里。

有个周六晚上，我们正在某人家里聚会。那家父母都去斯托诺韦参加婚礼了，他们决定在那里过夜，省得酒后冒险驾车回家。当时并不太晚，也许十点半左右，门突然打开了，康尼克·默里如同上帝派遣的复仇天使站在那里，准备惩罚我们的罪行。当然，有一半的孩子在抽烟喝酒，还有一些女孩也在那里。康尼克对我们咆哮着，威胁要通知每个人的家长。我们难道不知道那是主日前夜吗？不知道我们这么大的孩子这时应该在家里睡觉？除了唐纳德，其他人都吓坏了。他待在原地没动，懒洋洋地躺在沙发上，手里拿着一罐啤酒。当然，牧师来的真正目的是找唐纳德。他用一根颤抖的手指愤怒地指着儿子，令其滚出去。但唐纳德还是坐在那里，愠怒的脸上带着挑衅，竟然叫父亲滚蛋。我们全都惊呆了，你甚至能听到一枚针掉落在斯托诺韦的声音。

康尼克·默里羞愤地涨红了脸，大步走进房间，把唐纳德手中的啤酒罐打翻，啤酒洒得到处都是，但没人动，没人说话，甚至包括康尼克。除了牧师领赋予他的权威外，他强壮的外表本身就是一个震慑。他是个身材高大健壮的男人。他揪着唐纳德的脖子把人从沙发上拽起来，然后在霜气浓重的夜色中把儿子押送回家。那是面对挑衅表现出的一种令人畏惧的权力。在他父亲把他带回家的时候，我们谁都不想成为唐纳德。

果不其然，康尼克·默里牧师拜访了那天晚上在那所房子里的每个孩子的家长，那些孩子都付出了惨痛的代价，不过我倒是躲过了一劫。我姨妈一向脾气古怪，所以在一个敬畏上帝的社区里她顺理成章地成为一名坚定的无神论者。她斩钉截铁地告诉牧师——虽然用词不像唐纳德那么粗鲁——他自以为是的义愤可以另寻出处。他告诉她，她肯定要下地狱。“那我们就在那儿见吧。”她说着就在他身后砰地关上了门。我想我对教会的蔑视可能是从姨妈那里学来的。

就这样，唐纳德凭自己的本事为其赢得了某种传奇地位。不是因为他的父亲是谁，而是因为他反对父亲及其所代表的一切的做法。唐纳德是同龄人中第一个抽烟、第一个喝酒的人，也是我见到的同龄人中第一个喝醉酒的人。但他身上有阳光的一面：擅长各类运动，在班里名列第二。尽管他在体力上不是默多·鲁阿兹的对手，但在智力上可是绰绰有余。默多也明白这一点，因此总的来说他对唐纳德敬而远之。

那天我们有六个人聚集在操场：唐纳德、我、阿泰尔，以及几个来自村子底层的男孩——伊恩、肖尼和卡卢姆·麦克唐纳。我总觉得卡卢姆很可怜，他比我们都瘦小，显得有些软弱。他擅长艺术，喜欢盖尔音乐，在学校管弦乐队弹奏克拉萨克琴——一种小型凯尔特竖琴。他被默多·鲁阿兹及其走狗们毫不留情地欺凌。他从来不说，也不抱怨，但我总想象他晚上肯定哭着入眠。我把目光从远处操场上的滑道移开，专心听今晚去斯温波斯特偷走轮胎的计划。

“好了，”唐纳德说，“我们在斯温波斯特墓地路的尽头碰头，明天凌晨1点。”

“我们怎么才能从家里溜出来？”

卡卢姆瞪大眼睛，眼神里充满惶恐。

“那是你的问题，”唐纳德毫不同情，“谁要是不想来，随便。”他停顿了一下，看看是否有人退缩。没有人。“好吧，离墓地约100码远的路边有一间锡皮屋顶的破黑屋，主要用来储存农具，门上有把挂锁，那里就是他们藏轮胎的地方。”

“你是怎么知道的？”肖尼问。

唐纳德得意扬扬地笑了，“我认识[①]斯温波斯特的一个女孩。她和她哥哥不和。”我们都点头，没有人对唐纳德认识斯温波斯特的女孩感到惊讶，每个人都在想他很有可能是以《圣经》上的方式认识她的。

“这里他妈的发生了什么事？”默多·鲁阿兹挤进人群，身边跟着两个从上学第一天起就追随他的小喽啰。其中一个脸上长了可怕的粉刺，你的眼睛会不由自主地盯住他鼻子和嘴巴周围一

① 原文为know，该词在《圣经》中有性交的意思。

簇簇化脓的露出黄头的青春痘。我们这个圈子迅速地为他让出一片空地。

“和你没关系。”唐纳德说。

“不，有关系。”默多在唐纳德面前显示出从未有过的自信，“你们要去偷斯温波斯特男孩藏在那里的轮胎。”

他居然知道这件事，我们都大吃一惊。最初的震惊过后，我们意识到肯定有人向他泄了密。所有人的目光都转向卡卢姆，他局促不安地扭来扭去。

“我没说，真的。”

“我怎么知道的重要吗？”默多·鲁阿兹嚷嚷着，“我知道了，怎么样？我们想加入。我、天使，还有这些男孩。毕竟，我们都是克罗伯男孩，不是吗？”

“不用，”唐纳德毫不买账，“我们这些人足够了。”

但默多相当有耐心，“那可是条大轮胎，足有一吨重，要想搬动它可是需要很多人力的。”

“我们不打算搬它。”唐纳德说。

默多颇感意外，“那你们怎么才能把它弄回克罗伯？”

“我们用手推，傻瓜。”

“噢，”默多·鲁阿兹显然没想到这点，“不过，你们还是需要多些人手把它竖起来才能推动。”

“我说过了，”唐纳德态度坚决，“我们不需要你。”

“听着！”默多用一根手指戳着唐纳德的胸部，“我才不管你他妈的说过什么，要么让我们加入，要么我们就去揭发你们。”

亮出自己的王牌后，他得意地退后一步，“你挑哪样？”

我从唐纳德耷拉下来的肩膀知道他这次被击败了。谁也不想让麦克里奇兄弟和他们的喽啰掺和，但我们也不想让斯温波斯特男孩在篝火之夜拥有最棒的篝火。“好吧。”唐纳德叹了口气。默多·鲁阿兹得意地眉开眼笑。

那天晚上我几乎一夜没合眼，即使我想睡也办不到。我熬夜做着下周要交给麦金尼斯先生的家庭作业。我房间里有一个小小的带着凹面反射镜的双片电热器，但对抵御寒冷的侵袭毫无作用，除非离它只有 6 英寸远，那样的话又会被烫伤。我穿了两双袜子，外面套双大农夫靴，下身穿着牛仔裤，上身穿着 T 恤衫，外面套一件沉甸甸的羊毛针织衫和一件厚夹克，但仍然感到冷。这间屋子又大又阴暗，建于 20 世纪 20 年代，当风从海面吹来时，窗和门就会咯咯作响地给风让道。今晚没风，但温度降到了零下，客厅里的炭火看起来离得很远。不管怎么说，如果我姨妈睡觉前顺便进来看我的话，我会为穿这么多衣服找到充分的借口。但是，我知道她肯定不会。她从没那么做过。

我听到她十点半上了楼。她通常习惯晚睡，但今晚连她也怕冷。床，外加一只热乎乎的暖水袋才有可能提供温暖。我在床头灯下又学了一个半小时后，合上课本，站在门边听了听。什么也没听到，因此我蹑手蹑脚地来到漆黑的过道。令我恐惧的是，我看到姨妈卧室门下方泻出一缕灯光，她一定在看书。我迅速溜回卧室。陈旧的木头楼梯总是嘎吱作响，我知道不可能不被发现。

唯一的办法是从窗户爬到屋顶，然后顺着排水管滑下去。我以前这么做过，但今晚屋顶的石板瓦上覆盖着一层厚厚的冰霜，这将是一次冒险行动。

我小心翼翼地拨开插销，把生锈的金属窗框推开，合页发出可怕的尖叫声。我待着不动，等着姨妈叫我的声音。但我只能听到 50 英尺之下大海冲刷卵石滩发出的持续不断的哗哗声。冷空气刺痛了我的脸，当我抓住窗框探出身子向屋顶攀爬时，寒气渗透了手指。瓦片覆盖的屋顶从老虎窗向下面的排水槽急剧倾斜。我用脚摸索到了排水槽，沿着排水槽一点点挪到山墙，然后抓住墙顶，蹲下身，探出脚，在排水管上找到了一个落脚点。当我终于沿冰冷的金属管道滑落到地面时，真是如释重负，我出来了。

空气中弥漫着冬霜和泥炭烟的味道，姨妈的旧车停在房前的车道上。在一座老宅子废墟的另一边，下面的卵石滩被月光照得如同白昼。我抬头看到楼上姨妈房间的窗户仍然亮着灯，便匆忙跑到东山墙下的混凝土棚。我推出自行车，瞥了一眼手表，艰难地沿单行道朝克罗伯骑去，左侧的旷野发出幽幽的光，右侧的海洋波光粼粼。此时是午夜十二点半。

姨妈的房子在村南约 1 英里远的地方，孤零零地矗立在小克罗伯港口附近的悬崖上，悬崖一侧是万丈深渊。我只用了几分钟就回到村子，途经我家的老房子，里面黑乎乎、空洞洞的，关着门，破败不堪，令人伤心。我总是尽量不去看它，因为它几乎每次都会让我想起过去的生活，并设想现在的生活原本会是什么样，这一点让我难以忍受。

阿泰尔家的平房位于路面下方，泥炭堆的阴影映衬着银色海洋，精心搭建的人字形泥炭堆在月光下异常清晰。我在门口停下，向房子四周的阴影里张望。阿泰尔很久以前就有个外号叫“呼噜噜”，但我从来不这么叫他。“阿泰尔！”我的低声呼唤听起来大得吓人，但他并没有现身。我又等了5分钟，越来越急躁，一次次看表，好像这样就能让时间变慢。我们要迟到了。我正要放弃之际，靠近泥炭堆的房子一侧传来“咣当”一声，阿泰尔甩掉一个绊了脚的塑料桶，从黑暗中呼哧呼哧地走出来。他穿过草地跑过来，没看到面前的篱笆，被边缘紧绷的铁丝顶了一下，几乎是一个跟头翻了过来。他仰面朝天摔倒在我脚下，在月光下对我咧嘴笑着。

“这可怪了，”我说，“究竟是什么把你拦住了？”

“我老爹半小时前才去睡觉。他的耳朵像该死的兔子一样敏锐，我得听到鼾声才能确信他睡着了。”他一骨碌爬起来，“哎呀，天哪，我浑身都是羊屎。”

我的心一沉。他要坐在自行车的后座上，不仅裤子会弄脏车座，沾满屎的手还要搂着我的腰。“上车！”他骑到后座上，仍然傻乎乎地笑着。我闻到了他身上的屎味，“别把那玩意儿抹我身上！”

“如果不能有难同当，朋友有啥用？”阿泰尔紧抓住我的厚夹克。我咬紧牙关，顺着单行道向主道上骑去。为了保持平衡，阿泰尔使劲张开双腿。

我们把自行车藏在距离斯温波斯特的墓地路几百码远的一个

沟里，跑完了剩下的路程。其他人正在路尽头不耐烦地等着，挤在那栋已经被内斯建筑商接管的老合作社大楼的阴影里。“看在上帝的分上，你们究竟去哪儿了？”唐纳德悄声问。

天使麦克里奇从黑暗中钻出来，把我推到墙角，“你这个愚蠢的小杂种！我们在这里等你们越久，就越有可能被发现。”

“上帝啊！”默多·鲁阿兹在阴影里发出嘶嘶的声音，“到底是他妈的什么味道？”

我瞪着阿泰尔。唐纳德说：“快点，我们开始吧。”

天使的大手放开了我，我跟随其他人从内斯建筑商的庇护所中走出来，到了斜照着路面的月光下。这里显得十分开阔。错落不齐的栅栏柱画出了到墓地全程的路线，远处海岬上的墓碑闪闪发光。在我们匆忙穿越左边房子的花园时，脚下的霜发出嘎吱声响，听起来异乎寻常地响亮。我们的呼气在寒冷的空气中凝结了，像头顶升腾起来的一团烟雾。

唐纳德在一间波纹铁皮屋顶的老黑屋外停住了，坚实的木门上有一个结实的铁扣环，上面挂着一把大锁。门楣是三角形的，方便大型农具出入。“就是这儿了。”

默多·鲁阿兹上前一步，从外套里面抽出一把强力割刀。

“你到底在搞什么？”唐纳德悄声问。

“你告诉过我们这里上锁了。”

“我们来这儿是偷轮胎的，默多，不是要破坏别人的财产。”

“那我们怎么才能把锁打开？”

“一般用钥匙。”唐纳德拿出一把系在皮挂饰上的大钥匙。

“他到底是从哪里搞到这个的？”那个青春痘男孩问，他的青春痘在月光下好像会发光。

“他认识一个女孩。”卡卢姆说，好像这就能解释所有的事情。

唐纳德打开锁，推开半扇门。门发出嘎吱声，里面一团漆黑。他从口袋里掏出一只手电筒，我们都拥在他身后。他晃动着手电筒，照着里面数量惊人的废品：一台老拖拉机生锈的外壳、一把老犁、一个烂水瓢，还有小铲子、锄头、钉耙、铁锹、绳子，以及从屋梁上垂下来的渔网、在我们头顶摇晃的橙色和黄色塑料浮标，还有一辆老爷车的后座。在那边，靠着远处的墙有一条巨大的旧拖拉机轮胎，比我们中的任何人都要大，胎面花纹里可以放进去一个拳头。面向我们的一侧有一道10英寸深的裂口，想必是司机粗心酿成的。也许保险公司已经赔付了置换轮胎的费用，但轮胎自身是没什么用了。真是点燃篝火的绝佳材料，我们目不转睛地盯着它，心怀敬畏。“太棒了。”阿泰尔低语道。

“它能一连烧他妈的好几天。”天使说。

“我们把它弄出去吧。”唐纳德语气里透着胜利的喜悦。

轮胎有一吨重，正如默多·鲁阿兹预测的那样，在我们设法把它弄到门外的路上时，所有人一起上才没让它倒下。之后唐纳德回去把门关上，重新上了锁。他回来时脸上挂着期待的笑容，“他们不会知道这是怎么回事，就像轮胎突然蒸发了。”

“是的，直到它在我们的篝火中变成烟升上天。”默多幸灾乐祸地说。

把轮胎沿斜坡推到主路上是个艰难的过程，其实那也算不上什么斜坡。我们深刻体会到把它推上山弄到克罗伯有多费劲。我们面前是漫漫长夜。

到了路尽头后，我们把轮胎斜靠在老合作社大楼的山墙上，休息片刻，个个气喘吁吁，汗流浃背。我们已经积聚了足够的热量，不用再担心寒冷的困扰。香烟分发下去了，我们都吞云吐雾，暗自庆祝，对自己相当满意。

“从这里开始就比较麻烦了。”唐纳德说，用手罩着香烟的余烬。

“什么意思？”默多瞪眼看着他，“从这儿到克罗伯岔道口是下坡。”

“确实如此。地心引力会增加轮胎的重量，我们要防止它从我们手里溜走。我们需要最高大、最强壮的男孩在前面控制它。”

就这样麦克里奇兄弟、青春痘男孩和他的伙伴被分派到前面控制轮胎，他们要倒退着向山下走。我和阿泰尔在一边，伊恩、肖尼在另一边，唐纳德和卡卢姆两人扶着轮胎后部的边缘。

我们刚把它推到主路上，从山顶上的一个急转弯突然射来一束车头灯的光。没有人听到车过来，我们顿时一片惊慌，这时把轮胎放回大楼的阴影处已经来不及了，因此唐纳德用肩膀把它顶到了沟里，连带着默多·鲁阿兹一起。我们听到薄冰破裂的声音，在卧倒寻找掩护时，又听到鲁阿兹压低声咒骂道：“你们这群狗娘养的！”

汽车飞驰而过，灯光渐渐消失在去五便士路和路易斯岬的远方岔道口。默多·鲁阿兹浑身湿透，脸上沾满污泥，还有天知道什么东西。他从沟里摇摇晃晃地爬出来，在冷风中气急败坏地咒骂着。当然，其他人忍不住大笑起来，直到默多气恼地大踏步走过碎石路，一巴掌打在我脸上，我的耳朵里顿时嗡嗡直响。这家伙从来都不喜欢我。“觉得很好笑，是吧？你们这群垃圾！”他瞪着其他人的脸，大家赶紧拼命显出一本正经的样子，“还有谁觉得这件事很好笑？”自然没有人承认。

“我们继续吧。”唐纳德·默里说。

我们花了整整5分钟把轮胎从沟里弄出来扶正。我的脸一阵阵刺痛，心想明天脸颊上定会有一大块瘀青。我们重新站好位置，开始缓慢而小心地把轮胎向山下的克罗伯路尽头滚动。起先，这样做好像比把它推上斜坡容易。接着，随着坡度逐渐增大，轮胎变得越来越重，获得了自身的冲力。

“看在上帝的分上，”唐纳德低吼道，“慢点！”

“你认为我们他妈的在做什么？”天使的声音里流露出恐慌。

轮胎变得越来越重，越来越快，我们极力想抓牢它，手火辣辣地疼，随着它逐渐加速我们也跟着跑起来。麦克里奇那帮人再也抓不住它了，青春痘男孩摔倒在地，轮胎撞到他腿上。卡卢姆绊在青春痘男孩身上，四脚朝天地倒在路上。

“我们抓不住它了，我们抓不住它了！”默多·鲁阿兹几乎在嘶吼。

“看在上帝的分上，小声点。”唐纳德小声制止，路两旁都是房子。但事实上，嗓门大小已不重要，问题是轮胎已经脱离了我们的控制。天使和默多跳到一旁，轮胎最终摆脱了唐纳德最后绝望的努力，获得了自由。

它一直向下滚去，仿佛获得了生命和方向。我们都跟在后面追赶，匆忙地向山下冲。但它滚得越来越快，离我们越来越远了。“噢，上帝……”我听到了唐纳德的呻吟，意识到了他也想到的事。轮胎正直直地冲向坐落在山脚下面对着主路拐弯处的克罗伯商店，以它的重量和速度，后果不堪设想，我们对此完全束手无策。

玻璃破碎时尖厉的响声引起的巨大冲击波划破了夜空，轮胎已经直冲进门左侧的窗户。我发誓整栋房子都在摇晃，然后一片沉寂。轮胎继续直立在那里，牢牢地嵌在窗口里，如同某个怪诞的现代雕塑。大约 30 秒后我们也冲到商店前，喘着粗气，震惊得哑口无言，只是站在那里无奈而恐惧地看着它。最近的房子里亮起了灯，离商店约有 100 码远。

唐纳德难以置信地摇着头。“我不相信，”他一直在说，“我不相信。”

“赶快开溜吧。”默多·鲁阿兹倒抽一口气。

“不，”天使伸手挡在弟弟胸前，“如果我们逃跑了，他们绝不会善罢甘休，一定要查出是谁干的。”

“你说什么？”默多看着哥哥，好像认为他发疯了。

“我说的是替罪羊。有人得背黑锅，不把大家揭发出来。他们只要找到有人承担责任就满意了。”

唐纳德摇摇头，“这太疯狂了。我们走吧。”我们现在能听到远处的声音，人们在大声互相询问到底出了什么事。

但天使坚持他的立场，“不，我是对的，相信我。我们需要一个自告奋勇的人。”他挨个把我们看了一遍，最后把目光停留在我身上，“你，小孤儿，你代价最小。”我甚至还没来得及反对，一只大拳头就打在我脸上，我扑通跪在地上，喘不过气来。接着他用靴子在我肚子上猛踢一脚，我像无助的胎儿似的缩成一团，吐了一地。

我听到唐纳德在大喊：“住手！该死的，快住手！”

接着是天使低沉的威胁声：“想逼我吗，牧师的公子？两个比一个好。下一个可能就是你。”

然后是片刻的沉寂，接着是卡卢姆的哀号：“我们得走了！”

我听到脚步声消失在远方，然后一种奇怪的宁静和霜冻一起降临到这个夜晚。我无法移动，甚至没有力气翻身。我模糊地意识到附近房子里越来越多的灯亮起来，听到有人在喊叫：“商店！有人闯进了商店！”手电筒的光束刺破了夜空，接着一双手把我从地上粗暴地提起来。我几乎站立不住，感到两侧的腋下有两个肩膀支撑着我，然后听到了唐纳德的声音。

“抓牢他了吗，阿泰尔？”

接着是阿泰尔熟悉的喘息声，“抓牢了。”

他们把我拽起来就跑，穿过马路来到沟里。

我不确定我们在被茂密的草丛掩盖的冰和泥中躺了多久，但看起来好像永无尽头。我们看到当地人穿着睡衣和长筒雨靴来了，用手电筒照着马路和店面周围。我们听到他们惊骇的声音。一条6英尺高的拖拉机轮胎镶嵌在商店窗户上，而周围连个鬼影都不见。他们认为其实没人闯入商店，但最好还是报警。人们散去后，唐纳德和阿泰尔把我从地上拉起来，我们跌跌撞撞地穿过了那个结冰的泥炭沼。在小山阴影下的一个门口，我和唐纳德一起等着阿泰尔把我的自行车取回来。我感觉糟透了，而且越来越糟。但我知道唐纳德和阿泰尔冒着被抓住的危险回来救了我。

“你们为啥要回来？”

“哎呀，这首先是因为我的蠢主意，”唐纳德叹了口气，“我不会让你为此代人受过的。”然后他停顿了一下。我看不到他的脸，但我听到他声音里的愤怒和沮丧，“总有一天我要把那个该死的天使麦克里奇的翅膀扯下来。”

他们永远没有查出是谁把斯温波斯特轮胎弄到克罗伯商店窗户里面的，但他们也不会把它还给斯温波斯特的男孩们。警察把它没收了，因此克罗伯在那年有了内斯最棒的篝火。

# 五

## 1

芬迎着轻柔的微风沿单行道朝村里走去。他低头望望山下，看到远处甘恩的背影，他正返回内斯港去取车。芬觉察到落雨了，但头顶黑色的天空已经开始放晴，他想也许最终什么也不会发生。

虽然刚到 8 月，但有人已经在壁炉里生了火。微风送来温暖浓郁、特点鲜明的泥炭烟味，把他带回了二三十年前。真是不可思议，他想，这些年他的变化如此之大，而这个生他养他的地方却依然如故。他感觉自己犹如回到过去的幽灵，正漫步在童年的街道上。他似乎看到他和阿泰尔正绕过路口拐角处的教堂，骑着自行车向山脚下的商店奔去，周六，他们可以挥霍零花钱了。这时，一个孩子的哭声引起了他的注意，他扭过头，看到上面的高地上有两个小男孩正在一所房子附近的秋千上玩耍。衣服在晾衣绳上飘动，这时一个年轻女人从房子里匆忙走出来，在下雨前把衣服收了回去。

教堂傲然矗立在拐弯处，俯视着山下的村庄以及逐渐消失在大海里的那片陆地。碎石铺面的宽大停车场是芬离开后新建的，大门的出入口都有拦畜木栅保护，防止羊群和它们的粪便侵入，柏油地面用新涂的白漆划界。信徒们按指示有条不紊地停车。芬年轻时人们都步行去教堂。一些人从方圆数英里外赶来，黑色外套的下摆被风掀起，他们一手紧紧抓住帽子，一手紧握《圣经》。

从停车场有台阶通向牧师住宅，这是一幢雄伟的两层楼房。在建这座楼房的那个年代，教堂认为牧师需要三个公用房间和五间卧室：三间家庭卧室，一间用于接待来访的牧师，一间用作书房。从牧师住宅里可以一览从岛的最北端直到远处指向天空的灯塔的壮观景色，但同时也使它暴露于上帝的怒火之下，任何可能的天气都会出现，就连牧师自己也不能幸免于路易斯岛喜怒无常的天气。

在山坡弯道的另一边，道路顺着崖顶随地势继续攀升，克罗伯其余部分沿道路一字排开，绵延半英里。尽管从这里看不到，芬知道阿泰尔以前住过的平房以及他父母的小农场只有几百码远，但他不确定自己是否已做好准备。他推开拦畜木栅旁的大门，穿过停车场，踏上通向牧师住宅的台阶。

他敲了几下门，又按响了门铃，但无人回应。他试着推了下，门开了，过道里一片黑暗。“喂！有人在家吗？”迎接他的只有寂静。他关上门，眺望着整个教堂。这座用当地岩石凿的大石块建成的建筑依然那么壮观雄伟，侧翼是两座小小的角楼，钟楼高耸在拱形大门上方。里面没有钟，芬知道那里从来就没有钟。钟是轻浮的东西，有点天主教的味道。所有窗户都是拱形的，大门上方有两扇，两侧各有一扇，每边侧面下方各有四扇。高大而简单的窗户。在简朴的加尔文文化中没有彩色玻璃，没有画像，没有十字架，没有乐趣。

两扇门中的一扇敞开着，芬进入过道，牧师就在这里欢迎进来的会众，在他们离开时握手道别。一个沉闷的地方：破旧的地板，深色的清漆木头，散发着灰尘、潮湿的衣物和时间的味道，一种30年来从未改变过的味道。芬想起了那些漫长的安息日，父母让他耐着性子听完一个半小时的盖尔语唱经和激昂的午间布道，接着是6点钟的布道。下午，他不得不在教堂后部的大厅里忍受两小时的主日学校课。当他既不在教堂，也不在主日学校的时候，他还得留在家里听父亲诵读盖尔语《圣经》。

芬追随着童年的脚步，沿着左手的门进入教堂，成排冰冷的长木椅分布在两条通道两侧，通道指向尽头一块用栏杆围起的抬高区域，一脸阴郁的长老们在那里领唱赞美诗。布道坛高高在上，精雕细琢，嵌入墙内，两边有弧形楼梯通到上面。布道坛的高度使牧师拥有了绝对权威的主导地位，凌驾于凡夫俗子之上，他每个礼拜日都用死后永堕地狱的威胁痛斥他们。救赎就在他们手里，他每周都这样告诫他们，只要他们愿将自己交付于上帝之手。

芬耳边似乎响起盖尔语的唱诗声。那是一种奇特的、无伴奏的部落诵经，对于不习惯的人来说听起来杂乱无章，但其中隐含着某种奇妙感人的东西：关于土地和自然风景，关于克服巨大的苦难争取生存的斗争，关于他成长于其中的人们的故事。他们中的大多数心地善良，通过对上帝的赞美发现了自身的某种独特之处，表达了在艰苦生活中发现生存意义的感恩之情。仅仅是这些回忆就足以让他激动不已。

他听到了一种敲击声，咚咚的响声在三面环绕的楼厅回荡，似乎充满了整个教堂。金属与金属碰撞的声音。他困惑地四下环顾，接着意识到声音来自沿墙的散热器。中央供暖系统是新的，高高的窗户上的双层玻璃也是如此。也许现在的安息日比 30 年前要暖和些。芬返回到门厅，看到远处的一扇门开着，也许咚咚的响声来自门外的某个地方。

原来那扇门通向一个锅炉房，一个巨大的锅炉矗立在那里，防护盖被揭去了，敞着门，露出内部拜占庭式的运行方式。从里面扒拉出来的垃圾散落在锅炉下的混凝土护坦周围。工具箱敞开着，一个身穿蓝色工作服的男人躺在地上，正用一只大扳手敲松一个出口管的接口。

“打扰一下，”芬说，“我找唐纳德·默里牧师。”

穿工作服的男人吃惊地坐起来，脑袋砰的一声撞到锅炉门上。“该死！”芬看到了工作服敞开的领口下面的牧师领，认出了一团乱糟糟的沙色头发下那张棱角分明的脸。现在头发已经灰白，而且比以前稀少了。那张脸也比以前瘦削，失去了童年的帅气，变得有些猥琐，嘴巴和眼睛周围出现了细纹。“你已经找到他了。”男人眯眼看着芬，因为后面的光线看不清他的脸，“有什么需要帮助的吗？”

“你可以先握握我的手，”芬说，“故友重逢都是这样，不是吗？”

默里牧师皱着眉头站起来，端详着这个自称认识他的陌生人的脸，恍然大悟似的眼睛一亮，“老天，芬·麦克劳德。”他紧抓住芬的手用力摇着，喜笑颜开。芬在他身上再次看到了多年前熟悉的那个男孩。“老兄，见到你真高兴，见到你真高兴。”他是打心眼里高兴，直到其他想法涌上心头，给他的笑容抹上一层阴云。笑容褪去后，他说：“好久不见。”

当甘恩告诉芬，唐纳德·默里已接替父亲的职位成为克罗伯自由教堂的牧师时，他难以相信。虽然现在仍然觉得难以置信，但眼见为实。“大约 17 年了，不过即使再过 70 年，我还是没想过你会穿上这身牧师服，除非在牧师和妓女的派对上。”

唐纳德微微歪了下头，“上帝使我迷途知返。”

芬想，他确实误入歧途太远了。唐纳德和他同时去的格拉斯哥，但芬去了大学，唐纳德则从事音乐推广的事业，管理和推广 80 年代一些最成功的格拉斯哥乐队。但后来事情开始向糟糕的一面发展，酗酒变得比工作更重要。代理的生意失败了，他迷恋上了毒品。芬在一次晚间派对上碰到他时，唐纳德向他提供可卡因，还有女人。当然，他烂醉如泥，曾经生气勃勃的眼神变得黯淡无光。芬后来听说唐纳德因为私藏毒品被捕并被罚款后离开了苏格兰，直奔南方，去了伦敦。

“那时你感染克莱姆（cur à m）了？”芬问道。

唐纳德用抹布擦了擦沾满油污的手，刻意避开芬的眼神，“我不喜欢这个词。”

盖尔语颠覆词的原义在岛上是一种很普遍的情形。克莱姆（cur à m）原义是焦虑，但对于那些重生的人来说，它意味着某种像病毒一样可能被感染的东西。从某种意义上说，确实如此，思想的病毒。“我一直认为事实正好相反，”芬说，“孩童时期就被洗脑，接着是疯狂的反抗和放荡的生活。酗酒，毒品，狂野的女人。”他停顿了一下，“听起来熟悉吧？我想，在所有早期的地狱之火和诅咒的大餐后，恐惧和悔恨开始起作用，就像迟来的消化不良。”唐纳德阴郁地看了他一眼，拒绝发表任何意见。“这就是他们所说的上帝和你交谈的时刻，你对于那些也渴望上帝和他们交谈的人来说具有非常特殊的意义。是这样吗，唐纳德？”

“我过去挺喜欢你的，芬。”

“我一直都喜欢你，唐纳德，从你第一天阻止默多·鲁阿兹把我揍得两眼发黑时起。”他想问唐纳德为何自暴自弃，然而他知道唐纳德早已把生活与酒和毒品一起从马桶冲走了。也许这真的是某种救赎。毕竟，不是所有人都和芬一样对上帝充满敌意。他心软了，“对不起。”

“你到这儿是有什么事吧？”显然，虽然芬道了歉，唐纳德还不准备马上原谅他。

芬遗憾地笑了笑，“我花了那么大的努力才考上大学，却早早辍学了。”他苦笑了一下，“后来只混了个警察的职位。这完全出乎人的意料，是吧？”

“我已经听说了，”唐纳德现在警觉起来，“你还是没告诉我你为什么来这里。”

“我正在调查天使麦克里奇谋杀案，唐纳德。他们让我参与进来是因为他被谋杀的方式和我调查的爱丁堡谋杀案如出一辙。”

唐纳德脸上现出一丝微笑，又回到了原来的自己，“所以你想知道是不是我干的。”

“是吗？”

唐纳德大笑，“不是。”

“你曾告诉我总有一天你要把天使麦克里奇该死的翅膀扯下来。”

唐纳德的笑容消失了，“我们现在可是在上帝之家，芬。”

“这应该让我觉得不安吗？”

唐纳德盯了他一会儿，然后转身走开，蹲下来把工具放回盒子里，“是你那位无神论的姨妈让你和上帝作对的吧？”

芬摇摇头，“不，如果我和她一样成为快乐的异教徒，她会很高兴的。但太晚了，我和她一起生活时，她已经无法改变我的信仰。一旦你相信了某个教派，你就很难不再相信。我只是不相信上帝是善良的，仅此而已。唯一对此负责的应该是上帝自身。”唐纳德转身看着芬，难以置信地皱紧眉头。“就在他把我父母带到巴弗斯荒野的那个晚上。”芬挤出一丝微笑，“当然，那时我只是个孩子。这些日子，沉下心来时，我知道那些都是胡说八道。生活中这样的事情，”他痛苦地加了一句，“发生了不止一次。”他想起了另一个导致他憎恨的原因，“只是当我摆脱不了确实存在上帝的想法时，我才开始重新变得愤怒起来。”

唐纳德继续收拾工具箱，“你不是真的过来问我是否杀了天使麦克里奇吧？”

“你非常不喜欢他。”

“好多人都不怎么喜欢他，这并不意味着他们要杀死他。”他停了一下，用手掂了掂一把斧头的重量，“但如果你想知道我对此事的看法，我认为他的死对这世界没有任何影响。”

“你这话可不像基督徒说的。”芬说。唐纳德把斧子扔回工具箱。“你是因为我们童年时受到的欺负，还是因为你女儿控告他强奸了她？”

唐纳德站起来，“他的确强奸了她。”他充满戒备，带着挑衅。

“我一点都不吃惊，所以我想知道发生了什么。”

唐纳德从他身边挤过去，走进过道，“我想你在警方报告中能找到所有你需要的信息。”

芬紧随其后，“我更愿意获得第一手资料。”

唐纳德停下脚步，转身朝老同学迈近一步。他还是比芬足足高出 3 英寸。芬想，6 英尺多高，身强力壮，足以把体重 18 英石的麦克里奇用绳子吊在内斯港舢板棚的梁上。“我不想让你或其他任何人再和她谈论此事。那个人强奸了她，警察对待她的态度仿佛她在撒谎，好像被强奸本身还不够丢脸似的。”

“唐纳德，我不想羞辱她或指责她撒谎。我只是想听听她的说法。”

“不行。”

“听我说，我不想强人所难，但这是谋杀调查。如果我想和她谈话，我就要这么做。”

芬看到唐纳德眼中冒出一团身为人父才有的怒火，但只燃烧了一瞬间，然后某种内在的控制力熄灭了火焰。“但她现在不在这里，她和她妈妈一起去了镇上。”

“那我下次再来，也许明天吧。”

“芬，如果你不来更好。”

芬感觉到唐纳德话里冷冷的威胁，发现很难相信这就是那个曾为他挺身而出对抗恶霸的男孩，那个当他那晚在克罗伯商店外面被天使麦克里奇击倒时，不顾自身安危回来救他的男孩。“为什么？因为我或许会发现真相？谁害怕真相呢，唐纳德？”唐纳德只是瞪着他。“你知道，如果麦克里奇强奸了我女儿，我也许早就亲手解决这个问题了。”

唐纳德摇摇头，“我不相信你居然认为我会做这样的事，芬。”

“尽管如此，我还是对你在那个周六晚上去了哪里很感兴趣。”

“既然你的同事已经问过我这个问题，我想也许你能在笔录中找到答案。”

“我不能辨别笔录中是否有谎言，但我通常能看出人是否在撒谎。”

“我周六晚上在我通常待的地方，在家为安息日写布道词。我妻子可以为我作证，如果你想问她的话。”唐纳德走到门口，为芬打开门，示意他们的交谈已经结束了，“无论如何，报复罪人不是我的事，上帝会以他的方式惩罚天使麦克里奇。”

“也许他已经这么做了。”芬走出门，外面狂风大作，滂沱大雨扑面而来。

当赶到甘恩停在停车场的汽车前时，芬全身都湿透了。他一屁股坐到副驾驶座上，雨水顺着卷发从脸颊流到脖颈。他砰地关上车门。甘恩打开空调，瞥了芬一眼，“怎么样？”

“告诉我，那个女孩声称麦克里奇强奸她的那个晚上发生了什么。”

## 2

当他们驱车返回斯托诺韦的时候，一缕缕蓝色、黑色、紫灰色的云絮布满了天空。道路在他们面前平整地延展开来，直到天际。天空划过一道闪电，大雨如注，从天而降。

“这件事发生在两个月前，”甘恩说，“唐娜·默里和一帮朋友在克罗伯社交俱乐部喝酒。”

“我记得你说过她只有16岁。”

甘恩偷瞟了他一眼，看他是否在开玩笑，“你离开这里太久了，麦克劳德先生。”

“这是违法的，乔治。”

“那是周五晚上，长官。那个地方很热闹，有些女孩已经超过18岁了，不管怎样，没人太在意。”

此时，阳光突然刺破阴云，洒向大地，雨刮器把阳光和雨水一起轻刷过挡风玻璃。在他们左侧，一道彩虹在旷野上空升起。

“这是通常发生在男孩和女孩之间的事，你知道酒精和青春期的荷尔蒙混合在一起会发生什么。不管怎样，麦克里奇出现在酒吧里，像往常一样坐在那只凳子上，脑袋斜靠在肘窝里，色眯眯地盯着所有年轻女孩。很难相信灌了那么多年的啤酒后他体内还有荷尔蒙。”甘恩笑起来，“你见过他的肝都成了什么样。”芬点点头，天使一直是个酒豪，青少年时就开始了。“不管怎样，年轻的唐娜吸引了他的视线。莫名其妙地，他好像认为唐娜也喜欢他，于是就请她喝酒。我想，当她拒绝的时候，事情可能就结束了。但显然有人告诉他这是唐纳德·默里的女儿，这一点似乎激起了他的兴致。”

芬可以想象，也许肆意玩弄唐纳德·默里的女儿激发了麦克里奇病态的满足感，尤其是如果她父亲听说这件事的话。

“他整个晚上都对她纠缠不休，买了她碰都不愿碰的酒，想用胳膊搂住她，做出各种下流的暗示。她的朋友们都认为这很搞笑，没人认为麦克里奇是个真正的威胁，他只不过是个酒吧里喝醉酒的老家伙而已。但唐娜确实被惹恼了，她的整个晚上都被他破坏掉了，因此她决定回家。按她的伙伴们的说法，‘带着愠怒的表情冲出门去’。但一分钟后，麦克里奇从凳子上溜下来，尾随唐娜而去。除了酒吧女招待外，很多人并没注意到这一点。从这里开始，就存在相互冲突的不同说法了。”

他们的汽车经过一群挤在南戴尔混凝土公交车候车亭的少女。这是路易斯特有的建筑，平顶，四个开放的隔间可以抵御来自四面八方的风。芬记得他们过去常把这种建筑称作巨人的野餐桌。这些少女看起来和唐娜年纪相仿，正等着公交车把她们带到斯托诺韦玩个通宵达旦。酒精和青春期荷尔蒙。芬确信这些女孩不知道鸡尾酒会变得多危险。面带微笑的苍白脸庞从挂满雨水的车窗旁飞速闪过，生活正驶向一个她们无法预知但同时又完全可以预测的方向。

“从唐娜离开社交俱乐部到她回到家花了35分钟。”甘恩说。

芬发表了异议，“那段距离最多也就花10分钟。”

“7分钟。我们一个女警察实地测试过。”

“那余下的半小时里发生了什么？”

“根据唐娜的说法，麦克里奇对她进行了性骚扰。她回到家时衣衫不整，这是她父亲的说法。满脸通红，妆都弄花了，像婴儿一样号啕大哭。他报了警，她被带到斯托诺韦接受法医的询问和检查。那是她第一次用强奸这个词。所以从内斯到斯托诺韦，性骚扰变成了强奸。当然，按照惯例，我们必须确定骚扰的确切性质。当我们深入细节时，这个女孩开始变得歇斯底里。是的，她确信，麦克里奇强迫她躺在地上，实施了性行为。不，她没答应。是的，她是个处女，或者曾经是。”甘恩不安地扫了芬一眼，“但我必须诚实地告诉你，麦克劳德先生。她身上或衣服上没有血迹，没有外在的迹象表明她曾在一个雨夜被迫躺在地上。她胳膊上没有瘀青，衣服也没有湿或弄脏。”

芬一脸困惑，“医学检查的结果如何？”

“是这么回事，麦克劳德先生。她不配合医学检查，断然拒绝了，说这太丢脸了。我们告诉她，如果我们没有物证或者证人证词的话就不能对麦克里奇提出控诉。结果我们在俱乐部外面找到的唯一目击者说，麦克里奇和唐娜的方向正好背道而驰。既然她拒绝医学检查……”

“那她父亲说什么？”

“哦，他从头至尾都支持她，说如果她不愿接受医生检查那是她的权利。我们向他说明了情况，但他说自己不可能去劝说她做她不愿做的事。”

“他在整个过程中的态度如何？”

“我得说他很愤怒，麦克劳德先生，紧咬牙关，拳头紧握，你知道，那种禁锢在内心的一触即发的愤怒。他外表上看起来相当平静，太平静了，就像闸门还未打开前水坝里的水一样。”甘恩叹了口气，“无论如何，调查人员盘问了那晚在社交俱乐部的每个人，没人能证实唐娜的话。理论上说，这个案子还没结。但事实上，调查已经被搁置起来了。”他摇摇头，“当然，谣言产生了。流言蜚语满天飞，很多人深信麦克里奇强奸了这个女孩。”

“你认为他干了吗？”

遍布旷野的小湖把大地分割得支离破碎，水面在阳光下闪烁着冰冷的蓝光。雨带已经过去了，放眼南望，天空一片晴朗。西雅达躺在他们身后，斜阳洒在原野上，照着巴弗斯白色的农舍，也照亮了远处南部山脉的缓坡。

“我愿意说我相信他干了，麦克劳德先生。据我了解，他就是个不折不扣的恶棍。但你知道，没有证据。”

“我没问你证据，乔治，我问你是怎么想的。”

甘恩双手紧握方向盘，“嗯，我告诉你我是怎么想的，麦克劳德先生，只要你不把我说的记录在案。”他犹豫了片刻，“我认为这个女孩撒了个弥天大谎。”

# 3

派克宾馆位于现在的卡拉德酒馆的对面，是一排砂岩房子——石墙乌黑，布满雨痕，黑漆漆地蹲伏在铁艺围栏后面。这里有镇上数一数二的饭店，餐厅设计的是玻璃屋顶，能最大限度地利用夏天的光线。夏至前后，午夜就餐时天空可能仍然布满粉色霞光。

芬提出一楼的客厅不适合他们交谈后，克里斯·亚当斯很不情愿地把芬领到他二楼的单人小卧室。脚下的地板嘎吱作响，就像踩在积雪上，芬注意到亚当斯爬楼梯时身体僵硬，看起来不大舒服。从他一口绵软柔滑的伦敦口音可以听出他是个英格兰人，这一点芬倒是没料到。他30岁左右，又高又瘦，金黄色的头发。对于一个显然把大部分时间都花在户外争取动物权利的人来说，他的肤色显得异常苍白。然而，象牙色的皮肤被左眼和颧骨周围发黄的瘀伤破坏了。他身穿宽松的灯芯绒休闲裤和写着类似“钱非万能”口号的运动衫。他留了很长的指甲，像女人的一样。

他打开门让芬进入房间，然后拿走折叠椅上的衣服和文件请客人坐下。卧室好像处于纸张大爆炸的中心，成百上千的纸片和双面胶粘在墙上，地图、备忘录、剪报、便利贴。芬不知道业主看到后会有何反应。床上堆满了书籍、活页文件夹和笔记簿。一台笔记本电脑放在窗户旁的五斗橱上，与更多的文件、空塑料杯和中餐外卖的残渣争夺着空间。从窗户往外看，可以穿过詹姆斯街一直望到老西弗斯旅馆冰冷的玻璃和混凝土大厦。

“我已经在你们身上浪费了太多的时间，”克里斯·亚当斯抱怨道，“你们没有逮捕那个殴打我的人，在他离奇死亡的时候还指控我谋杀他。”他的手机响了。“对不起，”他接了电话，告诉对方他现在正忙，有空再回话，接着期待地望着芬，“好了，你现在想知道什么？”

“我想知道你周五在哪里，也就是今年的5月25日。”

这句话让亚当斯乱了阵脚，“为什么？”

“请告诉我你在哪里，亚当斯先生。”

“唔，我不知道，我得查查日志。”

“那就查吧。”

亚当斯用明显的惊愕和愤怒交织的眼神看着芬，啧啧有声。他坐在床边，长长的手指炫耀似的在笔记本电脑上舞动，屏幕被激活了，闪现出日志页面，从每日安排到每月安排。亚当斯从8月份滚动到5月份。

“5月25日我在爱丁堡。那天下午我们在办公室与皇家防止虐待动物协会的当地代表有个会议。”

“那天晚上你在哪儿？”

“不知道。也许在家吧，我不做社交日记。”

“我需要你向我确认这一点。有人为你作证吗？”

他深叹一口气，“我想罗杰也许知道，他是我的寓友。”

“那我建议你问问他，然后回复我。”

“到底发生了什么，麦克劳德先生？”

芬对此置之不理，“约翰·西夫赖特这个名字对你有什么意义吗？”

亚当斯甚至连想都没想，“不，没有什么意义。你能告诉我到底发生了什么事吗？”

“今年5月26日一大早，爱丁堡一位产权交易律师被人发现吊死在利斯路附近一条街道的树上。其人叫约翰·西夫赖特，33岁。他被人掐死，剥光衣服，然后开膛破肚。仅仅在三天前，一个叫安格斯·约翰·麦克里奇的人在路易斯岛上遭遇了同样的劫难。”

从亚当斯喉咙深处发出轻微的叹息，“你想知道我有没有在苏格兰到处乱逛给人开膛破肚？我？真可笑，麦克劳德先生，可笑。”

“你看到我笑了吗，亚当斯先生？”

亚当斯怀疑地盯着芬，“我会问罗杰那天晚上我们做了什么，他会知道的，他比我有条理。还有别的事吗？”

“有，我想让你告诉我天使麦克里奇为什么殴打你？”

“天使？这是你们对他的称呼吗？我想他现在已经堕入地狱而不是升上天堂了。”他皱了下眉头，“我已经进行了正式声明。”

“对我，你还没有。”

“哦，现在去调查这次人身攻击已经没有多少意义了，既然作恶者对你们来说已是鞭长莫及。”

“告诉我发生了什么就行了。”芬控制着自己的不耐烦，但他的语气把他的情绪明白无误地传递给了亚当斯。亚当斯又叹了一口气，比刚才更做作。

“你们当地的一家报纸《赫布里底群岛报》报道了我在岛上组织示威游行，阻止每年一次的塘鹅捕猎行动的事情。你知道，他们一年能捕猎2000多只鸟儿，对它们进行大屠杀。他们爬上岩石，杀死这些可怜的小东西，而成年鸟在他们头顶疯狂地盘旋哀鸣，为它们死去的孩子哭泣。这是残忍的，不人道的。也许这是一种传统，但在21世纪的文明国家是不合时宜的。”

“我们能否跳过说教，直奔主题……”

“我猜，和这个被上帝遗弃的地方的其他人一样，你也赞成这种捕杀。这可出乎我的意料。这岛上没有一个人对我说过支持的话。我还曾指望召集当地反对的力量来扩大我们的队伍。”

“人们喜欢塘鹅的味道，你可能觉得野蛮，但他们用来杀死鸟儿的方法是瞬间致命。”

“用带着绳套的棍子，还有大棒？”亚当斯厌恶地瘪了下嘴。

“这些办法非常奏效。”

“好像你知道似的。”

“我当然知道，我自己就干过。”

亚当斯看着他的神情好像他嘴里散发出恶臭，“那和你讨论这些就没意义了。”

“那好，我们可以回到人身攻击这个话题了吗？”

亚当斯的手机又响了。“我是亚当斯……哦，是你。”他压低声音，像在密语，“你在阿勒浦？好。渡船什么时候到……好，我们在码头见。”他下意识地扫了芬一眼，“我过会给你回话。我这儿有警察……是的，又来了。”他转了转眼睛，“好的，再见。”他把手机放在床上，“对不起。”但言不由衷。

“你的抗议者们要来了吗？”

“是的，如果你想知道的话，这没什么可保密的。”

“有多少人？”

“12个。每人对付一个捕猎者。”

“你们打算怎么做？躺在拖网渔船前面吗？”

“那太好笑了，麦克劳德先生。”他假装好笑地撇了下嘴，“我知道我们不可能阻止他们。无论如何，今年不行，但我们能影响公众舆论。现场会有报社和电视台的记者，全国的新闻媒体都会报道。如果我们能劝说苏格兰行政部门取消他们的许可证，那捕猎就成了违法，像你们这样的人就不会被允许去那儿杀死那些可怜的鸟儿了。”

“你说《赫布里底群岛报》报道过关于你的新闻？”

“是的，我说过。”

“那你可出名了。”

“我错在不该允许他们刊登我的照片，这意味着我失去了匿名权。”

“发生什么事了？”

“我去内斯侦查情况。显然那艘拖网渔船从斯托诺韦出发，但克罗伯那些人乘一条小船从内斯港口出发去和渔船会合。我想拍几张当地的照片，以备参考或其他用途。我想我不够谨慎。我在克罗斯旅馆吃过午饭，有人根据报纸上的报道认出了我。我不习惯那样的语言，麦克劳德先生。”

芬抑制住想笑的冲动，“你和那里的人交谈了吗？”

“嗯，我迷了好几次路，不得不向别人问路。我遭到攻击之前问过的最后一个人就在克罗伯外的一个小陶器厂，那是个怪异多毛的男子，我不确定他是否完全清醒。我问他我从哪条路可以到达港口，他告诉了我。我返身向离我 20 码远的车走去，就在这时出事了。”

“确切地说，什么事？”

亚当斯在床边微微动了动，皱起眉头。至于是出于回忆还是疼痛，芬说不上来。“一辆白色货车追上了我。可笑的是，我那天见过它好几次了，司机一定一直在跟踪我，等待时机。不管怎样，这辆货车在我面前停下，一个大个子从驾驶座跳下来，后来我知道他叫安格斯·麦克里奇。奇怪的是，我印象中车里还有其他人，但我从未看到他们。”

“他说什么了吗？”

“一句话没说，至少那时没说。他开始对我拳打脚踢。我惊慌失措，来不及躲开。我想就在他打我第二拳的时候我膝盖一软，像纸牌搭的房子那样轰然倒地。接着他开始踢我的肋骨和腹部，为了自我防卫，我蜷起身子，他又在我小臂上猛踢了几下。”他卷起袖子，露出手臂上的瘀青，“这就是你们这些善良的捕鸟人干的。”

芬清楚被安格斯·麦克里奇殴打是什么感觉。他不愿这种事发生在任何人身上，即使像克里斯·亚当斯这样幼稚的人。“麦克里奇并不能代表典型的克罗伯男人。你要是知道他去安斯格尔根本没有捕杀过鸟儿，一定会很惊奇。他只是厨师。”

“哦，我确定那对我来说是个安慰。”亚当斯的语气中充满了讽刺。

芬对此置之不理，“然后又发生了什么？”

“他弯腰在我耳边悄声说，如果我不收拾行囊滚蛋，他会把一整只塘鹅塞进我喉咙里。然后他回到货车里，开走了。”

“你记下车牌号了吗？”

“令人惊奇的是，我确实记下了。我不知道自己居然能这么镇定，但确实如此。我确信我把号码印在脑子里了。”

“有没有目击者？”

“周围有几栋房子。我不知道为什么那些人声称他们什么也没看到。我看到有人拉上了窗帘，还有那个陶器厂的家伙。他过来把我扶起来，带我到他家喝了杯水。他说他什么也没看到，但我不相信他。我坚持让他报警，他报了，不过很不情愿，我得说。”

“那既然麦克里奇威胁要把塘鹅塞进你喉咙里，亚当斯先生，你怎么周六晚上还在这里？”

“因为我直到周一才订到船票。当然，随后某位有高尚品位的人杀死了他，现在你们这些人又不让我离开。”

“关于这点我想你没什么可抱怨的，既然你能继续进行抗议活动。”

“我的两根肋骨都断了，麦克劳德先生，我想我有足够的理由抱怨。如果警察工作干得更漂亮的话，你的麦克里奇先生也许现在还活着，在拘留所里闷闷不乐，而不是死在舢板棚里。”

芬想，也许确实如此，“你周六晚上在哪儿，亚当斯先生？”

“就在我房间里，晚餐吃的是炸鱼薯条。哎，不幸的是没人能作证，这一点你们这些人已经幸灾乐祸地提醒我多次了。”

芬若有所思地点点头。也许亚当斯在正常情况下有能力实施这项犯罪，但两根肋骨断了会怎样？芬想这就不可能了。“你喜欢吃鱼，亚当斯先生？”

亚当斯好像对这个问题感到吃惊，“我不吃肉。”

芬站起身，“你有没有想过渔民把网拖到岸上后，鱼多久才会因缺氧窒息死亡？”但他没等亚当斯回答，“那可怕的情景比套索里塘鹅持续的时间长。”

## 4

专案室在斯托诺韦警察局一楼走廊尽头的一间大会议室里，两扇窗户面向肯尼思大街以及大街后面一排排地势越来越低、一直延伸到下面内港的屋顶。晚上拖网渔船的桅杆都被捆扎了起来，越过桅杆，海湾另一边树丛上方卢斯堡的塔楼隐约可见。办公桌椅都被推到了墙边，上面是摆放整齐的电话机、电脑终端机和不停运行的打印机。一面墙上钉着触目惊心的犯罪现场照片，白板上涂满了用蓝色水彩笔记的笔记。一张小桌子上，一台幻灯机安静地工作着。

芬坐在四个 HOLMES 终端机前了解最新动态，另外还有差不多 12 个警察在工作，有的在接听电话，有的在敲击电脑键盘。芬要了解的不仅仅是麦克里奇凶杀案，还有对麦克里奇强奸和人身攻击的指控。另外，他还能接触到所有关于约翰·西夫赖特谋杀案的案卷，这有助于他回想各种证词以及法医和病理学报告。但他现在累了，不确定思维是否清晰。专案室里只剩下三名警员了。这是漫长的一天，紧接着是无眠的夜晚。他第一次想到莫娜，以及她的威胁：别指望你回来的时候我还在这里。还有他的回答：也许这样最好。在这两句简单的对话中，他们实际上已经结束了双方的关系。没有人打算这么做。无疑会有遗憾，大多是为 14 年婚姻生活虚度的岁月，但同时也伴随着巨大的如释重负感。芬默默扛着的痛苦被卸去了，尽管随之而来的是对不可预知的未来的疑虑，他现在不想思考的未来。

“事情进展如何，长官？”甘恩坐着打字员的转椅挪到他身边。

芬向椅背上一靠，揉了揉眼睛，“每况愈下，乔治，我想今天就到此为止吧。”

“那我就陪你走到宾馆吧，你的包还在我的汽车行李箱里。”

他们一起走过训练室和地区行政办公室，浅黄的墙面，柔和的紫色地毯。他们在楼梯上意外碰见了总督察史密斯。“你们在验尸后回来汇报，很好。”他说。

“没什么可汇报的，”芬停顿了一下，补充说，“长官。”他很久以前就发现无言的傲慢是对付上司冷嘲热讽的唯一办法。

“我从病理学家那里得到口讯，看来这桩案件和爱丁堡谋杀案有几点相似之处。”史密斯已经超过他们几个台阶，这样站在上面可以弥补他身高的不足。

“尚无定论。”芬说。

史密斯若有所思地盯了他一会儿，“那么，你最好在明天下班前得出结论，麦克劳德，因为我不想让你在这里进行任何不必要的逗留。明白吗？”

“是，长官。”

芬转过身，但史密斯并没说完，“HOLMES发现了另一处可能的线索，我想让你和甘恩探长明天一早就去核实一下。甘恩会给你介绍详细情况。”他转过身，头也不回地一步两个台阶向上面的楼梯平台走去。芬和甘恩继续下楼。

芬说：“如果他只派我们两个人，我想他没把这件事看得多重要。”

甘恩挖苦地一笑，“这是你说的，麦克劳德先生，我可没那么说。”

“和爱丁堡案有什么联系吗？”

“我没看出来。”

“那到底是怎么回事？”

甘恩为芬拉开门，他们经过停车场收费口来到后面的入口。夕阳在地面投下长长的影子。“麦克里奇六个月前因为非法捕鱼被抓，就在岛西南部的一个大庄园里——一个英格兰人的产业。在他们那里捕捞鲑鱼要花一大笔钱，因此业主热衷于保护河流，防止他人非法捕鱼。一年前他从伦敦带来某个重量级拳击手，从部队退役的。你知道那种人，真正的暴徒。对捕鱼一无所知，但如果他逮到你，伙计，你知道会怎样。”

他们从行李箱里取出芬的包。“他逮住麦克里奇偷捕鱼了？”

甘恩砰地把行李箱关上，他们朝港口走去。“是的，麦克劳德先生，还有其他一些事。麦克里奇栽到我们手里的时候狼狈不堪，但他对此毫无怨言。你知道，如果承认被别人修理了会很丢脸。麦克里奇算得上一个大块头，但这个伦敦来的小子可是专业的。不管你有多强壮，在这些家伙面前你都束手无策。”

“那这里面的联系是什么？”芬想到麦克里奇挨揍就很高兴，但他找不出甘恩的故事和案情有什么联系。

“大约三周前，伦敦小子在庄园遭到突袭，是一群戴着面具的人干的，很多人。他被揍得很惨。”

他们经过了位于肯尼斯街和教堂街拐角的慈善商店，窗户上一个布告上写着：世界公平贸易——贸易不是援助。“因此HOLMES就判断出麦克里奇可能在进行小小的报复。还有什么？那个退役的小子发现了这件事是他干的，然后去杀了他？”

“我想大概是这样，麦克劳德先生。”

“所以史密斯认为这是个好借口，把你我从他眼皮底下支开一段时间。”

“这是去西南部的一次不错的出行。你知道乌伊格吗，麦克劳德先生？”

“我很熟悉，乔治，我们夏天经常去那里野餐。我和父亲过去经常在乌伊格海滩放风筝。”他想起了沉寂平坦的沙滩，绵延数英里，一直从卷须状岩石伸展到远处的浪花处。还有把他们自制的箱形风筝吹到蓝天上的风，它把他们的头发吹向脑后，拉扯着他们的衣服。父亲的脸上笑得堆起了褶子，闪亮的蓝眼睛与夏天晒成的深棕色皮肤形成鲜明对比。他还记得涨潮时他是多么失望，因为这样数英亩沙滩就会被两英尺深的碧蓝海水淹没，他们就不得不坐在沙丘间吃三明治了。

潮水已经涨到了内港，芬和甘恩向南边的北滩码头走去。他们经过如林的船桅、雷达格栅和分离舱，停泊在克伦威尔街码头的船只高耸在他们上方。斯托诺韦顺着那个把内港与外港分开的海岬延伸着，外港的深水码头上停靠着渡船和油轮。芬即将入住的皇冠酒店位于海岬的黄金地段，介于岬角街和北滩之间，俯瞰内港和卢斯堡。在芬看来，这里没有多少改变。几处换了新主人的商业经营场所，一些刚粉刷过的店面。帽子商店还在那里，橱窗里到处是女人在安息日用来别在头上的奇异饰品。帽子和长袍一样，在路易斯是去教堂的妇女的必备品。在陡斜的石板屋顶和老虎窗之上，可以看到市政厅上的钟塔。两个人绕开成堆的虾篮，还有许多缠绕在一起的绿色渔网。船长正和船员们一起把货车上的货物卸到拖网渔船和小渔船上去，在明天的准备工作没完成之前，今天的劳动还没结束。海鸥在头顶上不停地盘旋，片片白色映衬着蔚蓝的天空，追逐着最后一抹晚霞，哀怨地向上帝倾诉着。

到了岬角街，他们停在皇冠酒店入口外。芬注视着带有装饰性花坛和铁艺长椅的步行街，当地人称之为“窄街”。周五和周六晚上的岬角街到处是成帮结伙的青少年，他们喝着罐装啤酒，吸毒，饱餐从炸鱼薯条店购买的炸鱼薯条和汉堡包。在缺乏其他娱乐形式的时代，这儿就是孩子们自娱自乐的地方。芬曾在这里度过许多夜晚，和校友们挤到商店门口避雨，等待年长点的男孩带来外卖。那时这里看起来令人兴奋，充满了各种可能性。女孩、酒，有时抽一口别人的大麻烟卷。如果在商店打烊时间你还没离开的话，很有可能会看到一两场争斗。如果幸运的话，你会听说某个地方有个聚会，早早就去了。每一代人都重蹈前代人的覆辙，就像他们父母的鬼魂一样。目前，窄街基本上被遗弃了。

甘恩把芬的包递给他，“明早见，麦克劳德先生。”

“来吧，我请你喝杯酒，乔治。”

甘恩看看手表，“那就只来一杯吧。”

芬登记后，把包扔在房间里。他下来时，甘恩已经在酒吧点了两杯啤酒等着他了。这时的豪华吧间几乎空无一人，但他们仍能听到从下面的大众吧传来节奏强劲的音乐，还有贪杯的渔民和工人的大嗓门，辛苦工作了一天，他们在犒劳自己。这里有块匾，记录了一桩丑闻：未成年的威尔士亲王随学校参加西部群岛航海旅行，途中逗留的时候点了一杯樱桃白兰地酒。14 岁大的查尔斯随即被一辆汽车秘密带走，送回了他在大陆的高登斯顿学校。时间真的改变了一切。

“你看完所有的案卷了吗？”甘恩问。

“大部分吧。”啤酒清凉可口，沁人心脾，芬喝了一大口。

“找到有意思的东西了吗？”

“找到了。在唐娜·默里声称自己被强奸的那个晚上，有个证人说他看到天使麦克里奇朝相反的方向走了……”

甘恩皱了皱眉，“那个证人叫伊辰·斯图尔特。他怎么了？”

“那么，你没有直接调查亚当斯被袭案？”

“没有，弗雷泽探长经手此案。”

“哦，我想我们不能指望 HOLMES 找出所有关联。你认识伊辰·斯图尔特吗？”

“是的，他是个性情古怪的老瘾君子，在克罗伯外有一个陶器厂。他在那里好多年了，自从我记事起他就把陶器卖给夏天来游玩的旅客。”

“从我童年时就开始了，”芬说，“就是在他的陶器厂外面，克里斯·亚当斯遭到麦克里奇的殴打。斯图尔特在亚当斯被暴打前一分钟还在和他谈话，一分钟后又把他从路上扶起来，他却声称自己什么也没看到。在两起事件中，麦克里奇很方便地找到了同一个矢志不渝的证人为其作证。这两人间有什么交集吗？”

甘恩思考了一会儿，“我想麦克里奇可能为斯图尔特提供毒品。我们怀疑他从事毒品交易有段时间了，但从没在现场抓到过他。”

“我想也许明天我要和斯图尔特聊聊。”芬又喝了一大口啤酒，“乔治，你今天下午说还有其他人对麦克里奇怀恨在心，但不是那些小时候受过他欺负的人。”

“是的，那是他兄弟说的，不过只是传闻。”

“默多·鲁阿兹？”

甘恩点点头。

“传闻是怎么回事？”

“我不知道有多少可信度，麦克劳德先生，但看起来默多认为他哥哥和同校的一个男孩之间有宿怨，一个叫卡卢姆·麦克唐纳的家伙。听说他在数年前的一场事故中残废了，眼下在他家后面的小屋里以织布为生。我不清楚他们之间发生了什么。”

芬小心翼翼地把酒杯放到吧台上，想起往事他感到难过，“我知道。”甘恩等着他做出解释，但他什么也没说。终于，芬好像从神思恍惚中清醒过来，“即使他不瘸……”芬想起那个男孩倒下时脸上的表情，“我怀疑卡卢姆·麦克唐纳是否有能力对任何人造成那样的伤害。”

“默多认为这个卡卢姆·麦克唐纳可以指使其他人干这事。”

芬瞟了他一眼，心想是否有这个可能性，甚至卡卢姆是否有这个想法。但是为什么呢？这么多年都过去了。“我不这么想。”他最终说。

甘恩再次期待他做出解释，但很快明白芬无意这么做。他扫了眼手表，“我该走了。”他喝干酒，穿上外套，“顺便问一下，亚当斯那边进展如何？”

芬停顿了片刻，脑海里浮现出一个高高瘦瘦的动物权利活动家的生动形象。“很有意思，我已经多少猜到一个断了两根肋骨的人是没法对付麦克里奇的。不过，我又突然想到另一个我错过的线索。”

“什么？”

“亚当斯是个同性恋。”

甘恩耸了耸肩，“唔，那毫不为奇，麦克劳德先生。”然后脑中突然闪过的一个念头让他皱起了眉头，“你不是在说麦克里奇是同性恋吧？”

“不是。不过爱丁堡案的受害者，约翰·西夫赖特是。”

# 六

芬神思恍惚地穿过酒吧。音乐声震耳欲聋，掺杂着喧闹的说笑声。一台赌博机的屏幕在某处闪烁着，还传来电子时代特有的嘟嘟哔哔声。他点了一杯啤酒，斜靠在吧台上等待女招待拿来。他感到自己被密闭在一个隐形气泡里，人们都看不到他。他决定来一杯啤酒，一份炸鱼薯条，然后早早睡觉，但无法面对豪华吧间的孤独，所以下楼来到大众吧，希望借此从纷乱的思绪中挣脱出来。现在他再次感到人群中的孤寂来得太容易了。无论这些人是谁，他不认识他们，他不再是他们中的一员。

啤酒来了，砰的一声被丢在吧台上的酒杯托里。他把钱也扔在托里，捕捉到了女招待投来的冰冷眼神。她把钱划拉进手里，随即拿着一条毛巾回来把柜台擦干。芬冲她微微一笑，她却愠怒地绷着脸。

这太让人压抑了。他把酒杯举到唇边，但又停下了。一群工人，有些仍然穿着工作服，正聚集在窗边的一张桌子旁，桌上满是空酒杯。他们用盖尔语打趣，伴随着刺耳的大笑。其实，正是这种声音吸引了他的注意，就像熟悉的旋律插进了不和谐的音符。忽然他看到了那张脸，如同心口被拳头重击了一下，无比震惊。

阿泰尔已经变了。他看起来比芬大10岁，比过去胖了许多，甚至庞大的身架似乎难以支撑他的体重。他那孩提时秀气的五官迷失在圆圆的红脸上，曾经浓密黑亮的头发现在变成了纤细的灰色短发，脸颊上静脉曲张的血管暴露出他对酒精的迷恋，但他的眼睛依然清澈敏锐，颜色和以前一样还是温暖的深棕色。

阿泰尔刚准备把剩余的威士忌一饮而尽，这时他注意到了芬的眼神。他缓慢地放下酒杯，带着难以置信的表情从吧台那边望过来。

“嘿，呼噜噜，”他旁边的一个人说，“怎么了？你看起来像见了鬼。”

“我刚见到。”阿泰尔站起来，两人隔着酒客们的脑袋对视了很久。阿泰尔桌子旁的其他人转身看着芬。“我这是在做梦吗？”阿泰尔喃喃自语，“芬——该死的——麦克劳德。”他从桌边挤过来，把周围的人推到一边，给了芬一个大大的拥抱，让芬觉得很尴尬。芬手中的一半啤酒泼到了地板上。阿泰尔退后一步，盯着他的脸，“见鬼，老兄，这些年你他妈的都到哪儿去了？”

“这里那里，到处走走。”芬不自在地说。

“也许是那里吧，”阿泰尔的语气里带着揶揄，“肯定不是这里。”他看看芬杯子里剩余的酒，“我给你斟满吧。”

“不，没关系，真的。”

阿泰尔给女招待打个招呼，“再给加点威士忌，梅雷亚德。”他转身对着芬，“那你一直在忙什么？”

芬从未想过两人的重逢情景会是如此尴尬。他耸了耸肩。你能说什么？如何用一句话概括 18 年的生活？“有时做这，有时做那。”他说。

阿泰尔笑了，强颜欢笑而已。他还是不能去掉语气中的讥讽，“那可真够你忙的。”他从吧台上抓起威士忌，“我听说你做了警察。”芬点了点头。“见鬼，你在这里也可以干这行，老兄，这里可是属于你我的天下。哦，对了，你那个了不起的学位怎么样了？”

“我第二年就辍学了。”

“该死。我老爸为了让你考上大学可没少花时间。你搞砸了？”

芬点了点头，“愉快的时光。”

“嗯，至少你有勇气承认这点。”阿泰尔咳嗽起来，呼吸跟着变急促了。他从口袋里拿出吸入器，吸了两次。当他通过扩大的气道大口吸入氧气时，喉咙里的痰呼噜噜作响。“好多了。这里没什么变化，是吧？”

芬咧嘴笑了，“没太大变化。”

阿泰尔抓住芬的胳膊肘，把他领到远处角落的另一张桌子旁。他有点跌跌撞撞，芬意识到他在这杯威士忌之前已经喝过几杯了。“我们需要谈谈，你和我。”芬说。

“是吗？”阿泰尔看起来很惊讶，“我们当然要谈谈，追忆一下 18 年逝去的时光。”

他们面对面坐下来，阿泰尔仔细打量着他的脸，“天哪，太不公平了，你看起来一点没变老。看看我，肥胖臃肿，像他妈的鼠海豚。警察这份工作肯定很适合你。”

“不怎么适合。我正准备退役，去开放大学拿个学位。”

阿泰尔摇摇头，“真他妈的浪费时间。我吗？唔，那是意料之中的。但你，芬，你注定要出人头地，你是为了比警察更好的职业而生的。”

“那你这段时间在忙些什么？”芬不得不问道，尽管奇怪的是他并不真正想知道。事实是，他不想知道关于这人的任何事情。他想记住阿泰尔原来的样子，他们童年时在一起嬉戏的时光。现在就像在和陌生人谈话。

阿泰尔嘴里呼出一口气，这是自卑的表示。“刚在路易斯海岸制造厂结束学徒期，他们就把这该死的地方关闭了。1991 年重开业的时候我又回去了，当时我认为自己很幸运，但 1999 年 5 月它又倒闭了，进入清盘阶段，把我们这些人又全都扫地出门了。现在它又重新开业制造风力涡轮机。你能想象吗？他们正在试图说服政府让该死的风车遍布全岛。他们说，这样我们就可以实现能源自给。但这会扼杀旅游业，我的意思是，谁会想到这个该死的地方看他妈的风车？到处是见鬼的密密麻麻的风车。”当他把杯子里金黄的液体一股脑地灌入喉咙时，他笑得有些酸楚，“但马萨丽说他们又让我回去就算够幸运的了。”听到这个名字芬内心起了点波澜。阿泰尔苦笑着，“你知道吗？我感到幸运，芬。真的，你想不到我觉得他妈的多幸运。你要再来一杯吗？”

芬摇摇头，阿泰尔默默地把椅子向后一推，回到吧台去续杯。芬坐在那里呆呆地盯着桌子，看到老朋友如此痛苦真让人伤心。生活须臾之间就离你而去，就像内斯雨夜飞驰而过的公交车。你必须确信它看到你，停下来让你上车，否则它就会弃你而去；你不得不在风雨交加中狼狈地走回家，浑身湿透。他想，从某种意义上来说，他和阿泰尔一样，被不知怎么错过了那辆公交车的感觉困扰着，备受生活挫折的折磨，让通向不可知的未来的艰辛旅程吓倒了。所有那些童年的梦想永远地失去了，如同雨中的泪滴。其实，他和阿泰尔并没有什么根本的不同。在某种程度上，看着他就像镜中的自己，芬不大喜欢自己所看到的。

阿泰尔一屁股坐在座位上，芬发现他给自己要了双份威士忌。酒吧里提供的是小杯威士忌。“你知道吗，我到吧台那边的时候想，仅仅提到她的名字，你的脸色就变了。这就是你为什么这些年一直不回来的原因，对吗？因为该死的马萨丽。”

芬摇摇头，“哦，不是。”但他并不能确定那是不是事实。

阿泰尔斜倚在桌子上，令人窘迫地盯着芬的眼睛，“没有一个电话，一封信，什么都没有。你知道，最初我感到伤心，接着又很生气。但你不能总是这样，火焰总有燃烧殆尽的时候。我开始感到内疚。你或许以为是我把她从你手中抢走的。”他无奈地耸耸肩，不知道还能怎么表述，“你懂吗？”

“不是你想的那样，阿泰尔，我和马萨丽之间早就结束了。”

阿泰尔坚持和他对视着，就像长时间的握手，让芬感到很不自在。“你知道，我从来没有相信过，没有真正地相信过，我虽然最终得到了她，但你和马萨丽……唔，就应该像预料中的那样，不是吗？早就应该那样了。”眼神交流最终中断了，阿泰尔喝了一大口威士忌，“你结婚了吗？”

他难以察觉地犹豫了一下，“是的。”

“有孩子吗？”

一个月前的答案应该是肯定的，但现在他不能再自称是个父亲，他也不准备讲述事情的来龙去脉。不在这里，也不是现在。他摇摇头。

“我们有个孩子。今年就毕业了，和他老爸一样，不是很聪明。我正设法在阿尼什给他找份工作。”阿泰尔微微歪着头，慈爱地笑着，“不过他是个好孩子。这周他会和我们一起去安斯格尔捕杀塘鹅，这是他第一次去。”他笑出声来，“想想看，他就和我们当年第一次去那里的时候一样大。”他把杯子里的威士忌一饮而尽，砰地放在桌上。芬看到威士忌已经发挥作用了，阿泰尔眼神呆滞。他仰头看着芬，突然表情严肃，“这就是你从不回来的原因，对吗？”

芬一直惧怕这样的时刻，但自从他踏足这片岛屿开始，他就清楚这是他无法避免的与过去狭路相逢的时刻。“什么？”他躲躲闪闪地问道。

“那年在安斯格尔发生的事。”

芬无法和阿泰尔的眼睛对视。他摇摇头，“我不知道，我确实不知道。”

“如果真是这样，那就他妈的毫无原因了。”

“如果我不是那么不小心……”芬意识到自己在桌子上绞扭着双手，于是手掌向下放着让自己停下来。

“过去的事情都过去了，那只是一场事故，不是任何人的错。

没人责怪你，芬。”

芬迅速抬头看了阿泰尔一眼，怀疑他的意思是除他之外，没人责怪芬。但他看不到阿泰尔脸上的敌意，也没有任何迹象表明他这个老朋友有任何言外之意。

“你现在准备好续杯了吗？”

芬的杯子里还剩一点儿酒，但他摇摇头，“这些就够了。”

“芬，”阿泰尔神神秘秘地凑过身来，“永远都不够。”他脸上绽开了极富感染力的笑容，“我临走前再来最后一杯。”他又向吧台走去。

芬坐在那里两眼盯着酒杯，纷乱的思绪涌上心头。安斯格尔，马萨丽。吧台那边热闹起来，他抬起头。阿泰尔的工友们正在离开，大喊着道别，在门口挥着手。阿泰尔敷衍了事地举了下手，跌跌撞撞地返回到桌旁，再次把双份威士忌放在桌上。他跌坐在座位上时椅子发出吱呀的响声。他嘴边闪烁着一抹微笑，就像一只蝴蝶极力想找到归宿，“我在想……你记得我们二年级的那位历史老师吗？”

“谢德？威廉·谢德？”

“正是。记得他门牙上的豁口吗，每次他发 s 音时就像吹口哨？”

芬记忆犹新，尽管已经 20 多年了，但想到这事他不禁大笑起来，“他经常让我们在课堂上朗读历史书上的段落……”

“所有人发 s 时和他一样吹口哨。”

“然后他会说，‘别吹口哨了！’”芬说，发 s 时故意模仿谢德的样子。他的滑稽相使两人像小学生一样大笑起来。

“你还记得那一次，”阿泰尔说，“他想把我们俩分开，揪着我的耳朵把我拖向另一张课桌？”

“是的，你老是想伸手去拿书包，而他以为你想挣脱，你们两个在全班人面前扭来扭去。”

说到这里阿泰尔几乎笑得停不下来，“而你，你这个坏蛋，就会坐在那里大笑。”

“那是因为他不停地吹口哨，‘别那样，孩子！’”

这又引发了阿泰尔新一轮的捧腹大笑，眼泪从通红的脸颊上淌下来，直到他不能呼吸，不得不借助吸入器。这笑声不知怎的使芬紧绷的神经松弛下来，让他从面对一个变成了陌生人的老朋友所带来的压力中解脱出来。他们又变成了小学生，傻傻地为童年的回忆欢笑。不管他们在分开的这些年里变得多么疏远，他们总拥有某种共同的记忆。这是终身的纽带。

笑声渐渐平息，他们控制住自己的情绪，彼此对视着，收回了笑容，重新变成了成年人。直到从阿泰尔颤抖的嘴唇里突然再次爆发出笑声，他们才重新开怀大笑。酒吧里的几个人扭头好奇地看着他们，但这些人永远不会懂的。

最后，阿泰尔镇定下来，看了下手表，“呀，见鬼，该走了。”

“去内斯？”阿泰尔点点头。“你怎么回去？”

“车停在码头。”

“你不会开车回去吧？”

“总不能指望这该死的铁家伙自己开动。”

“你现在这样子不能开车，你会害了自己，或者别人。”

“哦，”阿泰尔对他晃动着一根手指，“我忘了，你现在是个警察。你打算怎么做？逮捕我？”

“把钥匙给我，我替你开。”

阿泰尔收敛了笑容，“你是认真的？”

“认真的。”

阿泰尔耸耸肩，从口袋里摸出钥匙扔到桌子上，“我的幸运日。呃？让警察护送我回家。”

天空呈暗蓝色，太阳消失在从西边地平线上冒出的青灰色云层后面。从8月中旬开始，夜开始迅速变短，但天色依然比伦敦同一时间明亮，即使在盛夏也是如此。开始退潮了，码头上的船只现在低于水位线。一两个小时之后，需要登梯才能下船。

阿泰尔的车是一辆沃克斯豪尔雅特，做过拙劣的二次喷漆，里面的气味如同被雨水浸泡过的破运动鞋的味道。一只松树形状的过期空气清新剂有气无力地在后视镜下摇摆着，早已放弃了改变污浊气味的无望努力。座套破旧不堪，里程表都即将开始第二次计程了。芬突然意识到他们的命运讽刺性地来了个大逆转。阿泰尔的父亲曾是名教师，中产阶级，收入不菲，开着闪亮崭新的希尔曼复仇者，而芬的家人不得不在失业与小农场之间挣扎求生，开着破旧古老的福特安格利亚。现在阿泰尔在一家工厂打工，开着也许通不过下次年检的汽车，而芬则是刑事调查局的高级警官，开着一辆三菱帕杰罗。他打定主意不告诉阿泰尔他现在开什么车。

他钻进驾驶室，系上安全带，启动引擎。发动机发出刺耳的声音，噼啪作响，然后熄火了。

“天哪，”阿泰尔说，“用我的吸入器都管用。有个小技巧，把离合器和加速器踩到底，车一启动，脚就离开踏板，它就会疯狂地开动起来。你现在开什么车，芬？”

芬把精力全都集中在阿泰尔说的小把戏上，引擎发动起来后，他随口说：“福特护卫者。城里用车不多。”撒谎让他感觉嘴里有股怪味。

芬把车向克伦威尔街开去。当他向北边的湾头行驶时，街头车辆稀少。车头灯在暮色中的作用微乎其微，以至于他没注意去儿童游乐场的交叉路口有个小土坡。他们撞上去的速度太快，汽车猛烈地抖动了一下。

“喂，悠着点，”阿泰尔说，“我还想要这个老太婆多为我服务几年。”阿泰尔大口呼气的时候，芬能闻到他嘴里的酒味，“你还没告诉我你为什么回到路易斯岛呢。”

“你从没问过。”

阿泰尔扭头看了芬一眼，芬刻意避开了。“那我现在问了。”

“我参与了天使麦克里奇谋杀案的调查。”芬感到阿泰尔突然产生了兴趣，意识到他正从副驾驶座上转过身来望着他。

“不是吧！我以为你的大本营在格拉斯哥。”

“爱丁堡。”

“那他们为什么要把你牵扯进来？就因为你认识麦克里奇？”

芬摇了摇头，“我以前经手过爱丁堡的一桩案件……唔，非常相似，同样的时间，同样的模式，也就是手法。”

“或者说做法，我懂。我也读该死的侦探小说，你晓得。”阿泰尔哈哈大笑，“有意思。你居然过来调查那个童年时揍过我们的家伙的谋杀案。”他突然想到了什么，“你见过他吗？我的意思是，你参加尸体解剖了吗？专业术语怎么说？”

“验尸，是的。”

“那么……”

“你最好别知道。”

“也许我想知道。我和天使麦克里奇之间恩怨未了。”他在郑重其事地发表意见之前思考了片刻，“狗杂种！谁干了这件事都值得奖励他妈的一枚勋章。”

当他们穿过荒野上的道路朝巴弗斯驶去时，西方的天空仍然明亮，布满了暗紫灰色和淡粉色条纹。滚滚黑烟般的云聚集在海边，东方的天空黑沉沉的。他们经过绿色屋顶的牧羊人小屋时，几乎伸手不见五指。芬注意到阿泰尔在座位上轻声打着鼾。巴弗斯的街灯亮了，芬掉转车头向北，朝内斯驶去。

没有阿泰尔酒后胡言的打扰，芬有近20分钟静静思考的时间，他可以利用这段时间预想和马萨丽重逢的情景。这将是自姨妈的葬礼后他们第一次重逢。快18年了，他不知道会发生什么。毕竟阿泰尔的变化非常大。这么多年后，他还能认出那个头扎马尾辫和蓝丝带的女孩吗？

他们穿过寂寥的村庄，村舍黄色的灯光是唯一有人居住的标志。一条狗狂吠着不知从何处蹿了出来，芬不得不绕开它。泥炭烟味透过汽车通风系统渗进来，芬想起他和阿泰尔每周去斯托诺韦各自的校舍时共同度过的那些漫长的公交车旅程。借着闪烁的路灯，他瞥了一眼阿泰尔，看到他下巴松弛，嘴张开着，一小滴口水顺着一边的嘴角流下来。他睡得那么香，分明是借酒寻求解脱。芬从岛上的逃离是肉体的，而阿泰尔已经找到了其他方式。

他们到达克罗斯的时候，芬意识到自己还不知道阿泰尔的住处。他伸手摇晃阿泰尔的肩膀。阿泰尔咕哝着睁开一只眼，用手背擦去嘴角的口水，茫然地盯着挡风玻璃恍惚了好一会儿，才在座位上坐直身体，“还挺快。”

“我不知道你住哪儿。”

阿泰尔转身看着他，脸上是难以置信的震惊，“你什么？你不可能忘了我住哪儿！我他妈的一辈子都住那儿！”

“噢。”芬从未想过阿泰尔和马萨丽会把他们的家安置在麦金尼斯的平房里。

“是啊，我知道，挺悲哀的是吗？还住在我出生的那栋该死的房子里。”他语气里又充满了怨恨，“不像你，我有责任在身。”

“你妈？”

“是的，我妈。”

“她还在世吗？”

“不在了，我把她送到标本剥制师那里，用填充物装好，这样她就能在晚上坐在火旁的椅子上和我们做伴了。她当然还活着！如果她去世的话你认为我这些年还能待在这里吗？”他沮丧地喘着气，难闻的酒味弥漫了整个车厢。“天哪，18 年来从早到晚喂这个老东西吃饭，抱她上厕所，给她换该死的尿布——抱歉，尿失禁垫。你知道是什么真正让我发狂吗？她可能什么也做不了，但说话可像你我一样流畅，她大脑的大部分还和以前一样敏锐。我想她以让我生活痛苦为乐。”

芬不知道该说什么。他纳闷阿泰尔工作的时候谁喂她、为她换尿垫。好像读懂了他的心思，阿泰尔说：“当然，马萨丽和她相处得不错，她喜欢马萨丽。”芬脑海里立刻浮现出这些年来他们生活的场景：困在同一所房子里，因为家庭责任所累，不得不照料一个在阿泰尔少年时期就中风、丧失了大部分生理和心智功能的老太太。阿泰尔好像又一次看出了他的想法，“你在想这么多年了，她应该至少大发慈悲地死去，把我们原有的生活还给我们吧。”

芬驶离了那条上山的单行道，向半英里内都亮着街灯的克罗伯的石壁道开去。经过教堂下面的阴影时，芬看到了牧师住宅里的灯光。在山丘的拐弯处，路面陡然升高，直通麦金尼斯家的平房，平房建在一片向崖顶倾斜的坡地上。窗户里溢出的灯光洒在泥炭堆上，照亮了小心搭建的人字形结构，就像阿泰尔的父亲在世时搭建的那样。几百码外，芬看到他父母农房的黑色剪影在夜空下显得模糊不清。那里没有灯光，没有生命。

芬放慢车速，驶向下面的车道，在车库门前停下车。闪烁的月光在远处海面上洒落了一片碎银子。厨房里亮着灯，透过窗户，芬看到水槽旁有个人影。他猛然意识到那是马萨丽，她原本金色的长发变成了棕色，在颈后简单地梳成了马尾。她脸上没有化妆，面色苍白，看起来有些疲惫，失去了光泽的蓝眼睛下面有一圈阴影。听到车声她抬起头，芬关掉车灯，这样她看到的不过是自己在窗上的影子。她迅即转移了视线，好像对自己所见到的很失望。就在这时，芬又看到了那个让他第一眼就痴狂的小女孩。

## 七

我花了一整年的时间才鼓起勇气，公然违抗父母之命，在一个周六去了马萨丽家的农场。

我平常不大撒谎，但一旦撒了谎，就确保使它们听起来可信。我曾听过别的孩子是怎么对他们的父母或者老师编造故事的，那些事甚至连我都能听出来是撒谎。你能马上从大人脸上的表情看出来，他们也知道这是谎言。重要的是让谎言可信。如果你不被发觉，那么你就找到了在恰当或不恰当的时机来临时可以利用的秘密武器。这就是当我告诉父母那个周六早晨我要去找阿泰尔玩时，他们没理由怀疑我的原因。毕竟，一个 6 岁的孩子为什么要撒这种谎?

当然，我是用英语告诉他们的，因为我们在家里不再说盖尔语了。我发现英语太好学了。父亲很不情愿地买了一台电视，我花了大量时间坐在电视机前。在那个年纪，我就像海绵一样吸收周围所有的信息。这很简单，以前每件事情只用一个词来描述，现在只不过变成了两个。

父亲对我要去阿泰尔家感到失望。他花了整个夏天修复一条古老破旧的无篷小木船，那是退潮后留在海滩上的。船上没有名字，所有的漆都被咸咸的海水冲刷掉了。尽管如此，他仍然在《斯托诺韦公报》上发了个通知，描述了船的样子，提出如果船主来认领的话，他就把它物归原主。我父亲为人诚实正直，但我想他很高兴无人认领，这样他就能问心无愧地修理它了。

那个夏天我费了很长时间和父亲一起精心擦拭木质船体，当他用冲上岸的木材锯出新船板时我为他扶稳工作台。他在斯托诺韦拍卖会上很便宜地买到了桨架，制作了新船桨。他说他想在船上装一根桅杆，用我们赶海时找到的一些帆布做成船帆。他的棚屋里有台旧舷外马达，他也想利用它。这样我们就可以用桨、风力或者汽油驱动它。但这些都可以再等等，现在他只想在第一个好天让它下水，划船从内斯港到克罗伯海湾兜一圈。

他在船体内外都涂上了漆，以防止海水的侵蚀。当然，它和我们生活中的其他东西一样被涂成了紫色。在船头两侧，他用炫目的白漆喷上了它的名字“伊丽”，不懂盖尔语的人听起来像“艾丽”，这在盖尔语中是“海伦”的意思，我妈妈的名字。

那天天气确实很好，是 9 月一个晴朗的周六，季节性强风还未侵入。阳光明媚，温暖宜人，只有一丝微风，吹皱了平静的海面。父亲说，今天就是最好的日子。我内心很纠结，但我说我已经告诉阿泰尔我会过去，不想让他失望。父亲说我们不能等到下周六，因为那时天气可能有变化，伊丽就不得不待在我们花园的防水帆布下面直到春天来临。如果我不想和他一起去，那他就要自己驾驶它出航。我想他希望我会改变主意，那我们就可以一起开始伊丽的处女航了。他不理解我为什么要错过这个机会，选择去和阿泰尔玩，我可以在任何时间去找阿泰尔玩呀。但我不顾母亲的严厉禁止，已经答应了马萨丽那个周六要去农场找她。尽管这让我心碎，也许也让父亲伤心，但我不能违背诺言。

因此我带着复杂的心情道别，朝着阿泰尔家的平房走去。撒谎让我心情沉重。我已告诉阿泰尔那周六我很忙，叫他别等我了。我一走出自家房子的视野，就越过田野溜到一条泥炭路上，一路飞奔，直到确信从克罗伯路上看不到我了。我从那里抄近路穿越旷野，来到克罗斯–斯凯格斯特路，接着向西转朝米兰尼斯走去，整个过程差不多花了 10 分钟。现在我对这条路线了如指掌，因为去年一整年放学后我都和阿泰尔一起送马萨丽回家。但这是我第一次敢在周六过去，这是在操场上匆忙的谈话中秘密订好的约会，阿泰尔对此一无所知。这是我的要求。我想让马萨丽至少有一次属于我一个人。不过当我匆匆忙忙地跑下斜坡，向米兰尼斯农场的小径奔去时，我对自己说谎感到内疚，那种不舒服的感觉就像多吃了不该吃的东西一样。

来到那扇白色大门前，我犹豫地站立在那里，还有时间改变主意。如果我一路狂奔，在父亲把小船弄到拖车上前还能赶回去，谁都不会察觉。但一个活泼欢快的声音从微风中传入我耳际。

“芬……嘿，芬。”

我抬头看到马萨丽从农舍跑过来。她一定一直在等我，现在没有回头路了。她气喘吁吁地来到大门口，脸颊红润，亮晶晶的蓝色眼睛如同矢车菊一样美，头发和入学第一天一样梳成了马尾辫，蓝色的丝带和她的眼睛相得益彰。

“来吧。”她打开门，抓住我的手。如同在《爱丽丝镜中奇遇记》里一样，我还没来得及思考，就一下子穿越镜子来到了马萨丽的世界。

马萨丽的妈妈是位亲切和善的女人，散发着玫瑰的芬芳，说话带着一种奇特而柔软的英格兰口音，在我听来如音乐般悦耳。她有着波浪式的棕色头发，巧克力色的眼睛。她在米色针织衫和蓝色牛仔裤外面套了一件印花围裙，穿着绿色的长筒雨靴，好像并不介意上面干了的泥巴掉落在宽敞厨房的石板地面上。她把两只活泼的边境牧羊犬赶到院子里，让我们坐到桌子旁，给我们倒了两高脚杯混浊的自制柠檬汽水。她说她经常在教堂看到我和我父母，尽管我并不记得见到过她。她有很多问题：我父亲是做什么的？我母亲做什么？我长大后想做什么？我对此没有一丁点想法，但不想承认这一点。因此我说我想成为一名警察。她惊奇地扬起了眉毛，说那倒是不错的职业。我能感到马萨丽的目光始终停留在我身上，凝视着我，但我不想转身看她，因为我知道我会脸红。

“那么，”她妈妈说，“你愿意留下来吃午饭吗？”

“不，”我迅速回答，随即意识到这也许有点粗鲁，“我告诉妈妈我在12点回去。她说她会做好准备，然后我和爸爸要乘船出去。”我早就知道一个谎言会导致另一个谎言，然后是另一个。我开始担心她会问我其他问题，这样我还得再撒谎。“我能再来点柠檬汽水吗？”我想转移话题。

“不行，”马萨丽说，“等会儿吧。”然后对她妈妈说，“我们要去谷仓玩。”

“好吧，注意别让螨虫咬了。”

“螨虫？”我们来到院子后我问。

“干草里的螨虫，其实你看不到它们。它们生活在干草里，会咬你的腿。你看。”她捋起裤管给我看腿上的小红点，她抓痒抓得都流血了。

我被吓坏了，“那我们为什么还要去谷仓？”

“去做游戏。没关系，我们都穿着牛仔裤，它们也许根本就不会咬你。我爸爸说它们只喜欢英格兰人的血。”她又抓起我的手，领我穿过农家院。我们朝谷仓走去时，吓跑了几只在鹅卵石路面上觅食的母鸡。左边有个石头牛棚，他们在那里喂牛并挤牛奶。三头粉色的大猪在散乱的干草和剁碎的胡萝卜间嗅来嗅去。它们要做的就是吃喝拉撒。酸腐、刺鼻的猪粪味弥漫在空气中，我不由自主地拧紧了脸。

“这里真臭。”

“这是农场，”马萨丽好像觉得我在说废话，“农场当然难闻。”

谷仓里面很大，成捆的干草几乎堆到了波纹铁皮屋顶。马萨丽开始向草堆高处攀爬，当她意识到我没有跟随时，转过身招手让我跟着她爬上去，对我迟疑的态度很恼火。

“快来！”

我不情愿地跟着她向屋顶爬去，那儿有一个狭窄的缺口，通向干草里面一块小房间大小的空间，几乎是完全封闭的，只有下面大捆的干草形成的台阶通到里面。

“这是我的地盘，我爸爸为我造的。当然，如果我们用草来喂牲畜的话我就会失去这个地方。你觉得怎么样？”

我觉得它很棒。我没有一个真正可以称作我自己的地方，除了我父亲造的那间小小的阁楼卧室之外。无论你在那里做什么，全家人都会听到，所以我大部分时间都在户外。“棒极了！”

“你看过电视上的牛仔吗？”

“当然。”我极力显得泰然自若，我看过一部叫《别名史密斯和琼斯》的电影，但发现很难看懂。

“太好了。我们现在要玩一个牛仔和印第安人的很棒的游戏。”

一开始我认为她说的是某种棋盘游戏，直到她解释说我要扮演牛仔，被一个部落的武士捉住了，她是那个爱上我的印第安公主，要帮我逃跑。这与我平时和阿泰尔玩的游戏完全不同，我并不是很感兴趣。但马萨丽把一切都想好了，她控制着一切，我毫无表示异议的余地。

“你坐在这里。”她把我领到一个角落里，让我背靠干草蹲下。她走开了一会儿，从干草堆中一个小小的隐蔽处取出一根绳子和一块大红手帕，“我要把你绑起来。”

我一点也不喜欢这么做，想站起来，“我认为这不是个好主意。”

但她出人意料地坚定，一把把我推回去，“当然是个好主意。我必须把你绑起来，这样才可以过来为你松绑。你自己没办法把自己绑起来，对吧？”

“我觉得不能。”我极不情愿地承认。

马萨丽把我的手绑在背后，又用绳子把我的脚捆在一起，让我把膝盖蜷缩在下巴下面。我感到自己被捆得很紧很无助，马萨丽退后检查她的作品，微笑着表示满意。我开始认真思考来农场到底是否明智。我想象过无数可能，就是没有想到这个。但更糟的事情还在后面，马萨丽靠过来，开始把红手帕像系眼罩一样系在我头上。

“嘿，你在做什么？”我把头晃到一边，竭力想制止她。

“老实待着，傻瓜。你必须蒙上眼，印第安人总是把他们的囚徒蒙上眼。不管怎样，如果你看到我过来了，你可能会泄露秘密。”

现在我开始怀疑她是否疯了，开始感到恐慌，“对谁泄露秘密？”我四处张望这间干草屋，“没人在这里！”

“当然有，但他们现在都睡着了。这是我唯一能在黑暗中溜进来把你放走的原因。现在你不要动，让我给你系好眼罩。”

既然我已经让她把我绑起来了，我无力抵抗，因此就大声叹口气，愤怒地屈从了。世界一片黑暗，除了手帕边缘泻进来的一丝光线，红色的光线。

“好了，别出声。”马萨丽悄声说。我听到她走开时踩在干草上的沙沙声。接着是寂静，长久的寂静，时间如此之长以至于我害怕她已经跑走了，只留下我一人在这里，全身捆绑着，眼睛蒙着，遭人笑话。幸好她没有把我的嘴也堵上。

“怎么了？”

终于从一个比我预想的近得多的地方传来了声音：“嘘！他们

会听到你的。”马萨丽的声音甚至不像低语，更像呼吸。

“谁会听到？”

“那些印第安人。”

我叹了口气，等待着，等待着。我的双腿开始麻木，但无法伸直。我扭动身体想换个姿势，弄得干草发出沙沙的声响。

“嘘！”又传来马萨丽的声音。

接着我听到她挪动脚步的声音，在她的秘密稻草屋里围着我转。然后是更长时间的寂静，突然我感到她灼热的气息喷到我脸上。我没料到她离我这么近，我几乎跳起来。我闻到了她嘴唇上甜甜的柠檬味。然后她柔软、湿润的嘴唇紧紧压在我唇上，我甚至能尝到柠檬的味道。但我惊慌失措，猛地把头向后一仰，撞到后面的草堆上。我听到马萨丽咯咯笑起来。“不要！”我大喊，“快给我松绑！”但她还是咯咯笑个不停。“马萨丽，我是认真的。给我松绑。放开我！”我快哭了。

下面某个地方传来一个声音：“喂……上面没事吧？”是马萨丽的妈妈。

马萨丽的声音在我耳边打雷一样响起来，她大声应答着：“没事，妈妈，我们在做游戏。”她迅速解开绳子。手一被解开，我立刻扯掉眼罩，一骨碌爬起来，尽力恢复尊严。

“我想你们最好从上面下来一会儿。”马萨丽的妈妈叫道。

“好吧。”马萨丽应道，弯腰解开我脚上的绳子，“马上下去。”

我用手背擦拭了一下嘴唇，瞪着她，但她只是温柔地回看了我一眼，“很有意思，对吧？可惜印第安人被惊醒了。”她从草堆上跳下去，来到她妈妈在下面等我们的地方。我拂去头发上的干草，也跟着下去了。

从马萨丽妈妈脸上的表情，我立刻看出来有点不对头。她有点脸红。“我想，也许，我露馅了。”她说，巧克力色的眼睛看着我时带着歉意。

马萨丽皱起眉头，“什么意思？”

但她妈妈说话时始终盯着我，“我打电话问你家人能否留你在这吃晚饭，告诉他们我会把你送回去。”我的心一沉，感到马萨丽惊愕地看了我一眼。她妈妈说：“你没告诉我们你家人不让你自己到这里来，芬。”啊，见鬼，我想，完了！“你父亲现在正赶过来接你回去。”

编造似是而非的谎言的麻烦就在于，一旦你被揭穿，以后就没人再相信你了，即使你说的是实话。妈妈让我坐下，给我讲狼来了的故事。那是我第一次听这个故事。妈妈有添油加醋的本事，她本来可以成为一个作家。那时我并不真正知道森林是什么，因为在我们住的地方一棵树都没有，但她使它听起来黑暗恐怖，每棵树后都有狼出没。我也不知道狼是什么样，但我知道阿泰尔邻居的德国牧羊犬，那可是头巨兽，比我还高大。妈妈让我想象如果它发狂了过来攻击我会怎样。她告诉我，狼就是这样子的。我有丰富的想象力，所以能想象出那个被告诫小心森林里的狼的男孩开玩笑地大喊“狼！狼！”时人们都吓跑了的情景。鉴于他第一次这么做得到的反应，我甚至能想象他第二次这样做的情形。

我不相信他还会第三次这么做。但我猜，如果他这么做了，前面那些吓跑的人会认为他只是在闹着玩。当然，妈妈说，这次狼真的来了，它们把他吃掉了。

父亲更多的是失望，而不是生气。失望是因为我竟然选择偷偷溜出去和某个农场的小姑娘约会，而不和他一起驾着我们忙活了一夏天的船出航。不过他没有因为失望而痛打我，而是因为我撒谎。皮带抽打在屁股上的疼痛，以及妈妈关于狼的故事让我当时下定决心，再也不撒谎了。

当然，除了疏忽之外。

父亲那天独自驾着伊丽出航了，我被送回房间反思自己的行为，眼泪都快哭干了。我在一个月内每周六都被禁足。我可以在家里或者花园里玩，但不允许跑到外面去。阿泰尔可以到我们家里来，但我不能到他家去。整整四个星期，我都没有零花钱。一开始阿泰尔喜不自禁，幸灾乐祸，尤其是因为牵涉到马萨丽，但他很快就厌倦了。如果他想和我玩，就必须和我一样被限制在家里和花园里，后来他迁怒于我，教训我下次要小心点。我告诉他再没有下一次了。

放学后我不再陪马萨丽回家，我和阿泰尔只和她一起走到米兰尼斯路尽头，然后离开让她自己走余下的路，我们走单行道上山去克罗伯。自从遭到捆绑和蒙眼的小插曲后，我对马萨丽也很警惕，在操场上的游玩时间和午休时间通常都躲开她。我生活在恐慌之中，害怕有人会发现稻草屋里的那个吻，我能想象其他男孩会如何拿这件事取笑我。

圣诞节后不久我患流感病倒了，这是有生以来第一次。我以为我快要死了。我觉得妈妈或许也是这样想的。因为我关于那周的所有记忆就是每次我睁开眼睛，她都在那里，手里拿着一块冰凉潮湿的毛巾放在我前额，轻声细语地对我说着爱和鼓励的话。我身上的每块肌肉都疼痛，我有时会发高烧，体温升到106华氏度，有时又一阵阵难以控制地打寒战，两者不停地交替。那周我7岁的生日来了又去，我几乎没注意到。一开始我感到恶心呕吐，不想吃饭。差不多过了一周，在妈妈的劝说下我才喝了点掺着牛奶和少许糖的葛粉。我喜欢葛粉的味道，从那以后我每次喝它的时候，都会想起妈妈，还有她在我第一次得流感时给予我无时不在的安抚。

我想，事实上那是我第一次生病。我精疲力竭，体重减轻，身体虚弱，整整两周后才恢复体力，返回学校。那天下着雨，妈妈担心我会着凉，想开车送我去。但我坚持步行去学校，和阿泰尔在去他家平房的路上碰了面。自从我生病后，他就被禁止靠近我了。现在他小心谨慎地盯着我。

“你确信病好了吗？”

“当然。”

“你不会传染吧？”

“当然不会。怎么了？”

“因为你看起来非常糟糕。”

“谢谢。这让我感觉好多了。”

那是2月初，细雨绵绵，几乎不为人察觉，但我们全都湿透了。寒冷的北风迎面吹来，顺着我的脖子和衣领钻进去，舔噬着我的皮肤。我双颊发热，膝盖又红又痛。我喜欢这种感觉，整整两周以来，我第一次感觉自己又活了过来。

“我不在的时候发生了什么事吗？”

阿泰尔含糊地摆摆手，“没什么，你没错过什么，如果这是你担心的事情。哦，除了九九表之外。”

“那是什么？”这个术语听起来很新奇。我想到了九十九块手表。

“乘法口诀表。”

我也不知道那是什么，但不想显得太傻，于是只说了句：“噢。”

我们快到学校时，他才非常随意地告诉我，好像那不算什么，“我参加了乡村舞蹈团。”

“什么？”

“乡村舞蹈。你知道……”他把胳膊举过头顶，脚下做了一个滑稽的滑步动作，“帕德巴斯克。”

我开始觉得我不在的这段时间里阿泰尔已经发疯了，“帕迪巴？”

“是一种舞步，傻瓜。”

我吃惊地瞪着他，“跳舞？你？阿泰尔？女孩才跳舞呢！”我无法想象他到底怎么了。

他耸耸肩，以我意想不到的轻描淡写的态度说：“麦凯夫人选中了我，我别无选择。”

我第一次这么想，也许流感让我幸运地躲过了一劫，否则她可能会选中我。我真心为阿泰尔感到抱歉，直到我发现了事实真相。

那天下午3点，我们和马萨丽一起走在回家的路上，我一点也不确定她是否高兴看到我回来。上课的时候我坐到她旁边，她冷淡地打了声招呼，之后就对我置之不理，至少在我看来是这样。每次当我看着她或者极力想捕捉她的视线时，她似乎刻意避开。课间休息时，她在操场上和其他女孩黏在一起，跳绳，唱歌，做游戏。现在，我们正朝主路走去，其他小学生三三两两地走在我们前后。马萨丽问阿泰尔："你从麦凯夫人那里拿到去斯托诺韦的日期安排了吗？"

他点点头，"我已经拿到了让父母签字的条子。"

"我也是。"

"去斯托诺韦？" 我觉得自己明显被忽略了，在两周内错过这么多事情真让人吃惊。

"是跳舞比赛，"马萨丽说，"岛上的所有学校都在市政厅比赛。"

"跳舞？" 我一开始感到困惑，然后就像北海岸的海雾消散在温暖的夏日清晨一样，一切都真相大白了。马萨丽在乡村舞蹈团，这就是为什么阿泰尔也要加入的原因，即使冒着被男同学嘲笑的风险。我讥讽地看了他一眼，"别无选择，是吗？"

阿泰尔只是耸耸肩。我发现马萨丽在看我，我能看出来她对我的反应很满意。我嫉妒了，她知道。她继续往伤口上撒盐，“阿泰尔，如果你愿意的话，在小巴上可以坐我旁边。”

阿泰尔现在有点不自在了，装作若无其事的样子说:“也许吧，到时再说。”

我们穿过主路来到米兰尼斯路路口，我怀疑他是否在我不在的时候把马萨丽送回家。但我们停下了，很显然她不希望我们和她一起走。“那周六见。”她对阿泰尔说。

“好的。”我们转身朝克罗伯路走去的时候，他把双手深深地插在裤兜里。我回头看了一眼，马萨丽正一蹦一跳地走在米兰尼斯路上，步伐十分轻快。阿泰尔比平常走路快得多，我几乎跑着才能追上他。

“周六？舞蹈比赛那时开始吗？”

他摇摇头，“不是，比赛在教学日。”

“那周六有什么事？”

阿泰尔眼睛直盯着路前方某个地方，“我要去农场玩。”

我简直不敢相信。虽然当时我说不上那是什么感觉，但我正忍受嫉妒的各种经典症状的折磨：愤怒，受伤，困惑，忧郁。“你父母不会让你去的！”我试图抓住救命稻草。

“不，他们会让我去的。我父母和马萨丽的父母是教友。上周六我妈妈甚至还让我搭车去米兰尼斯。”

我想我的嘴巴一定张得老大，幸亏不是6月，否则苍蝇都飞进去了。“你以前去过？”我觉得难以置信。

“去过几次，”他飞快地瞄了我一眼，脸上露出一丝得意的微笑，“我们在农场玩牛仔和印第安人的游戏。”

我脑子里浮现出噩梦般的情景：马萨丽用同样长的绳子绑住阿泰尔，同一块手帕把他的眼睛蒙住。我的嘴巴干涩，几乎说不出话来。我问道：“她吻你了吗？”

阿泰尔的脑袋猛然转过来，带着厌恶和不可思议的表情看着我，“吻我？”我能听出他声音里的恐惧，“她到底为什么要这么做？”

他的回答给我巨大的痛苦带来了一丝安慰。

周六，东北风呼啸而来，寒冷的2月强风伴随着雨夹雪。我穿着黄色油布雨衣、宽边套脖防雨帽和黑色长筒雨靴站在家门口，等着复仇者经过。妈妈喊了我好几次，说我站在那里是找死，我应该回到屋子里玩，但我下定决心等待。我想，也许，我有点希望马萨丽和阿泰尔开了个残酷的玩笑。如果那辆车不经过的话，我整个早晨站在那里都会兴高采烈。但它九点半后来了，阿泰尔的妈妈开车，阿泰尔的脸紧贴在后座的车窗上，虽然因为凝结的水珠看不清，但显然他在咧嘴笑。他的手胜利地微微挥了一下，就像训练有素的王室成员。我在雨中气呼呼地瞪着他，雨雪刺痛了我通红的脸，遮盖住了眼泪，但我能感觉到眼泪顺着脸颊滑落时滚烫的轨迹。

周一早晨，我提出了一个让麦凯夫人吃惊的建议，我告诉她我现在差不多可以用英语独立交流了，不再需要翻译了，她可以按照原先计划的以字母为序排座。这个主意肯定迎合了麦凯夫人一贯喜欢的井然有序的习惯，因为她欣然答应了。我从第一排换到了第二排，现在和马萨丽隔着好几张课桌。她的沮丧显而易见。她转过身，微微低下头，眼睛像受伤的小鹿一样盯着我。我毅然对她视而不见。如果她原打算让我嫉妒，那她的计划成功了，但也适得其反，因为从现在起，我要和她一刀两断。我注意到阿泰尔在两张课桌外的地方自鸣得意地笑。从现在起，我也要和他划清界限。

游戏时间我对他俩敬而远之，放学的铃声一响，我第一个冲出教室门。在马萨丽和阿泰尔还未离开操场的时候，我已经在半路上了。在主路上我回头看到马萨丽正在后面跑着追赶我，阿泰尔在她身后不远的地方气喘吁吁地跟着，但我毅然决然地转过脸向克罗伯路走去，速度快得差点没跑起来。

嫉妒引发的报复带来的麻烦是，你可能会给对方造成伤害，但丝毫不能减轻你自己内心的伤痛，所以结果是两败俱伤。当然，一旦你采取了某种态度，很难在不丢脸的情况下改变现状。接下来的两天里，我从来没有如此不开心，也从来没有如此坚定。

周四中午，乡村舞蹈团乘坐学校小巴去往斯托诺韦。我一边在餐厅的一扇窗户旁观望，一边在结雾的玻璃上擦出一小片干净的地方，这样我就能看到他们站在大门口等待小巴从车库开过来。四个女孩，两个男孩，阿泰尔和卡卢姆。阿泰尔热情地对马萨丽说着什么，努力想引起她的注意，但她明显心不在焉，两眼盯着学校的方向，希望能瞥见我在观望。我感到某种自虐式的快感。我看到阿泰尔摸出吸入器，使劲吸了两大口，显然他压力很大。

他正在失去她的关注。

但在那个没完没了的下午，这对我来说并不是什么安慰。我们五个人留在教室里，任务是抄写黑板上的单词。先是大写字母，然后小写字母。我一直盯着窗外，从大西洋吹来的低矮云层沿着海岸线被撕扯成了碎片，在偶尔昙花一现的阳光中，不时抛洒下阵阵小雨。麦凯夫人因为我精力不集中狠狠教训了我一番。这是我的问题，她说，我注意力不集中，爱做白日梦，能力很强，但没有做事的意愿。确实，我做任何事都没有多大兴趣。我就像一只害了相思病的伤心小狗，把自己关在橱柜里。回首往事，我很奇怪自己那么早就受到这种情感的折磨。

放学铃声响起的时候，我快要窒息了。我迫不及待地跑到外面凛冽的寒风中，呼吸咸咸的新鲜空气。我一路无精打采地来到克罗伯商店，用最后的零用钱买了些糖片，我需要些甜食来慰藉一下自己。商店对面有一扇大门，通向一条拖拉机小道，小道通向山上世世代代克罗伯人挖出来的泥炭渠。我翻过大门，双手深深地插在兜里，吃力地沿着那条泥泞小道爬到泥炭渠上。从那里，我能看到远处的学校，还能同时俯视到通往米兰尼斯和克罗伯的两条单行道。在这里可以顺着主路一直看到斯温波斯特以及更远的地方，因此我可以看到小巴从斯托诺韦返回。去年 5 月我和父母来过这里切泥炭。那是一项辛苦繁重的工作：先用一种专门的铲子切开松软的泥炭，然后五块一组放在沟渠上面让暖风吹干。你还得回来翻动它们，等晾好了，再用拖拉机和拖车运回农场搭建一个大大的人字形泥炭堆，以利于排水。一旦晾好了，这些泥炭就能防止雨水渗透，能在整个漫长的冬天用来取暖。切炭是最艰苦的活儿，尤其是风停息时，因为蠓蚋——那种小小的会咬人的苍蝇——就会袭击你。它们是苏格兰的诅咒。单个的蠓蚋非常小，肉眼几乎看不到，但它们会集结成群钻进你头发和衣服里，咬你的肉。如果你被关进一间到处是蠓蚋的屋里，一天没结束你就得疯掉。有时在切割泥炭时就会这样。

不过，现在这里没有蠓蚋，正是赫布里底群岛的严冬季节，只有风吹过枯萎的草丛，天空发泄着它的愤怒。天色很快暗了下来。我看到小巴的车前灯在克罗斯斜坡上出现后，才意识到它来了。小巴停在了那个去学校的路口，橙色的应急灯闪烁着，克罗伯的孩子们从车上下来。只有马萨丽、阿泰尔和卡卢姆。他们在小巴开走后站在那里说了会话，然后阿泰尔和卡卢姆匆忙向克罗伯路的方向走去，马萨丽走向米兰尼斯的农场路。我在那里坐了会儿，吮吸着甜甜的酥皮糖片，看着下面单行道上的马萨丽。从这里看过去她很瘦小，不知怎么显得有些孤独，我说不清是从哪里看出来的。也许是从步态上，她闷闷不乐的沉重脚步。我突然感到对她无比抱歉，想跑到山下给她一个大大的拥抱，告诉她我很抱歉。为我的嫉妒抱歉，为我伤害了她抱歉，然而有种东西——困扰了我大半生的羞怯——阻止了我。

她快要从视线中消失了，消失在冬日的黄昏，终于这一次某种东西战胜了我天生的拘谨，迫使我跑下山去追她。我穿着笨重的雨靴跌跌撞撞地越过咯吱作响的荒野，为了保持身体平衡，胳膊像风车一样挥舞着。我从篱笆上跌落下来的时候带刺的铁丝网钩住了我的裤子，把一群绵羊吓得四处逃窜。追到马路上时我奔跑起来，等追上她时已经气喘吁吁了，但她并没有回头，我怀疑她是否知道我一直在山上看着她。我跟在她身边，我们沉默地走了一段路。最后，我终于缓过气来，问她："结果怎么样？"

"跳舞？"

"是的。"

"一团糟。阿泰尔看到那么多人一下子紧张起来，不得不一直借助吸入器呼吸，根本没法上台。我们只好在没有他加入的情况下表演，但没戏，因为我们是六个人排练的，现在只剩下五个人，根本不行。我再也不做这样的事了！"

我几乎要欣喜若狂了，但尽量让声音听起来很难过，"真可惜。"

她飞快地瞥了我一眼，也许怀疑我在讽刺她，但我看起来确实像因为这个消息而感到难过。"没事，反正我也不喜欢。跳舞适合头脑简单的女孩和没有男子气的男孩。我加入的唯一原因是妈妈说我应该参加。"

我们又一次陷入了沉默。我可以看到前面山谷里米兰尼斯农场的灯光，回家的路上肯定一片漆黑，但妈妈总是让我在书包里放一只小手电筒，因为冬天日光很少，你永远不知道什么时候就会用到它。我们在白色大门前停住站了一会儿。

最后她说："你为什么放学后不再送我回家了？"

我说："我以为你更喜欢阿泰尔的陪伴。"

她看着我，蓝色的眼睛穿透了黑暗，我感到两腿发软。"阿泰尔是个讨厌的家伙。他到处跟着我，甚至加入了舞蹈队，因为我在那里。”我不知该说什么。接着她又补充说，“他不过是个愚蠢的男孩，你才是我真正喜欢的人，芬。”她在我脸颊上飞快而温柔地吻了一下，然后转身跑向通往农舍的小路。

我在黑暗中站了很久，回味着她的嘴唇触碰在我脸颊上的感觉。在她走后很长时间，我都能感觉到她双唇的柔软和温暖，直到我用手指抚摸着自己的脸，才解除了魔咒。然后我转身开始朝克罗斯–斯凯格斯特路的方向奔跑，幸福和骄傲随着每次呼吸充盈着我的胸膛。我回到家后会陷入巨大的麻烦，但我一点也不在乎。

# 八

阿泰尔进入厨房门的时候，马萨丽正从水槽旁转过身来。她眼里含着怒火，责备的话就要脱口而出，接着她看到旁边还有个人。芬还没离开最高台阶进入光线里，所以她不知道到底是谁，只知道阿泰尔身后尾随着一个人影。

“对不起，我回来晚了。在镇上碰见一个老朋友，把我捎回来了。我想你可能愿意打个招呼。”

当芬踏进厨房刺眼的光线里时，马萨丽脸上的震惊对两个男人来说都是显而易见的。震惊之余，随即而来的是难为情。她把一双因为洗盘子而发红的手迅速在围裙上擦了擦，然后用一只手不自觉地把散落在脸上的头发拂到一边。直到现在她身上还有一种年轻女人的气质，而不是一个不再关心自己也不再关心别人怎么看自己的中年妇人。

“你好，马萨丽。”芬的声音听起来很小。

“你好，芬。”听到她亲口叫着多年前她为他起的名字，他内心充满哀伤，为了某种珍贵但永远失去的东西哀伤。马萨丽的难为情很快被尴尬所取代。她斜靠在水槽上，双臂交叉在胸口，戒备地问道：“你为什么到岛上来？”这和阿泰尔提问时平淡无奇的语气截然不同。

阿泰尔替他回答：“他在调查天使麦克里奇谋杀案。”

马萨丽敷衍地点点头，但毫无兴趣，“你在这儿要待很长时间吗？”

“也许不长，一两天。”

“你认为你会这么快抓到凶手？”阿泰尔问。

芬摇摇头，“一旦他们排除了此案和爱丁堡谋杀案的联系，也许就会把我送回去。”

“你认为不是同一个凶手？”

“看起来不像。”

马萨丽看起来在听，其实仍然毫无兴趣。她一直在盯着芬，“你没什么改变。”

“你也是。”

她大笑起来，眼睛里闪烁着真正的快乐。“还是那个撒谎精。”她停顿了一下，芬还站在敞开的门口，好像无意留下来，“你吃饭了吗？”

“我要去斯托诺韦吃炸鱼薯条。”

“别扯了，”阿泰尔咕哝着说，“等你回去店早都关门了。”

“烤箱里有乳蛋饼，”马萨丽说，“15 分钟就能加热。我从来都不知道阿泰尔啥时回家。”

“是啊，说得对，”阿泰尔把芬身后的门关上，“还是同样不靠谱的阿泰尔。他是早回来还是晚回来？他是烂醉如泥还是头脑清醒？你永远无法预测。这样生活才有意思，是吗，马萨丽？”

“否则就枯燥得无可救药了。”马萨丽的语气很平淡。芬想从中听出讽刺的意味，但没有。“我把土豆放上。”她转身走向炉灶。

“过来喝杯酒吧。“阿泰尔说。他领着芬来到一间小起居室，里面因为放了硕大的三件套家具和一台32英寸的电视机，空间显得更为狭小。电视开着，声音调低了，正在播放某档糟糕的游戏节目，信号接收不好，色调太强，几乎没法看。窗帘拉上了，壁炉里的泥炭火使房间变得温暖舒适。“请坐。”阿泰尔打开餐具橱，碗柜里有一些瓶装酒，“你想喝点什么？”

“不用了，谢谢。”芬坐下来，想看看厨房里的情形。

“得了吧，你需要点能开胃的东西。”

芬叹了口气，看来没法逃避了，“那就来一小杯吧。”

阿泰尔倒了两大杯威士忌，递给他一杯。“干杯！”他举起酒杯，用盖尔人的方式干杯。

“干杯。”芬啜了一小口，阿泰尔一口气喝掉半杯，这时芬身后的门打开了，阿泰尔抬头看了一眼。芬转身看到一个十六七岁的少年站在过道门口。他不是特别高，清瘦。浅麦色的头发，两边都剪短了，脑门上面长些，用发胶弄成穗状。右耳上挂着一只耳环，松松垮垮的蓝色牛仔裤上面是一件连帽运动衫，脚穿一双粗重的白色运动鞋。他有着和妈妈一样矢车菊般的蓝眼睛，一个英俊的男孩。

“跟芬叔叔打个招呼。”阿泰尔说。芬站起身和男孩握手。男孩的握手坚定有力，眼睛直视对方，和他妈妈一样让人感觉舒服。

“嘿。”他说。

“我们叫他芬利克斯。”马萨丽的声音传来，芬四下环顾，看到她站在厨房门口看着他们，脸上有种奇怪的表情，双颊变得绯红。

芬听到自己的名字吓了一跳。他又看了一眼男孩，心想他们是否以他的名字命名。但他们为什么要这么做呢？这是岛上最常见的名字。“很高兴见到你，芬利克斯。”芬说。

“你要和我们一起吃饭吗？”阿泰尔问道。

“他已经吃过了。”马萨丽说。

“那他可以和我们一起喝酒。”

“我还在设法解决电脑故障，”芬利克斯说，“我想也许母板（主板）烧了。”

“你注意到了吗？是母板，”阿泰尔对芬说，“而不是父板。总是妈妈们惹麻烦。”他转向儿子，“那是什么意思？”

“意思是它瘫痪了。”

“唔，那你不能把它修好吗？”

芬利克斯摇摇头，“我需要换掉它，那大概需要和买一台新电脑差不多的钱。”

“哦，我们没钱再去买一台该死的电脑，”阿泰尔声色俱厉地说，“你找到工作后可以自己攒钱买一台。”

芬问：“那是台什么电脑？”

“iMac，G3。”

“你为什么认为是主板的问题？”

芬利克斯沮丧地呼出一口气，“屏幕变成了蓝黑色，很难看清上面的内容。画面都挤在一起，就像被压缩了。”

“你用的是什么系统？”

“哦，太落后了。我刚从9升级到捷豹，需要一台更好的电脑才能运行雪豹系统。”

阿泰尔嗤之以鼻，“天哪，孩子！你能不能用我们能听懂的该死的语言说话？”

“别那么说，阿泰尔。”马萨丽平静地说。芬偷看了她一眼，发现她有些不自在。

“你能听懂他在说什么吗？”阿泰尔对芬说，“这对我来说跟天书一样难懂。”

“我正在开放大学攻读计算机学位。”芬说。

“见鬼！这个以前不会说英语的孩子现在能说计算机语言了。”

芬对芬利克斯说：“你是不是在安装新系统的时候出现了问题？”

男孩点点头，“是的，就在我升级后的那天出了问题。内存卡也花了一大笔钱。”

“我早该知道，花了我他妈的一大笔钱。”阿泰尔吼道，把杯子里的酒一饮而尽，弯腰又续上。

“电脑在哪儿？你屋里吗？”芬问。

“是的。”

“我能看看吗？”

“当然。”

芬把酒杯放在桌上，跟着芬利克斯来到过道。一段楼梯通向阁楼房间。“房间布局和你以前来的时候不一样了，”阿泰尔跟在他们后面说，“我把上面的阁楼改成了孩子的卧室，我和马萨丽住在我父母以前的房间，妈妈住在我那间。我们把爸爸的书房变成了客房。”

“好像我们有过客人似的。”芬利克斯到达顶层楼梯的时候嘟囔道。

“你说什么？”他父亲在身后喊道。

“只不过告诉芬让他小心顶层楼梯松动的地毯。”芬利克斯和芬的眼睛短暂地对视了一下，刹那间，好像他们成了某种只有他们知道的伎俩的同谋。芬使了个眼色，对方回以淡淡的微笑。

芬利克斯的房间从阁楼的一头一直到房子最北端的另一头，两侧各有一扇老虎窗，嵌在天花板的斜坡处。东边的老虎窗可以一览无余地看到外面的明奇海峡。电脑放在紧靠北山墙的桌上，万向灯的光线笼罩着它，更加剧了屋内其余地方的黑暗。芬只能模糊地看到墙上张贴着足球运动员和流行音乐的明星海报。说唱歌手埃米纳姆正从一个芬看不到的立体声音响系统里向他们哀号。

“把那玩意儿关掉。”阿泰尔跟在他们后面进来了，斜倚在门框上，手里还拿着酒杯。“真受不了那种说唱乐，和废话差不多，无非少了字母C而已。”[①]他被自己的玩笑逗得扑哧笑了，“明白

① 说唱的英文单词是rap，前面加上字母C就是crap，即“废话”。

我的意思吧？”

“我喜欢埃米纳姆，”芬说，“歌词很棒。他有点像他那个时代的摇滚歌手鲍勃·迪伦。”

“天哪，”阿泰尔哈哈大笑，“我看你们俩倒是挺合得来。”

“我把大部分歌曲存在了电脑里，”芬利克斯说，“不过既然黑屏了……”他无奈地耸耸肩。

“你上网了吗？”芬问。

“是的，几个月前我们刚换了宽带。”

“我能看看吗？”

“请便。”

芬坐在苹果电脑前，移动鼠标，把电脑从睡眠状态唤醒。屏幕呈现深蓝色，画面扭曲，和芬利克斯描述的一样。桌面几乎看不清了，底部是 Finder 窗口和工具栏。“你加载新系统后，屏幕曾经正常过吗？”

“是的，第一天晚上运行很好。我第二天打开的时候就这样了。”

芬点点头，“我敢说你没有升级固件。”

芬利克斯皱起了眉，“固件？那是什么？”

“这有点像计算机大脑中的东西，允许硬件和软件互相交谈。苹果公司没告诉人们在 G3 系统上升级的时候应该同时也升级固件，真是太糟了。”他看到芬利克斯脸上的不安，咧嘴笑了，“别担心，有一半拥有 Mac 操作系统的人和你一样。人们常以为电脑不行了而扔掉它，其实他们所需要做的不过是下载一个简单的固件升级软件。很多人为此很气愤。”

“我们能那么做吗？”芬利克斯问道，好像不敢相信有这等好事，“我们可以下载固件升级软件吗？”

“可以。”芬打开一个网页浏览器，敲进去一个URI（资源）地址。一分钟后，他进入苹果网页，点击G3系统的固件下载图标。不到两分钟就搞定了，当图标出现在显示屏上时，芬双击图标进行安装。“差不多30秒。希望我们重启后它能运行正常。”安装完成后，他打开苹果的下拉菜单，选择重启。电脑变成了黑屏，iMac退出界面，开始重新装载操作系统。半分钟后，桌面屏幕出现，画面明亮清晰，没有失真。“大功告成。”芬向后一靠，满意地笑了。

“嚯，大侠，太棒了！”芬利克斯很难抑制自己的兴奋，“真是太棒了。”他眼睛里闪烁着快乐的光芒。

芬站起身来腾出座位，“现在归你了，好好享用吧。这个系统简便易行，有什么问题随时问我。”

“谢谢，芬。”芬利克斯一屁股坐在椅子上，快速地在屏幕上移动箭头，打开窗口，拉下菜单，急切地尝试着他认为已经搞砸的所有功能。

芬转身发现阿泰尔仍然斜靠在门框上若有所思地望着他。自从关上埃米纳姆的音乐后他没说一句话。“真他妈的聪明，”他轻声说，“我一辈子都不可能为儿子做这件事。”

芬尴尬地转移了话题，“在开放大学能学到的东西真让人吃惊。”他不自然地清了清嗓子，“我想我把酒杯落在楼下了。”

但阿泰尔并没动，而是把目光转向杯底少量的琥珀色液体，“你总是比我聪明，是吧，芬？我父亲知道这点，这就是为什么他花在你身上的时间比我长。”

“我们都在下面的房间度过了很多时光，”芬说，“我非常感谢你爸爸。他太慷慨了，放弃了很多个人空闲时间。”

阿泰尔歪着脑袋，直直地盯了芬很久，像在寻找什么。芬被他盯得很不自在。“唔，至少对你起作用了，”阿泰尔最终说，“你离开了路易斯岛，上了大学。而我除了在路易斯海岸找了一份毫无前途的工作外，一事无成。”

芬利克斯敲击键盘的咔嗒声打破了他们之间的沉默。那个男孩好像根本没有意识到他们的存在，沉浸在自己的网络世界里。马萨丽在楼下喊，他们的乳蛋饼准备好了。尴尬的时刻终于过去了，阿泰尔猛然从沉思中醒过来。

“来吧，我们给你杯子加满酒，让你吃得饱饱的。”

在楼梯下面，从走廊的尽头传来一个微弱的声音：“阿泰尔……阿泰尔是你吗？”那是一个老太太虚弱颤抖的声音。

阿泰尔闭上眼睛，深深地吸了口气。芬看到他咬紧了牙关，然后睁开了眼睛，“就来了，妈妈。”接着他小声说，“该死！她总是知道我什么时候在家。”他气冲冲地从芬身边挤过去，朝走廊尽头的房间走去。芬走到客厅给杯子续上酒，然后走进厨房。马萨丽正坐在一张靠墙放的折叠桌旁，上面有三盘乳蛋饼和土豆，周围有三把椅子。

“他去看她了吗？”

芬点点头，发现她在唇上抹了点口红，眼睛也描了描，还把头发散开，重新梳了梳。她的样子有些改变，虽然还不值得评头论足，但足以引起注意。她示意他坐在对面的椅子上。

“你过得怎么样？”芬问。

她的笑容里有一丝疲惫，“就像你看到的这样。”她开始吃饭，“别等阿泰尔了，他会在那里待很久。”她看着他吃了一口乳蛋饼，“你怎么样？”

芬耸耸肩，“勉勉强强吧。”

她忧伤地摇摇头，“我们曾想过改变世界。”

“世界就像天气一样，马萨丽，你不可能改变它，不可能塑造它，但它会塑造你。”

“是啊，你总像个哲学家。”她出人意料地从桌子那边探过身来，用指尖轻轻抚了下他的脸颊，“你还是那么漂亮。”

芬的脸不禁红了。他强笑着掩饰自己的尴尬，“这话应该是我对你说。”

“但你撒的谎从来都不让人信服。不管怎样，你总是那么好看。我记得第一天上学看到你的时候，我想我从来没见过这么漂亮的男孩。你觉得我为什么想和你同桌？你不知道其他女孩有多嫉妒。”

他确实不知道。他的眼里只有马萨丽。

“如果我那时知道你是这样一个混蛋，我就会为我们省去很多烦恼。”她把另一片乳蛋饼塞进嘴里，笑了。微微上翘的嘴角，双颊上两个深深的酒窝，调皮的眼神，都和他记忆中完全一样。

“我说对了，”芬说，“你没变。”

“哦，我变了，在很多方面都变了，比你所知道的多，也比你想知道的多。”她凝视着乳蛋饼，陷入了沉思，“这些年我经常想起你，想起年幼无知的你，还有年幼无知的我。”

“我也是，”芬歪着头微微一笑，“我还有你给我的那张纸条。”她皱了皱眉，不记得什么纸条。“在小学毕业舞会之前给我的纸条，你的签名是农场女孩。”

“哦，上帝。”很久以前埋藏在心底的记忆突然被唤醒了，为防止情绪失控，她急忙捂住嘴巴，“你还有那张纸条？”

“现在有点脏了，折痕处破了，不过我还留着。”

“你还留着什么？”阿泰尔走进厨房，重重地跌坐到椅子上。芬和马萨丽之间的气氛马上被破坏了。阿泰尔嘴里塞满了食物，看着芬，“嗯？”

芬鼓起勇气撒了个谎，“小学七年级的一张老照片。”他抬头看了一眼，发现马萨丽避开了他的眼神。

“我记得那张照片，”阿泰尔说，“那是我唯一一张缺席的照片，那年我病了。”

“是的，前一天晚上你的哮喘病发作得很厉害。”

阿泰尔又往嘴里塞了更多食物，“那次我差点他妈的没命了。”他抬头把目光从一个转向另一个，咧嘴笑了，“如果我死了，对我们所有人来说都是件好事，是吧？”他用威士忌冲下食物。芬注意到他又把杯子续满了，“怎么，没人说，不，阿泰尔，如果你那时死了就太糟了，生活就会完全是另外的样子了。”

“嗯，这倒是真的。”马萨丽说。阿泰尔瞥了她一眼。

接着他们在沉默中继续吃饭，直到阿泰尔把盘子里的东西吃完，推到一边。他的眼睛落到芬空空的杯子上，“你得倒满，伙计。”

“实际上我该走了。”芬站起身，用马萨丽摆的餐巾擦了下嘴。

“去哪儿？”

“回斯托诺韦。”

“怎么回去？”

“我叫一辆出租车。”

“别他妈的傻了，老兄，那会花掉一大笔钱。今晚你就留在这里过夜，明天早晨我送你去镇上。”

马萨丽站起来，把空盘子从桌上拿走，“那我去把客房的床铺整理好。”

马萨丽从客房返回的时候，阿泰尔已经把芬拉进客厅，重新倒上酒。电视里正播放足球赛，声音还是很低。阿泰尔醉了，目光呆滞，眼睛半闭着，嘴里含糊地说着小时候芬完全不记得的一次自行车事故。芬借说自己需要在威士忌里面加点水，于是进入厨房，把半杯威士忌倒进水槽里。现在他正不安地凝视着酒杯，后悔这么轻易就听从阿泰尔的建议留下来过夜。他抬头急切地寻求帮助，这时马萨丽过来了，但她看起来疲惫不堪。她扫了一眼芬，脸上带着一种奇怪的冷漠表情。也许是无奈。接着她进入厨房把灯关掉，“我要去睡了，明天早晨再清理。”

她离开房间时，芬失望地站起身，“晚安。”

她在门口停顿了一下，两人的目光短暂地相遇。“晚安，芬。”

门关上后，阿泰尔说：“总算他妈的解脱了。”他努力把注意力放在芬身上，“你知道，如果不是为了你，我他妈的不会跟她结婚。”

芬被他语气里的刻薄刺痛了，“别傻了，从上学第一周起你就在追求马萨丽。”

“如果她不把魔爪伸向你，我他妈的永远不会注意到她。我从没追过她，我只是想让她离你远点。你是我兄弟，芬·麦克劳德。我们是朋友，从刚会走路我们就在一起了。从该死的上学第一天起，她就想把你从我身边夺走，离间我们。”他大笑起来，那种毫无幽默感、尖刻怨恨的笑，“我打赌她现在还在这么做。你以为我没注意到她的口红，呃？还有睫毛膏？你以为这都是为了你？不，她这是在向我挑衅，因为她知道我会看到，知道她为什么这么做。她已经很久没有为了我把自己打扮漂亮了。”

芬惊呆了，不知该说什么。因此他只是坐在那里紧抓着用水冲淡的威士忌，感觉杯子在他手中变热，看着壁炉里炭火的余烬慢慢熄灭。房间里的空气好像突然变冷了，他做了个决定，一口把杯子里的酒喝干，站起身来，“我想也许我最好去睡了。”

但阿泰尔并没有看他，因为威士忌已经使他的大脑混沌不清了。他盯着某个遥远的地方，“你知道他妈的真正的讽刺是什么？”

芬不知道，也不想知道，“明天见。”

阿泰尔向上歪着头，斜眼看着他，“他甚至不是我的。”

芬感到胃一阵痉挛，他像冬眠了一样呆若木鸡地站在那里，“你什么意思？”

“芬利克斯，”阿泰尔含混地说，“他是你的孩子，不是我的。”

浮雕壁纸最近刚被粉刷过，白色带点桃红，也许粉红。窗帘和地毯都是新的，天花板被重新漆过了，素净的亚光白，但角落里的水渍渗透出来，不知不觉地漫延，还是飞翔的塘鹅的形状。那个裂口还在墙泥上，横贯塘鹅和檐口。那扇有裂缝的窗玻璃已经被换成了双层玻璃，一张双人床靠在麦金尼斯先生原先摆放书桌的墙边。对面的书架上仍然堆满了芬在那些漫长的补习数学、英语和地理的夜晚记得的那些书，书名奇特而令人迷惑：《加沙的盲人》《黑眼金发女郎》《男儿本色》《细粉》。作者名字更奇怪：奥尔德斯·赫胥黎、厄尔·斯坦利·加德纳斯坦利、路易斯·格拉西克·吉本。麦金尼斯先生那把老扶手椅被推到了一角，扶手被肘部磨得发亮。有时人们去世很久后，世界上还留有他们的痕迹。

芬几乎被一种哀伤的情绪淹没了，但他认为哀伤不能确切地形容这种情感。他心头像压上了一块巨石，把他压垮了，使他呼吸困难。房间本身变成了一个黑暗而让人不安的地方。他心跳加速，好像他在害怕，害怕灯光。他把床头灯关掉，又害怕黑暗，于是又把灯打开，意识到自己在浑身发抖。他极力想回忆起某些事情。阿泰尔说过的一些话，还有盯着他的眼神，或者语调，把他的心搅乱了。他斜靠在门后的墙上，第一次注意到那张他花费了很长时间坐在旁边准备考试的牌桌，塞浦路斯地图形状的咖啡渍。他现在浑身冒汗，又把灯关上了。他耳边能听到自己怦怦的心跳声和血液的脉动。他闭上眼睛，眼前只有红色。

芬利克斯怎么可能是他的儿子呢？为什么马萨丽没有告诉过他她怀孕的事？如果她知道的话怎么还能嫁给阿泰尔？天哪！他想尖叫，想醒过来，回到那个短短四周前还有罗比和莫娜的家以及他所熟悉的生活。

他听到隔壁传来激烈争吵，屏住呼吸想听清他们在说什么，但厚厚的砖墙挡住了谈话内容，只能透过灰泥墙面听出他们的语气：愤怒，受伤，指责，否认。然后是摔门的声音，接着一片沉寂。

芬在想芬利克斯是否听到了什么，也许他已经习惯了，也许这是每晚都出现的场景。或许今晚与往日不同？因为一个秘密被泄露了，如同幽灵一样在他们中间游荡。或许芬是最后一个看到它的人？最后一个感觉到它犹疑的冰冷手指将永远把他的世界搅得天翻地覆的人？

# 九

我在那年的7月初参加了大学入学考试。学校放假了，我在等待格拉斯哥大学的入学录取通知书。那是我在岛上度过的最后一个夏天。

我无法形容自己的感觉，也许是欣喜若狂吧，好像最后几年都在黑暗中度过，仿佛有一块沉重的大石头压在心头；现在石头被挪开了，我被释放出来，一眨眼的工夫来到了阳光下。锦上添花的是那年的天气很好，他们说1975年和1976年的夏天都很不错，不过我印象中最美好的夏天是我去上大学前的那个夏天。

我和马萨丽分手多年了。现在回首往事，我为自己的残酷感到吃惊，只能用我那时还太年轻来自我安慰。不过，年轻总是会随时被拿来作为愚蠢行为的借口。

当然，一直到小学结束，她还是和我同班，但说来也怪，她渐渐淡出了我的视线。在中学的前两年，还在克罗伯的时候，我们还能经常碰面，但在我们升入斯托诺韦的尼克尔森中学后，我很少再见到她。只偶尔会在学校走廊上看到她的身影，或者看到她和同学在窄街散步。我知道她和阿泰尔在三、四年级的时候曾是一对，尽管他在另一所学校。我不时地在市政厅的舞会或者派对上看到他们在一起。他们在五年级时分手了，那时阿泰尔不断地参加普通等级考试，我模模糊糊地察觉到马萨丽和唐纳德·默里交往过一段时间。

整个中学时期我不断地和不同的女孩约会，但没有一个持续时间长久。她们大多在见了我姨妈后就打了退堂鼓，我想她一定看起来很怪异。我早已对她熟视无睹，就像你小时在房间到处拉的大便一样，过段时间你就会对此视而不见了。毕业后我无拘无束，天马行空，不想把自己束缚住。格拉斯哥提供了无限的新的可能性，我不想从岛上带着任何包袱离开。

在 7 月第一周的某个时间，我记得我和阿泰尔一起去内斯港的海滩。我和阿泰尔情绪截然相反。在向大学冲刺的时候，我为了准备考试被锁在他爸爸的书房里度过了一段漫长而艰难的时光。麦金尼斯先生对我很严厉，毫不留情地鞭策我走向成功，一刻也不松懈。在阿泰尔第五次普通等级考试失败后，他只有放弃自己的儿子，尽管阿泰尔已经决定回去，第五年再补考。麦金尼斯先生好像在我身上倾注了曾经寄予儿子的所有希望和期待。这让阿泰尔和我之间的关系变得紧张，我想，这是出于嫉妒。有时我们会在我的辅导课结束后见面，在紧张的气氛和难以打破的沉默中一起走在村子里。我记得我们站在克罗伯港口的滑道底部，往水里扔了一个多小时石子，一句话也没说。我们从来不谈论辅导的事，它就像一道沉默的阴影横在我们之间。

但现在这一切都被我抛在脑后了，那天的天气好像映衬了我的心情，灿烂的阳光照耀着海湾沉寂的水面，轻柔的微风抚弄着温暖的空气。我们脱下袜子和沙滩鞋，卷起牛仔裤，光脚沿着平缓的沙滩奔跑，在拍打着海岸的朵朵浪花中追逐嬉戏，在沙滩上留下完整的脚印。我们带着一种用来装商用泥炭的塑料袋，准备去海滩尽头岩石间的潮水潭捕捉退潮时留下的螃蟹。对我来说，那个夏天似乎永无尽头，每天都像那天那样充满了生活中最简单的快乐，无须因为年岁渐长或心怀梦想而劳碌奔忙。

不过，阿泰尔情绪低落，郁郁寡欢。他已被路易斯海岸的工厂接受，9 月份开始去做焊接学徒工。他眼睁睁地看着他的暑假就这样溜走了，如同沙子从指缝间流走。少年的最后一个夏天结束后，只有毫无前途、单调乏味的工作以及成人的责任在等着他。

海边岩石间的潮水潭是另外一个世界，隐匿于现实生活之外，只传来海鸥的声音，海水轻柔地拍打着海岸。岩石裂缝间的水清澈见底，在阳光下晒得暖暖的，五颜六色的甲壳动物牢牢地攀附在黑色岩石上，除了螃蟹匆忙逃窜的动静外，只有海草轻柔的摆动。我们已经捡了 20 多只螃蟹，把它们扔到袋子里，然后抽烟休息。尽管我有一头金发，但遗传了父亲的肤色，健康的古铜色。我脱下 T 恤，卷起来垫在脑袋下面，躺在岩石上晒太阳，闭上眼睛，倾听海水和以大海为食物来源的鸟儿的声音。阿泰尔屈膝坐着，下巴搁在膝盖上，抱着小腿，无精打采地吸着烟。奇怪的是，吸烟好像对他的哮喘并没有影响。

“每次我看着表，”他说，“又一分钟过去了，然后是一小时，一天，很快是一周，然后一个月，接着是另一个月，接着就是我打卡上班的第一天。”他摇摇头，“太快了，很快我就到了打卡下班的最后一天，然后他们就会把我葬到克罗伯墓地。这一切都有什么意义呢？”

“天哪，老兄，我们在谈论六七十年后的事情，你眨眼工夫就把它打发了。你的人生道路还很漫长。”

“你当然会这样认为，你就要走了。你早就计划好逃跑的路线了。格拉斯哥大学，整个世界，除这里之外的任何地方。”

“嘿，看看你周围，”我用一只胳膊肘支撑起身体，“其他地方并不比这里好多少。”

“是啊，”阿泰尔说，声音里充满了挖苦，“这就是你为什么他妈的迫不及待地要离开。”我没回答。他看着我，“哑巴了？”他把烟头扔到岩石上，引起一串红色的火点在微风中飞舞。“我是说，我有什么可期待的？一个工厂的学徒工？年复一年地躲在防护面具后面，朝着金属接头喷射该死的火焰？天哪，我现在就能感觉到了。年复一年地在内斯和斯托诺韦之间的路上奔波，最后的归宿不过是地下的一个洞穴而已。”

“我父亲就是这样，”我说，“这不是他想要的生活，但我从没听他抱怨过。他总是告诉我们生活是美好的。他把工作中的大多数烦恼都化解进了业余时间里。”

“他可从中捞了不少好处。”他不假思索地脱口而出，然后迅速转身面向我，眼睛里充满了歉意，“对不起，芬，我是无意的。”

我点点头，感觉天空中唯一的云朵把阴影投射在了我身上。“我知道，不过我想你是对的，”我的话语里也充满了怨恨，“如果他没有把大部分时间奉献给上帝，他可能还活得久些。”但接着我深深地吸了口气，决心从阴影中走出来，“不管怎样，关于大学的事还没有定论，一切都取决于考试分数。”

“呵，算了吧。”阿泰尔不屑地说，“你会通过的。我爸爸说如果你不得全A的话他会失望的。”

就在这时，我们第一次听到了女孩们的声音。一开始是在远处，闲聊和大笑的声音，接着她们沿着海滩朝我们走来，越来越近。我们从所在的地方看不到她们，当然她们也看不到我们。阿泰尔把一根手指竖在唇边，然后示意我跟着他。我们赤脚爬到岩石上，看到她们离我们不到30码远。我们急忙弯下身免得被看到。一共有四个女孩，和我们同级的本地女孩。我们从岩石上方窥探，想看得清楚些。她们正从篮子里拿出浴巾铺在悬崖下柔软的沙地上。其中一个展开苇席，从包里倒出一瓶瓶姜汁饮料和一包包薯片。接着她们开始脱掉T恤和牛仔裤，露出里面雪白的皮肤和比基尼。

我想我一定下意识地希望马萨丽也在她们中间，但直到我看到她穿着比基尼站在那里，举起胳膊把头发在脑后绾成一个结，我才意识到她不再是我小学时抛弃的那个小女孩了。她已经出落成一个非常性感的年轻女人：柔和的阳光勾勒出她臀部的诱人曲线和修长优美的双腿，单薄小巧的蓝色上衣根本遮盖不住喷薄欲出的丰满乳房。我感到血脉偾张。我们又坐回岩石后面。

“上帝啊。”我低语道。

阿泰尔很兴奋。他的不快瞬间消失得无影无踪，取而代之的是调皮的眼神和淘气的笑容。“我有个他妈的妙计，”他拽着我的胳膊，“过来。”

我们拾起T恤和螃蟹袋，我跟着阿泰尔踏着岩石返回，朝悬崖方向走去。那里有一条小径，我们有时从那里爬到下面的岩石上去，这样就不用绕过港口，再沿着海滩返回。那里陡峭多石，悬崖表面有一道深深的裂缝，是某个冰河时期冰川侵蚀留下的痕迹。在小径向上的三分之二处，一条狭窄的岩脊沿对角线横贯岩面然后又沿原路返回向上延伸，最终沿着一个个天然的台阶通向悬崖顶部。我们现在距离下面的海滩30英尺高，脚下的草皮松软潮湿，如果离边缘太近的话很容易突然随着危险的泥炭块滑下去。我们已经不为人察觉地爬到了崖顶，接着小心翼翼地沿着崖顶前进，最后来到了一个我们认为能看到女孩们日光浴的地方。这里的悬崖边缘呈陡坡状，最高处距离海滩20英尺，最低处10英尺。杂草呈芦苇状，生长在攀附于岩石的一层薄土上。我们看不到女孩们，但能听到她们并排躺在浴巾上聊天的声音。我们的招数就是先确保我们在她们正上方，再把袋子里来之不易的战利品放出来。没什么比直接的突袭更奏效了。

我们匍匐在地上，缓慢地顺着险峻多草的斜坡向下挪动。我在前面，手里抓着螃蟹袋。阿泰尔紧跟在后面，把脚后跟蹬进破碎的泥土里，两只手抓住我的左上臂，仿佛是一个锚，这样我就能探出身看一眼女孩们。直到爬到最低处时，我才看到四双并排摆放的高跟鞋。她们在我们稍微偏左的地方，我对阿泰尔示意我们要稍微移动一点。正当我们这么做的时候，一些松动的泥土和鹅卵石从边缘坠落到海滩上。女孩们的闲聊停止了。

“怎么了？”我听到一个女孩问道。

“一亿年的侵蚀，”是马萨丽的声音，“你们不会认为仅仅因为我们在下面日光浴侵蚀就会停止吧？”

高跟鞋现在就在我正下方。我大着胆子尽量向外探身，发现她们全都脸朝下趴在海滩上，为了避免背上出现明显的白色痕迹，没穿比基尼上装。太棒了。我在她们之上 12 ~ 15 英尺的地方。我对阿泰尔笑着点点头，腾出一只手解开装螃蟹的袋子，然后全从边上抖落了下去。20 多只螃蟹在空中四处飞散，消失得无影无踪，但它们的效果立竿见影。恐慌的尖叫声撕裂了空气，从下面传向我们耳边，像为我们冒险的成功热烈地鼓掌。我们情不自禁地大笑起来，向下挪动了一点，我探出头想看一下海滩上的混乱场面。

就在这时，一大块干草皮从摇摇欲坠的岩石上滑落，我滑下了斜坡，从岩石边缘摔落下去，阿泰尔再努力想抓牢我也无济于事。像之前的螃蟹一样，我在空中翻滚着，直接坠向 10 英尺下的海滩，幸运的是我双脚着地，尽管地心引力很快迫使我重重地坐在了地上。

受惊的螃蟹四处逃窜。我抬起头，发现四双惊恐的眼睛正瞪着我，四对赤裸裸的乳房在阳光里上下摆动。我们对视了一会儿，都沉默不言，被对方令人难以置信的行为惊呆了。接着一个女孩尖叫起来，三个女孩以特别夸张的假正经动作用双臂遮住胸，咯咯笑着，假装害羞。其实，我想她们并没有因为我出人意料的突然出现而特别惊恐。

然而，马萨丽并没有试图去遮盖自己的身体。她双手放在臀部站了好几分钟，乳房挑衅似的傲然挺立着。我不禁注意到，那对坚挺而小巧的乳房有着大大的、鼓鼓的粉红乳头。她向前两步，狠狠地在我脸上扇了一巴掌，我眼前直冒金星。“变态！”她轻蔑地啐了一口，弯腰捡起比基尼上衣，大踏步地穿过了沙滩。

我几乎又有一个月没见到马萨丽。现在是8月份，我的考试成绩终于出来了。正如麦金尼斯先生所言，我的英语、艺术、历史、法语和西班牙语都得了A。我的数学和科学在通过普通等级考试后已经放弃了。很奇怪，我在语言方面很有天赋，但无意去使用它。我被格拉斯哥大学录取了，要去攻读文科硕士学位。我不确定那到底是什么，但任何与艺术有关的事都使我感兴趣，不用像学其他学科那样卖力。

我早就从马萨丽的那记耳光中恢复过来了，但此后几天它留下的红印像荣誉勋章一样挂在我脸上。阿泰尔让我向他详细描述那天我落到沙滩上后看到的情景，因为他匆忙爬回了悬崖顶端，连个乳头都没看到。这个故事像野火一样迅速蔓延到了附近的村庄，我在短期内被内斯一整代青春期男孩当作狂热崇拜的偶像顶礼膜拜。但就像那个夏天一样，记忆慢慢变淡，阿泰尔打卡上班的日子令人讨厌地越来越近了，他变得越来越郁郁寡欢。

那天我去他家告诉他比格岛派对的事，发现他情绪低落。比格岛是距离大伯纳拉岛北海岸几百码的一个小岛。大伯纳拉岛就像龙口中的火，位于卡拉内斯以西，在那里海水深深地侵入了路易斯西南方海岸线。我不知道谁组织了这个派对，但唐纳德·默里的一个朋友邀请了他，他又邀请了我们。到时会有篝火和烧烤，如果天气好的话，我们会睡在星光下的海滩上。如果下雨，我们就到一个老牧羊人小屋避雨。我们只需带酒水过去就行了。

阿泰尔沮丧地摇摇头，告诉我他去不了。他父亲要去大陆几天，他妈妈身体不大好，他必须陪着她。他说她胸口痛，血压又特别高。医生认为她可能患上了心绞痛。我从未听说过心绞痛，不过听起来不太妙。我很失望阿泰尔去不了，为他失望，因为他需要振作起来。

不过对阿泰尔的担忧在我脑子里没持续多久，到周五时就消散了。当唐纳德·默里那天下午到我姨妈家的房子里来接我时，所有关于阿泰尔的念头都被唐纳德的汽车排气管的咆哮声以及它散发出的硫黄味的云团冲得无影无踪。唐纳德不知从哪儿弄来一辆标致敞篷车。车又老又破，但颜色是那种生动明艳的红色。车篷降下来了，唐纳德懒洋洋地坐在方向盘后面，他漂染过的头发、褐色的脸庞，还有脸上的墨镜使他看起来像一位电影明星。

“嘿，兄弟，”他慢吞吞地说，“要搭车吗？”

当然。我对他从哪里弄到这辆车以及怎么弄到的并不感兴趣，我只想坐在他旁边的副驾驶座上巡游全岛，看着其他孩子脸上嫉妒的表情。路易斯岛上从未听说过敞篷汽车。毕竟，什么时候你才能在车篷降下来的情况下把它派上用场？任何一年中都只有为数不多的几天，如果幸运的话。当然，那年我们极其幸运。整个7月的骄阳把小岛都烤成了褐色，现在仍是这样。

我们从姨妈家的披屋里取出我储存的四箱啤酒放进行李箱。唐纳德的父亲应该不允许他的牧师住宅里藏有这种违禁物品。姨妈出来跟我们道别。现在回过头来想，也许她在那时身体就不太好了，尽管她对我只字未提。但她脸色苍白，比以前更消瘦了。她的头发染成了棕红色，纤细稀疏，露出了根部半英寸长的白发。她脸上抹着厚厚的雪白脂粉，从过于粗糙的脸颊的褶皱中掉下碎屑。睫毛上涂着黏稠的睫毛膏，嘴唇像一道浅红色的切痕。她穿着一件薄如蝉翼的上衣，是她自己的发明，一层层不同颜色的薄纱别成了披肩一样的东西，下面是毛边牛仔裤和粉色沙滩鞋。她的趾甲也染成了粉色，关节炎把它们变得又厚又粗硬，丑陋无比。

她是我妈妈的大姐，年长10岁，很难想象还有比她们差别更大的两个人。在20世纪60年代的嬉皮士时代她可能有30多岁，但那是代表她的一个时代。她曾在伦敦、旧金山还有纽约度过一段时光，也是我认识的人中唯一参加过伍德斯托克音乐节的人。很奇怪我对她了解如此之少，年轻人对年长的人的生活不感兴趣，他们只是被动接受对方现在的样子。但我希望现在我能回到过去，向她询问她的生活，填补所有的空白。然而，你当然回不去了。我知道，她从未结过婚，但和某个著名且富有的已婚人士有过非同寻常的关系。她回到岛上后，买了这栋可以俯视克罗伯港口的白屋，独自居住。据我所知，她没告诉任何人发生的事情。也许她对我妈妈吐露过实情，但那时我太小了，妈妈不可能告诉我。我想在她生命中曾有过一次伟大的爱情，在住进这栋古老的白屋后她就把生活的大门关闭了。我不知道她靠什么生活，她的钱从哪儿来。我们支付不起奢侈品，但我从不缺衣少食，也不缺我特别想要的东西。她去世后，银行账户里有 10 英镑。

姨妈是个谜，我生命中最大的未解之谜。我和她一起生活了 9 年，但我依然不能说我了解她。她不爱我，我可以多少有些肯定地这样说。我也不爱她。我得说她容忍我，但她从来不对我严词厉色。当整个世界和我作对的时候她总是站在我这边。我们之间有一种，怎么说呢？一种虽不情愿但默默的爱。我不记得我曾亲过她，我记得她唯一一次搂着我是在我父母去世的那个晚上。

她喜欢那辆敞篷车，我想可能是因为它激发了她身上久违了的自由精神。她问唐纳德能否带她兜兜风，他让她赶快上车。我坐在后座，唐纳德一路疾驰穿过石壁道，直奔斯凯格斯特路。姨妈坚持要吸烟，香烟的火星四处飞溅。她的头发被风吹到了脑后，露出脸部精巧而瘦削的轮廓，粗粗的皮肤紧紧地裹在五官上面，如同一张死亡面具，但我从未见她这么开心过。我们回到家时，她容光焕发，我觉得她差点想要和我们一起走了。当汽车越过山脊朝克罗伯驶去时，我回头望去，她仍然站在那里目送我们。

我们在山脚下接了伊恩和肖尼，取了更多的啤酒，动身向南边的大伯纳拉岛驶去。沿西海岸行驶的旅程暖风拂面，阳光灿烂，让人心旷神怡。我从未见过海面如此平静，闪闪发光，一直延伸到薄雾笼罩的地平线。唯一能看到的运动是浪潮轻柔的起伏，好似大海在缓慢而平稳地呼吸。村庄一个挨着一个——西雅达、巴弗斯、肖伯斯特、卡洛韦，孩子们向我们挥手致敬，一些老人站在那里吃惊地看着我们经过，一定认为我们是来自大陆的游客，从休尔文山腹地渡海而来的疯狂的人们。卡拉内斯的史前巨石阵默默矗立在西边天际线上，这是另一个我们永远无法解开的生命之谜。

我们找到大伯纳拉岛东北边的码头时，太阳渐渐西沉，大海翻腾着炫目的金色波涛。我们能看到比格岛距离海岸几百码远，不到半英里长，大概三四百码宽。牧羊人小屋在海岸附近，小屋周围以及海滩附近好几处的篝火已经点燃，烟雾盘旋在小岛上方沉寂的空气中。我们能看到四处晃动的人影，音乐声清晰可闻，如同海峡对岸的钟声。

我们从汽车上卸下啤酒，唐纳德把敞篷车停放在岸边其他数十辆汽车的旁边。肖尼敲响了码头的大钟，几分钟后有人划船过来接我们。

比格岛平坦而无特色，是夏季放羊的牧场，但南边有一个美丽的沙滩，西北侧有个卵石海滩。那晚岛上差不多有 100 人，但没几个我认识的。我想大多数人可能来自大陆。互相熟悉的人聚在一起，交谈甚欢。每组都有自己的篝火，都用自己的大型手提式收录机播放音乐。烤肉和鱼的味道弥漫在空气中。女孩们把食物用锡纸包好后埋到火的余烬里。尽管我不知道这是谁组织的聚会，但确实看起来一切都井然有序。我们刚到岸上时，唐纳德拍了一下我的后背，说过会再见，他要去弄点大麻来吸。我和伊恩、肖尼把啤酒和其他酒都码放在牧羊人小屋里，自己打开了几罐。我们找到几个在学校认识的孩子，接下来的几小时里喝酒聊天，从火堆上直接取鱼和鸡来吃。

夜色仿佛突然降临，我们不知不觉被笼罩在一片黑暗中，西边的天空仍然燃烧着红色霞光。火被拨旺了，不时有新的浮木添加上，以便释放出更多的光。我不知道为什么，但某种忧郁的情绪开始随着黑暗笼罩了我。也许我太高兴了，知道这种快乐不会持续太久。也许因为这是我在路易斯岛的最后一个夏天，不过那时我还不知道我会再回来参加一个葬礼。我重新打开一罐啤酒，沿着海岸边的篝火漫步。生气勃勃的脸庞聚集在火堆旁，人们欢笑，喝酒，吸烟。空气中混合着柴火、烧烤和大麻甜甜的木香味。我仰视着没有受到任何光污染的、繁星点点的夜空，惊叹于它的浩渺与博大。有时你凝视着天空，会感到自己是宇宙的中心，所有的物体都围绕你旋转；而另外一些时候，你只感到自己如此微不足道。那天晚上，我感觉自己只是无限历史长河中的一粒微尘。

"嘿，芬！"我听到有人叫我的名字，转身看到唐纳德和其他一些孩子在最近的篝火旁。他搂着一个女孩，他们看起来很像一对情侣。"你一个人在黑暗中到底在做什么？过来跟我们一起玩吧。"

老实说，我并不真的想过去，我正沉溺于自己的忧伤情绪中，享受属于我一个人的孤独，但我不想显得无礼。当我走进篝火旁的圈子时，唐纳德正在拥吻那女孩，只是当他意识到我正站在一旁时才停止。我这才看清那个女孩就是马萨丽，嫉妒像电流一样迅速传遍了我的全身。我确信自己的脸一定涨得通红，但火光掩饰了我的尴尬。

马萨丽高傲地微笑着，带着冷漠审慎的眼神打量着我，“哟，哟，这不是偷窥狂吗？”

“偷窥狂？”唐纳德的微笑中流露出不解，他一定是内斯唯一没听过那个故事的人，也许他当时去大陆取那辆标致敞篷车了。马萨丽就告诉了他原委，尽管换成我讲，内容会不大一样。他狂笑不止，我觉得他都快要背过气去了。

“老兄，这可太有趣了。看在上帝的分上，坐下吧，和我们一起吸口大麻放松一下。”

我坐下来，但挥手拒绝了大麻，“不，我接着喝啤酒好了。”

唐纳德给我一个会意的眼神，抬起头，“你在大麻方面还是个雏儿，对吧？”

“也许在任何方面都是。”马萨丽说。

我又脸红了，幸亏有夜色和篝火的掩护。“当然不是。”但确实如此，与马萨丽猜测的一样，我不止一方面是个雏儿。

“那就别跟我瞎扯什么啤酒之类的鬼话了，”唐纳德说，“你和我们一起吸，怎么样？”

我耸耸肩，“当然。”我一边喝罐装啤酒，一边观察他仔细地卷大麻烟卷的样子。他把四张卷烟纸连接起来，沿烟纸中心撒一道烟叶，然后在边缘撒上煮熟的树脂末。他在一端放一条狭长的卡片，绕着它把大麻卷成一根长长的烟卷，沿着黏黏的卷烟纸边缘舔一下，把另一端捻好堵住口。他点燃了烟卷末端，深深地吸了一大口，把一大团烟雾吸入肺里，让它在那里停留了一会儿，接着把大麻烟卷递给马萨丽。马萨丽吸烟的时候，唐纳德深深地呼了口气，烟雾飘入夜空中，我能看出来大麻的效果几乎立竿见影，心境的安宁降临在他身上，如同黑夜做成的裹尸布。马萨丽把大麻烟传给我，末端残留着她的唾液。我偶尔会吸烟，所以认为自己不至于呛着。我没想到这种烟如此辛辣，从肺里一直传到喉咙，我止不住地剧烈咳嗽起来。当我终于平静下来，发现唐纳德和马萨丽看着我露出会意的微笑。“呛着我嗓子了。”我说。

“那你最好再吸一口。”唐纳德告诉我。我别无选择，只得再尝试一下。这次我设法让烟雾在肺里停留了约10秒钟，把大麻烟还给唐纳德，然后缓慢地呼了口气。

当然，作为一个初次尝试大麻的人，我早应该知道我会控制不住地失态，只会咯咯笑个不停。

我只是模糊地记得有人在海滩上喊了一声，唐纳德站起身来走了过去。我四下环顾，发觉篝火旁的大多数孩子都走了，只有我和马萨丽还坐在那里。我们距离并不太近，但她用一种奇怪的眼神盯着我。

“过来。”她拍拍身边的沙滩。

我像一只温顺的小狗慢慢挪到她身边，直到我的屁股坐在她用手在海滩上挖出的坑中。我感到我的大腿和她的紧挨着，感觉到了她的体温。

“你是个彻头彻尾的大混蛋，你知道吗？”她的声音很温柔，不带怨恨。当然，我知道我混蛋，所以我不敢反驳她。“你在我年幼无知的时候偷走了我的心，又把它扔掉，让我蒙受耻辱。”

我挤出一丝笑，但我知道看起来一定像鬼脸一样难看。她认真地看着我，摇了摇头，“我不知道为什么我对你还有感觉。”

“什么感觉？”

她靠过身来，用打我耳光的同一只手把我的脸转向她，然后吻了我。那是一个绵长的、温柔的深吻，我全身一阵战栗，顿时热血沸腾。

当她终于停止亲吻的时候，她说：“就是这种感觉。”她坐了一会儿，看着我，然后站起来拉住我的手，“来吧。”

我们手拉着手在篝火间穿行，模糊的面孔一闪而过，音乐一首接一首混杂在一起，夜色中传来温柔的喃喃细语声，还有偶尔爆发的大笑。我对周围的一切感觉异常敏锐：大海的声音，浓重的夜色，星星好像近在咫尺，就像炽热的针尖，你可以伸手够到它们，把你的手指刺痛。我也能感觉到马萨丽的手在我手中的温度，我们停下来反复亲吻时我感觉到了她柔软的皮肤，她的乳房轻轻挤压着我的胸膛，我的私处鼓胀起来，透过牛仔裤紧紧抵着她的小腹。我感到她的手滑下来握住了它。

我们到达牧羊人小屋的时候，主屋空无一人。泥土地面上到处扔着空啤酒罐，堆放着成箱的酒和装满烧烤残渣的袋子。马萨丽好像知道她要去哪儿，她领着我来到房间后面的一扇门边。门开了，一对和我们年龄相仿的情侣咯咯笑着跟我们擦身而过，无视我们的存在。后面的房间小多了，墙角点着蜡烛，空气中弥漫着大麻、燃烧的蜡和人体的气味。一块防水帆布扔在地板上，上面覆盖着旅行毯和垫子。睡袋已经打开，像被子一样摊在地上。

马萨丽在一张毯子上坐下来，仍然拉着我的手，让我坐在她身旁。我的屁股还没挨到地板，她就一把把我推倒，顺势压在我身上，用一种我从未经历过的狂热吻着我。接着她跨坐在我身上，直起身扯掉上衣，我在海滩上看到的那对美妙的、有着粉红乳头的乳房摇摆着获得了自由。我把这对柔软而结实的乳房捧在手里，感觉到乳头硬硬地顶着我的皮肤。她弯下腰拉开我牛仔裤的拉链，把我从束缚中解脱出来，我因吸食大麻而变得麻木的头脑闪电般地掠过一丝恐惧。

“马萨丽，你说对了。”我低语。

她看着我，“你什么意思？”

“我以前从未做过这种事。”白天头脑冷静时，我绝不会承认这一点。

她大笑，“别担心，我做过了。”

我心里莫名其妙地充满了愤慨，坐直了身体，“和谁？”

“不关你事。”

“是阿泰尔吗？”不知怎么的，这点对我好像很重要，一定不能是阿泰尔。

她叹了口气，“不，不是阿泰尔。如果你一定要知道的话，是唐纳德。”

不知为什么，我既震惊又松了口气，同时感到困惑。我想啤酒、大麻，还有那晚发生在我身上的所有事情，加在一起夺去了我的理性，甚至我的嫉妒。我屈服于更有经验的马萨丽。我对第一次记得不是太清楚了，只是好像结束得很快。但事实证明，那个夏天我们有更多的机会实践和完善我们的技巧。

当我们事后挣扎着穿上衣服时，门突然被推开了，唐纳德站在那里咧嘴大笑，一只胳膊搂着一个女孩。“看在上帝的分上，你们还没完事吗？外面排了好长的队呢。”

# 十

键盘的嗒嗒声打破了黑暗卧室的宁静，电脑屏幕的光映射在芬苍白的脸上。他眯着眼，眉头紧锁，全神贯注。这些考试对他非常重要，一切全靠它们了，包括他的未来。集中精力，集中精力，全神贯注。眼角余光捕捉到的一丝动静使他转过身来，胳膊和肩膀上的鸡皮疙瘩都起来了。他又来了。那个高得出奇、穿着风帽夹克的男人，油腻的头发垂落下来遮住了耳朵。他像以前一样只是站在门口，抵住天花板的脑袋耷拉着，一双大手松松垮垮地垂在身体两侧。这次他的嘴唇在嚅动，好像在努力说些什么。芬使劲地侧耳倾听，但什么也听不到，只闻到弥漫在房间里的那人嘴里呼出的陈腐的烟草恶臭。

芬被飘在脸上的刺鼻的烟臭味熏醒了。阳光透过薄薄的窗帘倾泻进来，洒进房间的每个角落。阿泰尔疲倦、浮肿的大脸伏在他的脸上方，一只手在摇晃他的肩膀，“芬，该死的，醒醒，芬。”

芬猛地坐直身子，呼吸困难，精神恍惚，仍然处于恐惧之中。他在地狱吗？接着他的目光落在折叠着靠墙放着的牌桌和塞浦路斯地图形状的咖啡渍上。他抬眼看到了天花板上飞翔的塘鹅，“上帝啊。”他仍然喘不过气来。

阿泰尔后退一步，好奇地盯着他，“你没事吧？”

“是啊，我没事，就是做了个噩梦。”芬深深地呼吸了一下温暖而酸腐的空气，“现在几点了？”

“6点。”

他几乎一夜未睡，不时看一眼床头柜上的数字显示器。2:00，2:45，3:15，3:50。他最后一次看时快5点了。他可能只睡了一个多小时。

“我们现在就得走了。”阿泰尔说。

芬一脸困惑，“这么早？”

“我在上班前要和芬利克斯去一趟内斯港，帮伙计们装运往安斯格尔的供给。”

芬把被子掀到一边，抬腿下了床。他揉了揉惺忪的眼睛，“给我一分钟穿衣服。”

但阿泰尔纹丝不动。芬抬眼看了一下老友，发现他正专注地盯着自己，眼神很古怪。“听着，芬，我昨天晚上说的……我喝醉了，忘了好吗？”

芬也看着他，“那件事是真的吗？”

“我当时喝醉了。”

“酒醉吐真言。”

阿泰尔失去了耐心，“听着，我他妈的醉了，好吗？这17年来都无关紧要，为什么他妈的现在就重要了？”芬在阿泰尔突然转身离开房间时听到他喉咙里咔咔的痰声，接着听到他在走道里连吸了两次吸入器，然后愤怒地朝客厅走去。

芬穿好衣服，在卫生间里用冷水冲了冲脸，发现布满血丝的眼睛从镜子里瞪着他。他看起来糟透了。他把牙膏挤在手指上，用力刷着牙齿和牙龈，冲洗口腔，极力想去除昨天晚上难闻的气味。他不知道如何在冷静下来后面对芬利克斯，既然他已经知道了这一切。他瞥了一眼镜中的自己，又很快把视线移开了。他甚至都不知道该怎样面对自己。

阿泰尔的汽车正在房子上面的路上空转，引擎通过排气管发出的轰鸣声听起来特别刺耳。阿泰尔愠怒地绷着脸坐在方向盘后面，芬利克斯穿着连帽运动衫坐在后座，双手紧扣着放在两膝间的座位上，因为睡眠不足，他脸部有些浮肿。不过，他还是抽空用定型发胶把头发梳成了穗状。芬溜进副驾驶座，扫了一眼后座，只说了句“嘿”，就转身直视着前方。他吧嗒一声系上安全带，感觉虚弱到了极点。

阿泰尔嘎嘎吱吱地启动了一挡，松开了手刹，车子摇摇晃晃地向路上开去。芬确信如果阿泰尔被警察拦住的话，一定通不过酒精测试。

天色晦暗，但看起来不像要下雨。远处的海上，阳光透过云层上一条看不见的缝隙斜射过来，就像一盏隐形的聚光灯把光圈投射到水面上。强劲的风猛力撕扯着夏天的草地。当他们经过教堂时，可以看到通向港口的全程。汽车一路颠簸着沿单行道向主路驶去。

芬觉得车内的沉默简直令人无法忍受。他看着前方问芬利克斯，“你的电脑怎么样了？”

“很棒。”芬等着下文，但仅此而已。

阿泰尔说：“他并不盼着去安斯格尔。”

芬转头探身望着男孩问：“为什么？”

“我不感兴趣，我不大喜欢杀生。”

“这孩子太软弱了，”阿泰尔讥讽地说，“这个活动对他有好处，让他成为一个男人。”

“就像我们那样？”

阿泰尔轻蔑地扫了芬一眼，继续盯着路面，“成长仪式，这就是它的意义所在。从男孩变成男人。没人说这是件容易的事。”

内斯港没有警察值班，也许他们认为已经没有这个必要，也许他们不相信有人会这么早起床。海岸路上的警戒线被扯到了一边，缠绕在一个橘色的交通锥标上。这条狭窄的小路蜿蜒向下通到港口，他们看到一辆货车停在码头，七八辆车停在舢板棚附近。这个棚子依然被风中飘荡的黑黄相间的警戒线围着。当他们停好车从旁边经过时，每个人都向里面瞄一眼。一个男人在这里被谋杀了，一个他们认识的男人。每个人都隐约感觉天使麦克里奇还徘徊在这里的阴影里，如同幽灵一般，在没有找到凶手之前无法安息。

聚集在货车旁的10个人同样也能感觉到他的缺席。18年来他曾是他们中的一员，今天应该和他们在一起，帮助装载堆积在码头的供给：一袋袋用来点火的泥炭，装在金属桶中的饮用水，床垫，防水帆布，成盒的食品，工具，一个用来给无线电线路提供能源的车用蓄电池，还有沿着港口壁堆积了一米多高的40多袋腌制盐。

芬发现码头上好多人的面孔他都认识。一些人在50岁左右，他们是自从芬和阿泰尔去安斯格尔参加捕猎时就在的老手，现在还参加每年一次的朝圣之旅。还有一两个芬同时代的校友，另外还有芬不认识的20多岁的年轻人，但他们之间被一种无形的纽带联结着。这是一个封闭的社团，自500多年前起，它的成员就只有为数不多的几个人。你必须去安斯格尔一次才能使自己成为合格的成员，证明你的勇气和力量，以及你对抗各种艰辛的能力。他们的前辈曾经在波涛汹涌的大海上坐着敞篷船经历这样的旅行，因为他们不得不为了生存挣扎，不得不让饥饿的村民填饱肚子。现在他们乘着拖网渔船为衣食无忧的岛民带回供不应求的美味，但他们所去的安斯格尔依然是危险重重，他们依然和以往去捕猎的那些人一样面对诸多挑战。

芬打了声招呼，郑重地和每个人握手。最后一个人双手握住芬的手，他中等身材，体格粗壮，浓密的黑发有些已经变得灰白，下面是两道浓眉。从体形上看，他不算是个大块头，但看起来很魁梧。吉格斯·麦考利50岁刚出头，他比这个团队里任何人去安斯格尔的次数都多。在芬和阿泰尔首次参加这个古老的仪式时他已经去过十四五次了。当时他被默认为队长，现在仍是。他的握手坚定而温暖。他用那双敏锐的、深蓝色的凯尔特人眼睛凝视着芬说：“真高兴见到你，芬，听说你过得不错。”

芬耸耸肩，“一般般吧。”

“如果我们全力以赴，上帝不会过分要求我们的。”他的眼睛瞟向阿泰尔，接着又回到芬身上，“好久不见。”

“是的。”

“有十七八年了吧？”

“可能。”

“阿泰尔的儿子第一次和我们一起去。”

“是的，我知道。”

吉格斯看着男孩咧嘴笑了，“不过他去安斯格尔不需要喷发胶，对吗，孩子？”其他人哄笑起来，芬利克斯脸红了，转过头默默地看着大海。吉格斯拍了一下手，“好了，我们最好把这些东西装到货车上去。”他看着芬，“你能帮下忙吗？”

“当然可以。”芬说，脱掉派克大衣和夹克，扔到一堆空虾篓上，卷起了袖子。

像任何良好的团队一样，他们工作起来有条不紊。一个人把袋子和盒子传给另一个人，那人再递给货车上负责码放货物的人。芬不由得观察起芬利克斯来，想在这个男孩身上寻找自己的一些特征，也就是能证明男孩是他的亲骨肉的迹象。他们有同样的金色头发，不过马萨丽也是金发。他有着和妈妈一样的淡蓝色眼睛，芬的眼睛是绿色的。如果他有什么像芬的话，也许不是在外表上，而是在他安静含蓄的举止上。

芬的目光一下子和芬利克斯的撞上了，他急忙尴尬地转过头去。吉格斯拖起一袋盐放在他胳膊上，很沉，芬哼了一声。“我年轻时装货比现在容易。”他说，“在港口直接把货装到拖网渔船上就行了。”

“是啊，”吉格斯表情沉重地摇摇头，“但现在港口被破坏了，拖网渔船再也不能进来了，所以现在我们得把货物一路拉到斯托诺韦去。”

“不过你们还是从这里出发？”

“是的，大多数人坐着小船过去。”吉格斯冲拴在码头上的一条敞篷船点点头，舷外发动机在水面上倾斜着，“我们开船到海湾和拖网渔船碰头，然后把小船拖上船，因为我们还需要它把所有东西运送到另一边的岩石上去。”

“你们快抓到杀死天使的凶手了吗？”一个年轻人突然问芬，他的好奇心占了上风。

“我不负责调查，”芬说，“所以并不真正知道案子的进展情况。”

“他们好像认为这次 DNA 检测能逮住凶手。”另一个人说。

芬很惊讶，“你们已经知道这件事了？”

“当然，”吉格斯说，“我想克罗伯的每个人昨天都接到了专案室的电话，今天某个时间要去斯托诺韦的警察局或者克罗伯的诊所送样本。”

“不过那是自愿的。”芬说。

阿泰尔说：“是的，不过你真的认为有人会不那么做吗？我的意思是，这样就会引起怀疑，不是吗？”

“我不想做。”芬利克斯说。其他人都停下手头的活儿，看着他。

“为什么不？”阿泰尔质问。

“因为这是得寸进尺的开端，”芬利克斯激动得满脸通红，“这是警察国家的开始。我们的DNA最后都被储存在某个地方的数据库里，通过DNA条形码来识别，无论做任何事或去任何地方都有人知道。你的抵押贷款或人寿保险会被拒绝，因为保险公司认为你的风险太大。所有这些都存在DNA数据库里。你祖父死于癌症，或者你母亲那边有心脏病史。你会失去工作，因为你可能的雇主发现你的曾祖母曾待在精神病院里，你的条形码看起来和她的很相似。”

阿泰尔看着聚集在周围张大嘴巴的人，货车的装运工作已经停止。“听他说的！他讲话像个左翼激进分子。我不知道他究竟哪来的这些想法。”他飞快地扫了一眼芬，接着把目光转向芬利克斯，“你要去做检测，不乐意也没办法。”

芬利克斯摇摇头，“不。”他平静而坚定地说。

“听着……”阿泰尔的语气缓和了些，“我们都要去做检测，对吗？”他环顾四周寻求支持。大家都点头，小声表示赞同。“如果你不去就会显得非常可疑。这是你想要的吗？你想让他们认为是你干的？”

芬利克斯脸上露出一副闷闷不乐的无奈表情，“不过，谁做了这件事都值得奖励一枚勋章。”芬注意到这是阿泰尔的原话。芬利克斯看着周围转向他的所有脸庞，“这人就是个畜生，一个恶霸，我打赌今天站在码头上的人没有一个不认为他罪有应得。”

大家鸦雀无声。沉默持续了半分钟，只有风吹过悬崖上的草丛发出沙沙声。最终，好像为了打破这种沉默，有人问：“DNA

检测会疼吗？”

芬笑着摇摇头，“不疼。他们拿一个像大棉签一样的东西，在你腮里面刮几下。”

“我希望不是屁股里面。”一个戴着布帽、长着姜黄色头发的瘦削男人说，他们都大笑起来，很高兴缓解了紧张气氛，“因为没人能把一个大棉签塞到我屁眼里！”

笑声就是重新装货的信号，他们又开始流水线式地向货车上传递盐袋。

“他们多久能拿到 DNA 检测结果？”阿泰尔问。

“不知道，”芬说，“也许两三天，取决于他们能拿到多少样本。你们想什么时候去安斯格尔？”

“明天，”吉格斯说，“也可能就在今晚，取决于天气情况。”

芬又扛起一袋盐，从紧咬的牙关里呼了口气，感到脑门上直冒汗。他打算回到斯托诺韦后就洗澡换衣服。“我不明白的是为什么你们总要带着他去。”

“天使吗？”吉格斯问。

芬点点头，“我的意思是，你们都恨他，不是吗？我碰到的人没有一个说他好话的。”

那位姜黄色头发的谐星说：“天使是个出色的厨师，他很擅长做饭。”大家都小声咕哝着附和。

“那你们让谁替代他？”芬问。

“阿斯泰里斯，”吉格斯朝一个个子矮小、胡子拉碴的人点点头，“但我们没要求他。我们从不要求任何人，芬，我们只是告知大家有个职位空缺，如果谁想来，他就可以过来向我们申请这份工作。”他停顿了一下，一袋盐沉甸甸地压在他胳膊上，但他好像没留意，“这样如果出了什么事就没人能责怪我们了。”

装完货后他们就休息片刻，抽支烟。这是一群难得聚在一起的人——织布工、小农场主、电工、工匠和建筑工人——在奔向农场和工地之前享受的安静时光。芬沿着防波堤漫步，路过生锈的起锚机和乱糟糟的绿色渔网。在人行道和墙堤上遭到凶猛海水破坏的地方，最近进行了一些修复工作，上面的混凝土还是新鲜的。一块巨大的杂草丛生的岩石从内港的水面浮现出来。孩提时代，芬曾在退潮时跑过去，爬到顶端坐下，俯瞰周围的一切，如同港口之王，直到涨潮把他困在那里。他不得不等着潮水重新退去，才能从岩石上下来。因为和大多数那个时代的男孩一样，他从未学会游泳。最终他回到家时受到了严厉的惩罚。

“你知道，我们从来没好好地谈论那年发生的事。”吉格斯的声音在他肩头响起，把他吓了一跳。芬转身看到其他人仍聚集在远处码头的卡车附近吸烟聊天。“我们回来时你连话都说不出来了，好像把什么都忘记了。接着你就去了大学，再也没回来。”

“我不知道有什么值得说的。”芬说。

吉格斯斜靠在从港口墙上垂下来的救生带上，凝视着正被海水冲击的防波堤码头，拖网渔船通常停靠在那里，让人们把从安斯格尔岛上收获的东西卸下来。“过去，数百人聚集在这个码头，队伍沿道路一直排到村里，只是为了能确保至少得到一只塘鹅。”风把他嘴边香烟的烟雾吹走了。

“我记得这件事，”芬说，“从我小时候起就这样。”

吉格斯歪着头，探寻地看了他一眼，“你还记得其他什么事吗，芬？你和我们一起捕猎的那年发生的事情。”

“我记得我差点死了。这件事我不可能忘记。”他感到吉格斯的眼光穿透了他的内心，就像探照灯照进内心深处某个黑暗的角落。

“一个人确实死了。”

“我也很难忘记这件事，”强烈的情感如春水般涌上芬的心头，“我没有一天不想起这件事。”

吉格斯紧盯了他一会儿，然后把目光移向破旧的码头，“安斯格尔我去过30多次了，芬，每次我都记得。就像圣歌集里的不同歌曲一样，每次都不同。”

“我想是这样的。”

“有人会认为去了30多次以后，再去的时候就会感觉和往年一样了，但我能记得每年的每个细节，就像去年刚发生一样。”他心事重重地停顿了一下，“你和我们一起去的那年我记得清清楚楚，就像昨天才发生一样。”他犹豫了一下，好像在斟酌用词，“但除了我们圈子里的人外，这件事从未被谈论过。”

芬不安地晃动着身子，“那几乎算不上秘密，吉格斯。”

吉格斯又转头面对着他，眼中是和刚才一样探寻的神情，然后他说：“只是让你知道，芬，这是不成文的规定。发生在安斯格尔岛上的事情就留在那里。一直是这样，将来也是这样。”

# 十一

我和阿泰尔将要加入那年去安斯格尔的捕猎团队，这个消息破坏了我在岛上的最后一个夏天。它如同一个晴天霹雳把我打入了黑暗的深渊。

距离我去格拉斯哥大学的时间只有六周了，我想和上两周一样度过余下的时光。自从我们在比格岛邂逅之后，我和马萨丽几乎每天都腻在一起。我都数不清我们在一起做爱的次数了。有时带着那种害怕再也不会有机会的狂热和激情，就像数年前我们在谷仓里高高的草堆上面的那次亲热，马萨丽在那里偷走了我的初吻。有时带着缓慢而慵懒的放纵，仿佛我们相信这种充满诗情画意的夏天、阳光和性爱会持续永远。

那时看起来也不大可能结束。马萨丽也被格拉斯哥大学录取了，我们未来还有四年多的时光可以共同度过。我们曾提前一周去格拉斯哥寻找住处。我告诉姨妈我和唐纳德一起去，尽管她并不太在意我和谁在一起。马萨丽的家人认为她是和一群校友一起去的。我们在一个家庭旅馆住了两晚，整个早晨都躺在一起，紧紧拥抱着彼此，直到女房东把我们赶走。我们想象着我们上了大学后每天都像现在这样，同床共枕，每晚做爱。这种幸福几乎是异想天开。当然，我现在知道确实如此。

我们一连几小时在格拉斯哥西区溜达，追踪报纸上的广告，研究大学提供的清单，核实前一天晚上在百乐思路的酒吧遇到的其他学生传的小道消息。我们撞了大运，在希尔伯格路上一所爱德华七世时期风格的大公寓里找到了一个属于自己的房间，和其他六个人同住。一楼，红色的砂岩房，彩色玻璃，木镶板。我还从未见过如此美妙的地方，一切都具有非同寻常的异国情调：夜间营业的酒吧，中国、意大利、印度的餐馆，一直营业到午夜的熟食店，24 小时营业的小超市，周日照常营业的商店、酒店、饭馆。这一切几乎让人难以置信。我能想象在周日买份星期日报，然后在酒吧里喝着啤酒读读报，这是多么刺激的违禁行为啊。回到从前，回到岛上，你永远不会在周一前看到周日报纸。

回到路易斯岛后，这种浪漫美好的生活延续着，不过我们开始对其产生了一丝厌倦。尽管我们都很希望这样的夏天能持续永远，但又急切地盼着去格拉斯哥的时刻快点到来。生活中最大的冒险摆在我们面前，我们在急于踏上冒险之旅的时候，甚至希望时光尽快流逝。

在我接到去安斯格尔消息的前一天晚上，我和马萨丽去了内斯港的海滩。我们在黑暗中摸索着穿过岩石，来到海滩最南端一块千万年来被磨平的黑色片麻岩上，它离群索居地隐匿在已经被切割成巨大薄片的层层岩石下面。悬崖高耸在我们头顶之上，直指向充满无限可能的夜空。退潮了，但我们能听到海水在海岸上轻柔的呼吸。悬崖间的岩石壁架上生长的石楠花已经干枯，被暖风吹得哗哗作响。我们铺开带来的睡袋，赤裸裸地躺在星光下，慢慢地长久地做爱，合着海水的节拍，与夜色融为一体。那是我们之间最后一次带着真爱缠绵，那种感觉既强烈又甜蜜，使我们几乎不顾一切，做完之后四肢酸软，无法呼吸。事后我们赤裸着身体从岩石上溜到退潮后坚硬平坦的沙滩上，沿着沙滩跑到洒满月光的水边，在翻滚的浪花中手拉着手跳舞，当冰凉的海水刺激到皮肤时就高声尖叫。

我们回到睡袋旁，在冷风中战栗着互相擦干身体，穿上衣服。我捧住马萨丽的头，给了她一个长长的深吻，她乱成一团的金发仍然在滴水。当我们的身体分开的时候，我看着她的眼眸，皱了皱眉，第一次注意到少了什么东西。

“你的眼镜呢？”

她笑了，“我戴的是隐形眼镜。”

当时我为什么会如此激烈地反对参加去安斯格尔捕猎塘鹅的行动，我现在已经忘了。尽管我能想到很多我不想去的理由。

首先，我不是一个特别健壮的男孩，我知道在安斯格尔岛上的生活会无比艰辛，让人筋疲力尽，充满了危险和困难。

其次，我对屠杀2000只鸟儿的前景并不期待。和大多数同龄人一样，我喜欢塘鹅的味道，但不想看到它们是怎么到我盘子里的。

还有，这意味着要和马萨丽分开整整两周，或者更长时间。有时恶劣的天气会让猎人在安斯格尔岛上比预期的要多困上几天。

但还不止这些，那种感觉就好像掉进了我刚从中爬上来的黑暗深渊。我无法解释原因，但就是那种感觉。

我去了阿泰尔家，想看看他妈妈怎么样了。最近几周我很少看到他。我发现他正坐在泥炭堆旁一条拖拉机旧轮胎上，凝视着明奇海峡对面的大陆。我原先没注意，萨瑟兰山脉鲜明清晰地耸立在浅蓝色天空下，于是我知道天气要变了。看到阿泰尔脸上的表情，我担心他妈妈的情况很糟糕。我挨着他坐下来。

“你妈妈怎么样了？”

他转过身，久久地茫然地看着我，好像对我视而不见。

“阿泰尔？”

“什么？”他好像刚醒过来。

“你妈妈怎么样了？”

他满不在乎地耸耸肩，“哦，她还好，比以前强。”

“太好了。”我等了一会儿，看他没再说话，又追问，“那出什么事了吗？”

他从口袋里掏出吸入器，用他特有的方式紧抓住它，遮住一半脸，压在银色的阀芯上，猛吸喷嘴。他还没来得及告诉我什么事，我就听到了身后的关门声。他爸爸的声音从台阶上传来：“芬，阿泰尔告诉你那个好消息了吗？”

麦金尼斯先生靠近时我转过身，“什么消息？”

“今年的安斯格尔之行有两个空缺，我已经说服吉格斯·麦考利让你俩和我们一起去。”

即使他用尽全力打我一耳光，我也不会更震惊。我不知道该说什么。

麦金尼斯先生的笑容渐渐消失了，“哦，你看起来不怎么高兴，”他瞥了一眼他儿子，叹了口气，“和阿泰尔一样。”他异常恼火地摇摇头，“我真不懂你们这些孩子。难道你们不知道被允许去安斯格尔捕猎是多大的荣耀吗？这是同舟共济、患难与共的时刻。你们去的时候是男孩，回来就变成了男人。”

“我不想去。”我说。

“别胡闹了，芬！”阿泰尔的爸爸完全不予理会，“村里的前辈已经同意，团队接纳你们了，你们当然得去。你们现在要打退堂鼓我岂不成了大傻瓜？我费了九牛二虎之力才替你们争取到这个机会，你们必须得去。就这样。”他转身气冲冲地朝房子走去。

阿泰尔只是盯着我，无须任何语言就知道，我们息息相通。我们觉得此地不宜久留，以免麦金尼斯先生再出来，于是朝村外我姨妈家房子下面的小港口走去。那是一个惬意的地方，被悬崖环抱着，通常很安静，平底船停靠在陡峭的滑道一侧，滑道底部的小码头俯视着悬崖下面清澈碧绿的水面。我们一起坐在防波堤边缘靠着绞车的一侧，看着海水摇动着鱼篮里的螃蟹，捕蟹者把它们放在水底等着价格上涨。我不知道我们默默坐了多久，就像在我的辅导课结束后一样，听着起伏的海水吮吸钻出水面的黑亮的岩石发出的声音，还有崖顶海鸥的哀鸣。最后我说：“我不去。”

阿泰尔转身看着我，眼睛里闪过一丝痛楚，“你不能让我独自去，芬。”

我摇摇头，“对不起，阿泰尔，这取决于你。但我不会去，没有人可以强迫我去。”

本来我曾期望得到马萨丽的支持，结果却大失所望。

“你为什么不想去？”

“我就是不想去。”

“嗯，那可不算什么理由，对吧？”

我讨厌马萨丽总是用理性来分析纯粹的情感。我不想去已经是非常充足的理由了。“我不需要理由。”

我们当时在谷仓里，坐在高高的草堆上面，旁边放着毛毯和藏在那里的啤酒。那天晚上我们准备再做一次爱，无论有没有螨虫。

“整个内斯和你同龄的男孩都挤破脑袋寻找机会去安斯格尔，”她说，“大家对这些人只有敬佩。”

“是啊，当然了，杀死那么多无法自卫的鸟儿是赢得尊敬的最好方式。”

“你害怕了吗？”

我断然否认，“不，我不害怕！”不过这也许不是一句实话。

“人们会那么想的。”

“我不在意别人怎么想，我不想去，这件事就到此为止吧。”

她眼神里有一种混合了同情和沮丧的奇怪表情。同情，我想，是因为我表达的强烈情感，沮丧是因为我拒绝说出原因。她轻轻摇摇头，“阿泰尔的爸爸……”

“不是我父亲。”我打断她，“他不能强迫我去。我会找到吉格斯，亲自告诉他。”我站起身，她一把抓住我的手。

“芬，不要，求你，坐下来我们谈谈。”

“没什么好谈的。”还有几天就要去安斯格尔了，我原想马萨丽会支持我这样一个会产生很大影响的决定。我知道人们会说什么，我知道其他孩子会在背后议论我是个胆小鬼，我背叛了光荣的传统。如果你已经被捕猎队接受，必须有他妈的非常充足的理由才能打退堂鼓。但我不在乎，我要离开这个岛了，从对乡村生活的幽闭恐惧症中逃离，远离各种烦恼琐碎之事和内心的怨恨。我不需要理由，但显然马萨丽认为我需要。我走到干草堆的豁口处，突然站住了，脑子里闪过一个念头。我转过身，“你认为我害怕了吗？”

她犹豫了很久才回答我，“我不知道。我只知道你表现得很奇怪。”

这可触动了我的底线，“那好，去你的吧。”我跳到下面的草堆上，冲出谷仓，跑进苍茫暮色中。

吉格斯的农场是克罗伯村下面低坡上的几个农场之一，是一片延伸到悬崖的狭长形土地。他养羊、母鸡和几头奶牛，种根块类蔬菜和大麦。他也捕点鱼，不过多是为了自家吃而非用来卖的。如果不是他妻子在斯托诺韦的一家宾馆兼职做招待，他就会入不敷出。

我从米兰尼斯回来的时候天已经黑了，我坐在麦考利农舍高处的山坡上，俯视着从厨房窗户里射出来的一束灯光。灯光洒在院子里的一块长石板上，我看到一只猫从上面走过，悄悄跟踪着暗处的什么东西。我胸口像有个拿着大锤的人困在那里急于逃脱出来，我感到浑身难受。

西边的天空还有些亮光，苍白的长条状光线夹杂在紫灰色云层间，里面没有丝毫红色，这不是个好兆头。我转身看着光线渐渐暗淡，几周来第一次感到寒冷。风向变了，温暖宜人的西南风变成了北风，带着寒意从北极长驱直入。风速加剧，我能听到它从草丛里呼啸而过的声音，就要变天了。当我再次俯视那座农舍时，我看到厨房窗户里透出一个人影。是吉格斯，他正在水槽边洗盘子。车道上没有车，这说明他妻子还没有从镇上回来。我闭上眼睛，攥紧拳头，做出了决定。

我只花了几分钟就下了山，但当我来到路上时，一对明亮的车头灯突然越过高坡，穿过荒野向我这边冲过来。我躲在篱笆旁的芦苇丛中，看到那辆汽车驶入车道，停在农舍外面，吉格斯的妻子下了车。她很年轻，大约 25 岁，也很漂亮，身穿白上衣、黑裙子。她看起来很疲惫，当她推开厨房门往里走时，步伐有些踉跄。透过窗户，我看到吉格斯把她久久地抱在怀里，然后吻了她一下。我极其失望，他妻子在的时候我和他谈论这件事不太合适。我从高高的草丛中站起来，跳过栅栏，双手深深地插在兜里，朝港口路的酒屋走去。

自从警察进行过打压之后，仍在开业的酒屋寥寥无几，我一直不知道问题在哪儿。他们可能没有营业执照，但他们不是为了盈利，只不过是给男人们提供一个聚在一起喝酒的场所。即使他们合法，我还未成年，也不允许进去。奇怪的道德观仍然在起作用，不过这并不意味着我不能喝酒。在酒屋后面的一间石棚里，我发现一小撮同龄人围坐在一些烂农机旁，正把成罐的啤酒灌到嘴里。为了现金和香烟，大点的男孩会不时地溜出来把酒带给石棚里的孩子们，把它变成了小酒屋。有人搞到了半打装的啤酒，空气中弥漫着大麻的气味，还有附近牛栏里的粪肥味。一盏煤油灯从屋梁上低垂下来，一不小心脑袋就可能撞到上面。

肖尼在那里，还有伊恩和其他我在学校认识的男孩。我现在非常压抑，只想把自己灌醉，开始一罐接一罐地往喉咙里灌啤酒，就好像没有明天一样。当然，他们已经听说我和阿泰尔要去安斯格尔。在内斯，消息如同干燥的泥炭沼里的火，在猜测和谣言之风的煽动下迅速蔓延。

“你这个幸运的混蛋，”肖尼说，“我爸爸今年也想让我加入。”

“我可以和你换。”

肖尼做了个鬼脸，“好啊，你不要后悔。”他自然认为我是在开玩笑。那天晚上想不惜一切代价取代我位置的人数不胜数。具有讽刺意味的是，他们中的任何人都可以毫不费力地得到它。当然，我不能告诉他们这一点。他们不会当真的，或者即使当真，也会认为我疯了。事实上，我的缺乏热情在他们看来不过是在扮酷。他们的嫉妒简直让人难以忍受，因此我只是喝酒，不停地喝酒。

我不知道天使是什么时候进来的。他比我们年龄都大，他肯定很多个夜晚都泡在酒屋里喝酒。他带来一些啤酒用来交换大麻。

“哟，哟，这不是那个孤儿吗？”他看到我时说。在煤油灯的照耀下，他的脸又圆又黄，如同发光的气球飘浮在黑暗中。“你最好能喝多少就喝多少，小子，因为你在安斯格尔岛上就什么都喝不到了。吉格斯在这方面他妈的毫不留情，在岛上不能喝酒，偷带一点点酒，他就会把你从他妈的悬崖上扔下去。”有人递给他一支卷好的大麻烟，他点燃后深吸了一口，让烟在肺里停留了片刻。最后他终于吐了出来，说道：“你知道我是今年的厨师吗？”我不知道。我知道他以前去过那里，他父亲默多·杜博是多年的厨师了。但我也知道，在那年 2 月的一场风暴中，他父亲在拖网渔船的事故中丧生。如果我早想到这点，也就明白为何是天使去当厨师了。这是内斯几个世纪以来的传统。“别担心，”天使说，“我会确保你面包里得到一份公平分享的鳗鲷。”

他走后，我们又点了一支大麻烟卷，互相传递。此刻我感觉恶心，在抽了几口烟后，酒屋令人窒息的空气让我头晕目眩。“我要走了。”我推开门，进入夜晚清冷的空气中，立刻在院子里呕吐起来。我斜靠在墙上，把脸紧贴在冰冷的石头上，心想我到底该怎样才能把自己弄回家。

周围的世界模糊成一团在我眼前闪过，我甚至都不知道怎么走到克罗伯路的。一辆大车强烈的灯光刺得我睁不开眼，我像受惊的兔子一样呆住了，离死亡仅一步之遥，直到汽车隆隆开过去，巨大的气流把我冲到沟里。也许几周都没下过雨了，但泥炭里残留的雨水融入泥炭，变成厚厚的褐色污泥流到了沟底。污泥不仅弄脏了衣服，还弄得我一脑袋都是。我喘息着，咒骂着，从泥坑里挣扎着爬出来，滚到生长着多刺植物的边缘。我好像在那里躺了几小时，尽管也许只有几分钟，但这足以让刺骨的北风把我吹透了。我手脚并用向前爬着，牙齿打战，抬起头来看到另一辆车朝我驶来，刺眼的车灯照亮了我的惨状。车靠近的时候，我把脑袋转向一边闭上了眼睛。汽车停下了，我听到车门打开，接着传来一个声音："天哪，孩子，你在这儿做什么？"一双大手几乎把我整个身体从地上提了起来。我抬头看到吉格斯·麦考利皱着眉头的脸。他抬起前臂，用工作服袖子擦去我脸上的污泥。"芬·麦克劳德。"他终于认出了我，还闻到了我嘴里的酒精味，"看在上帝的分上，你不能这样回家！"

我蜷缩在炭火旁的一把椅子上，肩上盖着毯子，手里捧一杯热茶，过了很久才暖和过来。我每啜一口茶，身体就会不由自主地颤抖一下。我皮肤和衣服上的泥巴已经干了，结了块，像干结的粪便一样碎裂开。天知道我现在是什么鬼样子。吉格斯让我把运动鞋放在门口，但门口和火堆之间仍然有干泥巴的痕迹。吉格斯坐在壁炉另一边的椅子上端详着我。他用发黑的老烟斗吸着烟，蓝色的烟雾缓缓升入桌上油灯上方的光亮中。烟味闻起来像坚果一样香甜，比炭火那种烤面包片的气味更强烈。在泡茶之前，他妻子拿了一块湿毛巾给我擦手和脸，然后在吉格斯无声的示意下睡觉去了。

"芬，"吉格斯终于说话了，"我希望你在去安斯格尔前彻底摆脱这种状态。"

“我不想去。”我的声音小得听起来近乎耳语。我想我还处在醉酒状态，但跌进沟里受到的震惊让我稍微清醒了些，热茶也起了些作用。

吉格斯没有任何反应。他缓缓地吸了口烟，若有所思地看着我，“为什么？”

那天晚上我对他说了什么，我是如何给他解释内心那种深深的恐惧的，那种一想到去安斯格尔就会产生的恐惧，我已经没有记忆了。我想，和其他人一样，他一定以为我是纯粹出于恐惧。其他人可能对我的恐惧表示轻蔑，但吉格斯好像能理解这一切，这似乎卸下了从阿泰尔的爸爸告诉我那个消息时起就一直压在我心头的重担。他隔着火堆向我探过身来，用那双凯尔特人的蓝眼睛注视着我，烟斗在他手上缓缓冒着烟。“我们在那里不是孤立的 12 个人，芬。我们是一个整体，是一个团队，每个人都互相依赖，互相支持。是的，会很艰苦，孩子，非常艰苦，很危险，我不否认这点。上帝会考验我们忍耐的极限。但你的生命会因此更加充实，你会对自己更加诚实，因为你会重新认识自己，通过一种以前从未有过，今后也许永远不会再有的方式。你会感到和几个世纪以来每个去过那儿的先辈之间的联系，这种联系我们都感觉到了，感到和我们的祖先并肩作战，睡在他们曾经睡过的地方，在他们的石冢旁建新的石冢。”他停顿了很久，吸着烟，蓝色烟雾在唇边和鼻孔边打着旋儿，缓缓升入寂静的空气中，在他头顶缭绕，“芬，无论你有多恐惧，也无论你多么软弱，这都是你必须去正视、去面对的事情，否则你会遗憾终身。”

就这样，我深怀恐惧参加了那年去安斯格尔的捕猎，尽管我现在希望，真心希望，我没有参加。

在我们离开前的那些日子里，我选择了独处。风向又变了，变成了东北风，暴雨接连两天袭击了小岛，标志着夏天的结束。雨在十级强风的作用下从明奇横扫过来，滋润了干涸的土地。自从上次在谷仓里不欢而散后，我和马萨丽还没和好，我尽量避免去米兰尼斯。我待在家里，在房间里读书，听着窗外的雨声和屋顶上的风声。周二晚上，阿泰尔来到门口说我们要在第二天去安斯格尔。

我无法相信，“可是正刮着东北风呢，人们总说如果刮东向风，就不能去安斯格尔。”

阿泰尔说：“风向又要变了，是西北风，会持续 24 小时，吉格斯认为这对我们来说就像一个进入安斯格尔的窗口，所以我们明晚就出发。明天下午还得去码头装船。”他在我床边默默坐了很久，看起来和我一样闷闷不乐。最后他说：“那么你要去了？”

我话都懒得说，只轻轻点了点头。

“谢谢。”他说，好像我这样做是为了他。

第二天我们花了好几个小时向停靠在内斯港防波堤码头的紫岛号上装载物品，这是 12 个人在海中央的安斯格尔岛上坚守两周所需要的全部供给。安斯格尔岛上没有天然泉水，饮用水都装在旧啤酒桶里带去。还有成箱的食品、两吨袋装泡菜盐、工具、雨衣、床垫。一根 15 英尺长的天线用来为无线电接收信号。当然，还有用来生火取暖和做饭的泥炭。把所有东西从码头搬到拖网渔船上，再堆放到货舱里，这种繁重劳动让我暂时忘记了马上就要出发这件事。尽管暴风雨减弱了，但还有滚滚巨浪，渔船上下颠簸，撞击着港口墙，使供给的传递更加困难，有时甚至危险。海水不断冲撞着墙壁，飞溅到我们身上，我们全身都湿透了。随着大海的每次呼吸，从昨天起，海浪就一直不断地扑打着防波堤，直蹿到 50 英尺高的空中，形成弧形的泡沫，悬在港口之上，遮住了其庐山真面目。

我们在午夜的潮汐中出发了。在柴油机引擎发出的噪音中，渔船从相对平静的港口溜进海湾，开始直面汹涌的波涛，海浪越过了船头，泛着泡沫的海水甩落到甲板上。很快内斯的灯光就被夜色吞没了，我们暂时偏离航道，驶入路易斯岬另一边的开阔水域。最后从我们视野中消失的是路易斯岬崖顶的灯塔闪烁的灯光。当这种令人抚慰的灯光远去，剩下的只有茫茫无边的大海和绵延数英里的惊涛骇浪。如果我们错过了安斯格尔，下一站就是北极。我在极度恐惧中盯着黑暗的远方。无论我最大的恐惧是什么，我想我现在面对的就是它。吉格斯拽了下我的雨衣，让我到下面去，那里有一个给我和阿泰尔留的铺位，我们应该睡一会儿。他说，在安斯格尔岛上的第一天和最后一天总是最难熬的。

我不知道自己是怎么睡着的。挤在船头左舷正上方那张狭窄的铺位上，我浑身颤抖；身上湿透了，内心极度痛苦，但我确实睡着了。就在我沉睡的 8 个小时里，我们穿越了约 50 英里的汹涌波涛，经历了一些最臭名昭著的水域。我想是引擎音高的变化把我唤醒的。阿泰尔已经从梯子上爬到了船上的厨房。我把眼角的睡意擦去，爬起来穿上靴子和雨衣，跟着他来到甲板上。天已大亮，头顶的乌云被风撕扯成了碎片，不时落下一阵蒙蒙细雨，吹打在我们脸上，也模糊了天空。

“上帝，”我说，“哪儿来的臭味？”那是一股极其刺鼻的酸臭味，粪便和氨气混合起来的味道。

“那是海鸟粪，小孤儿。”天使对我咧嘴笑了，他看起来似乎乐在其中，“千万年来积聚起来的鸟粪，你要习惯它，接下来的两周你都要和它生活在一起。”

这就是我们判断接近安斯格尔的依据。鸟粪的恶臭。我们还没看到小岛，但知道它就在那里。紫岛号把航速放慢到了每小时几海里。汹涌的波涛已经平息，我们正在随波逐流而不是逆流而上。

“它就在那里！”有人喊道。我透过薄雾和细雨初次目睹到这个传奇之地的风采。它就在那里，布满白色条纹的300英尺高的黑色悬崖从海面上赫然升起，高高地耸立在我们面前。几乎就在同时，雾霭散去，碎片式的阳光透过云层的裂缝照耀在海面上，闪闪发光的小岛立刻变成了强烈的光影对比的投影。我看到崖顶有成团的雪在飞舞，后来意识到是鸟儿。极其漂亮的白鸟：深蓝色的翼尖，黄色的脑袋，翼展近乎两米。这就是塘鹅。成千上万的塘鹅布满了整个天空，在阳光下飞翔，在空气湍流中驰骋。这里是世界上塘鹅最重要的聚集区之一，这些非凡的鸟儿年复一年以越来越庞大的数目回到这个无人之地产卵，抚育幼鸟。尽管克罗伯的男人每年都会来这里豪夺一次，今天我们还是要从它们的巢穴中掠走 2000 只幼鸟。

安斯格尔大致呈东南—西北走向，高耸的岩脊从南部的最高点起开始下降，到了最北端被海水泡白的弧形悬崖时高度还剩下 200 英尺，如同肩膀一样抵御着经年累月的狂风的抽打，以及从西南方扑来的巨浪的狠狠撞击。西侧的三个海岬伸进海水中，向海底倾斜，海水狂怒地在它们周围打着漩儿，泛起白色的泡沫。

最近的海岬叫灯塔岬，因为一个自动无人灯塔建在它和岛的其余部分的接合处。我们靠近安斯格尔时，抬头望到的最高点就是这座灯塔。灯塔岬另一边是第二大海岬，也是最长的海岬。这座海岬是通向岛屿内部的通道，它面向南方，成为抵御西风和北风的庇护所。这是安斯格尔岛上唯一可以放下供给的地方。在这里，时光和无情的自然力量的侵袭在岩石上凿出深深的洞穴，甚至穿透了岩石，直抵另一边的峭壁。吉格斯说，我们可以乘平底船或橡皮艇在黑暗中穿过这些高达四五十英尺的天然大教堂，直抵小岛另一边。不过只有风平浪静时才可以这么做，但这种天气很少见。

安斯格尔不足半英里长，顶部 100 多码宽。这里没有土壤，没有草坡或平地，没有海滩，只有覆满鸟粪的岩石耸立在海面上。我几乎难以想象比这还荒凉的地方。

船长把紫岛号轻轻驶入他们叫作黑水溪的水湾，把船停泊在湾里。生锈的锁链离舱时发出嘎吱的响声。发动机的轰鸣声刚刚停止，鸟儿的噪音就从四面八方压来，各种鸟鸣混杂在一起，或尖叫，或呼唤，或叽叽喳喳，声音聒噪，震耳欲聋，和海鸟粪一起充斥在空气中。无论你往哪里看，每个岩架、岩垛和岩缝中都有鸟儿蹲在巢里或簇拥成一团。塘鹅，海鸠，三趾鸥，还有暴风鹱。周围到处是幼长鼻鸬鹚，它们蛇一样的长脖子不时探入水中捕鱼。环境如此恶劣的地方居然存活着这么多生命，实在不可思议。吉格斯拍了下我的后背，“来吧，孩子，我们要干活了。”

我们把一艘平底船放到水流平缓的水面上，开始把供给从船上转运到小岛上。我和第一批货物一起过去，吉格斯启动马达，把我们送到登陆点，在最后时刻停下马达，调整了一下船头，让海浪轻轻地把我们送到小岛边。我的工作是手拉一根绳子跳到一块不到两英尺宽的岩架上，把船固定在石头上的一个大金属环上。我一脚踩到了黄绿色的黏滑地衣上，脚下一滑差点一屁股坐倒，但我还是保持住了平衡，把绳子拴在金属环上。平底船固定好后，我们开始卸货。我们把箱子、桶、麻袋万分小心地放在小岛的平坦处，从高处一直堆到低处。平底船来回运送货物，也把越来越多的成员送到了岩石上。就在我们的登陆点旁边，岩石拱起，形成了一个大教堂岩洞。里面黑乎乎的，让人毛骨悚然，水吮吸着岩石发出怪异的声音，回荡在深处的某个黑暗角落，如同某种生物刺耳的呼吸声。难怪这儿是最适合滋生海怪和龙的传说的地方。

四小时后，最后一批供给也运到了岸上，天又开始下起蒙蒙细雨，把东西都打湿了，脚下每一片被藻类覆盖的地面都变得异常危险。我们带到岛上的最后一件东西是一条小橡皮艇，四个人把它拽到斜坡上，固定在海湾上方50英尺的地方。这是为紧急情况准备的，尽管我无法想象何种紧急情况会让我敢乘坐它下海。让我吃惊的是，我看到天使蹲伏在悬崖上一个浅浅的缝隙里，用身体挡风生起了一小堆泥炭火，上面有个水壶正在烧水。紫岛号在海湾里吹响了雾角，我转身看到它起锚朝远海驶去。看到它就这样悄然离去让人感觉糟透了，大副站在船尾向我们挥手告别。它是我们和家之间的唯一纽带，我们回家的唯一途径。它走了，我们就这样被孤零零地留在这块贫瘠的岩石岛上，离最近的登陆点足有 50 英里。不论怎样，我已经在这里了，所能做的只有随遇而安。

神奇的是，天使现在正分发一杯杯热茶。三明治罐头打开了，我们蹲在岩石上，鼻孔里都是泥炭烟的味道，大海在我们脚下咆哮，我们喝茶取暖，吃东西恢复体力。目前所有的箱子、桶和麻袋都要靠人力运送到离地面 250 英尺高的岛顶。

我没料到塘鹅猎手们如此心灵手巧。在从前的某次探险中，他们带来了木头铺板，建造了一个 2 英尺宽、接近 200 英尺长的滑道。滑道每 10 英尺为一节，用防水帆布裹着储存在岩石上备下一年使用。现在他们取出一节节滑道，重新连在一起，凭借粗壮的支架紧紧固定在岩石上，看起来像克朗代克淘金时代的黑白照片中的老木水槽。系在一段绳子末端的装有脚轮的搬运车轰隆隆地从顶部滑下来，开始把桶、麻袋和卷好的床垫拉上去。人们依次把小箱子徒手传递到斜坡的顶端。我和阿泰尔默默地传递着箱子，然后传给麦金尼斯先生，他喋喋不休地解释滑道在这两周内会一直放在这里，最后用它将塘鹅——拔了毛、烧焦、取出内脏、腌制过的塘鹅——一只接一只地运送到下面的船上。整整2000只，我无法想象我们怎么能在仅仅14天内杀死并输送这么多的鸟儿。

当我们把所有供给运送到岩顶时下午已经过了一半，我和阿泰尔疲惫地爬上去，加入团队。我们在那里第一次见到了一间老黑屋的废墟，它蜷伏在岩石和卵石间，建于200年前，塘鹅猎手们把它充当临时住所，每年都要进行维护。它只有四堵墙和被阳光与盐漂白的屋顶框架。我无法相信这就是我们接下来两周的家。

麦金尼斯先生一定看到了我们脸上的表情。他咧嘴笑了，“别担心，孩子们。一小时内我们就让它变个样，它会比现在看起来舒适得多。”事实上，改造工作不到一小时就完成了。要到达黑屋，我们不得不跌跌撞撞地穿过岛上杂乱的岩石，不时因岩石上覆盖的苔藓、海鸟粪和泥巴而滑倒，努力避开藏在岩缝中筑巢的暴风鹱。整个岩石顶部好像到处都是鸟儿，还有鸟儿用五花八门的材料筑的鸟巢，如彩色绳头和破渔网片，颜色有绿色、橙色和蓝色等，和这个最原始的地方极不协调。当我们踉踉跄跄地在其中穿行的时候，无法避免羽翼未丰的海燕幼鸟的呕吐物，这是它们对我们这些不速之客意外光临的不由自主的反应。肮脏的绿色胆汁沾在我们的靴子和雨衣上，其恶臭几乎和覆盖了所有岩石表面的鸟粪一样让人难以忍受。

在黑屋里，包裹在防水帆布里的几张大波纹铁片被取了出来，我们把它们钉在屋顶角梁之间的位置，再把防水帆布盖在上面，最后覆盖上渔网，渔网下端垂到地面上，用巨石压住。现在我们的黑屋就能遮风挡雨了。屋内黑暗潮湿，海鸟粪的味道让人窒息。地板上散落着被抛弃的筑巢材料，我们的首要任务是把地板清理出来，把筑在墙壁每个角落的巢穴都迁移出去，小心地把它们重新安置在外面岩石上的某个地方。平炉桶里点燃了五六堆炭火，用来烘干被雨浸湿的墙壁。我们把所有的供给都转移到黑屋尽头的一个小室，如果是在传统家庭里的话，那里应该是宠物室。

呛人的浓烟很快弥漫了整个黑屋，这是熏蒸消毒法，用于去除屋内粪便的气味，迫使墙缝里一拨拨的蠼螋蜂拥而出。我们被呛得眼泪哗哗地流。阿泰尔冲到屋外，烟雾对他的呼吸道产生了影响，他上气不接下气。我尾随他出来，发现他正拼命用吸入器呼吸，当他的气管重新打开，肺里充满氧气时，他的恐慌逐渐消退了。

吉格斯说："你们去熟悉一下安斯格尔这座小岛吧，孩子们，现在这里没你们什么事了。饭准备好的时候我们会叫你们一声。"

就这样，狂风鞭打着我们的腿，雨水顺着我们的雨衣哗哗地流下，我们缓慢而小心地穿越岩石，向北面第三个海岬走去。这是一块巨大而光滑的弧形岩石，一道深深的沟壑差点使其与母岛断开。我们在那里见到了大量的石冢，映衬着灰色的天空。成堆的石头精心地摞在一起，形成了 3 英尺或者更高的柱子，就像墓碑一样。在石冢附近我们发现了一个小小的蜂窝状住所的遗址，房顶大概塌陷很久了。我们在平坦处坐下来，费力地点着了香烟。我们之间好像仍然无话可说，因此我们就默默地坐在那里，回头眺望整个安斯格尔。从这里我们看到了安斯格尔让人叹为观止的景象，灯塔是它的最高点，那是一个粗矮的混凝土建筑，有一个维护舱和一个结构奇特的玻璃屋顶。成千上万的海鸟聚集在它周围。它旁边是岛上唯一平坦的地方：在岩石上铺设的一块方形混凝土地面，作为一年两次运送维修人员的直升机停机坪。我们周围灰绿色或铅灰色的海水泛着奶白色的泡沫，冲撞着岩石。放眼远眺，波涛起伏的海面一直延伸到烟雨迷蒙的远方。尽管岛上还有其他 10 个人，我最好的朋友也坐在我身边，但我还是感到前所未有的孤独，抑郁的情绪像裹尸布一样笼罩着我。

我们看到远处一个人影正穿过岩石走来，他走近些的时候，我们意识到那是阿泰尔的爸爸。他一边向我们这边爬过来，一边挥手喊叫着。透过呼啸的风声和滴答的雨声，我听到阿泰尔说："该死的，他为什么不离我们远点！"我转身看看这些话是否针对我，但他正直直地盯着走过来的父亲。我吓了一跳，我以前从没听到阿泰尔这样说他的爸爸。

"你不应该吸烟，阿泰尔。"这是麦金尼斯先生走到我们身边时说的第一句话，"你现在的身体状况不能吸烟。"阿泰尔什么都没说，但还是继续吸烟。麦金尼斯先生在我们身边坐下来，"你们知道这间破屋背后的故事吗？"他指着倒塌的蜂巢。我们摇了摇头。"它是 12 世纪一间修女屋的遗址，圣罗纳的妹妹布伦希尔德住在里面。在向西 10 英里左右的一块叫苏拉岩的岩石上还有一间类似的小屋，靠近北罗纳。传说在其中一间小屋发现了她的遗骨，到底是这里还是苏拉岩我不知道。不过据说遗骨历经风吹雨打，已经漂白，如同浮木一样，曾有一只鸬鹚在她胸腔里筑巢。”他摇了摇头，“很难相信有谁能独自在这里生存。”

“谁建了这些石冢？”我问道。从我们的位置，我现在能看到许多石冢，遍布弧形海岬，就像一块墓地。

“塘鹅猎手，”麦金尼斯先生说，“我们每个人都有个石冢。我们每年都增加一块石头，这样当我们最后一次来的时候，它们就会提醒所有那些后来者，我们以前曾经来过。”

从黑屋方向传来的一声喊叫吸引了我们的注意，有人在招手让我们回去。

“他们一定准备好饭了。”麦金尼斯先生说。

我们到达黑屋时，炊烟从屋顶的出口滚滚而出。现在屋里异常温暖，烟不像先前那么熏人了。天使在屋子中间一个敞开的桶里烧着灶火，上方悬着一个用铁链吊在屋顶上的壶，火上放着一个用来烤面包的网状烤架，上面一个巨大煎锅里的油正在冒泡。鸟的粪便和呕吐物的恶臭消失了，取而代之的是在锅里烹制的腌鱼味道。壶里煮着土豆，天使烤了一堆烟熏烤面包让我们蘸果汁吃，还有两大壶茶解渴。

四周墙边 3 英尺宽的石架上盖着防水帆布，上面铺着我们拖上岩石的大床垫，那是我们的床。房间里每隔不远就有一根点燃的蜡烛，借助闪烁摇曳的烛光，我看到床垫上到处蠕动的甲虫和蠼螋。想到在这里熬一晚上我都不寒而栗，更别说 14 天或更长时间了。

饭前我们用去年来时储存的水洗了洗手，这种水是用一个破小桶盛的混浊浓稠的褐色液体，然后围着火蹲坐在地上。吉格斯打开《圣经》，用盖尔语读给我们听。我几乎没怎么听他单调乏味的絮叨，不知为什么，我内心充满了恐惧、期待，或许还有不祥的预感。也许在内心深处，我知道将要发生什么。我开始浑身颤抖。祷告结束后，我抓食物的手指也抖个不停。

我不记得第一天晚上火堆旁有太多的交谈。我们是一个严肃的集体，饱受恶劣天气的摧残和折磨，需要储备毅力和耐力来应付未来的日子。我们能听到狂风在这座古老的石屋外呼啸，暴雨敲打着屋顶。我甚至都不记得何时上床睡觉的，但我能清楚地回忆起当时躺在那张坚硬石架上的潮湿床垫上，没脱衣服，裹在毯子里，希望我还小，能尽情哭泣而不受责罚，但大男孩不哭。于是我平静下来，不知不觉地进入了辗转反侧的浅睡眠。

第二天我感觉好点了，真奇怪几小时的睡眠就可以让疲惫的身心恢复过来。阳光透过挂在门口的防水帆布斜照进来，蓝色的泥炭烟悬浮在光线中。我从床垫上翻滚下来，眨眨眼睛把里面的东西除掉，挤进了围坐在火堆旁的人群中。泥炭火的温暖让人昏昏欲睡。有人为我盛了一碗麦片粥，我把厚厚的大块烟熏烤面包放在热汤里蘸了蘸，塞进嘴里。我把滚烫的茶倒进杯子里，心想我从未吃过这么好吃的东西。我猜第一晚是最糟糕的，也许就像你在监狱的第一晚一样。在经历了最坏的之后，你就能适应一切了。

吉格斯打开《圣经》后，人群中一片肃静。因为经常使用，《圣经》已经伤痕累累，破旧不堪。吉格斯读《圣经》时声音高低起伏，如同柔和的盖尔咒语，我们在白天的第一缕曙光中神情肃穆地倾听着。“好了。”他合上《圣经》时说。这是他结束的信号，我想，或许这也标志着这次出行的第一次大屠杀开始了。“芬、唐尼、普鲁托，你们和我一起。”第一天和吉格斯一组，我感觉长长松了口气。阿泰尔在另一组。我极力想隔着火堆和他的目光接触，给他一个鼓励的微笑，但他没朝我这个方向看。

我原想我们可以直接去悬崖开始大捕猎，但事实上，那天早晨的大部分时间我们都在忙着在崖顶搭建一张由支杆和电缆构成的奇特的网，从杀戮之地一直到高处石冢旁的加工区，再向下到滑道的顶端。这些长达数百米的架空线路被固定到简陋的木质三脚架上，用曲柄调到合适的松紧。在滑轮的作用下，这张设计巧妙的网可以使悬挂在吊钩上的成袋的死鸟毫不费力地从一个地方嗖地运送到另一个地方。一切都取决于电缆的角度和张力，因此地心引力的作用举足轻重，吉格斯小心谨慎地关注着每个细节。每只鸟儿重约 9 磅，每个麻袋装 10 只鸟。试图凭借双手在这种自然条件极其险恶的岩石表面上运送如此笨重的货物简直是痴人说梦。可是，在吉格斯想到滑轮和电缆的主意之前，这正是塘鹅捕猎者们几个世纪以来一直做的事。

中午，我们在灯塔岬附近的时候，我看到天使艰难地从远处朝我们走来，他的举动显示了超常的平衡力。只见他的一只手里提着一个装着热茶的大黑茶壶，另一只手里提着一个装着蛋糕和三明治的塑料盒以及 12 个把手上系着绳子的茶缸。茶缸垂在盒子下面，叮当作响。每天中午时分以及下午 5 点，我们都期盼着他笨拙的身影带着热茶和三明治蹒跚着穿过岛，给我们带来新的能量。虽然我很不喜欢天使麦克里奇，但我对他的食物倒毫无怨言。他做每件事情时都一丝不苟，正如所有的老猎手所说，和以前他父亲一样。人们对他有所期待，而他的确没有辜负他们。我想这就是虽然没人喜欢他，但他却成功地赢得了他们的尊敬的原因。

我们围着灯塔坐下，吃着三明治和蛋糕，把大口的热茶冲进肚里，然后抽几支卷烟。阳光在低矮断裂的云层中忽隐忽现，使得西北风不再那么寒冷，一种惬意的宁静降落到人群中。几分钟后，大屠杀就要开始了，我想，夺去所有这些生命是安静思考的主题。杀戮很难，一旦开始就容易多了。

我们从灯塔岬面向东的悬崖上的鸟群下手，两个四人小组分别从两头开始，展开钳形攻势向对方靠拢。由三人组成的第三组设法爬到崖顶。我们一爬到下面悬崖上，成千上万只母鸟就从巢穴中飞出来，尖叫着，在它们的幼鸟遭到屠杀时在我们头顶盘旋。那情形如同在暴风雪中奋战，眼前到处是闪动的白色塘鹅羽毛，耳边充满了它们愤怒和伤心的啼鸣，以及翅膀逆风摆动的声音。当你和鸟巢处在同一水平线时，你必须提防幼鸟把你的眼珠啄出来，这是鸟儿受惊时鸟喙的应激反应。

吉格斯领着我们组沿着岩架、岩缝和岩壁挨个检查鸟巢。他带着一根捕猎杆，6英尺多长，一端有一个金属弹簧钳。他把它伸入鸟巢，把幼鸟拨拉出来，迅速传给组里的第二个人。唐尼是有着十多年经验的老手了，性情安静，50多岁，总是戴着一顶布帽，帽檐拉下来压着眉毛，一张饱经沧桑的脸，下巴上长满银白的胡须。他带着一根短粗的棍子，当一只鸟从杆子末端传给他时，他抓住它用力一击使其毙命，动作干脆利落。我是链条中的下一个。吉格斯已经决定让我双手沾满鲜血。我带着一把弯刀，我的任务是把鸟儿的脑袋砍下来传给普鲁托，他把鸟儿摞成堆由我们集中带回去。一开始我对自己的任务感到恶心，行动缓慢。我手上满是鲜血，工装裤上溅得到处都是，让人想呕吐。我感到温热的血喷溅到了我脸上。但它们过来的速度越来越快，我不得不放下矜持，让自己的思想放空，跟上节奏，机械运作。成千上万只塘鹅和暴风鹱尖叫着在我们头顶盘旋。200 英尺的脚下，大海沸腾了，不断抽打着最低层岩石上的绿藻。我的蓝色工装裤渐渐被血染成了黑色。

一开始，我看到吉格斯把有些鸟儿弄出来，有些则留在巢里，还以为他这样做是随机的。唐尼解释说羽翼未丰的幼鸟要经历三个阶段：第一阶段的毛茸茸的雏鸟肉很少，所以吉格斯要留下它们长到成年；第三阶段的纤瘦的黑色幼鸟很难捉住；只有第二阶段的幼鸟才有价值，可以通过它们在头顶、后背和腿部残留的三团绒毛很容易辨识出来。这种鸟多肉且肉质鲜美，容易捕捉。吉格斯多年的经验使他一眼就能辨认出来。

我们以惊人的速度在悬崖上移动，一波又一波地杀戮，在我们身后留下了一堆堆的死塘鹅，直到我们最终与第二组会合。整个过程只花费了十多分钟，吉格斯示意今天的大屠杀结束。因此我们沿着原路返回，带着尽可能多的塘鹅，把它们摞起来，然后形成一个链条，一个接一个地传到上面，三个组收获的死鸟在那里堆成了小山。吉格斯拿出铅笔和小笔记本，仔细记录下它们的数目。我回头望望我们曾经待过的地方，看到黑色悬崖上布满道道红色血迹，这才想起当时甚至都没有时间害怕。直到现在我才意识到，一次小小的失足，一次大意的举动，人都会顷刻间命丧黄泉。

吉格斯转身看着我，好像在透露老辈人传给他的某个大秘密，他言简意赅地说：“芬，这就是我们做的事情。”

“为什么？”我问他，“为什么你们要这么做？”

“这是传统，”唐尼替他回答，“没人想打破它。”

但吉格斯摇了摇头，“不，这不是传统。也许这是传统的一部分，是的。不过我要告诉你我为什么这么做，孩子，因为没有其他人做这件事，无论世界上什么地方，除了我们。”

这一点，我想，使“我们”在某种意义上与众不同。我看着岩石上成堆的死鸟，心想是否还有更好的方式使自己与众不同。

我们把鸟儿装在粗麻袋里。我目睹了运送鸟儿奇特而壮观的场面。借助滑轮和电缆，一袋袋鸟儿像长了翅膀一样快速飞越岩石，俯冲而下，落到最低点，又被绳子拖拽到高处石冢旁的加工区，等待拔毛后倒在防水帆布上风干。

那天晚上我睡得死沉，醒来后发现天气又变了。狂暴的西南风吹得雨滴不断敲打着岩石。上午 10 点左右，性急的吉格斯认为我们不能再坐等雨停了，于是我们沉默着顺从地穿上雨衣，又向悬崖出发了。我们带着杆子、棍子和弯刀，费力地穿过灯塔岬下端隐匿的鸟群，踩在鸟粪上的靴子直打滑。

鸟堆越来越大，上面盖着防水帆布。一直到雨过天晴，我们才能开始给鸟拔毛。又要等到周日，因为塘鹅猎手们要在安息日休息一天，我们才取掉防水帆布，让太阳和风把鸟晾晒干。

奇怪的是，在岛上的整整两周内，我从没和阿泰尔在一个团队。事实上，我很少见到他，好像是他们故意把我俩分开的，尽管我想不出这是为什么。即使在两个周日，我也很少见到他或他爸爸。当我回想那段日子时，竟对麦金尼斯先生没有一点印象了。但我想这没什么大惊小怪的，我们从来都不在一个团队，拔毛、燎毛、取内脏和腌制这些不同的工作流程意味着我们可能在不同时间和地点干活。只有吃饭时我们才能碰头，大家挤坐在昏暗的黑屋里的炭火旁，有些晚上累得都不愿说话了，只能看到火光下一张张沉默的脸。有时吉格斯会坚持让我们在晚饭后出去，抓紧干完当天的活。有时我们在石冢旁待到午夜，借助煤油灯的光一把把地拔毛。我们丝毫没有想说话的意愿，即使说也只是只言片语。

不过，尤其反常的是，我和阿泰尔在第一个周日就没在一起，哪怕只是在沉默中分享痛苦。我爬到低处一个当初搁放供给的岩架上。这里更避风，海水被岩石分割成了一个个小水池，被 8 月轻柔的阳光晒得暖暖的。比我早来的几个人围坐在池边，脱下鞋袜放在岩架上，把裤脚卷到膝盖处，光脚在暖水中荡悠。他们互相打趣、吸烟，但我到了后好像就安静下来，所以我没待多久。我爬到海岬顶部，找到一块角度偏南的平坦石头，在阳光下躺下来，闭上眼睛，思想逃回到了我那个被迫提前放弃的浪漫夏季。

什么也不做，只是躺在那里，放松一下酸痛的肌肉，让阳光温暖每个关节，真是太美妙了。后来，我返回黑屋拉出床垫，想把上面的潮气除去，但潮气太重，只有连续晒上几天才有可能完全晒干。

我们的休息日结束得太快了，吃完了包括培根、鸡蛋和炸面包的晚餐，又听完吉格斯每晚诵读的盖尔语《圣经》后我们又爬回到架子上。我发现阿泰尔在黑屋另一侧的床垫上看着我，我微笑着道了声晚安，但他只是一言不发地把脸转向了墙壁。

我们在周一开始给鸟褪毛。这些鸟儿已经被安息日的阳光晒好了，我们坐在石冢间干着活，微风吹过我们的脚踝。这是一项很麻烦的工作，吉格斯给我演示怎么做。首先，他把一只鸟放在膝盖间，去掉脖子上的毛，只留下窄窄的一圈。接着他又转向胸部，从那里一直拔到羽尾。他撕掉上翼的新主翼羽，掐掉前端的翎，接着把鸟翻过来，拔掉后背和腿上的毛，最后只剩下白色细绒毛。吉格斯能在三分钟内拔完一只塘鹅，我得花两倍多的时间。

这项工作艰苦无比，竞争激烈。我们每小时都停下来清点数目，计算我们给多少只鸟儿褪了毛。吉格斯总是最多的，我和阿泰尔最少，接着我们又重新开始比赛。

第一天上午结束时，我的手指都僵硬了，每块肌肉每个关节都痛入骨髓，拇指和食指间几乎连根羽毛都夹不住。周围到处是羽毛，人的眼睛里、鼻子里、耳朵里、嘴里都是。它们黏附在头发和衣服上。在褪毛的高峰期，狂风在我们周围呼啸，我们好像被困在了羽毛的暴风雪中。阿泰尔的哮喘对此反应强烈，两个小时后他几乎不能呼吸了，于是吉格斯不再让他拔毛，派他去为燎毛烧火。

差不多在我们初次登陆之地的正上方，我们在一个用石头垒的低矮的四方烟囱里点燃了火。数十年前，或几世纪前，人们就发现这里能提供合适的风力和风向把火烧得最旺，所以烟囱总是建在这里。当我们把褪毛的鸟儿每 10 只一袋通过电缆运送到 200 码下方的吉格斯所谓的工厂时，我看到阿泰尔正从黑屋里用临时凑合的火钳把燃烧的泥炭运出去生火。等到鸟儿都被成功运走后，我们爬下来支援他，阿泰尔已经把每个烟囱的火都烧得旺旺的。他和普鲁托被指派给鸟燎毛。我看到普鲁托给阿泰尔演示怎么做。他取过一只鸟，用力向两边一扯，把鸟翅在翅根折断，然后一只手拿一根翅膀，把软绵绵的塘鹅放进火苗中烧掉剩下的绒毛。我看到火苗瞬间吞噬了这只死鸟，把它变成了一个火天使，接着普鲁托迅速把它从火上移开。绒毛变成了一堆黑色的细灰，蹼足被烧成了薯片。重要的是不能把皮烧焦影响口味，同样重要的是不能用烤架，因为这样会破坏它的纹理。阿泰尔和普鲁托开始卖力地给拔过毛的鸟儿燎毛，在那个狂风肆虐的周一下午制造了许许多多火天使。

这些鸟儿又从火旁送到了老肖特斯那里，他清瘦结实，形如骷髅，脑袋像个头盖骨，戴上护目镜后更显如此。他把鸟儿身上的灰烬刮掉后递给唐尼和马尔科姆。他们负责最后的把关，用喷灯把所有没被火烧掉的地方清理干净。

接着鸟儿被传给了约翰·安格斯，他用一柄手斧把翅膀砍掉，把其余部分传给吉格斯和沙默斯进行分解，这两人面对面跨坐在一根架在两个低矮的石冢之间的粗壮橡木梁上。橡木梁几十年来一直被用作这种血腥的用途，这些年在岩石上由于风吹日晒已经褪色了。塘鹅在上面被锋利的刀子剖开，尾巴去掉。他们在鸟肋骨上面小心地切三刀，手指灵巧地推开肉和骨头，取出内脏。我的工作是把这些内脏拿走，搭在烟囱边缘。脂肪很快流进了火苗里，噼里啪啦地发出爆裂声，火烧得更旺了。

最后，吉格斯和沙默斯用刀子干净利索地在鸟肉上划四下，把一撮撮盐撒进裂缝里面进行腌制。

他们把紧挨滑道顶部的一片地方尽量整平，铺上防水帆布，把腌制的鸟儿摆成了一个大圆圈，鸟爪指向圆心，外皮被折叠起来以防止腌渍水渗漏。第二个圆圈摆在第一个圆圈里面，第三个又摆在第二个里面，逐渐向中心靠拢，直到第一层被摆满为止，如同一个巨大的死鸟车轮。接下来按同样方式摆第二层，一层层摞上去，最后足足有5英尺高。两周结束时，我们有两个这样的巨大车轮，每个车轮都由上千只鸟儿组成。它们的翅膀散落在周围的岩石上，被秋风吹向最终的自由。

我们就是这样在安斯格尔岛上度过了极其单调乏味的两周。每天我们都费力地爬过悬崖，穿过鸟群，不断重复杀戮、拔毛、燎毛、分解的循环，直到形成这些鸟的车轮。这是一种容易让人麻木的体验，一段时间后人就变得完全机械化了。早晨起床，工作一整天，晚上爬回到床垫上。一些人看起来甚至乐在其中。友情在默默传递，穿插着零星的玩笑和如释重负的笑声。只是我内心有什么东西关闭了，使我缩回到自己的世界里。我不是这种友情的一部分。我只是咬着牙，一天天数着日子。

到第二个周日时，工作差不多结束了。天气还算不错，我们进展神速。阳光尽管不如前一周好，但天气干燥。我来到灯塔下，站在那片停机坪上回望全岛。整个安斯格尔在我脚下铺展开来：多刺弯曲的脊柱，如同三根断裂的肋骨般的海岬，所有那些在永恒的侵蚀后还保留着的东西。在岛西北端附近，一个个黑色岩石垛从朝它们愤怒地吐着泡沫的深绿色海水中崛起。成群的海鸟乘着上升的热气流无休止地绕着峰顶轻盈地盘旋。我转身来到悬崖边缘，在这里地面陡然下降了 300 英尺。但是岩壁上布满刀劈斧凿般的裂缝和深坑，在好几个地方被岩架横切开了，岩架被风雨打磨得很光滑，上面布满白色的海鸟。悬崖上有成千上万个鸟巢，是岛上鸟巢最密集的地方，但也是最高不可攀的。明天我们将爬到下面的岩架上，收获最后一批塘鹅。一阵小小的恐惧让我的胃收缩了一下，我把目光移开了。再熬过最后一天，周二我们就开始撤营等待紫岛号的到来。如果天气允许的话，船周三就会到。我简直迫不及待了。

那天晚上，我们享用了两周以来最好的晚餐，第一次品尝了那年的塘鹅。我们的供给快用完了，面包变味了，有的还发了霉，爬满了蠼螋。肉都吃完了，我们好像仅靠粥和鸡蛋度日。唯一餐餐都有的是吉格斯诵读的《圣经》和赞美诗。因此塘鹅就是天赐的食粮，也许是对我们的虔诚的奖赏。

天使花了整个下午准备这顿晚餐。他从第一个车轮中取出三只塘鹅，洗好刮干净。接着他把每只塘鹅分成四份，把它们扔到火上的一大锅快煮沸了的水中。他一边煮着塘鹅，一边把我们所剩无几的土豆去皮，放在第二堆火上煮。等煮塘鹅的水快接近沸点时，他小心地取出一块块塘鹅，把锅里褐色的油腻多盐的水倒掉，重新换上清水煮沸，把这些鸟儿放回锅里再煮半小时。

那天晚上当我们抓着盘子围坐在火堆旁时，黑屋里的期待感几乎触手可及。那个我们平时用来传递餐具的铁锡盒原地未动，我们就用手抓着塘鹅吃。天使在每个人的盘子里放了一块鸟肉，我们自己动手去取大量供应的土豆。盛宴开始了，就在烟熏火燎的火堆旁，我们用鸟的皮肉和土豆填饱饥饿的胃，默默地品尝着美食。肉很结实，但很嫩，有着鸭肉的色泽和质地，但味道有点介于牛排和腌鱼之间。

四分之一的鸟肉已经够多了，再加上土豆，我们吃得很饱，昏昏欲睡，几乎是在神思恍惚的状态下听吉格斯诵读《圣经》的。接着我们爬上床垫，迫不及待地进入了梦乡。我怀疑那天黑屋里有个人是否会料到明天他在悬崖上将面临危险。如果料到了，他肯定难以入眠。

但是风向又变了。现在是西北风，还夹杂着星星点点的小雨，也冷多了。在高处的灯塔旁，我昨天站在那里时还是微风拂面，现在却狂风肆虐，这将给悬崖上的捕猎增加难度。一开始我不明白我们怎么可能到达我昨天看到的岩架上，从悬崖到最近的岩架垂直下降了 90 英尺。但岩架左边有一个很深的岩沟，藏在岩石褶皱中，吉格斯领我们顺着岩沟往下挪，慢慢地岩沟变成了一个深坑，一面的岩缝和裂隙可以充当台阶，我们把背紧贴着对面的石壁慢慢下移。深坑 3 英尺多宽，底部较窄，这样我们最终几乎是被挤压到了第一个岩架上。在这一过程中，数千只塘鹅飞到空中，惊恐地尖叫着，翅膀拍打着我们的脸。岩架上到处是鸟巢，岩石上的每个缝隙都挤满了塘鹅，填平了它的纹理和空隙。在强风和盐的作用下，岩架表面变得坚硬而光滑，如同白色大理石一样，踩在上面非常危险。幸运的是我们在背风处，雨从我们身边和头顶飘过。脚下 200 英尺的悬崖之下，海水无情地抽打着岩石。吉格斯示意我们加快速度，因此我们就沿着不到 4 英尺宽的岩架，尽快地猎杀鸟儿，鸟儿在我们身后迅速堆积起来。我们周围布满海鸟粪的白色岩石上到处是猩红的鲜血。在我们右侧，第二组正在另一个岩架上工作。我不知道第三组在哪里。

事情发生得让人猝不及防。对鸟儿的不停杀戮容易导致感觉麻木，但即使到现在我都不知道我怎么会那么蠢。我们已经回到了深坑，把死鸟堆在脚下。普鲁托爬回顶部，放下一根绳子，我们每次把四只鸟一起绑在绳子末端，这样他就能把它们拉上去。吉格斯正在探索到达下一个岩架的路线。我转身时惊动了栖息在岩缝里的一只雏鸟，它尖叫着扇动着翅膀扑到我脸上。我感觉它的喙在啄我的脸，就举起胳膊想把它赶走，向后退了一步。在那一瞬间，我现在几乎认为我当时能恢复平衡。我已经想过很多次。但在那个时候，在那个瞬间，好像悬崖已经放弃了我，让我自生自灭。我脚下只有空气，双手无望地想抓住某个东西，但什么也没有。我还记得吉格斯曾告诉过我，在世人记忆中，悬崖上还从未发生过事故。我觉得自己正在破坏这个良好纪录。我听到鸟儿在大笑，为我的困境幸灾乐祸。和它们不一样，我不会飞翔。真是咎由自取，谁让我杀死了这些鸟儿的孩子呢？我无声地往下落，惊讶得甚至不知道恐惧和呼喊了。这就像一场梦，我想，也许其实没有发生什么，至少没有发生在我身上。

我受到第一次撞击时感觉好像挨了一锤，左胳膊或肩膀的某个地方剧痛无比，促使我终于打破沉默，尖叫起来。但我想正是这次重击救了我的命。另外还有几次打击，比第一次的角度偏斜，然后我突然停在了某个地方，听到头盖骨裂开的声音，但意识在瞬间消失了，就像蜡烛的火苗，接着我就感觉不到疼痛了。

我记得的第一件事是听到一些喊声，但不知道他们在喊什么，因为恢复意识的时候我又感觉到了疼痛。他们说你不可能同时感觉到两个地方的疼痛，但我感觉到肩膀上火烧火燎，好像被某个锋利的东西划破了皮肉和肌腱一直伤到骨头里，同时头也在痛，感觉好像有人正使劲用老虎钳夹住它慢慢把螺丝拧进去。别的地方一定也有伤，以后会慢慢感觉到疼痛，但那时我所有的意识都被这两个地方占据了。我无法动弹，在疼得迷迷糊糊时，心想也许我的背摔断了。当我勉强睁开眼睛，发现自己正面对着大海，大约150英尺下面，大海狂怒地撞击着裸露的岩石。它在等待着我，催促我投入它的怀抱，把我因失足而变得支离破碎的身躯吸入它无边无际的黑暗中。

我吃力地翻了个身，躲开险境，仰面躺在岩石上。我屈起一条腿，在万般痛苦中如释重负地发现我的脊椎竟然完好无损。岩架很窄，顶多两英尺。令人称奇的是，它居然阻挡住了我下落的进程，把我困在那里，像摇篮一样托住了我。我看到手上鲜血淋淋，一开始吓了一跳，后来意识到是屠杀塘鹅时沾上的血。一条磨损了的绿色塑料绳子就在我头顶悬着，在大约50英尺高的地方，我看到人们为了看到我，尽可能地伸长脑袋，探出肩膀。即使在我迷迷糊糊半昏迷的状态下，我仍然明白没有向下爬的路。岩石陡峭光滑，盖满了海鸟粪。如果他们要够到我，必须有人从上面通过绳子吊下来。

他们仍在喊叫。一开始我认为是在对我喊，我看到阿泰尔从悬崖上探出身来，面颊苍白，满脸震惊。他也在喊叫，但我听不清在喊什么。接着一个影子落在我脸上，我转过头，看到麦金尼斯先生爬到我身边的岩架上。他看起来糟透了，胡子拉碴，脸色像得了肝病一样焦黄，眼窝深陷。他在流汗，浑身颤抖。看起来他只能先找到抓点，以免摔下去。他跪在那个狭窄的空间，使劲把脸贴到悬崖的侧面。“你会没事的，芬。”他的声音听起来嘶哑微弱，“你会没事的。”说着他抓住了那根绿绳子，在手腕上缠了几圈，从那块岩石上荡过来，转过身，这样他就正好坐在了我头旁边的岩架上。他后背紧贴着岩石，眼睛紧闭，长长地吐了口气。我不知他是如何从下面爬上来接近我的。直到今天，我都想不出他是怎么到达那里的，但我几乎能嗅出他的恐惧。很奇怪，我记得即使在那时，尽管我浑身疼痛难忍，我依然为他感到难过。我伸出一只手，他抓住用力捏了捏。

“你能坐起来吗？”

我试着说话，但什么也没说出来。我又试了一次，“我想不行。”

“你必须得坐起来，这样我就可以把绳子系在你腋下。我自己完成不了，我需要你的帮助。”

我点点头，“我试试。”

他用一只手抓着绳子，另一只手搂着我的腰试图把我拉起来。胳膊和肩膀上的剧痛让我不由得大叫起来。我停了几分钟，大口喘着气，死命抓住他不松手。他一直在低声鼓励我，但那些话只不过是被风吹走的音符，但我还是从中得到了安慰和勇气。我用一只完好的胳膊抓住他，坚持住，然后依靠那条能屈膝的腿，用尽全身力气，终于把上身抬了起来，成了半坐的姿势。我又痛得大叫一声，但现在我已经靠在了他腿上。他把绳子从我腋下穿过去，绕到胸前，在上面打了一个看起来很安全的大大的结。

他系好绳子后，我们两个都靠着岩石大口喘气，尽量不往下看，我更是不敢想象后面会发生什么。因为那时，我就会坠在这根磨损的绿色塑料绳子的末端，生命完全取决于这个绳结以及上面那些想把我拉到安全之处的人的力量。从某些方面来说，我想我愿意接受坠崖的结果，这也只是几秒钟的事，我会瞬间摔死在下面的岩石上，永远结束痛苦。

“你在流血。”他说。我已经感觉到了温热的鲜血正从耳朵上方的某处伤口流到脖子上。他掏出手帕，把我脸上的血擦去。“对不起，芬。”他说。但我不知道是为什么，我从悬崖上摔下来不是他的错。

他向后侧了下头，对上面的人大喊他准备好了，在绳子上猛拉了三下。对方拉了一下作为回应，绳子被拉紧了。

“祝你好运。”麦金尼斯先生说。绳子把我猛力向上一拉，我疼得又一次尖叫起来。接着他放开了我，我脱离了那块岩石，伴随着疼痛在风中疯狂地打着转，一点点向上升。有两次我撞在了悬崖侧面，然后又荡开去。自始至终，塘鹅都在我脑袋周围盘旋，愤怒地尖叫着，希望我掉下去。死亡，死亡，死亡，它们好像在叫着。

当他们把我弄到我摔下来的那个岩架上时，我几乎昏迷不醒了。周围聚集了人们关切的脸庞，还有吉格斯的声音：“见鬼，孩子，我以为你没救了。”

接着有人大叫起来，他声音中的惊恐让人不寒而栗。我转过头去，正好看到麦金尼斯先生在空中滑行，胳膊像两只翅膀一样张开，好像认为他可以飞翔。仿佛过了很久他才触到下面的岩石，他的飞行戛然而止。一瞬间，他脸朝下趴着，胳膊伸展在两侧，单腿跪地，好像效仿十字架上的耶稣。接着一个巨浪漫过他全身，把他拖入水中。当他永远地消失在无底的绿色海洋深处时，白色泡沫被染成了粉红色。

接着是非常奇怪的一片静寂，好像所有鸟儿都用片刻的沉默作了某种回应。只有风在继续伤心地哀鸣，直到我听到阿泰尔痛苦的哀号。

# 十二

## 1

哈里斯山脉耸立在他们面前，穿透了低矮的黑色云层，扯出一些巨大的破洞，露出里面炫目的蓝色条纹以及褴褛的白色碎片。阳光碎片洒落在深嵌在山间闪闪发光的湖面上。在山的弯道处，他们飞速驶过一间废弃的牧羊人小屋，那古老的小屋看起来像小岛本身一样恒久。

“有些人选择每天在 M25 高速公路上经历两小时的交通堵塞，”乔治·甘恩说，“这样的蠢货越来越多，是吧？”

芬点点头，心想自己就是这样一个蠢货。他的生命中花了多少小时浪费在爱丁堡的交通堵塞中？这条去乌伊格的路，蜿蜒曲折地穿越地球上最荒凉、最美丽的乡村，提醒人们生活可以不必如此。但随着笼罩在云层以及蓝色、紫色和深绿色迷雾中的山脉越来越靠近，它们抑郁的特性越发具有传染性。在它们阴沉壮丽的阴影下，芬发觉自己又重新陷入了他在悬崖上被叫醒时的沮丧情绪。

他回到斯托诺韦后，在旅馆房间莲蓬头下的热水中站了很久，极力洗去头天晚上的记忆。但它们仍然顽固地萦绕在他心头，他的眼前不时浮现年轻的芬利克斯的形象，就像年轻的芬一样，因为要去安斯格尔而深感困扰，闷闷不乐。他也为老朋友的变化而震惊。阿泰尔，曾经稚气未脱，那么活泼调皮，现在身材臃肿，满嘴脏话，酗酒成性，被困在无爱的婚姻里，和一个瘸腿的母亲、一个别人的儿子生活在一起。还有马萨丽，可怜的马萨丽，饱受生活和岁月的折磨，疲惫不堪。

然而，在厨房餐桌旁那短暂的几分钟里，他又一次在她身上看到了那个年轻的马萨丽：她那闪动的眼眸，迷人的微笑，手指在他脸上触摸的感觉，还有他曾经迷恋的机智的嘲讽。

甘恩意识到他走神了，看了他一眼，“我愿出钱猜你在想什么，麦克劳德先生。”

芬摇摇头，从回忆中走出来，挤出一丝微笑，“如果我是你，乔治，我就不会浪费我的钱。”

他们拐入一条长长的溪谷，这是数百万年来无情的水流在坚硬的岩石上切割而成的，一条曾经宽阔的河流现在缩成了巨石间的涓涓细流。汽车驶出阴影时，他们第一次通过山间缝隙看了一眼乌伊格海滩，一望无际的白色沙滩，他们甚至看不到大海。

甘恩掉头离开海岸，沿拦畜木栅上方的一条单行道来到了山上，顺着一条宽阔湍急的浅河行驶，河水撞击着河床上散乱分布的锯齿状大块石头。

“麦克劳德先生，在爱丁堡有这么多野生鲑鱼吗？”

“没有，我们现在只有养殖的东西。”

“是啊，很讨厌，对吧？该死的化学药品和抗生素使这些可怜的小东西绕圈游动，肉质松软得可以用手指头穿过去。”他扫了一眼从他们身边匆匆流过的河水，“我想这就是有人愿意付这么多钱过来捕捉货真价实的东西的原因。”

“也是另外一些人愿意冒大风险偷鱼的原因。”芬避开甘恩的视线，“乔治，你最近吃了不少货真价实的东西吧？”

甘恩耸了耸肩，“哎呀，你知道，偶尔尝上一点，麦克劳德先生。我妻子认识某个能不时给我们搞来零星真货的人。”

“你妻子？”

“是的，”甘恩偷偷瞥了他一眼，“我从来没问过，麦克劳德先生，有些事情还是不知道为好。”

“在法律看来，无知不是借口。”

“是啊，有时法律就是狗屁。上帝没有把世界上最好的鲑鱼放在我们的河流里，麦克劳德先生，以便某个英国人能来这里向另一个英国人收取一大笔钱，再让他们把鱼带走。”

“如果你知道是谁偷捕鲑鱼呢？”

“哦，我就会逮捕他们，”甘恩毫不犹豫地说，“这是我的工作。”他的眼睛直视前方的道路，“也许你今晚愿意与我们夫妇共进晚餐，麦克劳德先生。我敢说她或许能从什么地方找到一条货真价实的鲑鱼。”

“真是诱人的提议，乔治，我也许会接受。不过先让我们看看今天收获如何。很难说，也许他们今天下午就会把我送上飞机。”

他们来到一个上坡处，脚下的苏艾纳瓦尔山庄依偎在一湾灰色的小湖岸边，山庄周围精心种植着一排排欧洲赤松，生长在群山怀抱中。看起来山庄是在一个老农舍的基础上改造的，被主人向外和向上扩建了。这是一处引人注目的房产，最近刚粉刷过，明亮的白色在这片黑暗阴森的地方显得异常醒目。一条碎石路通向下面房子一侧的停车场，还有一个码头，码头上一些小船漂浮在泛着涟漪的湖面上。停车场里只停着一辆车，是一辆破旧的路虎。甘恩把车停在它旁边，他们下了车。一个身材高大的男人从屋里匆忙走出来。他穿着蓝色工装裤，粗花呢夹克衫，一顶与夹克衫匹配的鸭舌帽拉下来遮在红润的圆脸上。

"有什么需要帮忙吗？"在芬看来，他40多岁，但很难说。他的脸饱经风霜，青筋暴露，帽子下面的头发是姜黄色的，掺有斑驳的白色。

"我们是警察，"甘恩说，"来自斯托诺韦。"

那人松了口气，"唔，很高兴听到这个。我认为你们是提前一天从部里来的。"

"什么部？"芬问。

"农业部。他们过来清点羊数，计算补贴。他们昨天在康尼克·伊恩那里，我还没找到机会把他家的羊挪到我这边来。"他朝着对岸的一间小农舍点点头，上面的山坡上圈出一块地，白色的羊群点缀在石楠花间。

芬皱了皱眉，"那里早就有羊群了。"

"是啊，它们是我的。"

“那你为什么还要把康尼克·伊恩的羊带过来？”

“这样农业部的人就会认为我拥有的羊是现在的两倍，就会给我两份补贴。”

“你的意思是同一群羊计算两次？”

“是的。”那人看起来对芬反应如此迟钝感到奇怪。

“你应该告诉我们吗？”

“哎呀，这不是秘密。”男人不屑地答道，“甚至农业部的人也知道。如果他们到的时候羊在这里，他就把它们计算在内。这是我们生存的唯一方式。这就是我不得不接受在山庄这里工作的原因。”

“什么工作？”甘恩问道。

“看门人。约翰爵士不在的时候我照看这个地方。”

“什么约翰爵士？”芬问。

“约翰·伍尔德里奇爵士。”看护者嘿嘿地笑了，“他让我叫他乔尼就行了，但我不喜欢这么做，他毕竟是个爵士。”他伸出一只大手，“我是肯尼，顺便说一下，”他咧嘴大笑，“另一个康尼克，人们只叫我肯尼，大肯尼。”

肯尼熊掌般的大手铁钳一般紧握住芬的手，芬把自己几乎被捏碎的手抽出来。“唔，大肯尼，”他说，活动了下手指，“乔尼在附近吗？”

“哦，不在，”大肯尼说，“约翰爵士夏天从来不在这里。他总是在9月份带一群人过来，秋天是狩猎的最好季节。”

甘恩从口袋里抽出一张折叠的纸打开，“那个叫詹姆斯·明托的人在吗？”

大肯尼的脸阴沉下来，鼻子周围静脉曲张的血管变成了深紫色，“哦，他呀。是的，他在附近，他一般都在。”

“你好像对此并不怎么高兴。”芬说。

“我和这个人并无嫌隙，先生，但是没人喜欢他。必须有人制止偷猎了，他干了好多次，我想。但做事总有做事的方式，做事的方式有很多种，如果你理解我的意思的话。”

“而你不喜欢他做事的方式。”甘恩说。

“是的，先生，我不喜欢。”

“我们在哪儿可以找到他？”芬问道。

“他在乌伊格海滩南部沙丘中的一栋老房子里。”他突然停了下来，好像忽然意识到他在跟谁说话，然后皱起眉头，“他做什么了？杀人了吗？”

“如果是的话你会感到惊奇吗？”芬问道。

“不，先生，一点也不会。”

明托的房子以前是假日出租屋，位于海岸路尽头的沙丘之间。从那里可以看到整片乌伊格海滩，从西边遥远的大海一直到东边的乌伊格山庄。这座引人注目的狩猎小屋鹤立鸡群般地耸立在峭壁上，俯瞰着整个沙滩，后面是波状起伏的淡紫色和蓝色的山脉，如同一张张叠放的剪纸。它正对面海滩的另一边是贝利那基尼的一排白色建筑物。贝利那基尼是苏格兰预言家肯尼思·麦肯齐的出生地。

“当然，”芬的父亲曾告诉过他，“他的盖尔语名字叫康尼克·奥德哈，世人称他为布朗先知。”芬清楚地记得他和父亲坐在草场上，父亲边组装风筝边给他讲故事：一个幽灵在一天晚上回到他在贝利那基尼的墓穴，告诉康尼克的妈妈去附近湖里找一块圆圆的蓝色小石头。“幽灵让她把石头交给她儿子，他把石头放在眼睛上就能看到未来。”

“她找到了吗？”芬睁大双眼问父亲。

“是啊，儿子，她找到了。”

“他真能看到未来吗？”

“芬利克斯，他预言的很多事情后来都成为现实。”父亲告诉儿子，并一口气说出一系列对年幼的芬来说毫无意义的预言。现在，当成年的芬站在这里，凝视着远方沙地上的墓穴时，他想起了父亲在有生之年无缘见到的一个已经实现的预言。布朗先知曾经写过：当人们乘着无马马车潜入海底来到法国，苏格兰就会重新崛起，摆脱一切压迫。当他和父亲在海滩上放风筝时，英法海底隧道在玛格丽特·撒切尔眼中不过是星光一闪，那时即使是最热诚的民族主义者也不会预言，20世纪结束之前苏格兰议会将在爱丁堡重新召开会议。康尼克·奥德哈因行巫术被烧死的时间比这早约300年。

“这是个神奇的地方。”乔治·甘恩说。起伏不定的风像波浪一样吹过海岸草场高高的草丛，他不得不提高嗓门才能让芬听到他的声音。

“是的。”芬想起了那个发现了埋藏在乌伊格海滩、由12世纪的北欧人用象牙雕刻的路易斯棋子的小农场主。他能想象得到，如传说所言，那个农场主认为它们真是侏儒和精灵，凯尔特民间传说中的俾格米人精灵，于是迫不及待地脚底抹油逃命去了。

他们砰的一声关上车门后，一名男子从农舍的前门走出来。他穿着斜纹棉布裤，裤脚塞进一双黑色过膝皮靴里，上身穿一件厚厚的羊毛套头衫，外面罩一件肩膀和肘部有皮革补丁的夹克。一只胳膊上架着一杆破猎枪，一个帆布包斜挎在肩上。黑色的头发剪得短短的，脸庞瘦削，上面一块深褐色的太阳斑也未能遮盖住周围黄色的瘀伤，被划破的嘴唇上有几处正在愈合的伤疤。他有一双引人注目的浅绿色眼睛，芬断定他大概和自己同龄。这人停了一会，关上身后的门，慢慢向他们走来，从他的步态中可以看出脚有点跛。“有什么需要我为你们效劳的吗？”他说话温和，一口伦敦腔在风的呼啸中几乎听不到，但声音中并没有流露他奇怪的绿色眼睛中的谨慎，或者芬从他站立的姿势中看出的紧张。他有些像猫，浑身绷紧，随时准备一跃而起。

“你是詹姆斯·明托？”芬问道。

“你们是谁？”

“督察芬利·麦克劳德，”芬朝甘恩点点头，“还有探长乔治·甘恩。”

“身份证明？”明托仍然警惕地看着他们。他们出示了授权证，他检验过后点点头，“好吧，你们已经找到他了。你们想怎么样？”

芬朝他的猎枪歪了下头，“我猜你得到狩猎许可证了？”

“你们认为呢？”戒备变成了敌意。

“我觉得你没回答我的问题。”

“是的，我有许可证。”

“你想射杀什么？”

“野兔，如果这和你有关系的话，督察。”所有那些军队中的士兵表现出的对上级军官的轻蔑，在他身上都烙下了深深的印记。

“不打偷猎者？”

“我不打偷猎者，我只是抓住他们，然后交给你们警察。”

“上周六晚上 8 点到午夜之间你在哪里？”

明托的自信第一次动摇了，“怎么了？”

“我在问你问题。”

“除非我知道原因，否则我不回答。”

“如果你不回答，我就给你戴上手铐，放在那辆车后面带到斯托诺韦去，在那里你会被起诉妨碍警官执行公务。”

“他妈的，你试试，老兄，我会打断你两只胳膊。”

芬看过甘恩关于明托的打印材料：前英国特种空军部队成员，在波斯湾和阿富汗服过役。从明托的语气可以看出，他说到做到。芬尽量让自己的语气平和，“威胁警官可是犯法，明托先生。”

“那你就给我戴上手铐，把我扔到你车后座好了。”

“我觉得你最好回答麦克劳德先生的问题，明托先生，否则要断的是你的胳膊，而我就是那个在给你戴上手铐时折断它们的那个人。”此时甘恩开了腔，芬对他语气中平静的威胁感到惊讶。

明托用审视的目光飞快地扫了甘恩一眼，他之前还未怎么注意到甘恩。如果他曾把甘恩看作一个无足轻重的下级警官而不屑一顾，现在显然他要重新考虑一下了。他做了个决定，“我周六晚上在家看电视。这里的图像效果不太好。”他把视线从甘恩身上移开，回到芬身上。

“有人能证明吗？”芬问。

“呵呵，好像我在乌伊格有很多伙伴似的，他们总是过来坐坐，陪我喝酒聊天。”

“那你就是独自一人了？”

“作为警察来说你思维还算敏捷。”

“你看的是什么节目？”甘恩的语气让人毫不怀疑他周六晚上也看了电视。

明托又警惕地盯了甘恩一眼，“我他妈的怎么知道！该死的电视每天晚上都播放同样的内容，都是垃圾。”他看看这个，又看看那个，“听着，你们越早告诉我你们想知道什么，我就越快告诉你们。我们快点结束这个小游戏怎么样？”

“也许我们应该进屋聊，”芬说，“你可以给我们倒杯茶。”看起来这是个缓和敌意的好办法。

明托想了片刻，“是啊，好吧，为什么不呢？”

对一个独居的男人来说，明托的房间井然有序。小小的客厅简朴整洁，没有任何图画或装饰。唯一的摆设是靠窗的桌子上的一个棋盘，黑色和奶白色方格上散布着处于各种战斗阶段的对立的棋子。当他们坐在那里等着明托上茶的时候，芬可以看到厨房里面。他没有看到一个脏盘子，餐具都挂在墙上整齐的架子上，仔细折叠的洗碗布悬挂在暖气上烘干。明托用一个托盘端着一壶茶、三套杯碟、一小罐牛奶和一罐方糖进来了。芬原想他会端来马克杯。在明托的过分讲究中有些躁狂症者的痕迹，也许是成年累月的军队生活潜移默化形成的整洁和自律的习惯。芬纳闷是什么原因驱使这个人来到这样的地方独自生活。他的工作性质使他交不到多少朋友，但他看起来到处树敌。人们都不大喜欢他，大肯尼曾说过。芬知道是为什么了。

明托倒茶的时候，芬说："一个人下棋可不容易。"

明托看了一眼棋盘，"我通过电话和老上级下棋。"

"你有路易斯棋子，我看到了。"

明托咧嘴笑了，"是的，可惜不是原件，我还没想出闯入大英博物馆的办法。"他停顿了一下，"它们很美，不是吗？"

美可是芬从未想到明托嘴里会说出来的一个词。如果芬曾一度猜想明托也许意识到了生活的美，他也没想到明托会欣赏它们。但他多年从警学到的一件事情就是，无论你多么坚信自己对一切了如指掌，人们总是会毫无例外地让你大跌眼镜。"你见过原件吗？爱丁堡的苏格兰国家博物馆保存了几件。"

"从来没去过爱丁堡，"明托说，"事实上，除了这里之外，我没有去过苏格兰的任何地方。自从我 15 个月之前来到这里后一直没离开过岛。"芬点点头。如果这是真的，就可以排除明托与利斯路谋杀案的任何联系。"我原想你们过来是要当面告诉我已经抓到了和我作对的那些狗杂种。"

"恐怕还没有。"甘恩说。

“算了，”明托慢吞吞地说，“真不知道我在想什么。和这里其他混蛋一样，你们对自己的事情更感兴趣，对吗？”他坐下来，向自己的茶里扔了两块糖，放了些牛奶搅拌。

“很多偷猎者露面时都不贴标签。”甘恩说。

“很多偷猎者不想被抓住。”

芬问：“你独自工作吗？”

“不，约翰爵士还雇了其他两个家伙。当地人，你知道，也许他们不和我一起外出时自己也偷猎。”

“约翰爵士的报酬一定很丰厚，”芬说，“你们三个拿着薪水只是为了抓住偷猎者。”

明托大笑，“九牛一毛，老兄。你知道，常有成群结伙的渔夫来到这里，一周花1万美元待在山庄里，只为了换得一周的捕鱼权。一个捕鱼季就能换来一大笔钱，明白我的意思吗？如果河里没有鱼的话这些家伙才不高兴付那么多钱呢。100年前，他们一年在格瑞默斯特庄园能抓到2000多条鲑鱼。那时他们说庄园主一天抓住了57个偷鱼者。现在如果我们一季能抓住几百条就算幸运的了。野生鲑鱼是濒危品种，督察，我的工作是保证它们不会灭绝。”

“就靠你把那些非法捕鱼的人狠揍一顿？”

“这是你说的，我可没说。”

芬若有所思地啜了口茶，被格雷伯爵茶意想不到的香味吓了一跳。他扫了一眼甘恩，发现他已经把杯子放回桌子上，没有喝茶。芬重新把注意力集中到明托身上，“你记得一个叫麦克里奇的人吗？大概6个月前，你在这个庄园抓到他非法捕鱼，把他交给了警察，显然他当时很狼狈。”

明托耸耸肩，“在过去6个月里，老兄，我抓过几个非法捕鱼的人，每个人好像都叫麦克什么东西。给我点提示。”

“他周六晚上在内斯港被杀了。”

明托暂时没有了那种天生的狂妄，他皱起了眉头，“就是前几天报纸上报道的那个家伙？”

芬点点头。

“上帝啊，你们认为我和这件事有关？”

“几周前你被一个或一群不知名的攻击者狠狠修理了一顿。”

“是啊，不知名是因为你们这帮该死的警察还没有抓住他们。”

“那么他们不是你无意中撞见的非法捕鱼者？”

“不，他们是蓄意过来教训我的，他们就在那里等着我呢。”

“你没有认出他们来，为什么？”甘恩问道。

“因为他们戴着该死的面具，不是吗？不想让我看到他们的脸。”

“这意味着你可能认识他们。”芬说。

“你让我大吃一惊，我从没想到这点。”明托喝了一大口茶，好像要冲刷掉他蹩脚的讽刺。

“那么这里一定有很多人不喜欢你。”芬说。

明托最终看出了些端倪，他的绿色眼睛瞪得大大的，“你认为是这个叫麦克里奇的家伙干的。你认为我知道是他，所以杀了他。”

"对吗？"

明托阴郁地笑笑，"让我告诉你吧，老兄，如果我知道是谁对我下的手，"他指着自己的脸，"我会不动声色地快速解决这件事情，不会留下任何痕迹。"

外面，狂风依旧在劲吹，云彩的阴影飞速掠过绵长坚实的沙滩。他们看到潮汐已经转向了，正以迅雷不及掩耳之势冲过浅滩。他们在汽车旁停下，芬说："我想去内斯，乔治，和几个人谈谈。"

"我需要返回斯托诺韦，长官，史密斯总督察对我们控制得很严。"

"我想我得向他借辆车。"

"哦，我要是你，我不会那样做的，麦克劳德先生，他可能会拒绝你。"甘恩犹豫了一下，"为什么你不把我丢在车站，然后用我的车？先斩后奏总比出师不利好些，对吧？"

芬笑了，"谢谢你，乔治。"他打开车门。

甘恩说："那你是怎么想的？"他朝农舍的方向点点头，"关于明托。"

"我想我们在浪费时间。"甘恩点点头，但芬感觉这个点头有些勉强，"你不同意？"

"不，我认为也许你是对的，麦克劳德先生，但我不大喜欢这个家伙，他让我心惊肉跳。他受过专业训练，知道怎么恰如其分地用刀，我相信他动刀时连眼睛都不会眨一下。"

芬用一只手向后捋了一下浓密卷曲的金发，"特种空军部队的人都训练有素。”

“是啊，确实如此。”

“你认为你能折断他的胳膊？”

甘恩看了他一眼后脸红了，嘴角绽开一丝微笑，“我想也许在我还没接近他之前他已经把我身上每根骨头都折断了，麦克劳德先生，”他轻轻地歪了下头，“不过他不知道这点。”

## 2

自从芬能记事起，那个陶器厂就在山脚下。当伊辰·斯图尔特第一次接管老农场的时候，他还是个留着长发、目光狂野的30岁左右的男人，在克罗伯的孩子们看来非常老。芬和村里其他男孩曾以为他是个巫师，因此他们遵照父母的建议，一度远离陶器厂，担心他会给他们下毒咒。他不属于这个岛，据说他的祖父来自卡洛韦，那里和路易斯岛荒凉的西部差不多。他出生在英格兰北部的某个地方，他受洗礼时的教名是赫克托，但回到原籍时自称伊辰，这是相应的盖尔语名字。

当芬把车停在对面的草丛边，看到伊辰正坐在房子前门外。他现在已60多岁了，头发还是那么长，但全变白了，眼神少了些狂野，和他的脑子一样因常年吸食大麻而变迟钝了。在墙皮脱落的斑白山墙上，他30年前刷在墙上的红色字迹“陶器厂”依然清晰可见。凌乱的花园里到处堆满了成年累月赶海积累的破烂物件，腐烂的栅栏柱间悬挂着绿色渔网。摇摇欲坠的木门夹在漂白的浮木桩中间，几条磨损的绳子把它们和横梁系在一起，绳子上挂满了各种颜色的浮标、鱼漂浮子和标记物，在风中咔嗒作响。饱受风吹的矮小灌木丛顽强地附着在贫瘠的泥炭地上。芬还是个孩子时，伊辰就种下这些灌木丛了。

那时，对孩子们来说，在上学路上最具有吸引力的就是伊辰·斯图尔特到来后不久就开始的神秘的土方工程。在接近两年的时间里，他一直在房子周围的芦苇丛和寸草不生的沼泽里忙碌：把土挖出来，用手推车推到荒野里，堆成高高的土堆，就像巨大的鼹鼠丘，各土堆之间相距 30 ~ 40 英尺。孩子们会坐在山上，隔着一段安全距离看着他把土堆一个个铲平，在上面撒上草种，只是后来才意识到他给自己建了一个三洞的迷你高尔夫球场，有球座，还有洞里插着旗杆的球穴区。他第一天出现在球场上时，他们都惊呆了。他穿着方格套头衫，戴着布帽，肩膀上斜挂着高尔夫球袋，把球放在第一个洞的球座上，打了第一场高尔夫球，给球场进行了洗礼。那天他只打了 15 分钟，但自此之后，打球成了他每天早晨带着宗教的狂热进行的常规运动，风雨无阻。过了一段时间，孩子们不再感到新奇了，他们又转向了新的兴趣。伊辰·斯图尔特，这个古怪的陶工已经融入了这里的生活，名副其实地成了隐形人。

芬看到，这个疯狂的陶工以前花费那么多精力辛苦建造的高尔夫球场现在已经废弃了，淹没在疯狂生长的深草丛中。听到杂草丛生的小路上的大门吱呀作响，伊辰抬头看了一眼，当芬走近时他探究地眯起了眼睛。他正在给陶瓷风铃穿线，准备把它们和房前挂着的20多个风铃挂在一起。上过釉的彩色陶管在风中发出单调的音律，回荡在周围的空气中。他上下打量了一下芬，“从你穿的鞋子看，小伙子，我想你是个警察，对吗？”

“你说得没错，伊辰。”

伊辰诧异地歪着头问：“我认识你吗？”这么多年了，他那兰开夏郡的口音依然没变。

“你曾经认识我，你记不记得是另一回事。”

伊辰仔细看着他，芬想象着他记忆的车轮在飞速旋转，几乎能听到嘎吱作响的声音，但他摇了摇头，“你得给我点提示。”

“我姨妈以前经常买，怎么说呢，你那不同寻常的作品。”

老人眼睛一亮，“伊莎贝尔·马尔，”他说，“住在港口上面的那座老白屋里。她经常让我给她制作一些原色大盆放她那些干花，她还是唯一一个买了我两头猪的当地人。她是个怪人，一点也不错。上帝保佑她安息。”芬心想真是荒谬，伊辰把他姨妈叫作怪人。“那你一定是芬·麦克劳德。天哪，小伙子，我最后一次见到你是老麦金尼斯摔死在岩石上那年，我把你从紫岛号接上岸。”

芬感到脸腾地红了，火辣辣的，好像被掴了一巴掌。他没想到伊辰是那年把他从船上接上岸的人之一。对于自己怎么从安斯格尔岛上回来的，或者救护车如何呼啸着穿越荒野来到斯托诺韦的，他完全丧失了记忆。他回想到的第一件事是医院病床上的白色被单，还有一个像天使一样俯视着他的年轻护士关切的脸庞。他记得有一瞬间他认为自己已经死了，来到了天堂。

伊辰站起来，握住他的手摇晃着说：“很高兴见到你，小伙子，你好吗？”

“很好，伊辰。”

“你回到克罗伯有什么事吗？”

“过来调查天使麦克里奇谋杀案。”

伊辰的友善立刻消失了，突然变得警觉起来，“我已经把我所知道的有关麦克里奇的一切都告诉警察了。”他突然转身进屋，留给芬一个穿着棉布工装裤和肮脏的老爷爷长袖衬衫的步履蹒跚的背影。芬跟着他走进屋。这是一个集车间、展厅、起居室、厨房和餐厅于一体的大房间。伊辰就在这里生活、工作、卖货。每张桌子和架子上都摆满了陶罐、高脚杯、盘子和小雕像。没有放陶器的地方堆着脏盘子和衣物。数百个风铃悬挂在屋梁上。窑在房子后面的披屋里，室外厕所在花园的一个破棚子下。一条狗睡在一张好像也充当主人卧具的长沙发上，烟从烧泥炭的铸铁炉上冒出来，模糊了从拥挤的窗户照射进房间的光线。

“我不是以官方的名义来这里的，”芬说，“我们之间发生的事不会有第三个人知道。我只对真相感兴趣。”

伊辰从水槽上方的架子上拿起一个几乎空了的威士忌酒瓶，把一个脏杯子里的茶叶末冲掉，为自己倒了杯酒。“很主观的事情，真相。你想来一杯吗？”芬摇摇头，伊辰一饮而尽，“你想知道什么？”

“麦克里奇为你提供毒品，对吗？”

伊辰吃惊地瞪大了眼睛，“你怎么知道的？”

“斯托诺韦的警察怀疑麦克里奇进行毒品交易有段时间了，

伊辰，所有的人都知道你喜欢偶尔来支大麻。”

伊辰的眼睛瞪得更大了，“是吗？甚至是警察？”

“甚至是警察。”

“那怎么从来没人逮捕我？”

“因为还有比你更大的鱼，伊辰。”

“天哪。”伊辰一屁股坐在凳子上，好像人人都知道，而且一直知道他吸大麻的消息剥夺了他所有非法吸食的乐趣。接着他抬头看着芬，突然恍然大悟，“你认为这给了我谋杀他的动机？”

芬几乎大笑起来，“不，伊辰，我认为这是你为他撒谎的原因。”

老人皱起了眉，“你什么意思？”

“唐娜·默里强奸案，还有他在你门前殴打的那个动物权利活动家。”

“哦，等会儿，”伊辰的声音提高了，“好吧，我承认。大天使把那家伙狠揍一顿。我看到他这么做了，就在我门口，就像你说的那样，不过其他好多人也见到了。我可能对那家伙感到抱歉，但他咎由自取，在克罗伯还没有人因为这个向警察告发过天使。”他用一只颤抖的手把残留的威士忌倒入杯中，“不过那个小唐娜·默里在撒谎。”

“你怎么知道？”

“因为那天晚上俱乐部打烊前我也去喝酒了，我看到她来到停车场，然后从路上开车走了。”他把威士忌一饮而尽。

“她看到你了吗？”

“没有，我想没有。她看起来神情恍惚。我在路对面，那边的街灯几个月前就坏了。”

“然后呢？”

“接着我看到天使出来了，或者说摇摇晃晃地出来了。天哪，他喝得醉醺醺的，即使有心也无力了。寒冷的空气如同无情的大锤给了他狠狠一击，他吐在了人行道上。我对他敬而远之，告诉你，我不想让他看到我，他喝醉的时候可能更好斗。因此我就站在坏了的路灯下的阴影里，盯了他几分钟。他斜靠在墙上，喘了口气，接着摇摇晃晃朝他家的方向走去，正好和唐娜·默里背道而驰。之后我就去喝啤酒了。”

“你没看到外面有其他人吗？”

“没有，一个人都没有。”

芬沉吟着，“那你认为她为什么指控他强奸？”

“我怎么知道啊？这重要吗？他现在死了，没什么区别了。”

不过不知为何芬认为还是有区别的。“谢谢，伊辰，谢谢你的坦诚。”他朝门口走去。

“那年在安斯格尔到底发生了什么？”伊辰又一次压低了嗓门，不过即使他大喊也不会产生比这更大的影响。

芬停住了，在门口转过身来，“你什么意思？”

“所有人都说那是个事故，但没人再谈论过它。这些年来一直没人谈论过，甚至天使都没提起过，而他本是个守不住秘密的人。”

“那是因为没有秘密可守。我从悬崖上摔下来，麦金尼斯先生为了救我牺牲了自己的生命。”

但伊辰摇了摇头，“不，我就在那里，记得吗？就在船驶过来的时候。肯定有更多内幕，我一生中从没见过这么多人对一件事如此守口如瓶。”他透过昏暗的光线眯眼瞅着芬，摇摇晃晃地上前几步，“来吧，你可以告诉我。我们之间发生的事只有你知我知。”他的笑容里有种令人不快的东西。

芬说：“你知道卡卢姆·麦克唐纳住哪儿吗？”

伊辰皱起了眉头，被话题的转换弄得有点儿发蒙，“卡卢姆·麦克唐纳？”

“他和我年纪相仿，我们一起上过学。我想他现在是个织布工。”

“那个瘸子？”

“就是他。”

“他们叫他松鼠。”

“是吗？为什么？”

“我也不知道。他住在山顶上那个灰泥卵石涂层的小屋里，村里最后一座这样的房子，就在右边。”伊辰停顿了一下，“他和安斯格尔岛上发生的事有什么关系？”

“没什么，”芬说，“我只不过想拜访一下老朋友。”他转身弯腰穿过风铃，进入强劲凛冽的北风中。

## 3

卡卢姆·麦克唐纳的灰泥卵石涂层平房坐落在山顶上，被三所房子簇拥着。芬最后一次见到它的时候，它是一栋破旧的单层锡皮屋顶的白屋，差不多快废弃了。在那之后有人曾在上面花了很多钱。它换了新屋顶和双层玻璃，在后面加盖了厨房。花园有围墙，墙上喷刷着和房子同样的灰泥卵石涂层。还有人花费了大量时间开垦荒地，铺设草坪，种植花圃。芬知道应该有某种补偿金，尽管多少钱都弥补不了一生都要在轮椅上度过的惨淡时光。他猜想补偿金都用在了房子整修上，或者至少用了一部分。

卡卢姆的母亲在他出生前就成了寡妇——另一起海难事故。母子俩住在学校附近的一排廉租房里。芬知道卡卢姆从未告诉过母亲他被人欺凌的事，或者他摔断背的那天晚上发生了什么。他们所有人都曾生活在恐惧中，担心如果真相被揭露会发生什么，但什么也没有。和他生活中的其他事情一样，他的恐惧、他的梦想、他隐秘的渴望，卡卢姆都深埋在心底，想象中的暴风雨从未来临。

芬把车停在大门口，走上通往厨房门的人行道。在本来该有台阶的地方有段坡道。他敲了敲门，耐心地等着。卡卢姆的房子后面有两栋房子，还有一间煤渣水泥砖建的车库，锈红色的门，杂草丛生的院子里满是拆除了配件的拖拉机和破旧拖车的残骸，与墙这边整洁的花园形成鲜明的对比。门打开了，芬转过身，发现一个老妇站在坡道上方，她在套头毛衣和呢料短裙外穿一条印花围裙。芬最后一次见到卡卢姆的母亲时她还是满头黑发，现在却已白发苍苍，但被很用心地卷成了蓬松的波浪卷，包围着一张苍白而刻满皱纹的脸庞。她用一双混浊的浅蓝色眼睛瞅着他，眼神里满是陌生感。芬看到她时几乎吓了一跳，他永远也无法习惯这样的现实：他这个年龄阶段的人居然还有父母健在。

“是麦克唐纳夫人吗？”

她皱起了眉，怀疑自己是否认识来人，“是的。”

“我是芬·麦克劳德，以前和我姨妈住在港口附近。我和卡卢姆是同学。”

她不再皱眉，但也没有笑容，嘴唇绷成僵硬的线条。“噢。”她说。

芬尴尬地挪动了一下，“我不知道能否见见他。”

“唔，你抽出时间来看他，对吗？”她的语气很生硬，盖尔语使它像钢刃一样刺耳，同时还带着老烟民的粗哑，“卡卢姆摔断背差不多有20年了，你们没有一个人来看他，除了天使，可怜的孩子。”

芬既内疚又好奇，“天使过来看过卡卢姆？”

“是啊，每周都来，和时钟一样准时，”她停下来喘了口气，“但他不会再来了，对吗？”

芬站了会儿，不知如何回答，接着决定避开这个话题。“卡卢姆在吗？”他越过她向房子里面望去。

“不在，他在工作。”

“那我在哪儿能找到他？”

“在房子另一边的棚屋里，是天使为他的织机盖的。”她从围裙口袋里拿出一包香烟，点燃了一支。“你过去的时候就会听到声音，敲敲门就行了。”她喷出一团烟雾，当着他的面把门关上了。

芬沿着小路绕到平房后面，人行道上的石子铺得很精细，抹上了水泥，便于轮椅畅通无阻地通过。芬怀疑这也是天使干的。一根晾衣绳上挂满了洗涤的衣物，在风中摆动。他弯腰穿了过去，看到棚子在房子的背风处。这是一间煤渣水泥砖砌的简易小屋，为了防雨涂抹了粗灰泥，上面有一个尖尖的锡皮屋顶。每面都有扇窗户，一扇门正对着外面一个隆起的泥炭堆和远处的荒野。阳光不时照在零星散布在荒野的小水坑里，闪烁着波光。

芬靠近门口时，听到织布机有节奏的咔嗒声和转轮的转动声，羊毛梭子在毛线之间来回穿梭的速度让人目不暇接。孩提时代，走在内斯的任何一条街道上几乎都会听到织布机的声响，在某户人家的棚屋或者车库里。芬一直纳闷为什么在路易斯织的粗花呢叫哈里斯粗花呢。无论它叫什么，织工都不会赚太多钱。如果不是手工制作，哈里斯粗花呢就不叫哈里斯粗花呢了。有段时间，数千名岛民在家里辛苦制作这种产品，斯托诺韦的工厂支付给他们菲薄的工资，然后卖到欧美的市场上，以赚取丰厚利润。但是现在市场已经陷入谷底，粗花呢被更时髦的布料所替代，只有寥寥无几的织工保留下来，仍然收入微薄。

芬抬起手要敲门的时候犹豫了一下，闭上眼睛，再次感到自从那件事发生后萦绕在他心头多年的负罪感席卷而来。有一瞬间，他怀疑卡卢姆是否还记得他，继而认为这种想法是愚蠢的。他当然记得，他怎么能忘记呢？

# 十三

看起来好像不言而喻，不过卢斯堡学校只是那段时间在卢斯堡。许多学生和职工寄宿在学校里，住在城堡走廊和楼梯口逼仄拥挤的居所里。我之所以提到它，是因为卡卢姆和我爬上屋顶的那年是学校真正在城堡的最后一年。那栋楼年久失修，快速衰败，教育当局无力支付维修费用，所以这所学校就搬到了别的地方，尽管它仍被叫作卢斯堡学校。

怪事连篇，学校新搬的地方是里普利街的吉布森旅馆，我在尼克尔森的第一年，也就是我中学三年级的时候就寄宿在那里。

因为在克罗伯成绩不佳，阿泰尔被送到卢斯堡学校接受职业教育，发现自己与默多·鲁阿兹以及他哥哥天使这些“令人愉快”的老伙伴又凑到了一起。卡卢姆被幸运地送到了尼克尔森，他从没说过什么，不过一定如释重负，终于摆脱了这些年在克罗伯遭受的无休止的欺凌和侮辱。

在学校的时候，我和卡卢姆接触的时间并不长，他总是跟在我们屁股后面，我想他大概希望能捡到被我们抛弃的女朋友。卡卢姆不擅长和女孩相处，他害羞到无可救药的地步，如果有个女孩跟他搭话，他的脸会一直红到姜黄色卷发的根部。他唯一和女孩接触的渠道就是混在人群中，这样他就用不着进行自我介绍来出丑了。对男孩来说这是很窘的事，女孩们意识不到这点。你必须豁出去，当你邀请女孩跳舞或提出在窄街给她买份炸鱼薯条时，要随时准备被她拒绝。所有在少年体内泛滥的荷尔蒙迫使他冒着被拒绝的危险，当这一时刻来临时只剩下沮丧和羞辱。我很高兴自己不再是 15 岁的少年。

那年在斯托诺韦市政厅举行的情人节舞会我们都参加了。我们通常会返回内斯过周末，但因为舞会的缘故，所有人都留在旅馆过夜。乐队演奏着排行榜上最新的歌曲，有意思的是在那个年龄段，音乐为你提供了记忆标识。通常来说，记忆是由嗅觉引起的，一种和你生活中的某个地方和某个时刻相联系的气味，出人意料地带你穿越时空，在你心里激起强烈的共鸣，让你回到已经完全忘却的一段记忆。但大多时候是音乐使你回到少年时代。我总是把某首歌曲和某个女孩联系在一起。我记得一个叫辛河的女孩（她名字的发音像英语的希娜），那个 2 月份和我跳舞的是辛河。每次我听到“外国佬”乐队的单曲《等待一个像你这样的女孩》——也许只是在车载收音机播放的某个怀旧金曲节目中听到这首歌的片断，或者当电视上重播以往的“流行之巅”时听到它，我就会想到辛河。她是个漂亮的小女孩，但有点太热情。我记得自己像个傻瓜一样随着 XTC 唱片公司的《过火的感觉》，还有密特·劳弗的《像是真爱》跳来跳去，但《等待一个像你这样的女孩》是属于辛河的歌曲。我记得那天晚上我根本没有等她，而是把她丢在那里，和卡卢姆一起在旅馆关门之前早早回去了。其实那只是我的借口。

那时，阿泰尔依然在和马萨丽交往，他们一起去了情人节舞会。唱片排行榜上有首歌叫《亚瑟之歌（尽力而为）》。我认为真的很怪异，因为歌词简直是为阿泰尔量身定做的，都是关于如何享受时光，不去顾虑别人对你的期望。我叫它《阿泰尔之歌》。那天晚上演奏那首歌曲的时候，阿泰尔和马萨丽在一起翩翩起舞，亲密无间，情意绵绵。我在和辛河跳舞，但忍不住越过她的头顶去看他们。我以前从未听过歌词的第一段，这不是关于亚瑟的歌词，但我那次听清了。大意是一个女孩改变了你的内心，然后你失去了她，备受煎熬。那些歌词让我内心起了些许骚动，其实是某种潜在的嫉妒或悔恨。我发现自己虽然在和辛河跳舞，但想的却是马萨丽。当然，这种感觉稍纵即逝，荷尔蒙又开始起作用。那些日子它把我的脑子搅得不得安宁。

卡卢姆那天晚上非常沮丧。他一直在和一个叫安娜的黑发小女孩跳舞，那女孩有些假正经，合她心意时她才跳。他每支舞都邀请她跳，她有时同意，有时拒绝。他被迷得神魂颠倒，她知道这点，就故意要弄他。

午夜时，我们一群人哆哆嗦嗦地站在街上，吸着烟，喝着有人放在外面的罐装啤酒。在那个湿冷的2月的夜晚，舞会上轰隆隆的音乐声和乱糟糟的说话声跟随我们一起来到外面，同来的还有卡卢姆。默多·鲁阿兹和天使也在人群中，看到了一个引诱卡卢姆上钩的机会。

“嗬，你今晚钓上了个小妞，孩子。”默多说，斜眼看着痛苦的卡卢姆。

“说得他妈的太对了，”天使说，“她可是个小骚货。”

“你们又不了解她。”卡卢姆闷闷不乐地说。

“我不了解她？”天使狂笑起来，“所有一切，孩子，我们都做过了。”

“撒谎！”卡卢姆大叫。在其他情况下，天使可能会被触怒，狠狠地教训卡卢姆一顿，但出于某种原因，他那天晚上大发慈悲，因此更想把卡卢姆置于自己的羽翼之下，而不是做出任何伤害。当然，我现在知道了，他那时已经有了主意。

“安娜在卢斯堡工作，”他说，“她是学校里的女佣，他们叫她女佣安娜。”

默多·鲁阿兹拍打着卡卢姆的后背，“是啊，孩子，没有干过安娜，你就白活了，其他人都干过了。”他被自己的笑话逗得前仰后合。

卡卢姆像只猫一样扑向他，疯狂地挥舞着手臂。默多大吃一惊，啤酒罐咣当一声掉下，啤酒洒了一地。我和阿泰尔把卡卢姆拉开，我那时确实认为默多要杀了他。但天使插手了，他把一只大手放在他弟弟的胸脯上，“住手，默多，你没看到这孩子已经被迷住了吗？”

默多大发雷霆，感到丢尽了脸面，“我要杀了这个王八蛋。”

“不，你不能杀他。这孩子现在脑子转不过弯来。我记得你第一次为某个小妞多愁善感的时候。上帝，太可怜了。”随着哥哥的每句话，默多更觉得羞耻难当。“你需要……那个词是什么……感同身受。”他咧嘴笑了，“也许我们可以帮这个孩子一个小忙。”

默多看着天使，好像认为他失去了理智，“你到底在胡扯些什么？”

“洗澡之夜。”

默多脸上出现了难以置信的表情，“洗澡之夜？看在上帝的分上，天使，我们才不和他这样的小杂种分享呢。”

卡卢姆从我手中挣脱出来，整理了一下夹克，“你什么意思？”海湾上的雾角吹响了，我们转身看到休尔文号轮上的灯光，它开始了横渡明奇海峡前往乌拉普尔港口的三个半小时航程。

天使说：“学校职工在城堡顶层有房间。他们共用最上面的一个洗澡间，因为窗口朝向屋顶，他们从不拉上窗帘。小安娜每周日晚上都去洗澡，准时在10点钟。我觉得学校里没有一个男生没去偷窥过。她身材棒极了，对吧，默多？”

默多只是怒视着哥哥。

“如果你愿意的话，我们可以为你个人安排一次偷看。”

“太恶心了！”卡卢姆说。

天使耸耸肩，“随你便。我们提议了，你不接受，那是你的损失。”

我看出卡卢姆内心在挣扎，但当他最终说“没门”并昂首阔步地回到舞池时，我松了口气。

“太卑鄙了，”我说，“这样忽悠他。”

天使表现得极其无辜，“没人忽悠他，小孤儿。显然你也注意到上面的浴室了，你自己也想偷看一眼吧？”

“滚开。”我说。我那时擅长机智的反驳。我返回舞池寻找辛河。

我进去之后，很高兴看到卡卢姆在和安娜跳舞，不过在接下来的一小时里，她大概拒绝了他七八次。我有好几次看到他孤零零一个人坐在靠墙的凳子上，痛苦地看着安娜和其他男孩跳舞。她甚至和天使麦克里奇跳舞，两个人热切地交谈着，一起大笑。我看到她用身体在天使身上蹭来蹭去，还瞥了一眼卡卢姆，看他是否在注视他们。他当然在看，这个可怜的人儿，我禁不住为他感到难过。

接着我把他忘记了，开始琢磨怎么才能把自己从辛河的纠缠中摆脱出来。我每次一坐下，她就扑到我身上，甚至把舌头伸到我耳朵里，让我觉得恶心。讽刺性的是，最终还是卡卢姆把我从困境中解救出来。他双手插在裤兜里走到我们面前，我记得当时乐队演奏的是老牌朋克乐队扼杀者的《金黄色》。

“我要走了。”

我夸张地看了下手表，“哎呀，天哪，都这么晚了？在他们锁门之前我们快回不到吉布森了。”卡卢姆张开嘴想说什么，不过在他添乱之前我把他打断了，“我们得赶紧走了。”我跳起来，转身对辛河说，“对不起，辛河，下周见。”我看到她吃惊得下巴都要掉了，我赶紧拽着卡卢姆的胳膊，催促着他穿过舞池。“不过我宁愿见到你。”我喃喃低语着。

“怎么回事？”卡卢姆问。

“我刚把自己从困境中摆脱出来。”

“你真幸运，我想陷入困境还不行呢。”

那天晚上，风吹来强烈的大海的味道，刺骨的2月强风简直要把人劈成两半。雨已经停了，街道在路灯照耀下闪闪发亮，就像未干的油漆。窄街十分拥堵，我和卡卢姆艰难地穿过街道来到内港，沿着克伦威尔街来到教堂街，接着爬上山来到马西森路。

我们拐入罗伯森路的时候，卡卢姆才告诉我他想做什么。

“做什么？”

“明天晚上我要到城堡上面去。”

“什么？”我觉得难以置信，“你在开玩笑。”

“已经说定了。离开舞厅之前我和天使聊过，他会给我安排的。”

“为什么？”

“因为天使是对的，她不过是个小骚货。看着她赤身裸体地洗澡，算是我对她的报复。”

“不，我的意思是为什么天使要给你安排这件事。他以前只会把你揍得屁滚尿流，为什么现在突然变成你最好的伙伴了？”

卡卢姆耸耸肩，“他没有你想的那么坏，你知道。”

“是啊，说得对。”我无法掩饰自己的怀疑。

“不管怎样，我在想……”他迟疑了一下。越过一片片屋顶，我们可以看到海湾对面山上城堡有雉堞的塔楼被泛光灯照得一清二楚。

“你在想什么，卡卢姆？”

“我在想你愿不愿意和我一起去。”

“什么？你在开玩笑吧！没门。”不仅仅因为明天是周日，我们如果被人捉到那么晚了还溜出去就会下地狱，而且我高度怀疑整件事另有阴谋。卡卢姆被设了圈套。为了什么，我不知道，但我相当确定天使不会突发善心。

“求求你，芬，我自己做不了。你不用爬到屋顶或做别的什么，只要和我一起去城堡就行了。”

“不！”但我已经知道我会去的，尽管非常不情愿。显然他们已经为这个可怜的傻瓜设计好了陷阱，必须有人为他着想。如果我一起去的话，也许可以避免让他陷入更多的麻烦中。现在我宁愿自己没去，也许事情结果就会完全不同了。

那个夜晚寒冷刺骨，冷硬的风裹挟着一阵阵可怕的冻雨和冰雹从明奇方向席卷而来。我真不想离开干燥温暖又安全的宿舍，踏上这个疯狂的冒险之旅。形势不清，结局难以预料。但我最终答应了卡卢姆，所以我们在九点半之前就钻入了夜色中。我们竖起雨衣领子围住脖子，把棒球帽压得很低，用帽舌遮住脸，以防被人认出。我们把宿舍后面一楼走廊的一扇窗户开着，这样回来时就能通过檐沟管从窗户里钻进宿舍，尽管我对在这样的夜晚爬窗并不情愿。

斯托诺韦就像一座鬼城，幽暗的街上空无一人，街灯闪烁着微弱的光。镇上虔诚的人都把自己关在窗帘紧闭、温暖舒适的家中，看着电视，在睡觉前喝杯热可可。在内港，拴在码头边的拖网渔船在风中竞相发出嘎吱嘎吱的响声。冰冷的黑水波涛汹涌，拍打着码头上的混凝土柱子，在对面海湾上的绿城堡岸边激起白色的浪花。我们沿着废弃的湾头匆匆前行，在大桥社区中心拐弯，迅速穿过一座桥进入对面的树林。接着我们爬上山，冒着雨雪交加的风暴向高尔夫俱乐部上面的那条路走去。当我们到达那条路时，天空豁然开朗，无与伦比的银色月光抛洒在修剪整齐的高尔夫球场上。它是如此明亮，以至于你几乎会期待看到高尔夫球手挥杆把球打向山上的第五洞。

卢斯堡建于 19 世纪 70 年代，是詹姆斯·马西森爵士的府邸。他和自己的商业伙伴威廉·贾丁一起，用出口中国的鸦片获得的收益于 1844 年买下了路易斯岛，在这个过程中使 600 万中国人成为无可救药的瘾君子。真是奇怪，上百万人的痛苦居然导致了万里之外的地球另一边的赫布里底群岛的改变，那里的人和土地居然都可以用来买卖。马西森在斯托诺韦建造了一个新港、天然气和自来水厂，还有加拉博斯特的砖厂。他又建造了一个从泥炭中提取焦油的化工厂以及一个造船厂。他把一条 45 英里的土路改造成一条长达 200 英里的可以跑四轮大马车的大道。当然，他还将山上俯视小镇的西弗斯旅馆夷为平地，建造了仿都铎式风格的城堡。

这是个特别的建筑，粉红色花岗岩质地，有角楼、塔楼和带雉堞的城垛。它屹立在海港之上的山上，也许是赫布里底群岛上最不可思议的一座建筑。

当然，那时候我还不了解全部的历史。卢斯堡就在那里，好像一直就在那里一样。你接受它，如同接受环绕路易斯岬的悬崖，或者萨拉索塔和路斯肯特尔美妙的海滩。

那晚它在山顶的树丛中若隐若现，只从少数几扇窗户里透出光线。我和卡卢姆绕过主入口——一个通向无数扇门的大拱形门廊，走到后面天使告诉卡卢姆他们要会面的地方，紧挨着锅炉房所在的单层附属建筑。果然，我们刚来到锅炉房和洗衣房之间长而狭窄的院子时，一个人影在阴暗处动了一下，用胳膊示意我们向前走。

“来吧，快点！”我发现这人是阿泰尔时吓了一跳。他看到我也很吃惊，“你在这里做什么？”他在我耳边低声呵斥。

“照看卡卢姆。”我悄声回应。

但他只是摇摇头，“你这个愚蠢的混蛋！”我不祥的预感更重了。

阿泰尔打开一扇红门，带我们进入一条短而幽暗的走廊，里面散发着老卷心菜的味道。当阿泰尔把一根手指放在唇上，领着我们穿过微暗的厨房时，我终于明白了味道的来源。我们来到他们称之为长厅的地方。它几乎横跨整座城堡的前面，里面闪烁着幽暗的夜光。当我们溜过原来曾是图书馆，现在变成了舞厅的地方时，我意识到如果我们被捉住的话，一定是在这里。在接近200英尺的大厅里几乎没有藏身之处，两侧或者两头任何一扇门随时都会打开，使我们陷入绝境。

所以最终到达大厅尽头的主楼梯时我们都松了口气。我们跟随阿泰尔两步一个台阶，踏着宽阔的石阶来到一楼。一个狭窄的螺旋形楼梯引着我们来到了二楼。阿泰尔领着我们穿过更多黑暗的大厅和门廊，来到通向城堡最北端一扇高高的窗户的走廊上。

在那里，一群男孩正怀着急不可待的心情在黑暗中等待着。人数超过半打。手电筒的光照在我们脸上，我瞄了一眼他们的面孔。有些人我认识，有些不认识。默多·鲁阿兹和天使也在其中。

“你来这里做什么，小孤儿？”天使低吼。他和阿泰尔一样吃惊。

“确保卡卢姆不受到任何伤害。”

“他怎么会受到伤害？”

“这该你告诉我才对。”

“听着，自作聪明的小子，”天使揪住我的夹克领子，“那个小荡妇在5分钟之内就要洗澡了，你时间不多了。”

“我不和他一起上房顶。”我从他手中挣脱出来。

“不行，你他妈的当然要去，”默多贴近我的脸说，“要不看门人就会注意到城堡里有一个闯入者。懂我的意思吗？”

“那你就叫看门人，”我说，“这样你的计划可彻底弄砸了。”

默多生气地瞪着我，但我已揭了他老底，他无法反驳。

天使滑开了窗户，站在外面的防火梯上，“来吧，卡卢姆，到这里来。”

“别去，卡卢姆，他们给你设了圈套。”

“滚蛋，小孤儿！”天使隔着窗户瞪着我的眼睛透出一股杀气，接着他又眉开眼笑，转身对着颤抖的卡卢姆说，“来吧，孩子，我们没给你设任何圈套，不过是让你偷看一眼。如果你不快点就错失良机了。”卡卢姆不顾我的反对，爬到防火梯上。我在他身后爬出去的时候梯子嘎吱作响。此时我还有机会劝说他不要那么做。

防火梯的二楼平台处有台阶通向下面的楼梯平台后又折回到底下的一楼平台，然后直通入口门廊的屋顶，屋顶另一面有向下的台阶，下去后绕过墙就来到了城堡的正面。窗外墙边斜靠着一架伸缩梯。天使解开伸缩梯的锁扣，展开梯子，重新扣上锁扣后又把它斜靠在墙上，调整了一下角度，使其更便于攀爬。

"可以了。"

卡卢姆抬起头，看到梯子伸到了雉堞下方 3 英尺左右的一个窗台边，"我不行。"

"你当然行。"天使安抚道。

卡卢姆向我投来受惊的兔子一样惊恐的目光，"你和我一起去吧，芬，我恐高。"

"你他妈的来之前就该想到这点。"默多从窗口低吼道。

"你真的不用那么做，卡卢姆，"我说，"我们回家吧。"

我没想到天使凶狠地把我摁到墙上。"你和他一起上去，小孤儿，保证他不会受到任何伤害。"我感到他把唾沫都喷到了我脸上，"这不就是你来的目的吗？"

"我不到屋顶上去！"

天使靠近我，几乎是窃窃私语："你要么上去，小孤儿，要么下去。"

"求求你，芬，"卡卢姆说，"我快吓死了，自己做不了。"

我看到自己别无选择，就从天使手中挣脱出来，"好吧。"我向屋顶看了一眼，后悔自己答应过来。事实上，先爬到梯子上，然后从其中一个雉堞翻到屋顶上看起来相当容易。上面必须是平坦的，一旦你上去了，就没有掉下来的危险，周围的城垛形成了一个护壁。

“我们快没时间了，”天使说，“我们在这儿逗留的时间越长，就越有可能被抓住。”

“来吧，卡卢姆，”我说，“让我们赶快把事情做完算了。”

“你和我一起去吗？”

“我就在你后面。”我透过窗户向后瞥了一眼阿泰尔，他只是耸耸肩，好像在说我自己选择和卡卢姆一起来，这可不是他的错。

天使说：“上去以后你就会看到阁楼的斜屋顶，那是浴室的天窗。灯亮起来你就会知道是哪一间了。”

自始至终我都在猜测到底这个圈套是什么，我们在上面究竟会发现什么，但现在已经无路可退了。好在雨暂时停了，月光照亮我们要去的地方。

卡卢姆开始向梯子上爬，梯子在他脚下抖个不停，吱吱呀呀的声音一直传到防火梯那里。“看在上帝的分上，小声点。”天使在他身后嘀咕道，同时抓住梯子使它保持平稳，接着转身对我说，“好了，小孤儿，该你上了。”他咧嘴笑了。我知道这次冒险准没好结果。

和我预料的一样，从梯子爬到屋顶上相当简单，即使对卡卢姆也是如此。我和他一起蹲在平坦的柏油路面上。透过开垛口，我们可以一直看到下面的港口。那些拖网渔船看起来不像是真的，而像是排列在码头的玩具船。小镇在后面的山上延展开，按照传统的格网状图案分布的街道纵横交错，街灯被连缀成了一条条项链。在遥远的明奇海峡的某个地方，我们看到一艘正穿越滚滚巨浪、稳稳地驶向北方的油轮的灯光。

在月光下，我可以相当清楚地看到阁楼屋顶的斜坡，那里有两扇天窗，但都黑黢黢的。

“现在去哪里？”卡卢姆耳语道。

“我们就坐在这里等着看灯亮不亮。”

我们背靠开垛口蹲在那里等待着，为了保暖，把身子缩成一团。我看了下手表，快10点05分了。我听到下面的防火梯处传来叽叽喳喳的说话声和咯咯的笑声，禁不住要就此放弃，爬到下面去。但一想到天使正在梯子下面等着我们，我决定再等几分钟。

突然，最近的那个天窗里面的灯亮了，一束长条形黄色光线落在屋顶上。卡卢姆的眼睛洋溢着期待的光芒。“那一定是她。”他突然有了勇气，“快来。”他快步走过屋顶来到天窗前。我想，既然我在那里，我也可以偷看一眼。因此我跟上去，和卡卢姆在窗台下蹲了一分多钟，准备鼓足勇气抬头向里面窥视。我们能听到水流的声音，有人在窗户下走动。

“你先来，”我说，“最好快点，否则窗户上都是水汽，我们就什么也看不到了。”

卡卢姆脸上掠过一丝担忧，“我没想到过这点。”他慢慢挪到屋顶的斜坡处，踮起了脚尖。我看到他朝窗户里面窥视，接着听到一声愤怒的低吼。他重新蹲下来，满脸怒气。我从没见过他生这么大的气。“混蛋！他妈的混蛋！”我也从没听他这么咒骂过。

“怎么了？”

“你自己看看。”他又愤怒地深吸了一口气，“混蛋！”

于是我站起来，踮起脚尖，直到脸和窗户平行。这时里面的人正拿掉插销，推开窗户。我发现自己正面对一个长着一张雪白大圆脸的女人，她浑身上下除了一顶粉色浴帽外一丝不挂。她脸上惊恐的表情如同一面镜子反射出我的表情。我不知道听到的是她的还是我的尖叫，反正我们都尖叫了，这一点我确定。她踉踉跄跄地向后退着，跌进了浴缸里，一堆小山似的颤巍巍、白花花的肉体把热水溅得满地都是。有一瞬间我惊呆了，瞪着那个在浴缸里挣扎的裸体胖女人。她至少有 60 岁了。我的脸在灯光下一定看得很清楚，因为她也在瞪着我，双腿仍然悬在空中。我不想看到这一幕，但在惊惧和好奇中眼睛不由自主被吸引住了。她颤抖着深吸了口气，声嘶力竭地尖叫起来，硕大的粉色乳房随之抖动着，我想我的耳膜快要震破了。我慌慌张张地从屋顶上滑下来，差点儿踩在卡卢姆身上。

他的眼睛瞪得像车前灯，“怎么了？”

我摇摇头，“没事。我们得从这该死的地方离开！”

我听到她仍在尖叫：“救命啊！……强奸！”心想她此刻正沉浸于一厢情愿的臆想中。屋顶上的灯全亮了，我跑回我们从梯子上爬上来的地方，听到卡卢姆啪嗒啪嗒地跟在身后。我挤到开垛口之间，转过身，一条腿伸下去够梯子最上层的横档，接着意识到梯子根本不在那里。

“该死！”

“怎么了？”卡卢姆看起来惊恐万分。

“那些混蛋把梯子拿走了。”这就是他们的圈套，把我们困在屋顶上。他们一定知道安娜那天晚上不在那里洗澡，她甚至和他们是一伙的。然而，他们谁也没有预料到的是我们会被那个胖女人发现。现在梯子没有了，我们被困在了屋顶上，整个城堡都被惊动了。他们发现我们只是时间问题，我们要为此付出惨痛的代价。我爬回到屋顶，愤怒中夹杂着对即将到来的羞辱的恐惧。

“我们不能待在这里，”卡卢姆惊慌失措，“他们会发现我们。”

“我们别无选择。除非你突然长了翅膀，我们没办法下去。”

“我们不能被抓住！我们不能！”他开始变得歇斯底里，“我妈妈会怎么说？”

“我觉得那是我们最不用担心的问题，卡卢姆。”

“哦，上帝，哦，上帝，”他一遍一遍地说，“我们得做点什么。”他开始从开垛口处向下爬。

我一把抓住他，“你要做什么？”

“如果我们爬到窗台上，可以从那里跳到防火梯上。大概只有 10 英尺。”这话居然出自一个仅仅 10 分钟前还声称恐高的男孩之口。

“你疯了吗，卡卢姆？太危险了。”

“不，我们能做到，我们能。”

“天哪，卡卢姆，不要！”但我无法阻止住他。他用一只手抓住缺口处的一侧向下滑，直到脚找到窗台。现在北塔上的灯也亮了。那个女人仍在尖叫，但声音显得很遥远。我想象着她正裸体奔跑在某个走廊里，不禁不寒而栗。

我看到卡卢姆向下看了一眼，当他再次转过身来，脸色在月光下惨白如纸，眼神怪怪的，我觉得胃在抽搐。我知道某件糟糕的事情要发生。“芬，我错了，我做不到。”他声音颤抖，气喘吁吁。

“把你的手给我。”

“我动不了，芬，我动不了。”

“不，你能行。把你的手给我就行了，我把你拉到屋顶上来。”

但他在摇头，“我做不到，做不到，做不到。”

我难以置信地看着他撒开手向后倒去，从视线中消失了。我动弹不了，好像变成了石头。一阵令人窒息的沉默之后，下面防火梯处传来可怕的哐当声，卡卢姆没有发出一点声响。

足足过去半分钟后，我才鼓起勇气向下看。他完全错过了二楼的平台，又错过了一整层楼梯，仰面砸在栏杆上后又滑到了金属格栅上。身体扭曲成一种奇怪的角度，一动不动。

我感觉我正身陷生命中最糟糕的时刻。我闭上眼睛，虔诚地祈祷自己保持清醒。

“麦克劳德！”下面有人叫我的名字。我听到防火梯处的嗒嗒声。我睁开眼睛，看到天使在平台上，他又把梯子摆在那里了，正在摸索着把梯子展开。梯子的顶端擦过开垛口下面的墙壁。“麦克劳德！该死的，赶快下来！”

我仍然像石头似的一动不动，像墙上的花岗岩一样，变成了它们的一部分，永恒地固定在那里。我无法把视线从 30 英尺之下的卡卢姆扭曲的躯体上移开。

“麦克劳德！”天使几乎在怒吼。血液又重新流回到我冰冷的血管里，我几乎控制不住地颤抖起来。不过，我现在可以动了。我伸出发软的双腿，像机器人一样从开垛口爬到梯子上，然后不顾一切地往下爬，发烫的双手碰触着梯子冰冷的金属。我一落到平台上天使就抓住了我的夹克。他的脸近在咫尺，我能闻到他嘴里难闻的烟味，而且当晚第二次感到了他把唾沫星子喷在了我脸上，“你什么都别说，他妈的一个字都不要提。就当你从没来过这里，听到了吗？”见我不吭声，他的脸贴得更近了，“听到了吗？”我点点头。“好了，走吧，到下面的防火梯上去。别回头看。”

他松开我，开始翻越窗户，把梯子保持原样留在那里。我看到远处黑暗中一张张惊惧的惨白的脸。我仍然没动。天使从里面瞪着我。我生平第一次从他的脸上看到了恐惧，真正的恐惧。

“快走！”他把窗户关上了。

我转过身，沿着防火梯嘎吱作响的阶梯向下跑，最后来到了一楼平台。在那里我停住了。我要跨过卡卢姆的身体才能到下一段楼梯。我现在能看到他的脸，苍白无助，人好像睡着了。接着我看到血从他的后脑勺缓慢地渗到金属上，又稠又黑，像糖浆。从下面某个地方传来了说话声，外面的光线照在前门上。我跪在地上摸了下他的脸，仍然是温的。我看到他的胸脯在起伏，他在呼吸，但我什么也不能为他做。他们很快就会发现他，还有我，如果我不走的话。我小心地从他身上跨过去，尽快地跑下最后一段台阶，还剩六七个台阶时直接跳了下去，全速奔向树丛寻求掩护。我听到有人在叫喊，砾石路上响起杂乱的脚步声，但我没回头看。我不停地奔跑，一直跑到社区中心的桥上。我听到远处呼啸的警报声，看到一辆救护车闪着蓝光穿过树林朝城堡驶去。我斜靠在栏杆上，紧紧抓住它，以防双腿发软，吐到了湾头河里。在2月的寒风中，眼泪顺着我的脸颊流淌，我转过身，匆匆穿过主路，沿麦肯齐大街向马西森路跑去。那是一段孤独而漫长的旅程。大多数窗户里的灯都熄灭了，我感觉自己是整个斯托诺韦唯一活着的人。

我到达里普利街时，听到远处从城堡返回医院的救护车的警报声。如果我相信奇迹会发生，我只求上帝出现在他身边。也许错就错在我根本不信奇迹。也许如果我信的话，卡卢姆就会安然无恙了。

那是我最后一次见他，而那一刻他留给我的永久记忆是：苍白的脸上星星点点的雀斑，姜黄色的紧密卷发，身下金属格栅上糖浆一样的血液，还有月光下扭曲得很奇怪的躯体。

他被空运到格拉斯哥的一家专科医院。我们从小道消息得知他摔断了脊椎，再也不能走路了。他再也没回学校，在大陆进行了一段时间的强化治疗。时间能让裸露的伤口迅速长出新的皮肤，这真是不可思议。显然那天晚上的真相根本不会再重新浮出水面，新的记忆取代了旧的原始的记忆，如同伤口愈合的皮肤。可怜的卡卢姆渐渐淡出了我们所有人的记忆，成了一个只有你想起它时才会感到痛苦的旧伤，所以你就不要去想。至少不要去有意识地想，如果可能的话，就不去触碰。

# 十四

## 1

芬敲了敲门，但织机咔嗒咔嗒的声音并没有停止。芬深吸了口气，等了会儿，听到咔嗒声因换梭子而暂停下来，他又敲了敲门，里面安静了片刻，接着有个声音让他进去。

棚屋里面像个垃圾场，堆积了几乎所有能想象到的东西：一辆旧自行车，一套剪草设备，园艺工具，渔网，电缆，等等。织机被安置在角落里，后面墙上排列着工具架和成堆不同颜色的毛线，距离织工很近，和织机之间没有妨碍轮椅通行的障碍物。卡卢姆坐在织机后面，左右两边各有一个大大的金属手柄从下面的机械装置中伸出来。

芬很震惊，卡卢姆胖了许多。曾经纤弱的体格如今变得膀阔腰圆，臃肿不堪。下巴下面一圈赘肉，原来姜黄色的头发剪短了很多。缺少阳光照射的苍白皮肤看起来像被漂白过，几乎变成了蓝白色，甚至曾经生动地点缀在脸上的雀斑也褪色了。卡卢姆眯眼盯着站在门口光线下的芬，绿眼睛里充满警惕和疑虑。

“你是谁？”

芬从门口移开，这样光线就不会在他身后了，“你好，卡卢姆。”

过了好一会儿，芬才看到卡卢姆眼睛里流露出认出他的神情，一起出现的还有惊讶，但那很快就被呆滞的目光取代了，如同患了白内障。“你好，芬。我等你 20 年了，你真从容。”

芬知道他没法寻找借口，“对不起。”

“为什么？这不是你的错，是我太愚蠢。正如你所说，我又没长翅膀。”

芬点点头，“你过得怎么样？”他很清楚这样问很蠢，但又不知道该说点什么。

“你觉得呢？”

“我无法想象。”

“我敢打赌你想象不到。除非这件事发生在你身上，你怎么能想象得出无法控制自己的肠子和膀胱会是什么样？当你把自己弄脏的时候，不得不像婴儿一样等别人给你换洗？你能想象由于整天坐着而长痔疮是什么滋味吗？还有性？”他挤出一丝苦笑，“当然，我还是个处男。连自慰都不行，即使我想的话也找不到他妈的合适的东西。滑稽的是，整个事情的起因就是因为这个——性。”他停顿了一下，沉浸在遥远的记忆中，“她死了，你知道吗？”

芬皱起了眉，“谁？”

“女佣安娜。几年前在一次摩托车事故中死掉了。而我在这里，被困在轮椅上的一大块猪油，仍然很强壮。事情有点不对头，对吗？”他把眼睛从芬身上移开，给梭子换好线，又装回槽里，“你为什么来这里，芬？”

“我现在是个警察，卡卢姆。”

“我听说了。”

“我在调查天使麦克里奇谋杀案。”

“啊，那你不是专门过来看我的。”

“我来岛上是因为谋杀案，我在这里是因为我很久以前就该来了。”

“让过去的鬼魂安息，呃？使不安的良心得到宽慰？”

“也许吧。”

卡卢姆停下活儿，直直地盯着芬，“你知道，最大的讽刺是自从这件事发生后，这些年我唯一真正的朋友是天使麦克里奇。现在你他妈的又突然出现了。”

“你母亲告诉我他为这台织机建造了这间棚屋。”

“哦，他做的比这多。他重新整修了整栋房子，使轮椅能进入每个房间。他建造了那边的花园，铺设了道路，这样如果我愿意的话可以坐在户外。”他耸了耸肩，“并不是因为我这样想过。”他抓住身子两侧的手柄，“他调整了织机，这样我就可以用手工作。对脚踏板聪明的改造。”他来回推拉操纵杆，梭子在织物间穿梭，车轮和齿轮互相咬合推动整个复杂过程的完成。“聪明的家伙。”他在机器的咔嗒声中提高了嗓门，“他比我们想象的聪明得多。”他松开手柄，织机停了下来，“我并没从织布中赚多少钱。当然，我母亲有养老金，我们得到的一笔款中还剩一小部分钱。

但生活很艰难，芬，入不敷出。天使确保我们生活无忧。他来时总带些吃的：鲑鱼、兔子、小鹿。当然，他每年都给我们带来半打塘鹅，还亲自做给我们吃。”卡卢姆从挂在椅子扶手上的一个木箱里拿起另一只梭子，心不在焉地摆弄着，“最初，当他开始来的时候，我想他是出于内疚。他认为我会怪他。”

“你不怪他吗？”

卡卢姆摇摇头，“为什么要怪他呢？他没逼我爬到屋顶上去。不错，他想让我出丑，但我自己让自己出了丑。他是把梯子挪走了，但他没把我从屋顶上推下去。我害怕了，我很蠢。我是咎由自取。”芬看到在他把梭子放回箱子之前，紧抓着梭子的指关节都变白了。“接着当他意识到我并不恨他时，我想他可能就不会来了，问心无愧了，但他没这么做。如果你多年前告诉我，我最后会和天使麦克里奇成为朋友，我会说你脑子进水了。”他摇了摇头，好像他自己也仍然觉得难以置信，“但我们确实成了朋友。他每周都过来，收拾完花园后，他会在这里坐好几个小时，只是聊天，什么都聊。”

他突然住了口，陷入了沉默，芬不敢惊扰他。猛然间他热泪盈眶，绿眼睛都变模糊了，芬异常震惊。卡卢姆抬头看着他的老校友，“他不是坏人，芬，真的不是。”他擦擦眼泪，“他喜欢让人以为他是个刺儿头，但他所做的不过是生活怎么对待他，他就怎么对待别人。以牙还牙。我看到了他的另一面，我认为那是没人看到过的一面，甚至他自己的兄弟也没有。是他不想让别人看到的一面。这一面证明，如果在不同环境下，他会是另外一个样子，过另外一种生活。”他眼眶里涌出更多泪水，大颗大颗的泪珠无声而缓慢地顺着脸颊流淌下来。“我不知道没有他我该怎么办。”他眨了眨眼，努力阻止住泪水，掏出手帕擦了擦脸，挤出一丝笑容，但看起来很难看。“不管怎样……”他的声音里又充满了苦涩，“谢谢你来看望我。如果你再经过这里，和我联络。”

“卡卢姆……”

“走吧，芬，请走吧。”

芬不情愿地转身朝门口走去，随手轻轻带上了门。他听到里面的织机又响起来，咔嗒咔嗒，咔嗒咔嗒。阳光灿烂，照耀着泥炭堆旁的旷野，好像带着嘲笑，加重了芬的沮丧。他觉得很难想象天使和卡卢姆这些年都谈论了些什么，但有件事是肯定的：不管是谁谋杀了天使麦克里奇，都不可能是卡卢姆。这个可怜的残疾织工也许是世界上唯一为天使的死落泪的人。

## 2

当芬从山上开车回去的时候，天空渐渐变蓝，从大西洋上空飘来的云团被撕扯成了碎片。阳光和阴影在点缀着农场和村舍、篱笆和绵羊的海岸草场上互相追逐，山下那片一望无垠的土地变成了色彩斑驳、不断变幻的阳光和阴影的调色板。海洋在右侧，和他隔着一段距离，水面平静明亮，倒映着灰蓝色的天空。

经过父母的农场时，看到那个倒塌的屋顶，他感到一阵撕心裂肺的悲伤。残留的屋顶只剩下几片长满青苔的瓦片，曾经白色的墙壁覆满了霉菌和藻类。窗户不见了，前门半开着，通向一个幽暗的、被遗弃的家的外壳。甚至地板都被拆除了，只有剥落的紫色油漆的痕迹固执地附着在门框上。

他把视线从那里移回到前面的道路上，踩下了油门。回头看已经没有意义了，即使你不知道你要去哪儿。

在阿泰尔家平房旁边的花园里，有个人正弯腰在一辆旧 Mini 汽车抬起的引擎盖下鼓捣什么。芬轻踩脚刹，在车道尽头停下车。听到轮胎在砾石路上的摩擦声，那人直起腰转过身来。一开始芬还以为这个穿着连衫裤工作服的人是马萨丽，但当他看到是芬利克斯时并没有失望。他关掉引擎，下车向小路走去。前一天晚上，在黑暗中他没看到堆积在花园里的汽车残骸，第二天早晨匆忙离开时也没注意到。一共有 5 辆，全都生锈了，零件支离破碎，散落在草丛中，如同很久以前就死去的动物的遗骨。芬利克斯旁边有个打开的工具箱，被油染黑的手上拿着一只扳手，脸上带着油污。“嘿。”看到芬过来，他打了声招呼。

芬朝 Mini 点了下头，“发动起来了吗？”

芬利克斯笑道：“没有，我想也许它废弃的时间太长了。我正想办法让它死而复生。”

“那要让它重新上路可要花很长时间了。”

“那将会是个奇迹。”

“现在 Mini 车又开始流行了。”芬凑近些观察它，“这是辆 Mini 三门掀背车吗？”

“基本款。我从斯托诺韦的汽车垃圾场花 5 英镑买的，把它弄回家比买它还贵。妈妈说如果我能把它发动起来，她就给我钱上驾校。”

他说话时芬得以更仔细地观察他。他和他妈妈一样，身材纤弱，眼神热切，但也同样顽皮。

“你抓住凶手了吗？”

“还没有。你妈妈在家吗？”

“她去商店了。”

“噢。”芬点点头。他们之间一时有点尴尬。“你去诊所做DNA测试了吗？”

男孩的脸阴沉下来，就像一道阴影闪过。“是啊，没办法不做。”

“你的电脑怎么样了？”

阴影消失了，他又重新容光焕发，“棒极了，谢谢你，芬。我自己永远也想不到是因为固件的缘故。第10套系统很棒。我花了半天时间把我的CD复制到iTunes上去。”

“你需要一个iPod来下载它们。”

男孩遗憾地笑了，“你看到它们的价格了吗？”

芬笑道：“是的，我知道，但iPod shuffle相当便宜。”芬利克斯点点头，两人又陷入了令人局促的沉默。后来芬说：“你觉得你妈妈多久能回来？”

“不知道，也许半小时。”

“那我就等会儿。”他犹豫了一下，“你想去下面的海滩吗？我觉得需要好好吹吹海风，让头脑清醒清醒。”

“没问题，反正我弄这个也没多大进展。给我两分钟收拾干净，脱下这套工作服。我还得让奶奶知道我去哪儿。”芬利克斯把工具放回工具箱，提着箱子进了屋。芬看着他离开，困惑自己为什么放不下这事。即使芬利克斯是芬的亲儿子，他仍然是阿泰尔的孩子。阿泰尔那天早晨说了，17 年来都无关紧要，为什么他妈的现在这么重要了？他说得对。如果一直维持现状的话，知道事实真相又有什么区别呢？芬用脚尖踢着一块多刺的草皮。但不管怎样就是不同了。

芬利克斯穿着牛仔裤、运动鞋和一件雪白的运动衫出来了，“最好别去太长时间，奶奶不想一人在家待着。”

芬点点头，两人沿着崖顶向阿泰尔和芬孩提时去过的岩沟走去，他们通常从那里到海岸上去。芬利克斯走得很轻松，甚至都没把手从口袋里掏出来，还剩下最后 4 英尺时，他直接跳到了平坦但稍微有些倾斜的片麻岩上，年轻的芬曾在那里和马萨丽做过爱。芬发觉到下面的岩石露头上比 18 年前难了些，当芬利克斯轻松自如地越过打滑的黑色楔形岩石到达海滩时，他落在了后面。芬利克斯在沙滩上等了他一会儿。

“我妈妈说你们俩以前约会过。”

“那是很久以前的事了。”

他们沿水边向港口走去。“那你们为什么分手了？”

芬发觉自己被这孩子的直率弄得有点尴尬。“哦，你知道，人们有时会分手。”他突然想到了什么，笑起来，“实际上，我们分过两次手。第一次分手时我们才 8 岁。”

“8 岁？”芬利克斯表示怀疑，“你们 8 岁时就恋爱了？”

“嗯，我认为那不叫恋爱。我们之间互有好感，从刚入学就开始了。我那时经常送她回农场的家。她家人还在那里吗？”

“当然在，但我们现在和他们见面不多。”

芬感到惊讶，等着芬利克斯解释，但他却回到了刚才的话题，“你们 8 岁时为什么分手？”

“哦，那都是我的错。你妈妈有一天戴着眼镜上学。那副眼镜很难看，蓝色的，带着翅膀，镜片很厚，使她的眼睛看起来像高尔夫球。”

芬利克斯被芬的描述逗乐了，“天哪，那她看起来一定傻透了。”

“确实如此，当然，班里所有人都嘲笑她，叫她四眼、金鱼眼，等等。你知道孩子们有时候很残忍。”他的微笑变成了哀伤，“我也好不到哪儿去。我觉得让人看到我和她在一起很尴尬，就在操场上避开她，也不在放学后送她回家了。我觉得她太受打击了，这个可怜的人儿。因为她是个漂亮的小女孩，非常自信，班里很多男孩子都嫉妒死我了。但当她戴上那副眼镜的时候，所有这一切都没有了。”即使在回忆这件事的时候，芬也感觉到锥心的内疚和伤感。可怜的马萨丽经历了地狱般的日子，他曾经那么残忍。“孩子们往往意识不到自己对别人的伤害。”

“就是这个原因吗？你们不再是亲密的一对？”

“差不多吧。你妈妈追了我一段时间，但在操场上如果我看到她向我走来，我就马上去和别人聊天或者加入足球比赛。我总是比她先出校门，这样我就不用陪她回家了。有时在课堂上我转身会发现她正用那双灵动的大眼睛盯着我，眼镜丢弃在课桌上。但我总假装没注意到。天哪……”突然，他想起了一件他将近30年都没想过的事情，“还有那次在教堂。”往事异常清晰地浮现在他脑海里。

芬利克斯的好奇心被激起来了，“什么？在教堂里发生了什么？”

“哦，上帝……”芬摇摇头，悔恨地笑着，“不过，我确信上帝和这没多大关系。”涨潮了，他们急忙退到海滩高处，以免鞋被打湿。“那时我父母还健在，我每周日都必须去教堂，一日两次。我总是随身带着一管糖果，马球水果或者别的什么。这是一种打发无聊的游戏，看看我是否能成功地把糖果从口袋掏出来塞进嘴里，再在无人发现的情况下把它慢慢吃掉。现在想想，如果我能把整袋糖都这么神不知鬼不觉地消灭掉，那就是一次秘密反抗宗教压迫的小小胜利。不过我怀疑那时是否真是这么想的。”

芬利克斯咧嘴笑了，“那对牙齿可不太好。”

“的确是这样。”芬用舌头后悔地舔着他补的牙，“我确信牧师知道我玩的把戏，只是他从没逮到过我。有时他会用严厉的眼神盯着我，我只好含着满嘴的糖水不敢咽下，几乎被呛着，直到他把视线移开。有这样一个周日，我正想在祈祷的时候把一片糖塞进嘴里，你知道，就是长老们在教堂前面做的那种冗长啰唆的祷告，那管糖却掉在了地板上。光秃秃的地板，很大的哗啦声，那个该死的东西正好滚到了过道中间。当然，教堂里所有人都听到了，包括那些站在走廊里的人，那时那个地方总是站满了人。

所有人都瞪大了眼睛，几乎没一个人没看到那管马球水果糖躺在那里，包括长老们和牧师。祈祷戛然而止，悬在那里就像一个大大的问号。我一生中从未遇到过沉默能持续那么长时间。我知道如果我不承认那些糖是我的，我就无法拿回来。就在这时，一个小小的身影从过道另一侧的会众中冲出来，一把把糖抓起来。”

“是我妈妈吗？”

“是你妈妈。为了代我受过，小马萨丽在众目睽睽之下把糖捡了起来。她一定知道她会陷入大麻烦。10 分钟后我们的目光交汇了。那双大大的、高尔夫球一样的眼睛透过丑陋的镜片注视着我，想从我脸上寻找一些感激的痕迹，寻找我对她行为的一些认可，但我只是庆幸自己逃脱了鞭打。我迅速把目光移开了，甚至不想和她有任何联系。”

“真是个混蛋。”

芬转身发现芬利克斯正盯着自己，半开玩笑但又极其真诚。“是啊，我也这么觉得。我羞于承认这点，但我不能否认，我无法回到从前进行改变，或者修正自己的行为。生活就是这样。可怜的马萨丽，她一定始终爱着我，那个小女孩。”莫名其妙地，世界突然在他眼前模糊了。这是令他极其尴尬的事情。他赶紧转过身去，眺望着远处的海湾，拼命抑制住要夺眶而出的眼泪。

“真是个伤心的故事。”

芬花了一两分钟让自己平复下来，“接下来大概有 4 年的时间我对她视而不见，”他沉浸在曾经埋葬的童年记忆里，“我几乎忘了我们之间曾有过什么。接着在我们小学毕业前夕有一场舞会，我邀请了一个叫艾琳·戴维斯的女孩同去。我当时正处于对女孩并不太感兴趣的年纪，但又得邀请某个人，所以就邀请了艾琳。我根本没想到邀请你妈妈，直到我收到了她的信，信是在舞会的前几天到达邮局的。”他仍然能想起那张淡蓝色信纸上又大又潦草的深蓝色笔迹，字里行间流露出伤心。“她不能理解为什么我邀请艾琳而不邀请她，她说如果我改变主意还来得及。至于艾琳，她提出的解决办法是让你爸爸带她去。她的签名是农场女孩。但已经太晚了，即使我想回绝艾琳也不可能了。最后是你爸爸带你妈妈去参加舞会的。”

他们来到了海滩尽头，几乎就站在天使被谋杀的舢板棚的阴影里。

“这只能说明一个人在11岁时是多么无知。仅仅5年之后，我和你妈妈疯狂地相爱，决定要在一起共度余生。”

“那时又发生了什么事？”

芬笑着摇了摇头，“够了，你得让我们保留点秘密。”

“哦，继续吧，你不能讲到这里就算了。”

“不，只能这样了。”芬转过身，开始沿沙滩向回走。芬利克斯加快步伐赶上他，和他步调一致，两人沿着来时留在路上的脚印走着。芬说：“芬利克斯，你今后有什么打算？从学校毕业了吗？”

芬利克斯闷闷不乐地点了下头，沿着坚实的沙地向前踢着一只贝壳，“我爸想在造船场给我找份工作。”

“听起来你并不喜欢。”

“是的。”

“那你想做什么？”

“我想离开这个该死的岛。”

“那你为什么不离开呢？”

“我能去哪里呢？我能做什么？大陆上的人我一个也不认识。”

“你认识我。”

芬利克斯看了他一眼，“是啊，才 5 分钟。”

“听着，芬利克斯，你现在可能不这么想，但这是个神奇的地方。”芬利克斯看了他一眼，他接着说，“问题是，你离开了才懂得欣赏它。”这是他自己刚刚领悟到的一点，“如果你不离开，如果你终身都待在这里，有时你的世界观就会出现偏差。我在这里的许多人身上看到了这点。”

“就像我爸？”

芬瞟了他一眼，但芬利克斯直视着前方。“有的人只是没机会离开，或者机会来时没抓住。”

“你抓住了。”

“我迫不及待地要离开，”芬轻声一笑，“我不否认。我很高兴离开这里，但回来也不错。”

芬利克斯审视着他，“那你算是回来了，对吗？”

芬微笑着摇了摇头，“大概还没有，但这并不意味着我不想。”

“那么，如果我去大陆的话能做什么？”

“如果你通过资格考核，你可以去上大学。”

“当警察怎么样？”

芬迟疑了一下，“这是个好工作，芬利克斯，但不是每个人都适合。你不得不见你不想见的事情——人性中最坏的一面及其带来的后果。这些事情你无力改变，但还得去面对。”

“这是个劝告吗？”

芬笑道：“也许不是，但还得有人做这种工作。警察队伍里有一些好人。”

“这是你离开的原因吗？”

“你为什么认为我要离开？”

“你说过你正在进修开放大学计算机专业的课程。”

“你真是什么都没错过，是吗？”芬若有所思地笑了，“就算我正在找退路吧。”

现在他们快回到岩石那边了。芬利克斯问：“你结婚了吗？”芬点点头。“有孩子了吗？”

芬过了好久才回答，太久了，但否认的话不像他回答阿泰尔时那样流畅地从舌尖滚下来。终于他说：“没有。”

芬利克斯爬上岩石，转身伸手去拉芬。芬抓住他的手，站到了这个少年身边。“这样的事情你为什么不告诉我真相呢？”芬利克斯问。

芬又一次被他的直率吓了一跳，这是他从母亲那里继承来的禀性。“你为什么认为我没说实话？”

“你说了吗？”

芬直直地看着他，“人们有时不想谈论自己的某些事情。”

“为什么？”

“因为谈论它们会让你想起这些事，而想起这些事会让人伤心。”芬的声音有些激动。他从男孩的表情看出对方心有所悟，于是叹了口气，“我曾经有个儿子，他 8 岁时死了。”

“发生了什么事？”

在男孩不懈的追问下，芬想把这个秘密封存在心底的愿望动摇了。他蹲在一个水潭边，阳光照着光滑如镜的水面，他用手指拨弄着微温的潮水，把一圈圈光的涟漪传送到小水潭的岸边。“那是一场肇事逃逸事故。我妻子和罗比当时正过马路，那条马路其实并不拥堵，突然一辆汽车从拐角处开来，砰的一声撞上了他俩。她飞到了空中，落在了引擎盖上，捡了条命。罗比直接钻到了车轮底下。司机只停了一秒钟，我们猜想他喝醉了，因为接下来他猛踩油门溜之大吉。没有目击者，没有车牌号，我们始终没抓到他。”

“天哪，”芬利克斯柔声说，“那是什么时候发生的事？”

“就在一个月前。”

芬利克斯蹲在他身旁，“芬，对不起，我又让你经历了一次痛苦。”

芬摆摆手，“别傻了，孩子，你怎么能知道呢？”他说“孩子（Son）”这个词的时候，心跳停了一拍。他看了一眼芬利克斯，但这个孩子陷入了沉思。芬的视线重新落到水面上，他看到天空的倒影下有一点轻微的颤动，“这里有一只蟹。我和你爸爸以前常在这里捉蟹，能捉到很多。”

“是啊，我小时候他经常带我来。”芬利克斯卷起袖子，准备把手伸入水中捉蟹。芬震惊地看到他的两只前臂都有严重的紫黄色瘀伤。他抓住了芬利克斯的手腕。

“你到底在哪弄了这些瘀伤？”

男孩往后缩了一下，把胳膊从芬手中抽出来，“很疼。”他把袖子拉下来，盖住了上面的瘀伤，站了起来。

“对不起，”芬很担心，“看起来很严重。发生什么事了？”

芬利克斯耸了耸肩，“没什么，我把新引擎放进 Mini 车时受了点小伤。我不该自己做这件事。”

“是啊，确实不该，”芬站起身来，“做这种活儿你需要合适的工具和帮手。”

“我现在知道了。”芬利克斯轻快地跃过岩石，开始沿岩沟向上攀爬。芬跟随其后，不知为何感到有些懊恼。但当他们到达崖顶时，就像什么也没发生一样。芬利克斯指着路上一辆正向山上开去的银色雷诺车，“那是麦凯尔维太太。妈妈搭她的车去商店的，看来她们回来了。快跑，看谁快。”

芬大笑，“什么？我比你年长一倍。”

“那我先让你一分钟。”

芬看了他一会儿，笑着答应了，“好吧。”他开始起跑，沿着悬崖边缘全力冲刺，来到挡住平房的小山边时，举步变得艰难起来，双腿像灌了铅一样沉重，呼吸急促，上气不接下气。他看到了泥炭堆，听到雷诺车的发动机在小路尽头空转。到达泥炭堆的时候，他看到马萨丽正从车道上下来，两只胳膊上各挎着一个购物袋，雷诺则朝山上开去。她几乎在同时也看到了他，停下来，吃惊地盯着他。他咧嘴笑了。他快要赶在男孩前面到达房子了。但在最后时刻，他不得不停下来，弯下腰扶着大腿支撑着自己，大口喘着气，芬利克斯小跑着超过了他，向小路跑去，笑得几乎喘不过气来。

“快点，老头儿，什么把你耽搁了？”

芬抬头瞪着他，看到马萨丽在微笑。“是啊，老头儿，什么把你耽搁了？”

“早出生了 18 年。”芬喘着气说。

屋里的电话响了，马萨丽朝厨房门口瞥了一眼，芬看到她关切的眼神。

“我去接。”芬利克斯说。他跑到厨房门口，三步并作两步跳上台阶，消失在里面。很快，电话铃停了。

芬发现马萨丽正凝视着他。“你在这里做什么？”

芬耸耸肩，还在竭力调整呼吸，“只是路过。我去看望卡卢姆了。”

她点点头，好像一切都了然了，“你最好进来。”他跟着她沿小路走上台阶进入厨房。她把购物袋放在厨房台子上，他们听到芬利克斯从客厅里传来的声音，他仍然在打电话。马萨丽给水壶里灌满水，“来杯茶吗？”

“好的。”他局促不安地站在那里，看着她给水壶插上电，从壁橱里拿出两个马克杯。他的呼吸差不多恢复了正常。

“只有袋泡茶，如果可以的话。”

“好的。”

她向每个杯子里丢了一袋茶，然后斜靠在操作台上，转身看着他。他们听到芬利克斯挂上电话，接着楼梯上响起他的脚步声，他去了自己的房间。她还是凝视着芬，蓝色的眼眸在搜寻、在探究、在挑战。水壶里的水快开了，发出嘶嘶的响声。厨房门没有关严，芬听到狂风在呼啸。

“你为什么没告诉我你怀孕的事？”他问。

马萨丽闭上眼睛，芬暂时感到松了口气，不再受到她的逼视了。“阿泰尔说他已经告诉了你。他没有权利这么做。”

“我有权利知道。”

“你没权利做任何事，在……之后。”她突然住口，让自己平静下来，“你不在这里，阿泰尔在。”她又开始凝视着他，他感到自己陷入了她的目光之网，赤裸裸地暴露在她的目光之下。“我爱你，芬·麦克劳德。我从上学第一天你坐在我旁边时就爱上了你，即使你变成那样一个混蛋我也一样爱你。这些年你不在这里的时候我还爱你，你再次离开的时候我依然会爱你。”

他摇了摇头，不知道该说些什么，最后讪讪地问：“那到底是哪里不对头了？”

“你并没爱我那么深。我不确定你是否曾爱过我。”

“阿泰尔爱你有那么深吗？”

她泪如泉涌，“别这样，芬，那方面你想都不要想。”

他三步并作两步走上前，把手放在她的肩上，她把脸扭开。“马萨丽……”

“请不要。”她说，好像她知道他想告诉她，他也一直爱着她。

“我不想听，现在不想，芬，在我们浪费了那么多年后。”她转身看着他的眼睛，他们的脸近在咫尺，“我受不了。”

他们不知不觉地开始亲吻对方，完全是无意识的举动，只是一种本能反应。嘴唇轻轻地碰了一下后分开，然后喘了口气，开始更热烈地亲吻。水壶里的水烧开了，猛烈地摇晃着，发出咕嘟咕嘟的响声。

芬利克斯踩在楼梯上的脚步声迫使他们分开，两人好像受了电击一样后退一步。马萨丽迅速转身拿起水壶，脸色绯红，神情慌乱，把开水倒进杯子里。芬把手抄在兜里，转身茫然地盯着窗外。芬利克斯从客厅出来，带着一个手提旅行袋。他已经把运动衫换成了一件厚重的羊毛套头衫，外面套着厚厚的防水夹克。即使芬和马萨丽心怀内疚，他们也不用担心芬利克斯会发现。他情绪低落，心事重重，烦躁不安。

“我们今天晚上就走。”

“去安斯格尔？”芬问道。芬利克斯点点头。

“为什么这么快？”马萨丽所有的尴尬立即被身为母亲的关心所取代。

“吉格斯说天气即将变坏，如果我们今晚不走就得等到下周了。阿斯泰里斯在路尽头接我。我们要去斯托诺韦装船，然后从那里出发。”他打开门，马萨丽疾步穿过厨房，抓住他的胳膊。

“芬利克斯，你知道你不是非去不可。”

他饱含深意地看了她一眼，只有他母亲才能明白。“不，我必须去。”他挣开胳膊，溜出门去，连句再见都没说。芬从窗口看到他把手提旅行袋往肩上一甩，急匆匆沿小路走开了。他转身看着马萨丽。她站在门口，一动不动，盯着地板，直到意识到芬在看她时才抬起头来。

“你和阿泰尔去安斯格尔的那年发生了什么？”

芬皱起了眉头，这是今天他第二次被问到这个问题了。“你知道发生了什么，马萨丽。”

她几乎难以察觉地摇了摇头，“我知道你说过发生了什么，但肯定还有别的事。这件事改变了你们，你们两个人，你和阿泰尔。自此之后，一切都改变了。”

芬叹了口气，“马萨丽，再没有别的什么了。上帝，事情还不够糟吗？阿泰尔的爸爸死了，我也差点没命。”

她歪头看着他，眼神里带着责备，好像她确定他没有告知全部实情。“除了阿泰尔的爸爸死了之外还有别的事情。我和你完了，你和阿泰尔也完了，好像我们以前经历过的所有事情都在那个夏天死去了。”

“你觉得我在对你撒谎？”

她闭上眼睛，“我不知道，我真的不知道。”

“那阿泰尔怎么说？”

她睁开眼睛，压低了声音，“阿泰尔什么都没说。这些年来阿泰尔什么都没说过。”

房子某处传来一个声音，虽然微弱但威力依旧，“马萨丽！马萨丽！”是阿泰尔的母亲。

马萨丽抬头看着天花板，发出一声深沉而颤抖的叹息。“我马上过来。”她应道。

“我最好走吧。”芬越过她向门口走去。

“你的茶还没喝呢。”

他停下来转过身，他们再次四目相对，他想用手背轻轻触摸一下她柔软的脸颊。“下次吧。”他走下楼梯来到路上，快步向他停放在路边的汽车走去。

## 3

他们都浪费了生命，他们都不知怎的因为愚蠢或者疏忽错过了机会，这种感觉沉重地压在他肩头，使他陷入深深的忧郁中。令人厌烦的云朵聚集在明奇上空，北极的寒气带来渐渐强劲的风，这些都无助于他的情绪好转。他掉转车头，向山上开去，出了克罗伯后拐向通往海港的岔道，停在了那栋他和姨妈住了将近10年的老白屋旁边。他下了车，站在那里深深吸了口气，迎着风，听着下面大海拍打卵石滩的声音。

姨妈的房子门户紧闭，疏于照看，原先捐赠给了一家收留猫的慈善机构。后来房子卖不出去，就被遗弃了。芬想鉴于他曾在这里生活了那么多年，理应对这里怀有某些情感，但它只是让他感觉冷漠。姨妈从没虐待过他，但他仍把此地和不幸联系在了一起。没有一丁点记忆，只有一片黑暗模糊的怅惘之云，他发现这一点即使对自己也难以解释。房子面向海湾，以前渔船在那里把捕获的鱼送到海岸高处山上的盐房里加工，现在只有残留的地基证明它们曾经存在过。远处的海岬上矗立着三座高高的石冢。芬在孩提时代经常去那里，偶尔遇到被异常凶猛的风暴移位的石头，就把它们重新归位。姨妈告诉他，这些石冢是三个从二战回来的人建造的。没人知道为什么，这些人早就死了。芬心想不知现在是否还有人愿意重修它们。

他下山来到小克罗伯港口，他和阿泰尔以前经常坐在这里向深邃静谧的水中扔石头。一根粗钢缆从港口上方的绞车房顺着滑道蜿蜒而下，末端是个硕大的铁钩。绞车房是四方形盒子样的粗灰泥建筑，前面两个洞，侧面一扇门。芬推开门，那台庞大的绿色柴油发动机沉默地蹲伏在那里，见证了成千上万条被它放进水中或从水中捞起的船。引擎上有钥匙，他一时兴起转了下钥匙，发动机响了一声，但没启动起来。他调整了阻风门，又试了一下，这次管用了，它发出呼噜呼噜、噼噼啪啪的声音，在这个黑暗而封闭的空间犹如雷鸣。有人还在保养它，让它处于良好状态。他关掉引擎，雷鸣般的咆哮之后周围更显得死寂。

外面，六七条小船停靠在滑道边缘，斜靠在悬崖脚下，一个挨着一个。芬认出“五月花号”模糊了的天蓝色。这么多年了它仍然在使用，真让人难以置信。在绞车房上方，一条早已废弃的破船翻倒了，龙骨向上，最后几团紫色油漆残留在脊柱上。他弯腰擦去覆盖在船头木板上的绿色污泥，看到了几个褪色的白色字母，Eilidh，这是他母亲的名字，是他父亲在船下水前仔细喷在上面的。他生活中所有的遗憾像春水般在胸中涌起，他跪在船旁，默默哭泣。

克罗伯公墓坐落在学校另一边西海岸高处的沙地上，数百年来，村里一直把死人埋在那里的沙质土壤中。墓碑像山地松一样矗立在山顶。成千上万的墓碑。一代又一代尼斯人最后得以永远眺望这个赋予他们生命复又夺走的大海。当芬在这些久已故去的人的名字之间穿行时，一圈圈白色泡沫冲击着下面的海岸。这个长眠着无数麦克劳德、麦肯齐、麦克唐纳、默里、唐纳德、莫拉格、肯尼思、玛格丽特的地方毫无遮拦地暴露在大西洋狂怒的飓风之下，大海一点点吞噬着沙地，最后村民不得不建造防御工事，防止祖先的遗骨和土壤一起被大海冲走。

芬最终找到了父母的墓地。约翰·安格斯·麦克劳德，38 岁；爱妻伊丽，35 岁。两块平坦的石头并排躺在草丛中。他们被埋葬的那天，他站在那里看着第一锹土撒落在棺材盖上，从那以后他再也没来过。现在他站在这里，任凭风猛烈地吹打着脸颊，心想生命就这样被糟蹋了。有那么多人受到他们死亡的影响，为之所改变；而所有这一切原本应该完全是另一种样子。

## 十五

通常我睡得死沉，但那天晚上我失眠了。倒不是说我预感有什么事要发生，大部分原因可能是那张床。那是张旧床，在父亲建好阁楼之前，我在上面一直睡到 3 岁。它位于我们在其中度过了大部分时光的厨房的壁龛里，是一个木头支架，下面是储放亚麻制品的橱柜，一块布帘把它和房间其余部分隔开。

在那里我总是感觉温暖安全，每天听着布帘外父母的低语声入睡，在泥炭和烤面包的香味以及炉子上熬的粥冒泡的声音中醒来。我花了很久才习惯一个人睡在清冷的阁楼里，现在再睡到那张旧床上，我发现自己竟然一时难以入眠。不过那天晚上我就睡在那里，因为姨妈过来照看我，她不想整晚跑上跑下的。

那天晚上我一定忽睡忽醒，因为我记起的第一件事情是过道里传来的声音，一股冷风从某扇开着的门钻进屋里，并一直钻进我的小隔间。我光脚溜下床，身上只穿着睡衣。房间被壁炉里的余烬还有一种反射到四周墙上的奇怪的蓝光照耀着。

过了一会儿我才意识到蓝光来自屋外。窗帘没有拉上，我蹑手蹑脚地来到窗口向外瞅，看到一辆警车停在路边，雨水顺着车窗玻璃流淌下来，模糊了车内的情景。车顶上闪烁的蓝光似乎有催眠的作用。我看到路上的人影，接着听到一个女人的声音，好像在痛苦地恸哭。

我不知道发生了什么，门打开的时候仍然迷迷糊糊。房间里的灯亮了，几乎把我的眼闪花了。姨妈在那里，脸色如鬼魂般苍白，一股冷风从她身后袭来，像一条巨大冰冷的毛毯包裹住了我。我看到一个警察，还有她身后站着的一个穿制服的女人。但这些只是支离破碎的记忆，我无法向你们真正说清楚到底发生了什么。我只记得姨妈突然跪在我面前，紧紧抱住了我，她的胸脯柔软而温暖。她边抽泣边说，一遍又一遍："可怜的孩子。可怜的孩子。"

直到第二天我才明白父母都死了，如果一个8岁的男孩能真正明白死亡是什么的话。我知道他们昨晚去了斯托诺韦参加一个舞会，知道他们永远也回不来了。在那个年纪，死亡是个很难理解的概念。我记得当时很生他们的气。他们为什么不再回来了？他们不知道我会想念他们吗？他们不在乎吗？但我在教堂度过的大量时间使我对天堂和地狱有了相当多的理解，它们就是你死后要去的地方，非此即彼。所以当姨妈告诉我父母去了天堂之后，我模模糊糊地意识到那是天空之外的某个地方，一旦你去了那里就永远回不来了。我唯一不理解的是为什么。

现在回想起来，鉴于她对上帝和宗教的态度，我很吃惊姨妈告诉我这样的事情。我想也许她认为这是能把这个消息委婉地传达给我的最好方式，但不管怎样，没有一个委婉的方式能把父母的死讯传递给你。

我彻底震惊了。一整天屋子里全是人：姨妈、一些远房表亲、邻居、父母的朋友，一张接一张的脸庞不断过来对我表示同情和安抚。那天是我听到事故始末的唯一一次。在我和姨妈一起生活的那些年，她从未对我说起过。有人说——我不知道是谁，只听到拥挤的房间里有个声音说——一只绵羊从水沟里跳了出来，我父亲突然急转弯去躲避它。“就在巴弗斯旷野上的那个牧羊人小屋旁，有绿色屋顶的那个。”声音低了下来，换成了一种我几乎听不清的窃窃私语。我听到另一个人说：“显然汽车在着火前翻了好多次。”有人倒抽了口气，另外一个声音说：“哦，我的天哪，死得太惨了。”

我想有时某些人对死亡有一种不健康的兴趣。

我独自在自己的房间里待了很久，几乎没注意到楼下的人来来往往，汽车停在路上接着又驶离。我不断听到人们说我是多么勇敢，姨妈告诉他们我没掉一滴泪。但现在我知道眼泪是表示接受，我还不准备接受这个现实。

我坐在床沿上，麻木使我感觉不到寒冷，四下环顾房间里所有熟悉的东西：伴我入睡的熊猫，去年圣诞节我从袜子里拿到的一个里面有圣诞老人和驯鹿的雪球，一大盒我几乎还不会爬时就拥有的玩具，彩色塑料图形和乐高积木拆开的部件，那件背后印着肯尼·达格利什和7号的苏格兰足球衫，某周六下午父亲在斯托诺韦的体育用品商店为我买的足球，满架的棋盘游戏，满满两书架儿童书籍。我父母可能没多少钱，但他们总是确保我不缺这少那的，直到现在。而我最想要的一件东西他们却无法给予了。

当我坐在那里的时候，我突然想到有一天我也会死，这可是我以前从未想到过的，在我小小的恐惧的内心中这个念头和我的悲伤争夺地盘，但你不可能长时间地琢磨自己的死亡，很快我就把它丢在一旁，决定既然我只有 8 岁，前面还有很长的路要走，到不得不面对的时候再说吧。

我还是哭不出来。

举行葬礼的那天，天气就像呼应了我依然强烈的愤怒与绝望，不仅冷雨潇潇，还夹杂着飞雪。从海边吹来的 12 月的飓风钻到伞底，吹打着我们的脸颊，针刺般寒冷。

我只记得蓝色和灰色。教堂里的悼念仪式冗长肃穆。现在我心头仍然时常萦绕着盖尔语的唱经声，那种平淡、无伴奏的声音强烈地唤起了我心中的哀伤。在房子外面，棺材并排放在路中间的椅背上，100 多人聚集在雨中。黑色的领结、大衣和帽子。黑色的雨伞在风中挣扎。苍白、忧伤的面庞。

我太小了，无法帮着抬棺材，就站在队伍前列，紧跟在棺材后面，阿泰尔在我身旁。从他夹带着痰的呼吸声中，我能听出他的悲伤。当他把冰冷的小手塞进我手里握了一下，沉默地表示友情和同情时，我心里有说不出的感动。步行到墓地的整个过程中，我一直紧紧握着他的手。

在路易斯岛，只允许男人陪伴死者到他们的坟地去，因此女人们在路上排成一行，目送我们离开家。我看到马萨丽的妈妈，她满脸悲伤，我记得第一天去她家的农场时，她身上散发着玫瑰的芳香。马萨丽站在她身旁，头发上系着黑丝带，紧紧抓着妈妈的大衣。我注意到那天她没戴眼镜。她用那双温柔的蓝眼睛在雨中追随着我，我看到她眼里的痛楚，不得不把目光移开。

这时眼泪才夺眶而出，被雨水遮盖了。这是我第一次为父母哭泣，我想就在那时我接受了这个现实，他们确实已经离去了。

那时除了葬礼之外我没想别的，或者琢磨接下来会发生什么。如果我那么做了，我怀疑我是否能想象到我的生活将会发生多么残酷的变化。

最后一个人刚离开，姨妈就把我带到楼上收拾行李。我所有的衣服都被粗暴地塞进一个行李箱里。我可以挑选几个玩具和几本书装在一个小包里带走。姨妈说我们还要回来一趟，查看一下剩下的东西。我当时并不明白这不再是我的家了，事实是我们再也没回来拿剩下的东西。我不知道那些东西的结局怎样。

我被推搡到外面姨妈的车旁，它停在路上，引擎开着，雨刷刮擦着挡风玻璃上的雨水。车里很暖和，但散发着一股潮湿味，车窗蒙上了一层雾。我们向山上开去时，我甚至都没想到回头看一眼。

我以前曾去过姨妈家，一直觉得那是个令人抑郁的冰冷地方，尽管到处都是彩色的塑料花盆和悬挂的布料。进入房间后，一股潮湿的冷气瞬间就会钻入骨髓。那天因为全天都没生火，所以当她打开门时，我感觉屋里比平时更加凄凉。我们提着包和箱子挣扎着上楼，门厅里的无罩灯泡也显得更加明亮刺眼。

“我们到了。”姨妈一边说，一边打开过道尽头通向阁楼的门。

倾斜的天花板，壁纸上潮湿的水印，生锈的窗户上凝结的水珠。“这是你的房间。”一张单人床靠墙放着，上面铺着粉红色的灯芯绒床罩。战时的多用途衣柜的门敞开着，空空的衣架和搁板正等着我把箱子里的东西放上去。她把我的手提箱举到床上。“好了。”她打开盖子，“我走了，你可以按照你喜欢的方式把东西放到衣柜里。恐怕茶点只有烟熏鲱鱼了。”

她快走出门时我问：“我什么时候能再回家？”

她停下脚步看着我。尽管她眼神里有同情，我确信也有一丝不耐烦。“现在这里就是你的家，芬，茶好的时候我会叫你。”

她离开时带上了门，我站在那间现在属于我的冰冷沉闷的房子里，感到无限的凄凉。我在玩具袋里找到熊猫，坐在床沿上，把它紧紧地贴在我的胸口，透过裤子感觉到床垫的湿气。我那天第一次意识到，我的生活被无情地改变了，而且是永远。

# 十六

## 1

汽车驶过拦畜木栅进入停车场，芬把车停在牧师住宅的台阶下面。早先聚集在大海上空的不祥之云遮蔽了傍晚的天空，四周一片暗淡。现在它们正从西北方涌过来，以咄咄逼人的气势给小岛北端罩上了一层愁云惨雾。牧师住宅的客厅亮着灯，芬登上台阶时感觉到第一缕雨丝飘落下来。

他摁响了门铃，站在门阶上等着，风用力撕扯着他的夹克和裤子。开门的是一个 35 岁左右的年轻女人，比芬矮一头，短短的黑发，白色 T 恤松松地塞进卡其裤里，脚穿白色运动鞋。她和芬想象中的唐纳德·默里的妻子不大像，看起来莫名地眼熟。他茫然地看着她，她微微仰起头。

“你不记得我了，对吗？”她冷冷地问道。

“我应该记得吗？”

“我们曾在同一所中学上学，不过我比你低两级，所以你可能没有注意到我。当然，我们都对你很着迷。”

芬感到自己脸红了，那她可能 33 岁，或者 34 岁，也就是说她生唐娜时只有 17 岁。

“我几乎能听到时间的车轮在转动。”她声音中流露出一丝讽刺，“你不记得了吗？我和唐纳德在尼克尔森时交往过一段时间，我毕业后我们在格拉斯哥又相遇了，我和他一起去了伦敦，那时他还没有信仰上帝，因此婚姻只是事后的补救办法，也就是说，在我怀孕之后。”

“卡特里奥娜。”芬突然说。

她假装吃惊地扬起眉毛，“好记性。”

“麦克法兰。”

“你记性确实很好。你是想见唐纳德吗？”

“实际上是想见唐娜。”

仿佛无形中拉下了百叶窗，她脸色一沉，“不，是唐纳德。”她强调说，“我去叫他。”

在他等待期间，雨开始大起来。唐纳德·默里到门口时，芬全身都湿透了。牧师面无表情地看着他，“我觉得我们之间没什么可说的，芬。”

“我们之间确实如此，但我想和你女儿聊聊。”

“她不想和你谈。”

芬仰头看着天空，在雨中眯起了眼睛，“我能进去吗？我在外面都淋成落汤鸡了。”

“不行。如果你想和唐娜谈，芬，你得正式点，逮捕她，或者履行你们警方想盘问人的程序，否则请别打扰我们。”接着他关上了门。

芬在台阶上站了一会儿，强压下怒火。他拉上衣领，向汽车冲去。他发动引擎，打开风机，吃力地脱下湿夹克扔到后座上。他挂上一挡，正要抬起离合器，副驾驶座的门打开了，卡特里奥娜·麦克法兰钻进车，随手关上了车门。她的T恤几乎是透明的，里面黑色的蕾丝胸罩清晰可见。芬忍不住注意到这一点，心想这么多年来上帝没有改变多少唐纳德的嗜好。

她直视前方，双手十指交叉放在大腿上，一言不发。

芬打破了沉默，“那你也找到他了？”

她扭头看着他，皱了皱眉，“找到谁？”

“上帝。或者这只是唐纳德的主意？”

“你从没见过我们了解的那一面。当他生气的时候，好像上帝与他同在，充满喧嚣和愤怒，义愤填膺。”

“你害怕他吗？”

“我害怕当他发现真相时会做出什么事。”

“那真相是什么？”

她迟疑了片刻，把副驾驶座旁窗户上的水汽擦出一小块，向外盯着牧师住宅，“唐娜撒谎了，麦克里奇没有强奸她。”

芬低声说：“我已经猜出来了。如果唐纳德也撒谎了，我一点不奇怪。”

“也许他撒谎了，”她又瞥了一眼牧师住宅，“但他不知道为什么。”

芬等待着，但卡特里奥娜什么也没说。“你到底要不要告诉我？”

她绞扭着双手，“如果我没在她房间里发现一个打开的包并质问她的话，我自己也不知道。”她不自在地看着他，“一套验孕工具。”

“多久了？”

“那时只有几周，但现在3个月了，开始显怀了。她害怕唐纳德发现后的反应。”

“因此她就编造了关于麦克里奇的故事？”芬觉得难以置信。卡特里奥娜点点头。“天哪，她难道不知道简单的DNA测试可以查出亲子关系吗？”

“我知道，我知道。这个主意太傻了，她确实吓坏了，那天晚上她喝了太多酒。确实是个糟糕的主意。”

“说得对，”芬认真地看了她几分钟，“你为什么告诉我这些，卡特里奥娜？”

“这样你就可以离我们远点了。关于强奸的指控无关紧要了，那个可怜的人死了，我想让你别再来找我们，我们自己想办法解决。”她扭头看着他，“让我们安静些，芬。”

“我无法做任何承诺。”

她怀着恨意和恐惧瞪着他，接着转身打开了车门。

她走入雨中。芬问：“那谁是孩子的父亲？”

她停下来回头看着他，雨水浇在她脸上，从她鼻子和下巴上滴落下来。“你朋友的儿子，”她一字一句地说，“芬利克斯·麦金尼斯。”

## 2

他徘徊在混乱和犹疑之间，都不怎么记得自己是如何开车回到小镇的。令人压抑的天空沉重地压在头顶，哈里斯山脉已不见了全景。风横扫过巴弗斯荒野，雨水模糊了挡风玻璃，他不得不把注意力集中在路上，直到到达顶点——小杜博湖对面。在这个阴郁的傍晚，他看到斯托诺韦华灯初上，小镇蜷伏在群山脚下，依偎在海港安全的臂弯里。

高峰期过去了，湾头被孤零零地遗弃在雨中，但当他转入港口停车场时，吃惊地看到在高高架起的摄影灯耀眼的灯光下站着一大群人，电视台工作人员正在给他们录像。大多数人仅是好奇的看客，顶风冒雨站在这里只为了在电视上露一下脸。人群中间是十几个身穿红色或黄色雨衣、举着横幅的抗议者。横幅上的手写标语有：拯救塘鹅，凶手，掐死和砍头，鸟的杀手。墨水混合着雨水向下流淌。所有这些都低俗可厌，芬心想，一点也没新意。他纳闷谁资助了这些人。

芬下了车，听到他们反复喊着口号：凶手，凶手，凶手。人群外围有一两个熟悉的面孔，芬认出是大报社的记者。几位面色冷峻的制服警官躲开一段距离观看着，雨水像面纱一样从他们格子帽的帽舌上流淌下来。

码头边是他们那天早晨在内斯港装货的卡车，现在空了，四周是空空的篮子和成堆的渔网。一群穿着油布雨衣、戴着防水帽的男人站在那里看着下面紫岛号的货舱，多年前载着芬去安斯格尔的就是这艘拖网渔船。生锈的栏杆和饱经风雨的船板被涂上了一层厚厚的新漆。甲板是蓝色的，舵手室刚被漆成了红褐色，看起来就像一个竭力掩饰自己年纪的老妓女。

芬低下头，从人群中挤到码头上。他看到克里斯·亚当斯在领导抗议者呼喊口号，但他现在没时间理会这人。他在其中一顶防水帽下发现了芬利克斯的面孔，于是上前抓住其胳膊。男孩转过身来，芬说："芬利克斯，我得和你谈谈。"

"嘿，老兄！"传来了阿泰尔的声音，听起来温和友善。他拍拍芬的后背，"你来得正好，我们起航之前一起喝杯啤酒吧。你有兴趣吗？"芬回头一看，发现阿泰尔正在另一顶滴水的防水帽下朝他咧嘴笑。"天哪，老兄，你淋得像落汤鸡，难道没穿雨衣吗？过来……"他跳进卡车驾驶室，拿出一件黄色的雨衣夹克罩在芬头顶，"来吧，让我们一醉方休。我想在出发前喝点酒，这次的旅程会非常艰辛。"

麦克尼尔酒吧里人头攒动，空气中充满了水汽和难闻的酒精味，还有酒精刺激下人们兴奋的说笑声。所有的桌子都满了，吧台前围着三四层人。窗户上蒙上了水汽，看上去热气腾腾，就像过去几小时里待在这里的大多数人一样。芬和 12 个塘鹅捕猎手挤到吧台前，那些认出他们的人举杯大声为塘鹅干杯。紫岛号的船员都待在船上，为出航做准备，他们需要为了这次可能充满暴风骤雨的旅程保持清醒。

芬发觉一只手里被塞进了半杯啤酒，另一只手里是一杯威士忌，阿泰尔疯狂地笑着，“一半一半，帮你恢复元气。”这是喝醉的最快方式。阿泰尔又转身走向吧台。芬闭上眼睛，脖子一仰把威士忌灌进了肚里，紧接着又一口气喝完啤酒。他生平第一次想也许喝醉不是一件糟糕的事情。这时他用眼角余光瞥见芬利克斯正朝厕所走去。他把两个酒杯往吧台上一丢，拨开人群追过去。

等他赶到的时候，芬利克斯正在水池边洗手，两个在小便池旁的男人正在拉上拉链。芬等着他们离开，芬利克斯从镜子里警惕地盯着他，感觉事情不妙。门关上后，芬说:“你不打算告诉我那些瘀伤是怎么回事吗？”他看到男孩的脸失去了血色。

“今天下午我告诉你了。”

“这样的事情你为什么不告诉我真相呢？”

这句话芬利克斯之前也曾对芬说过，他转身面对着芬。“因为这不关你的事，这就是原因。”他试图溜走，但芬一把抓住了他，转过他的身子，揪住防水夹克下面的毛衣猛地向上一掀，露出了胸脯上黄紫色的瘀伤。

“天哪！”他把少年面朝里顶在墙上，掀起毛衣查看其后背，象牙色皮肤上布满了丑陋的瘀痕，“你打架了，孩子。”

芬利克斯坚定地挣脱他，转过身来，“我告诉过你，这不关你他妈的什么事。”

芬粗重地喘息着，极力控制住强烈得让他窒息的情感，“这得我说了算。”

“不，你说了不算。18 年来我们都和你没有任何瓜葛，你现在过来搅乱了我妈妈爸爸还有我的生活。为什么你不走开，回到你来的地方？”

门在他们身后开了，芬利克斯的眼光越过芬落到来者身上。他的脸红了一下，推开芬走出厕所。芬转身发现阿泰尔站在门口，脸上带着困惑的微笑，“发生什么事了？”

芬叹了口气，摇摇头，“没什么。”

他想去追芬利克斯，但阿泰尔伸出一只大手往他胸脯上一推，拦住了他，“你对孩子说什么了？”声音里充满了威胁，所有的温暖都从眼睛里消失了。

芬发现很难把眼前这个人和多年前在他父母葬礼上握着他的手的那个小男孩联系起来。“别担心，阿泰尔，我会保守秘密的。”他低头看着那只仍然压在他胸脯上的手。阿泰尔慢慢把手拿开，一丝微笑又爬回他的眼睛，但这是毫无幽默感的笑。

“那就好。我讨厌你插在我们中间。”

芬和他擦身而过，回到了酒吧。他在人群中搜寻着芬利克斯。塘鹅猎手们还在吧台前，他看到吉格斯用那双忧郁的眼睛若有所思地注视着他，但他没找到芬利克斯。有人重重地拍了下他的后背，把他吓了一跳。“啊，这不是那个该死的小孤儿吗？”芬转过身，恍惚间他几乎以为看到了天使麦克里奇，或他的鬼魂。结果他发现自己面对的是天使的弟弟那张色眯眯的红脸。在芬看来，默多·鲁阿兹和上学第一天一样身材高大，只是现在胖了许多，和他哥哥一样。他姜黄色的头发比以前暗了，油腻腻地罩在扁平的大脑袋上。他在一件肮脏的白T恤外面穿了一件风雨衣，胯部松松垮垮地吊着一件牛仔裤，粗糙的大手似乎能压碎板球。“你他妈的又回来干什么？”

“想找到杀害你哥哥的凶手。”

“哎哟，好像你他妈的真的在意似的。”

芬勃然大怒，“你知道吗，默多？也许我并不他妈的在意，但将罪犯绳之以法是我的职责，即便他们杀害了像你哥哥那样的人渣。好吧？”

“不，一点都他妈的不好！”默多愤怒得浑身颤抖，下巴哆嗦着，“你这个他妈的虚情假意的小混蛋！”他猛扑向芬，芬闪向一旁，默多由于惯性撞在一张满是玻璃杯的桌上，玻璃杯碎了一地。受惊的酒徒们一边愤怒地咒骂他，一边从桌边跳起来，啤酒把裤裆和大腿都弄湿了。结果默多双膝跪地，像在祈祷，双手和脸都经受了啤酒的洗礼。他像一头暴怒的狗熊狂吼着，从地上爬起来，转身寻找芬。

芬站在那里，有点上气不接下气，被一群嗜血叫嚣着为他助阵的男人包围着。他觉察到一双有力的手抓住了他的胳膊，转身看到了吉格斯。吉格斯脸色阴沉，表情严峻，“来吧，芬，我们离开这里。”但默多已经猛冲过来，挥舞着像贝尔法斯特火腿一样的拳头。吉格斯把芬拉到一边，默多的拳头打在了一个蓄着海象式胡子的彪形大汉身上。那人的鼻子像软果一样爆开，膝盖一弯，像一袋煤一样沉重地倒在地上。

酒吧里骚动起来，一个女人厉声尖叫道：“出去！滚出去！你们全都给我出去，要不我就叫警察了。”

“他们已经在这里了。”有个爱开玩笑的人俏皮地说，那些认识芬的人都大笑起来。

酒吧经理是个半老徐娘，风韵犹存，柔软的金色卷发环绕着小巧清秀的脸庞。她对这种游戏了如指掌，知道怎么对付一群醉鬼。她用一根粗大的木棍猛烈敲击着吧台面，“统统滚出去！立刻！”没人敢跟她争论。

几十个男人来到窄街上。街上很冷清，雨水在昏黄的路灯下汇聚成了大大小小的水坑。吉格斯拉着芬的胳膊在塘鹅猎手们的簇拥下朝码头走去。呼啸的风中传来默多的咆哮声：“你这个狗杂种！又和你那帮该死的哥们跑掉了，你他妈的总是这样！”

芬停下脚步，从吉格斯手里抽出胳膊。“算了吧。”吉格斯说。

但芬转身面对着死者狂怒的弟弟，一大群人聚集在他身后默默期待着。

“那就来嘛，你这个人渣！你还在等什么？”

芬带着30年来的仇恨狠狠瞪着他，发觉这样不对头，于是他让自己完全放松，叹了口气说：“我们干吗不握手言和呢，默多？打斗解决不了任何问题，从前不会，将来也不会。”他伸出一只手小心翼翼地向这个大块头走去，默多用难以置信的眼神看着他。

“你他妈的是认真的吗？”

“不是，”芬说，“我只是想离你更近些，确保不失手。”他把一只脚稳稳地插在默多的两腿间，出其不意地擒住了他。默多吃惊的表情立刻变成了龇牙咧嘴的模样，痛得弯下了腰，芬趁机抬起一只膝盖顶在他脸上，鲜血从默多的口鼻喷射出来。他踉踉跄跄地向身后的人群退去，人们像红海一样向两侧分开给他让道。芬紧跟着他，紧握的拳头如活塞般击打在他庞大而柔软的腹部，一拳接一拳，他血淋淋的嘴里发出阵阵呻吟。每一拳都是报复。为了芬上学第一天在操场上遭到的侮辱，幸亏唐纳德·默里及时干涉才保住性命。为了他们偷轮胎的那个夜晚的遭遇。为了终身被囚禁在轮椅上的可怜的卡卢姆。为了这些年来这个没种的暴徒实施的所有暴行。芬已经记不清他的拳头挥动了多少下，他完全失去了理智，极度的疯狂压倒了一切。他只是不停地打呀打。默多双膝跪地，眼珠朝上翻，嘴和鼻孔里鲜血直流。周围人们的喊声震耳欲聋。

一双有力的大手抓住他的胳膊摁在他身体两侧，把他拽起来拉到一旁，“天哪，老兄，你快把他打死了！”他扭过头，看到乔治·甘恩脸上困惑的表情。“趁警察还没来，我们走吧。”

“你就是警察。”

“制服警。”甘恩咬着牙说，“如果他们过来的时候你还在这里，你的警察生涯就算到头了。”

芬让甘恩拖着他疲惫地穿过奚落的人群走开了。他瞥见了芬利克斯的面孔。这个男孩好像惊呆了。他还看到阿泰尔为默多·鲁阿兹终于得到报应而开怀大笑。

当他们急匆匆地沿窄街朝王冠路走去时听到了警笛的长鸣，这是疏散人群的信号。默多的两个朋友把默多从地上拉起来拽走了。一切都结束了。

他们在酒吧坐下来后芬还在浑身颤抖。为了不让手颤抖，他把它们平放在吧台上。它们没怎么受伤，他才不会冒险用手去击打骨头，因为那样他自己也很容易受伤。他把拳头集中在对方柔软肥胖的上半身、腹部和肋骨，使其伤痕累累，体力受损，但不让自己受到伤害。一开始的两下子他的靴子和膝盖给对手造成了真正的伤害，30 年来所有被压抑的愤怒和屈辱给他的进攻加了一把火。奇怪的是这并没有让他感觉好受些，不知为什么他感觉恶心、沮丧、失败。

王冠路的高级酒吧里空空荡荡，只有一对年轻的情侣躲在远处的角落里窃窃私语。甘恩坐在芬旁边的凳子上，塞给女招待 5 英镑买酒。他压低嗓音问："你刚才到底怎么了，麦克劳德先生？"

"我不知道，乔治，我把自己弄得像个彻头彻尾的傻瓜。"他低头看到衣服上沾染的默多·鲁阿兹的鲜血，"千真万确。"

"来乌伊格后你从未签到上班，总督察已经很生气了。你可能有大麻烦，长官，大麻烦。"

芬点点头，"我知道。"他喝了一大口酒，直到感到啤酒强烈的刺激。他紧闭双眼，"我想我也许知道是谁谋杀了麦克里奇。"

甘恩沉默了很久，"谁？"

"我并没说他做了这件事，只是他有充足的动机，另外他身上有大量伤痕。"甘恩等他继续说下去。芬又喝了一大口啤酒，"唐娜·默里编造了关于麦克里奇强奸她的故事。"

“我想我们都清楚这点，不是吗？”

“但我们不知道她怀孕了。这就是她说谎的原因，乔治。这样她就可以有个替罪羊，也就不用告诉她父亲真相了。”

“但只要她父亲相信她被强奸了，他就一直有嫌疑，一直有谋杀的动机。”

“但不是她父亲，而是她男友，那个让她怀孕的人。如果他认为她确实被强奸了，他也会有同样强烈的动机去做这件事。”

“谁是她男友？”

芬犹豫了，一旦说出来，秘密就泄露了，他就没办法将其收回，局面将难以控制。“芬利克斯·麦金尼斯，我朋友阿泰尔的儿子。”他转身看着甘恩，“他全身都是伤痕，乔治，好像曾陷入一场恶战。”

甘恩沉默了很久，“你还隐瞒了什么，麦克劳德先生？”

“你为什么会这么想，乔治？”

“因为你花了很大勇气才告诉我这些，长官，因此这就使它变成了私密的事情。如果它是私密的，你还没对我和盘托出。”

芬苦笑了，“你知道吗，你会是个好警察。曾经想过从事这个职业吗？”

“没有，我听说度日如年，我妻子可受不了这个。”

芬的笑容消失了，“他是我儿子，乔治。”乔治皱起了眉头。“芬利克斯。我直到昨晚才知道这事。”他把脑袋埋在手心里，“所以唐娜·默里怀的孩子是我的孙子。”他长出了口气，“乱得一团糟！”

甘恩若有所思地啜着啤酒，“关于你的私生活我无能为力，麦克劳德先生，但也许我可以让你放心，这个男孩与此无关。”

芬猛然转身看着他，“你什么意思？”

“我一直感觉这个牧师不对头。我知道他妻子说他那个周六晚上和她一起待在家里，但众所周知，妻子总是为丈夫撒谎。”

芬摇摇头，“不是唐纳德干的。”

“听我说，长官。”甘恩深吸了口气，“我今天做了些调查。这个岛上有各种不同的教派，你知道。唐纳德·默里属于苏格兰自由教会，他们每年在爱丁堡的圣哥伦布自由教堂召开宗教大会。调查结果发现会议是在今年5月份利斯路谋杀案发生的那一周举行的，这样唐纳德·默里就可能出现在两宗罪行的现场。和所有经验丰富的警察一样，麦克劳德先生，你我都不相信巧合，对吗？”

“天哪！”芬没料到结果会是这样。

“大约一小时前，总督察派两名警察到内斯去传唤他了。”

芬站起来，“我要去警察局和他谈谈。”

甘恩抓住他的胳膊，“恕我直言，长官，你喝酒了。如果史密斯先生闻到你嘴里的酒气，你会陷入比现在更大的麻烦。”

他们听到远处码头上抗议者们仍在反复地叫喊：凶手，凶手，凶手。

“一定是紫岛号正在离港，”芬走到窗户旁，但他从此处看不到克伦威尔街码头。

“他们今晚要去安斯格尔吗？”

芬点点头，“芬利克斯和他们一起去。”

“嗯，那他在接下来的两周内无法到任何其他地方，是吗？早晨你可以和唐纳德·默里聊聊。我想他也不可能去别的地方。”

出了酒吧后芬说：“多谢，乔治，我欠你个人情。”

甘恩耸耸肩，“我今晚来这里找你的原因，长官，是想告诉你我妻子找到了一些野生鲑鱼，和我料想的一样。足够我们三人吃的，她说如果我们愿意的话，她可以为我们烧烤鲑鱼。”

但芬已经心不在焉了，“改天吧，乔治。无论如何，谢谢她。”

甘恩看了看表，“是啊，今天有点晚了。实话告诉你，长官，我更喜欢水煮鲑鱼。”

芬看到对方在眨眼。“我也是。”他把车钥匙递给甘恩，“车停在克伦威尔街停车场。”他和甘恩一起走到北海滩，两人在那里握了握手，芬看着甘恩向停车场走去。紫岛号已经在北海滩码头的尽头向南转弯，消失在海滨大道和卡迪角之间的某个地方。芬在城堡街折回头，穿过窄街，来到了南海滩。从海滩直到远处空寂无人的汽车站的路灯在雨中凄凉地闪烁着，还有新轮渡码头的灯。接近终点的老码头笼罩在黑暗中。

芬双手插在裤兜里，缩着肩膀抵御着湿冷的空气，向废弃的码头走去。码头东侧停泊着一艘油轮，但一个人影也看不到。他看到了紫岛号的灯光，它驶入视线，一路乘风破浪，进入通向山羊岛的海湾。他能看到甲板上走动的人影，但无法分辨出他们是谁，只是些黄色和橙色的模糊影子。

他不知道还能再感受到什么、相信什么或者思考什么，但他知道那个是他儿子的男孩正带着一个秘密在那艘拖网渔船上，他们将穿越变化莫测的大海去北大西洋深处一座荒无人烟的岩石岛上，就在那里，18 年前，芬差点命丧黄泉。

一想到那个男孩将要在岩石上，在屠杀者、炽烈天使和幼鸟车轮之间，他就不胜烦恼，无论男孩的秘密是什么。

# 十七

低低的云层掠过山顶，被一阵强劲的西风推动着越过小岛。斯托诺韦警察局门前街道上悬挂的一个个花篮在风中摇摆，垃圾被风吹得四处飘散。人们扑入风中，缩头弓身地抵御着突如其来的 8 月寒流。

芬离开海港，艰难地沿教会街向前走。他在派克大衣下面穿了一件毛衣，换下的那件沾满鲜血的衬衫浸泡在了宾馆房间的洗手池里。昨晚他睡得很不踏实，难以进入梦乡。他有几次想给莫娜打电话，但又能对她说什么呢？他们不用再为罗比的离去而伤怀？因为他已经找到了另一个他甚至从来都不知道的儿子？

他穿过停车场，从后门进入警察局。值班警官正斜靠在吧台上填表。公共厕所里散发的漫天的臭味和盘旋在囚室里的消毒剂味被烤面包和咖啡的香味冲淡了。芬抬头看了一眼吧台上方的监控摄像头，向值班警官出示了身份证。

“默里牧师还在这里吗？”

警官冲过道里点了点头。通向囚室的大门敞开着，大多数囚室门也半开着。“右手第一个门，没有上锁。”看到芬的神态有些吃惊，他解释道，“他仍在协助我们调查，长官，还没有被正式拘留。你要来杯咖啡吗？”

芬摇摇头，向过道走去。里面很整洁，房间刚粉刷过。米色的墙壁，浅棕色的门。他推开右边第一间囚室的门，唐纳德正蹲在靠墙的矮木凳上吃烤面包，高处有扇小小的窗户。旁边的凳子上放着一杯热气腾腾的咖啡。他皱巴巴的衬衫上仍戴着牧师领。他的脸也和衬衫一样皱巴巴的。看起来他和芬一样彻夜未眠，熊猫眼周围有深深的阴影，乱蓬蓬的头发从前额垂下来。他扫了一眼芬，差点没认出来。

“你看到了吗？”他朝芬左边的角落歪了下头，芬低头看到深红色的混凝土地板上涂写着大写字母 E，旁边有一个白色的箭头。“箭头指向东方的麦加，这样穆斯林囚徒就会知道朝哪个方向祈祷。警官告诉我，他不记得这里曾关押过穆斯林囚徒，但这是规矩。我问他能否给我一本《圣经》，这样我就能在这个鬼地方感到一丝安慰。他抱歉说，《圣经》不知弄哪里去了，但他能给我一部《古兰经》和一块祈祷垫，如果我想要的话。”他抬头看着芬，脸上充满蔑视的表情，“这里一度是基督教的地盘，芬。”

“是的，还有基督教的价值观，比如真理和诚实，唐纳德。”

唐纳德直视着他的眼睛，“我没有杀天使麦克里奇。”

“我知道。”

“那我为什么在这里？”

“这事儿我说了不算。”

“他们说我在爱丁堡的时间和另一桩谋杀案的时间相同，可是几十万人都在那里。”

“你能解释一下那天晚上你的行踪吗？”

“有几个人和我住在同一家旅馆。我想我们是在一起吃的晚餐，他们和其他人一起退房了。当然，那解释不了我上床睡觉后的行踪，因为我一个人住。”

“很高兴听到这一点。他们说每次有宗教大会，爱丁堡的妓女数量都会增长。”唐纳德愠怒地看了他一眼。“无论如何，这不重要。你的 DNA 样本结果出来的时候，会洗清你杀害麦克里奇的罪名。上帝的条形码。”

“你怎么这么确定我没干这件事？”

“昨天晚上我想了一夜。”

“很高兴我不是唯一彻夜不眠的人。那你得出什么结论？”

芬斜靠着门框，感到虚弱乏力。“我一直认为你是个好人，唐纳德，总是坚持信仰，不向暴徒屈服。我从未见你对任何人动过一根指头。你的力量来自精神，而不是蛮力。你不用诉诸武力，就可以轻松搞定。我认为你不可能杀害任何人。”

“嗯，谢谢你的信任。”

芬无视他的语气，“但你非常顽固、骄傲、自我。”

“我就知道会有后话。”

“勇敢面对暴徒，舍己为人，反抗你的父亲，扮演叛逆者的角色。你最终皈依上帝，都是出于同样的原因。”

“什么原因？”

“你不顾一切想成为万众瞩目的对象的渴望。一切都关乎你的形象，唐纳德，是吗？你的自我形象，你想留在别人心目中的形象。敞篷跑车，一茬茬更换的漂亮女孩，吸毒，酗酒，骄奢淫逸的生活。现在又当牧师，再也没有比这个职业更引人注目的了，起码在路易斯岛上是这样。这一切最终归结到一件事上。你知道是什么吗？”

“你干吗不告诉我，芬？”虽然他不屑一顾，但芬的话起了作用，唐纳德的脸颊腾地红了。

“骄傲，你是个骄傲的人，唐纳德，你的骄傲比什么都重要。这太好笑了，因为我一直认为骄傲是桩罪行。”

“别拿《圣经》来教训我。”

但芬不想放对方一马，“骄兵必败。”他离开门框，把手插在兜里，走到囚室中间，“你很清楚麦克里奇从未强奸过唐娜，我认为你也知道她为什么这么说。”

唐纳德终于把视线移开了，紧盯着地板上某个只有他能看到的东西。芬注意到他的手指紧紧握住咖啡杯。

“你知道她怀孕了，对吗？但你宁愿对事实视而不见，想让全世界的人都相信是麦克里奇的错。因为这件事会破坏你的形象。如果牧师女儿的肚子被搞大了，不是因为被强奸，而是因为和男友两厢情愿发生了性关系，这对你的名誉是多大的玷污，对你的骄傲是多大的打击。”

唐纳德仍盯着地板，下巴的肌肉愤怒地绷着。

“想想吧，唐纳德，你的妻女都害怕你。害怕！我告诉你另外一件事，天使麦克里奇一文不值，但他不是一个强奸者。他的形象不那么光彩，但他记忆中不该有这样的污点。”

芬匆匆走下楼梯，被那些让他大多数夜晚不能安然入眠的想法困扰着。没有一个想法和总督察汤姆·史密斯有关，因此他没有立刻听出对方的声音。

“麦克劳德！”喊声低沉生硬，带着格拉斯哥口音。芬没有回应，喊声更大了，“麦克劳德！”芬转身看到史密斯正站在一间敞开的问讯室门口。“进来。”

那个精明圆滑、衣冠楚楚的格拉斯哥首席调查官的形象不见了，他胡子拉碴，衬衫皱巴巴的，袖子随意地卷到肘处，油腻的头发打着卷垂在宽阔、平坦的前额两侧，百露香水味被一种淡淡的难闻体味取代，这种气味更糟。显然，他也一夜未眠。

他关上门，让芬坐在桌子旁。桌子上到处是文件，还有一个满得快要溢出来的烟灰缸，但他自己没坐。“你已经进去和默里谈过了。”这不是个问题。

“你们抓错人了。”

“利斯路谋杀案发生的当晚他就在爱丁堡。”

“岛上其他苏格兰自由教会的牧师也在那里。”

“但他们没有杀害麦克里奇的动机。”

“默里也没有。他知道麦克里奇从未强奸过他的女儿，是她男友让她怀孕的，因此她就编造了这个故事。”

史密斯一反常态，无言以对，不过那只是暂时的。“你怎么知道这件事？”

“因为我了解这些人，总督察。我是他们中的一员，正如我来的那天你很高兴地向我指出的那样，他们头脑简单。”

史密斯生气了，“我才不吃你这一套，麦克劳德。”

“不过你想侮辱我的时候，我应该逆来顺受，对不对？”

史密斯反驳道：“既然你他妈的那么聪明，麦克劳德，显然你知道是谁杀死了麦克里奇。”他停顿了一下，“对吗？”

“不知道，长官。不过我认为你从一开始就是对的，此案与爱丁堡案之间并无联系，只不过有人想把我们领进一条死胡同。”

“很荣幸得到你的认可，督察。你到底是什么时候得出这个结论的？”

“验尸时，长官。”

“为什么？”

芬摇摇头，“就是感觉不对头。太多的事情对不上，很小的事情，但足以使我认为我们也许找的是两个不同的凶手。”

史密斯踱到窗口，粗短的胳膊交叉在胸前。他转身面对着芬，“你什么时候和我分享一下？”

“那不是一个结论，长官，只是一种感觉。但如果我和你分享了，你就会把我送上第一班回爱丁堡的飞机。我觉得我对当地的了解可以为这次调查提供一些线索。”

“你认为你有权力做出这样的决定吗？”史密斯怀疑地摇摇头。他斜靠在桌子上，握紧拳头，吸吸鼻子，“我没闻到酒精。你今早过来前漱口了吗？”

芬皱了皱眉，“我不知道你在说什么，长官。”

“我说的是我手下的一名警官昨天晚上卷入了窄街的一场酒

后斗殴，我说的是这名警官还要继续听从我的指挥，直到登上这里的第一班飞机离开。我想让你离开这个岛，麦克劳德。如果你赶不上飞机，乘渡船回去吧。”他挺直了并不高大的身躯，“我已经和你在爱丁堡的部门主管谈过，所以我想你回去后肯定能受到热情接待。”

他还没有真正回到岛上，却半途而废，所有那些和过去的鬼魂的痛苦相遇也结束了，他几乎感到如释重负。芬利克斯说得对，18 年来他都和他们没有任何瓜葛，他没有权利返回来卷入他们现在的生活。一个男人被谋杀了，凶手仍然逍遥法外，但那再也不是他的责任。他要回家了，如果家还是从前的那个家，如果莫娜仍然在那里。他可以很简单地拉上窗帘，忘掉一切，放眼未来而不是留恋过去。但是为何这样的前景让他内心充满了忧虑？

芬匆匆经过走廊里路易斯和哈里斯的地形图，推开进入接待室的防火门。玻璃后面的值班警官抬头看了看，监控画面在他背后的一块块屏幕上闪烁。窗户对面靠墙的塑料椅子上坐着两个耐心等待的孤独身影，但芬没有注意到她们。他都快走出前门时，其中一个人叫着他的名字站了起来。

卡特里奥娜·麦克法伦——芬认为按她现在的身份应该是卡特里奥娜·默里——正站在那里，双手紧扣在身前。她看起来面色苍白、神情沮丧。一个看起来不超过 12 岁的小女孩坐在那里，头发束在脑后，素面朝天，面无血色，像一个小小的玩具娃娃被背后的椅子支撑着。震惊之余，芬意识到这一定是唐娜。她看起来那么小，很难让人相信已经怀孕 3 个月了。也许化妆后看起来大些。她长得不难看，朴实无华，和她父亲肤色相同，同样细腻的象牙皮肤、沙色头发。她穿着牛仔裤，一件几乎把她包裹起来的滑雪衫下是粉色衬衫。

“狗杂种！”卡特里奥娜说。

“我和此事无关，卡特里奥娜。”

“你们什么时候让他走？”

“据我所知，他随时可以走。我要被送回爱丁堡了，你很快就会如愿以偿，我再也不会打扰你们了。”他们的生活和他再也没关系了。

他推开旋转门，快步走下楼梯，进入呼啸的风中。他穿过肯尼思大街，走到炸鱼薯条店附近时听到了后面人行道上的脚步声。他回头张望，看到唐娜正从教堂街追过来。她妈妈站在警察局的台阶上，叫着女儿的名字，但唐娜对其置之不理。女孩追上芬后停了下来，气喘吁吁地说：“我要和你谈谈，麦克劳德先生。”

他们坐在窗边的桌子旁，一个嚼着口香糖的女招待给他们端来两杯咖啡。窗外，克伦威尔街上车水马龙。外面仍然一片昏暗，灰蓝色的大海卷起白色浪花，呈弧线冲向港口。

女孩玩弄着匙子，“我不知道为什么点了咖啡，我根本不喜欢喝。”

“我给你点些别的东西。”他举手叫招待。

“不用，没事。”唐娜继续玩弄匙子，在溅上了咖啡的碟子上转动着杯子。芬给自己的杯子中加上糖，耐心地搅拌。如果她要告诉他什么事，他就让她自己选择合适的时间开口。他啜了口咖啡，微温而已。她最终抬头看着他，“我知道妈妈把我和麦克里奇先生之间的真相告诉你了。”对于一个诬告男人强奸的女孩来说，她的眼神却特别坦率，“我也特别确信我爸爸知道那是个谎言。”

“他确实知道。”

她看起来很吃惊，“那你也一定知道我爸爸没有杀他。”

“我从没想过你爸爸会杀任何人，唐娜。”

“那你们为什么拘留他？”

“他没有被拘留，他在协助调查，只不过是例行公事。”

“我从没想过引起任何麻烦。”她紧咬嘴唇，芬看到她在努力克制泪水。

“你怎么跟芬利克斯说的？”

她突然不哭了，警惕地看着对方，“你什么意思？”

“他知道你怀孕了吗？”

她摇了摇低下的头，又接着玩匙子，“我……我还没能告诉他，还没有。”

“那他没理由不相信你关于麦克里奇的故事，除非你告诉了他。”

她沉默了，片刻后摇摇头，“是吗？”

“那他相信你被麦克里奇强奸了？”

她抬起头，眼睛里充满愤怒，“你不能认为是芬利克斯杀了他，我一生中从没见过比他更温柔的人。”

“不过，你不得不承认，你给了他一个相当强的动机。他身上有很多他自己都难以解释的伤痕。”

她现在看起来不是愤怒，而是迷惑不解，“你怎么能那么想自己的儿子呢？”

一瞬间，芬内心所有的冷静都离他而去。他回想着她说的话，以为自己听错了。他用嘶哑的声音问道：“你怎么知道的？”

她知道现在她扳回了一局，“因为芬利克斯告诉我了。”

简直令人难以置信。“芬利克斯知道这件事？”

“他一直都知道，或者，至少从他记事起。麦金尼斯先生多年前就告诉他，他不是他的儿子。我的意思是，芬利克斯甚至都不记得那是什么时候了。他只是一直都知道。”她又恢复了那种坦率的眼神，“他告诉我时满眼含泪，这让我觉得对他来说我一定很特别，因为他从未告诉过其他人，从来没有。对我来说，就好像，哇，他只和我分享这个秘密。”说到这里她脸上的光芒消失了，“我们都很确定，这就是他爸爸多年来一直毒打他的原因。”

芬惊呆了。他的喉咙干渴，感觉恶心，“你什么意思？”

“他爸爸是个强壮的人。而芬利克斯，嗯，到现在还没成为健美先生，不是吗？所以这种情形还在继续。”

“我不明白。”他一定误解了。

“你有什么不明白的呢，麦克劳德先生？芬利克斯的父亲毒打他，已经好多年了。你从来没见到过。不过可怜的芬利克斯的肋骨断了，有一次一条胳膊也断了，胸前、背后和腿上到处是瘀伤，好像他要在儿子身上消除掉父亲的罪过。”

芬闭上眼睛，希望自己从噩梦中醒来，但唐娜还没有结束。

“芬利克斯总是把这事掩盖起来，从没告诉过任何人。直到那天晚上他和我，你知道，做爱。我亲眼看到了，他就告诉了我。他爸爸——唔，那人根本不是他真正的爸爸，对吗？——阿泰尔是个魔鬼，麦克劳德先生，一个彻头彻尾的魔鬼。”

# 十八

安斯格尔岛上的事故破坏了那个夏天余下的时光。我不确定它有没有破坏我的余生。我在医院里待了大概差不多一周的时间。他们说我患了严重的脑震荡，随后的几个月里我头疼不已。他们怀疑我头颅骨折，但是 X 光片上没有任何症状。我的左胳膊两处骨折，打了一个多月的石膏。我全身青一块紫一块的，刚苏醒时几乎动不了。

马萨丽每天都过来看我，但我并不真的想让她在这里。我不知道为啥，但我觉得她的存在让我心烦意乱。我觉得她被我的冷酷深深伤害了，对我失去了所有的热情。姨妈过来了几次，但她并没有表现出非常同情的样子。那时她一定知道自己快要死了。我和死神擦肩而过，但他们说我会痊愈的，她为什么还要在我身上施舍无谓的同情呢？

吉格斯也来了，只有一次。我依稀记得他坐在我床边，用那双深邃、碧蓝的眼睛关切地注视着我。他问我，对于发生的事我记得多少，不过我那时的记忆还非常模糊。我对发生的事情的记忆支离破碎，意象混乱。阿泰尔的爸爸爬到我旁边的岩架上，他很恐惧。他的尸体躺在悬崖下的岩石上，海水伸出冒着泡沫的手指把他拖走。两周里发生的事情一片模糊，好像我正透过一层薄雾回头窥视。那是脑震荡的缘故，他们说。只有随着时间的流逝，这层薄雾才会慢慢消散，焦点更加清晰。

住院期间我记得最清楚的是阿泰尔一次也没来看过我。最初几天我并没有意识到，但随着我日渐康复，他们开始谈论把我送回家，我才意识到他从没有来看望过我。我问过马萨丽，她说他妈妈一直状况很糟。葬礼举行过了，但没有尸体，只有一口无主的棺材被一路抬到了克罗伯公墓，里面装着屈指可数的珍贵物品。他们说没有尸体，灵魂很难得到解脱。既然大海肯定永远不会放弃他，我不知道麦金尼斯先生死后如何获得解脱。我想也许阿泰尔责怪我了。马萨丽说她认为这不是责怪不责怪的问题，只不过接受父母的死亡让人痛苦。在所有人中，我，作为孤儿，应该最了解这点。当然，我确实了解。

最艰难的时光是从出院到去上大学之间的那段日子。那是一段停滞期，日子空虚而漫长。已经进入 9 月份，夏天快过完了。发生在安斯格尔岛上的事和阿泰尔父亲的死使我极度压抑。对去格拉斯哥上大学的热情减退了，但我仍希望去大陆会给我的思想带来巨大改变，我会设法将所有事情抛于脑后，重新开始。

我发现自己在躲避马萨丽，为我们曾安排在格拉斯哥共用一个房间感到后悔。不知为什么，她看起来正是我想告别的过去的一部分。我也回避和阿泰尔有关的事情。如果他不能来医院看望我，那我当然不想去见他。

晴天时我会沿悬崖散步很长时间，沿东海岸向南走，经过一座古老村落和教堂的遗址，来到道拉斯达长长的银色海滩，在沙丘中连坐好几个小时，凝望着海水。此时唯一能看到的人是来自大陆的度假者，唯一的伴侣是盘旋在明奇海峡悬崖旁成千上万只觅食的海鸟。

有一天，我散步回来后，姨妈告诉我阿泰尔的母亲中风了，她觉得情况很糟糕。那时我知道我不能再回避他了。我的胳膊上还绑着石膏，不能骑自行车，所以我步行去了。你越是希望旅途没有尽头，越是很快走完。走到阿泰尔家的平房根本没费多久，这让我更觉得不合情理，我居然没早过来。

他父亲的汽车就停在去安斯格尔前停放的那条车道上，更强烈地提醒人们他还没有回来。我敲了敲后门，心情忐忑地站在台阶上等着。好像过了一个世纪，门才打开。阿泰尔站在那里俯视着我。他的脸色苍白得要命，眼皮下是黑黑的眼圈。他瘦了。他面无表情地看着我。

“我听说你妈妈的事了。”

“进来吧。”他打开门，我走进厨房。他爸爸的烟草味依然在房间里徘徊，这是另一件提醒其不在的证物。同时还有一股难闻的陈腐饭菜的气味，肮脏的盘子堆积在水槽里。

“她怎么样？”

“她一边身体瘫痪，很多运动神经功能丧失了，语言能力受到影响。她死了的话也许还好些，不过大夫认为或许能得到改善，如果她活着的话。她从医院回到家的时候，别人告诉我要用勺子喂她饭。她差不多再也不能走路了。”

“天哪，阿泰尔，对不起。”

“他们说这是我父亲的死给她造成的打击。”这让我感觉更难受了，如果真是这样的话。但他耸了耸肩，扫了一眼我胳膊上的石膏，“你怎么样了？”

“还是头痛。下周把石膏取下来。”

“那正好来得及去格拉斯哥。”他语气中含着讥讽。

“你没来医院看我。”我没用提问的语气，但我们两人都知道我在询问原因。

“我一直很忙。”他火气很大，“我要安排一场葬礼，成千上万个问题需要处理。你想过死亡会带来多少繁文缛节吗？”但他并没有期待答案，“你当然不会想到。你父母去世时你只是个孩子，其他人处理所有乱七八糟的事。”

他的刻薄让我很生气。“你在责怪我，是吗？因为你爸爸的死？”我脱口而出。

他用奇怪的眼神看了我一眼，使我感到慌乱，“吉格斯说你不大记得在安斯格尔岛上发生的事情了。”

“有什么可记得的？”我说，仍然感到慌乱，“我掉下去了，是的，我不大记得是怎么掉下去的。也许因为某个愚蠢的举动。你爸爸爬到岩架上救了我的命，如果因此我就对他的死负责的话，那我认错。对不起，我一生从来没有感觉到这么遗憾。他很伟大。我记得在岩架上他告诉我说一切都会好的，确实如此，但并不包括他。我一直对他心存感激，阿泰尔，一直。不仅仅是因为他救了我的命，还因为他给了我希望，因为他为让我通过考试所付出的日日夜夜。没有他，我永远也不可能通过。”所有的痛苦和内疚，我一股脑儿地倾诉出来。

我记得阿泰尔瞪着我，眼睛里仍然带着那种奇怪的神情。我想他一定在衡量我应该承担多大的罪责，因为看起来他下了定论，所有的紧张和愤怒瞬间消失，如同毒素从被切除的疖子中流出来。他摇了摇头，“我没责怪你，芬，没有。真的，只是……”他的眼睛里充满了泪水，“父亲的死让人难以接受。”他深深地、颤抖地吸了口气，“现在又出了这种状况。”他无奈地举起双手，又沮丧地放下。

我为他感到难过，以至于做了一件以前从未做过的事情，高大的、富有男子气概的路易斯男人绝对不会做的事情。我拥抱了他。我能感觉到他一开始很吃惊，短暂停顿之后，他还给我一个拥抱。我感到他新长的胡子楂儿蹭在我的脖子上，身体因抽泣而颤抖着。

我和马萨丽在9月末各自去了格拉斯哥大学，在百乐思路的克勒斯酒吧邂逅。我们都把行李放在希尔伯格路上的住处了，但还有些问题有待解决。就我而言，我不得不面对并处理我对马萨丽的感情，或者缺乏感情的问题。那时我无法解释，现在依然如此。我从安斯格尔之行中死里逃生，但内心的某种东西在岛上死去了，如同马萨丽多年之后所说的那样，而马萨丽在某种程度上和我内心逝去的那部分联系在了一起。我需要重新开始，重新成长，我不知道把马萨丽放在这个进程的哪个位置，如果能放进去的话。对马萨丽而言，问题比较简单：我到底想不想和她在一起。我必须承认我的怯懦。我不擅长结束关系，可以快刀斩乱麻的时候，我通常会犹豫不决，害怕造成伤害。当然，最后总是搞得一团糟，甚至把人伤得更深。因此我不忍心，或者缺乏勇气告诉她一切都结束了。

相反，我们喝了几杯，去阿什顿路上的一家中餐馆吃了顿饭。我们吃饭时喝了些葡萄酒，结束时又喝了几杯白兰地，回到公寓的时候已经酩酊大醉。我们的客卧两用出租屋是公寓楼前面的一个大房间，我觉得以前可能是起居室。高高的天花板上有模压飞檐，雕刻精致的木质壁炉里是煤气取暖器，华丽的彩色凸窗透过树丛俯视着下面的道路。一节短短的楼梯上面是公用卫生间，公寓楼后面是宽大的公用厨房，一扇窗户俯视着后院，旁边有一张硕大的餐桌和一台电视。我们进去时能听到其他学生正在厨房谈话、听音乐，但我们那晚不想和人交流。我们直接进入自己的房间锁上了门。街灯的光照过来，树叶在地板上形成斑驳的阴影。我们甚至都没拉上窗帘就打开长沙发，脱掉了衣服。我想如果有人看的话，从路对面就可以看到我们，但我们并不在意。在酒精和荷尔蒙的刺激下，我们疯狂地做爱，短暂而激烈。

距离我们上次在尼斯港的海滩上做爱好像已经很久了。在格拉斯哥的第一个夜晚满足了一些生理上的需求，但结束的时候我仰面躺在那里，盯着天花板，看着反射的光线与外面微风吹过的树叶一起摇曳。这次做爱和以前不同了，我感觉内心空虚，知道一切都完了。我们两个都必须面对现实，这只是时间早晚的问题。

有时当我们不想承担过错的时候，就会策划一些情境，让命运或者另一方为一段关系的破裂承担罪责。这就像我和马萨丽在格拉斯哥大学第一学期的情形。现在回顾往事，我不确定从秋天开始直到我们在那座城市的第一个冬天，那个潜藏在我体内的人到底是谁，但他是个暴躁好斗的混蛋，喜怒无常，难以相处。他经常酩酊大醉，吸食过量的毒品，愿意的话就和马萨丽做爱，其他时间对她弃之如敝屣。我羞于承认我认识她，或者和她有一丝一毫的联系。

我发现了自身的很多东西。我发现我并不真正对艺术或拿到学位感兴趣。事实上，我对学习没有丝毫兴趣。想到可怜的麦金尼斯先生在我身上浪费的那些时光我就感到惋惜。所有那些时间和努力都白费了。我发现我就是苏格兰低地人所说的乡巴佬，土包子苏格兰高地人，这一点从我难听的口音中就会立刻辨认出来，我下定决心要消除它。对于不说盖尔语的人来说，盖尔语很可笑，所以我不再对马萨丽说盖尔语，甚至我们单独在一起的时候也是。我发现我对女孩很有吸引力，从来不缺乏投怀送抱的女孩。那时艾滋病还没有产生巨大的影响，性关系比较随便。我和马萨丽去参加一个聚会，却和另一个女孩离开。我回到公寓时，发现她孤零零地在黑暗中躺着。她从不承认为我流泪，但我看到了她枕头上的睫毛膏污渍。

第一学期期末情况终于恶化了。走廊对面的房间有两个女孩同住，其中一个喜欢我。她对此从不隐瞒，甚至马萨丽在一旁的时候也不例外，马萨丽因此恨她。她叫安尼塔，长得很好看，但尽管她百般挑逗，我从未为之所动。她太热情了，就像辛河。我总是对这类女孩敬而远之。

有一天我从学校早早回来，翘课去了酒吧。我已经把那年的助学金快花光了，但我满不在乎。我正不顾一切地朝自我毁灭的道路上走去。天气寒冷刺骨，城市上空的阴云孕育着雪花，商店里到处是一派圣诞节的气氛。我父母正好是在圣诞节两周前去世的，自此以后，每年的圣诞节我都变得痛苦和压抑。姨妈更是从来没有使圣诞节成为一个对我来说重要的日子。其他的孩子都兴高采烈地期待圣诞节的到来，我只是怀着恐惧，惴惴不安。这座大城市里所有在商业利益驱动下制造的虚假快乐，灯光、树、花哨的橱窗展示、无休止播放的圣诞歌曲，只是更加增强了我无所适从的感觉。

我带着些醉意和自怨自艾的情绪走进公寓。安尼塔正独自在厨房里卷一节大麻烟卷，抬头看到我时她很高兴。

“嘿，芬，我刚搞到了一些不错的可卡因。你想吸一口吗？”

“当然。”我打开电视，BBC2 正在播放一部用盖尔语配音的糟糕的动画片。再次听到盖尔语我有种奇怪的感觉，尽管只是卡通音，也让我很想家。

“天哪，”安尼塔说，“我不晓得你怎么能听懂，它的语速快得像是在说挪威语。”

“你他妈的滚一边去！”我用盖尔语对她说。

她微笑着，“嘿，你说什么？”

“我说我想和你做爱。”

她故作忸怩地扬起一边眉毛，“马萨丽会怎么说？”

“马萨丽不在这里。”

她点燃大麻，不紧不慢地吸了一口，接着递给我。我一边把烟吸入肺里，一边看着烟雾缓缓地从她嘴里飘出来。我把烟吐出来后问：“有人在和你做爱时说盖尔语吗？”

她大笑，“说盖尔语？你什么意思？”

“如果有人说过的话，你就不会问了。”

她站起来，从我手里拿走大麻塞进自己嘴里，接着又放进我嘴里，这样我们可以一起吸。我感到她的乳房紧紧压在我胸口，她把一只空闲的手放在我两腿间。“你为什么不做给我看呢？”

如果我们当时去了她的房间而不是我的，结果可能会截然不同。但在酒精和大麻的刺激下，还有一个女孩的手放在我裤裆里，我就忘乎所以了。早晨起床后床铺还没有整理，我打开煤气取暖炉，我们脱掉衣服，爬进了头天晚上我和马萨丽刚用过的被子里。被子很凉，我们紧紧拥抱在一起取暖，我温柔地用盖尔语对她说着话。

“你好像在对我念咒语。”她说。从某种程度上来说确实如此，我在用我父亲还有父亲的父亲的语言施展魔法。劝诱，哄骗，许诺我无法兑现的东西，进入她的身体把我的种子播撒在里面。当然，她吃了药，所以种子落在了石头地面上。但在那一瞬间，那是种解脱。不是对她，而是对我而言。这是一个重新与曾经的芬·麦克劳德联系的机会，重新又成为那个只说盖尔语的男孩，自由地接触我的祖先，重新和他们在一起。不过，实事求是地讲，我觉得是大麻在起作用。

我不确定什么时候意识到了马萨丽站在门口。当我有这种意识的时候，猛然抬起头，看到她的脸惨白如纸。

“怎么了？”安尼塔说，接着她也看到了马萨丽。

“你为什么不拿起衣服滚出去？”马萨丽非常平静地告诉她。

安尼塔看看我，我点了点头。安尼塔气急败坏地从床上爬下来，收拾起地板上的衣服，噔噔噔地穿过走廊回到了自己的房间。马萨丽在她身后关上门，她的眼神如同被主人踢了一脚的狗：背叛，伤害，破碎的信任。我知道我无话可说。

“你知道，我从来没告诉过你，”她说，“我申请上大学的唯一原因是因为我知道你申请了。”我意识到那一定是在大伯纳岛邂逅之前的事。我想到了小学时那封她请求我不要带着艾琳·戴维斯去参加毕业舞会，署名为农场女孩的信，于是我明白了她一直都没有停止过爱我，这些年来一直都是。我不得不把眼神移开，再也无法和她对视，因为我明白我做了些什么。最终，由于我的残忍和自私，我剥夺了她的希望，那个终有一天她会让我浪子回头的希望，找回那个曾经的芬的希望。和她一样，我也不知道那个芬去哪里了，也不确定自己是否有希望把他找回来。

我想说对不起，想抱着她，告诉她一切都会好的，就像麦金尼斯先生在悬崖岩架上告诉我的那样，但我知道不会好了，我怀疑她是否也知道这一点。

马萨丽再也没说什么。她把手提箱从衣柜顶上拿下来，开始往里面塞衣服。

“你要去哪儿？”

“回家。明天我要坐火车去因弗内斯，接着坐汽车去阿勒浦。”

“今晚你住哪儿？”

“不知道，但肯定不在这个屋子里。”

“马萨丽……”

“不要，芬！”她厉声打断我，接着语气温柔了些，喉头哽咽，“请不要。”

我坐在床边，依然赤身裸体，冷得浑身打战，看着她打包。打完包后她穿上外套，拉着行李箱一言不发地走出了房间。过了一会儿，我听到前门开闭的声音。

我走到窗前，看着她艰难地朝百乐思路走去。那个在上学第一天坐在我身边，主动提议做我翻译的小女孩，那个在米兰尼斯农场谷仓高高的草垛上偷走我初吻的女孩，那个当我在教堂里掉了糖块时为我承担罪责的女孩。过了这么多年后，我终于伤得她体无完肤，将她驱赶出了我的生活。大而饱满的雪花从天上飘落下来，在她到达红绿灯前，她的身影就模糊不清了。

在此之后，我只回到岛上一次，那就是第二年 4 月份姨妈突然去世的时候。我说突然，只是因为这个消息对我来说犹如晴天霹雳。但事实上，她的病从发现到恶化已经持续好几个月了。我不知道她病了，尽管后来发现她在去年夏天就已诊断出来是癌症晚期。她拒绝化疗，告诉医生她度过了幸福而漫长的一生：喝最好的酒，吸最好的烟，和最优秀的男人（还有几个女人）睡过觉，花他们的钱如流水。为什么要糟蹋最后 6 个月呢？结果，她又活了近 9 个月，她生命中的最后一个冬天大部分是在那个冰冷刺骨的房子里痛苦而孤独地度过的。

我坐汽车到了内斯，又步行穿过克罗伯村，上山来到港口附近的那座老白屋。那是个初春，微风拂过枯萎的草丛，淡淡的阳光时不时穿透大片飘浮的云彩，把温暖洒向人间。

屋子里还有冬天的寒气、潮气和消毒剂的气味。插着干花的彩色花瓶、紫色墙面、她风华正茂时购置的粉红和橘色布料，现在已俗气不堪，令人伤感。不知怎的，她赋予了这些东西生命力，没有了她，屋里显得空荡荡的。

炉栅里残留着她点燃炭火后燃烧的灰烬，异常冰冷。我在她座位上坐了很久，凝视着火炉，想着这些年和她一起度过的日子。蹊跷的是那时我关于她的记忆少得可怜，我拥有一个多么奇怪、冷酷的童年。

在我的卧室里，我找到了她塞进盒子后堆在衣橱里的所有旧玩具，它们使我悲伤地想起急于抛在身后的过去。我想起了《圣经·哥林多前书》中保罗写给哥林多人的话：我是孩子的时候，话语像孩子，心思像孩子，意念像孩子；既已长大成人，就把孩子的事丢弃了。所有那些在克罗伯自由教堂度过的安息日都留下了它们的印记。我把玩具拿到楼下，扔进垃圾箱。

我不知道怎么处理姨妈的物品。打开她卧室里的衣橱，我看到她的衣服成排地挂着，她死亡的阴影使它们变得色彩暗淡了。

她保留着那些再也无法穿上身的裤子、裙子和衬衫，好像心存幻想，总有一天，她可以重新找回那个60年代的自己:年轻，苗条，魅力无穷，美好的人生等待着她。

在这所房子里，我一晚上都不想待，但我无处可去，因此夜幕降临的时候我点燃了一堆火，用毯子紧紧包裹着自己，睡在火堆前面的长沙发上，恍惚中奇怪地梦见姨妈和麦金尼斯先生一起在空荡荡的舞池里跳舞。

一阵砰砰的声音把我惊醒了。天已大亮，我看看手表，发觉睡了近10小时。有人敲门，我去开门，身上仍然裹着毯子，在强烈的阳光下眯起了眼睛，看到一个叫莫拉格的女人。我想她是我的一个表亲，但比我年龄大得多。我不确定在我父母的葬礼之后我是否见过她。

“芬，我想一定是你。我能闻到泥炭烟味，所以知道有人在家。我有钥匙，不过如果有人在的话我不想用它。你知道葬礼就在今天吗？”

我睡眼惺忪地点点头，想起姨妈从没说过莫拉格一句好话，不过结果却是莫拉格独自安排了一切与葬礼有关的事情。“进来吧。”

正是莫拉格解决了姨妈物品的问题。她说，有的东西她家可以用，他们不能用的东西，她会带到斯托诺韦的慈善店。“有人把你所有的旧玩具都扔出去了。”她非常气愤，“我在垃圾箱里找到了它们。我已经把它们放进了行李箱，这样它们就不会浪费了。”我想，那些玩具会给其他孩子长大后带来回忆，但愿他们比我更快乐。

教堂里没多少人。几个远亲，几个逢葬礼必去的村民，几个爱管闲事的邻居，他们也许想知道更多关于这个独居的古怪老女人的事情。仪式结束后，我站起来朝门口走去，盖尔语的圣歌仍然在耳边回响，这时我才看到阿泰尔和马萨丽一起从后面的座位上悄悄溜了出去。他们一定看到我就在前排，却迅速溜走了，好像在极力躲避我。

不过，15 分钟后，当我们十几个人准备把姨妈的遗体送到墓地时，他们却出现在房子外面送葬的人群中。阿泰尔冲我点点头，又和我握了握手。后来当我们从柏油路面上抬起放在椅背上的棺材时，我和阿泰尔已经肩并肩走在一起了。我确信棺材比我姨妈本身重。我看到马萨丽穿着黑衣站在一群女人中，在男人们开始通往墓地的漫长路途时她们站在一边观望。这次我和她四目相遇了，但只是一瞬间，她迅速把视线转向了地面，好像悲痛不已。她对我姨妈了解甚少，更别谈喜欢了，因此她哀悼的肯定不是姨妈。

直到我们把姨妈放入地下，等着掘墓人埋葬她时，阿泰尔才第一次和我说话。我们一小群人零零散散地穿过墓碑，朝墓地出口走去，从大西洋横扫而来的狂风让人步履艰难。他说："大学怎么样？"

"不像宣传的那么好，阿泰尔。"

他点了点头，好像明白了，"你喜欢格拉斯哥？"

“还行，比这儿好。”

我们只聊了几句就到了墓地出口。我和他滞后几步，让其他人先走。他转身看着我，过了好长时间才说：“有件事你得知道，芬，”他深深地吸了口气，我听到他喉咙里的痰嘶嘶作响，“我和马萨丽结婚了。”

我不知道为什么——我的意思是，我没有权利这样做——我被愤怒和嫉妒之火烧得浑身发热，“哦？恭喜。”

当然，他知道这不是我的本意，但我又能说什么呢。他点头致谢，“多谢。”我们动身穿过沙地，追上了其他人。

# 十九

## 1

马萨丽正在外面的泥炭堆旁把泥炭装入篮子里。她穿着牛仔裤、高筒靴和厚厚的套头毛衫，头发没扎，被风吹得有些凌乱。由于北风呼啸，她没听到芬的车停在车道尽头的动静。那是一辆小型大宇车，呕吐物的颜色，是他在镇上廉价租的日租车。她脚下是长长的海岸线，大海愤怒地吐着白色泡沫，准备对抗像入侵军队一样聚集在西北方的暴风雨。

“马萨丽。”

她被背后传来的声音吓了一跳，站起来转过身，看到他后先是吃惊，随即又被他脸上的神情吓得慌了神，“芬，怎么了？”

“你一定知道他在打孩子。”她闭上了眼睛，篮子掉到地上，泥炭散落在草皮上。

“我试图阻止过他，芬，真的。”

“显然不够努力。”他语气严厉地责备道。

她睁开眼睛，芬看到里面盈满泪水，即将夺眶而出。“你无法想象阿泰尔是什么样的人。一开始，那时芬利克斯还小，我看到他身上的瘀伤时简直无法相信。我想这一定是意外，但意外不可能总是发生。”

“为什么你不带着他离开？”

“我试过，相信我，我确实试过。我想离开。但他告诉我如果我离开了，他会跟踪我们。不管我们去哪里，他都会找到我们，他说，他会杀掉芬利克斯。”她的眼睛绝望地寻求芬的理解，但芬无动于衷。

“你应该做点什么！”

“我尽力了，我留下来了。我做了所有能制止他毒打芬利克斯的事情。如果我在的话他永远不会打他，所以我尽量留在这里，保护他，让他安全，但总这样是不可能的。可怜的芬利克斯，他很棒。”眼泪从她脸上流淌下来，“他把这当作不可避免的事安然接受，从来不哭泣，从来不抱怨。他只是逆来顺受。”

愤怒和痛苦使得芬浑身颤抖，“天哪，马萨丽，为什么会这样？”

“我不知道！”她几乎是在对芬吼叫，“他这样做好像是为了某件事在报复我。在那该死的安斯格尔岛上发生的事情，你们俩都瞒着我的事情，把他变得不可理喻。”

“你知道发生了什么，马萨丽！”芬绝望地抬起胳膊，然后又沮丧地垂下来。

她摇摇头，“不，我不知道。”她使劲地盯了他很久，对他的顽固感到费解，“这件事改变了我们所有人，你知道的，芬，但阿泰尔是最严重的。我一开始没有意识到，我觉得他对我隐藏了什么。不过在芬利克斯出生后，它就像毒素一样，一下子从他身上释放出来。”

芬的手机突然在口袋里响起来。《苏格兰勇士》音乐铃声欢快活泼，在这种情境下可笑得离谱。他们站在那里四目相对，可笑的铃声在风中震颤着。“嗯，你不打算回应这个蠢货吗？”

这个岛上没人知道他的手机号码，所以一定是大陆的人。“不。”他等待着电话应答服务接电话。铃声终于停了，他松了口气。

“现在又能怎么办？”她用手背擦去脸上的泪，留下一道肮脏的泥炭污痕。

“我不知道。”他看到她失去生机的眼神里充满疲惫和内疚。多年来与阿泰尔的共同生活销蚀掉了她的活力，儿子被迫忍受毒打，她自己又无法阻止使她深怀内疚。他的手机又响了。“天哪！”他从口袋里掏出手机，按下接听键贴在耳边，是电话应答服务的回电，通知他有一条新信息。他不耐烦地听着，听到一个熟悉的声音，但因为脱离了语境，过了好一会儿他才辨认出是谁的声音。

“忙得顾不上回你该死的电话，对吗？我希望你正在外面缉拿凶手。”是病理学家安格斯·威尔逊教授，“如果不是的话，我这里找到了一点也许对你有用的东西。我会写进报告里，不过我想也许可以先给你透露一点。记得我们在凶手的呕吐物中发现的那粒小小的可疑药丸吗？它含有一种口服的类固醇可的松，被称为泼尼松，一般用来治疗痛苦的皮肤过敏症，但对减轻呼吸道炎症也非常有效，因此经常作为哮喘病患者的处方药。所以我建议你一定要留意某个有严重皮疹或者习惯性哮喘的人。好了，朋友，抓捕愉快。”

芬纳闷大地怎么还没把自己吞没。他的世界已经支离破碎了，为什么大地还在支撑着他？他挂掉电话，把手机塞进裤兜。

“芬？”他能从马萨丽的声音里听出她的恐慌。“芬，怎么了？你好像见了鬼。”

他看着她，但好像又没有看到她。他在内斯港的舢板棚里。那是个周六的晚上，天已经黑了，那儿有两个人，其中一个是天使麦克里奇，另一个进入月色里，是阿泰尔。芬不知道他们为什么在那里，但当麦克里奇背转身时，芬透过从那扇敞开的小窗洒进来的亮光看到一个像金属管或木棒的东西猛击在了他头上。那个大块头双膝跪地，脸朝下向前倒去。阿泰尔非常激动，呼吸急促。他跪在地上，想把天使翻过身来。但这个不再动弹的躯体比他预想的要沉重。他听到有响声从村里传来。是说话的声音吗？也许只是风声。他开始感到恐慌，并因此感到气管开始闭合，这引起了胃的剧烈反应，里面的东西喷了出来，全吐在了昏迷不醒的麦克里奇身上。阿泰尔从口袋里摸出药丸，吞下一粒，一边等待药物起作用，一边吸着吸入器。他仍然双膝跪地，在黑暗中急促地喘息着。慢慢地，他的呼吸逐渐平稳下来。他倾听引起他哮喘发作的响声，但什么都没听到，于是继续行动。他用肥胖的手指紧紧掐住那个大个子男人的喉咙，用力挤压，迫不及待，不惜一切代价。

芬紧闭双眼，极力把这个形象挤出脑海。再次睁开眼睛时，他看到马萨丽惊慌失措。“芬，看在上帝的分上，和我说话。”

当他终于开口说话的时候，声音很小，好像喉咙里有痰，“告诉我关于阿泰尔的哮喘。”

她皱起眉头，“你什么意思，他的哮喘？”

“直接告诉我就是了，”他的声音里有了力量，“是不是比以前更厉害了？”

她无奈地摇了摇头，不知道他为什么问这么愚蠢的问题。“是的，”她说，“它正在变成一场噩梦。发作的时候越来越糟糕，直到他们给他用了一种新药。”

“泼尼松？”

她惊讶地歪着头，蓝色的眼睛黯淡下来，“泼尼松，也许吧。你怎么知道的？”

他拽起她的胳膊向房子里走去，“给我看看。”

“芬，到底怎么回事？”

“给我看看就是了，马萨丽。”

他们进入卫生间，她打开了盥洗盆上方带镜子的柜橱。药瓶在最上层架子上。芬取下来打开，几乎是满的。

“他为啥不随身带着这些药？”

马萨丽很茫然，“我不知道，也许还有一瓶。”

芬不想再考虑这事，“他是不是有什么地方保存他的私人文件？他永远不想让你看到的东西？”

“我不知道。”她想了想，神情恍惚，很难集中精力，“他爸爸的旧书桌上有一个抽屉总是锁着。”

“让我看看。”

在麦金尼斯先生以前的书房里，这张书桌顶着窗台放着，埋藏在成堆的文件和杂志下，网托盘里装着满满的已付或未付账单。芬不久前还在这里住了一晚上，但没注意到这张书桌。那把和书桌配套的将军椅不见了，取而代之的是一把旧餐椅。芬拉出椅子坐下，拉了下左边的抽屉。抽屉打开了，里面是装满了日常文件的折叠式文件夹。芬迅速翻了翻，但没有他感兴趣的东西。他又拉了下右手边的抽屉，抽屉锁着。

“你有钥匙吗？”

“没有。”

“给我一把大螺丝刀或凿子。”

她一言不发地转身离开了房间，几分钟后回来了，带来了一把大螺丝刀。芬拿过来塞进抽屉上部和柱脚之间，用力上撬，直到木头裂开，锁被弄坏为止。抽屉拉开了，几个悬挂文件夹挂在一个内置架上。黄色，蓝色，粉色，他一一打开。账单，投资项目，信件，从网上下载打印的报纸文章。芬停下来，听到了自己的呼吸，浅而短促的呼吸。他把这些文章倾倒在桌面上：《先驱报》《苏格兰人报》《每日记录报》《爱丁堡晚报》《格拉斯哥新闻晚报》，日期都是5月下旬或者6月上旬。《利斯路惊现开膛死尸》《爱丁堡开膛手》《掐死并肢解》《十字架阴影下的死亡》《警方将对利斯路凶杀案上诉》，共20多篇消息，集中在对凶手报道最疯狂的三周里，在地方议会税将上涨的新闻占据头版之前。

芬一拳砸在书桌上，一摞杂志滑落到地板上。

“看在上帝的分上，芬，告诉我发生了什么事！”马萨丽的声音听起来有些歇斯底里。

芬双手抱着脑袋，紧紧闭上眼睛，“阿泰尔杀了天使麦克里奇。”

房间里的静寂如此厚重，芬几乎能感觉到它的存在。马萨丽微弱、惊恐的声音穿透寂静传过来，“为什么？”

“这是他确信能让我回到岛上的唯一办法。”芬翻动着这些打印的文章，使得几篇飘进静止的空气中，“报纸上到处是爱丁堡谋杀案的报道，所有骇人听闻的细节，还有我当时负责这项调查的事。因此如果路易斯岛出现另一具尸体，用了同样怪异的手法，这一定能保证我来调查此案，尤其是受害者是我的校友。也许这是一次赌博，但很值得。我来了。”

“不过为什么？哦，芬，我甚至无法相信自己的耳朵。他为什么想让你来这里？”

“告诉我关于芬利克斯的事，这样我就会知道他是我的儿子。”他想起了唐娜·默里说过的话：好像他要在儿子身上消除掉父亲的罪过。

马萨丽沉重地坐在床沿上，双手蒙住脸，“我不明白。”

“你说你认为他打芬利克斯是为了报复你。他不是要报复你，而是我。这么多年来对那个可怜的孩子拳打脚踢，一直以来他用拳头打的都是我，脚踢的也是我。对他来说，重要的是先让我知道这件事，然后再……”他突然住口，被这个想法吓了一跳。

“再什么？”

芬慢慢转身看着她，“他不怕把DNA样本交给警察，他知道当我们弄明白凶手是他的时候，他已经去安斯格尔了，阻止他已经晚了。”

马萨丽猛地站起来，好像她突然意识到这会导致什么后果，“阻止他，芬，阻止他！”

他摇了摇头，“这就是他不愿随身携带药瓶的原因。毕竟，如果他不再回来的话，有什么必要带着它们呢？”

他看了下表，站起来，抓起打印文章塞进原先的文件夹里。外面狂风大作，他可以一览无余地看到海岸，海浪扑打在岩石上，泛起白色泡沫。他转身向门口走去，马萨丽抓住了他的胳膊。

“你要去哪里？”

“我要去阻止他杀害我们的儿子。”

她使劲咬着嘴唇，极力控制着差点让她窒息的哽咽，眼泪从脸颊上流淌下来，“为什么，芬？他为什么要这么做？”

“出于某种原因，他想伤害我，马萨丽，想给我带来更多难以忍受的痛苦。他一定知道我已经失去了一个儿子。”他看到了她的眼神，表明她对此一无所知，“还有什么比杀死另一个更能让我雪上加霜呢？”他挣脱她的手，但她跟着他来到门口，又抓住了他。

“芬，看着我。”她声音里有种不可抗拒的东西，他转过身，面对她热切的眼神，“在你走之前……你需要知道一件事情。”

## 2

雨敲打着专案室的窗户，模糊了从海港之巅到海湾对面半废弃的卢斯堡的视线。屋里差不多坐着20名警察，他们都看着芬，除了乔治·甘恩等几个正在打电话的人。总督察史密斯满面通红，十分恼怒。他洗过澡，也换了衣服，头发用百利发胶平滑地梳到脑后，身上又散发着百露香水的味道了。他本来可以在专案室占据中心位置，但在调查中被芬抢了风头。他闷闷不乐，被挤到了角落里。

他说："好吧，我同意，阿泰尔·麦金尼斯也许就是我们要找的凶手。"

"他的DNA将会证实这一点。"芬说。

史密斯不耐烦地扫了一眼附近桌子上摊着的报纸文章，"你认为他模仿了利斯路谋杀案来吸引你回到岛上。"

"是的。"

"为了告诉你他的儿子其实是你儿子。"

"是的。"

"然后杀了他。"

芬点点头。

史密斯停了一会儿，接着问道："为什么？"

"我告诉过你在安斯格尔岛上发生的事情。"

"18年前，他父亲在悬崖上为了救你送了性命。你真的认为这足以使他在这么多年后连犯两宗谋杀案吗？"

“我解释不了，”芬的无奈变成了怒火，“我只知道这么多年来他把这孩子打得遍体鳞伤，现在他告诉我，我是这孩子的父亲，他要杀了孩子。为了让我到这里来他已经杀了一个人。证据在此，我认为没人能否认这点。”

史密斯叹了口气，摇摇头，“我不打算不顾警察们的生命危险，在暴风雨中把他们送到50英里以外大西洋的安斯格尔岛上去。”

甘恩挂掉电话，在椅子上转过身来，“海岸警卫队传来的最新天气预报，长官，安斯格尔附近有风暴，而且越来越迅猛。”他满含歉意地看了一眼芬，“他们说在这种条件下没办法把直升机安全降落在岛上。”

“你看，”史密斯听起来如释重负，“我们不得不等着风暴过去。”

甘恩说：“港长已证实紫岛号从安斯格尔返回了，一小时前停靠在了码头。”

“我也不想让船在这种气候下出海！”

一位制服警走进房间，“长官，”他的表情像岩石一样严峻冷酷，“我们无法用无线电民用波段和捕猎者联系上。”

芬说：“一定出了大问题。吉格斯总是保持通讯渠道畅通，从来如此。”

史密斯看看甘恩，想得到证实，甘恩点点头。这位首席调查官叹了口气，耸耸肩，“在明天之前，我们还是什么都不能做。”

“那孩子明天可能就死了！”芬提高了嗓门，房间里瞬间安静下来。

史密斯举起一根手指碰了下鼻尖——一个表达威胁的奇怪手势，低吼道：“你太过分了，麦克劳德。你已经和此案无关了，记得吗？”

“当然和我有关，我就是他妈的案件的核心。”他转身推开旋转门，冲到走廊上。

当芬到达教堂街尽头，向左转入克伦威尔街时，浑身都湿透了。他的大衣和风帽护住了上半身，但裤子湿漉漉地贴在腿上。在从旷野上扑来的冷雨的侵袭下，他的脸变得僵硬。他拐进一家涂着绿漆的礼品店的门洞里避雨，发现1英尺高的路易斯棋子的仿制品正隔着玻璃用好奇的眼神盯着他，好像它们和他有心灵共鸣。他摸出手机，拨通了200码以外专案室的号码，一个制服警接了电话。

“我想和乔治·甘恩通话。”

“我能告诉他是谁打的电话吗？”

“不行。”

对方停顿了一下，“等会儿，长官。”

接着传来甘恩的声音：“探长甘恩。”

“乔治，是我。你说话方便吗？”

对方沉默了片刻，“不太方便。”

“好吧，你听着就行了。乔治，我需要你帮个忙，一个大忙。”

# 3

停在内港的拖网渔船随着波浪起起伏伏，绳子拉紧时嘎吱作响。一只红色塑料桶在前甲板上滚来滚去。沉重的锁链来回摇摆，相互摩擦，发出咯咯的响声，船上所有索具都在风中震颤哀鸣。大雨击打着舵手室的窗户，帕德里克·麦克比恩坐在因多年使用而破旧不堪的引航员的座位上，上面缠着绷得紧紧的管道胶带。他一只脚踩在舵轮上，正若有所思地吸着一截手卷烟。作为船长他相当年轻，不超过 30 岁。紫岛号曾是他父亲的船，18 年前正是他父亲把芬带到了安斯格尔岛上，那时帕德里克只有 12 岁。30 年来，老麦克比恩每年都带着塘鹅猎手去安斯格尔朝圣。他死后他的儿子们继承了这个传统。帕德里克的兄弟邓肯是大副。船员中只有一个叫阿奇的年轻小伙子不是他们本家人。他一直没工作，两年前加入进来时只有 6 个月临时工的经验。他现在仍然是个临时工。

“你给我讲了一个绝妙的故事，麦克劳德先生。”帕德里克用尼斯本地人那种慢吞吞拉长调子的语气说，“我得告诉你，我从来都不怎么喜欢阿泰尔·麦金尼斯。他儿子的性情倒是很安静。”他又吸了口烟，“但我不能说这次出行有什么异常。”

“你能带我去吗？”芬耐心地问，知道这是个非同小可的请求。

帕德里克低下头，从舵手室屋顶下向外张望，“那里有大风暴，先生。”

“比这更恶劣的天气你也出航过。”

“是啊，确实是这样，但从来都是在别无选择的情况下。”

“事关一个孩子的性命，帕德里克。”

“而我关心的是我的船，还有那些因为我驾它出航将冒生命危险的人。”

芬什么都没说。他知道帕德里克在权衡利弊得失后才能做出决定。他已经问过了，这就够了。帕德里克吸了一口还剩下半英寸的卷烟，但它已经熄灭了。他看着芬，“我不能命令他们去。”芬感到所有的希望瞬间成了泡影。“不过我会告诉他们，让他们自己决定。如果他们说可以，那我就带你去。”芬心中又重新燃起了希望。

他跟随这个年轻的船长来到厨房。油布雨衣挂在一面墙的钩子上，下面是一排黄色长筒雨靴。水槽里混浊的水里泡满了肮脏的盘子，表层的油脂反射着刺目的灯光。天然气炉具搁架上有一个锅，上面挂着一排豁了口的马克杯。

他们下了一段铁梯，来到拖网渔船后部一间狭窄的住舱。住舱周围有六个床铺，一张三角形餐桌和几只凳子占据了大部分可用空间。邓肯和阿奇坐在那里，手里端着茶杯，嘴里叼根烟，看着角落里一台高高悬挂在墙上的小电视，电视画面布满“雪花”。女主播安妮·鲁宾逊正在咒骂某些差劲的参赛者，坚持认为他们就是“最弱的一环”。这个中年女人表情严肃，因其蒙羞之旅对着镜头咆哮着。帕德里克关掉电视，用一个眼神就制止住了船员们的抗议。他身上有某种普通年轻人缺乏的东西，一种让人能感觉到的安静而有力的气场。

在这艘锈迹斑斑的拖网渔船昏黄的灯光下，他用低沉的声音告诉他们芬要求他们做什么，还有为什么。这两个穿着破衣烂衫的年轻人坐在那里，断裂的指甲缝里塞满了油污和泥垢，长着岛上世世代代的贫民生来就有的苍白瘦削的脸颊。他们一边听着帕德里克的故事，一边不时瞥一眼芬。这些小伙子整天过着入不敷出的生活，或者说根本不叫生活，一天 24 小时就在这艘破旧的船上吃喝拉撒，一周五天，甚至有时六天都是这样。他们日复一日地冒着生命危险，就是为了过现在这样的生活。帕德里克讲完后，他们沉默了一会儿，然后阿奇说："这应该比去酒吧划算吧。"

## 4

7 点之后他们离开了港口，绕过卡迪角，进入外港，直面来自明奇海峡的汹涌波涛。当他们通过山羊岛，驶入深海，艰难地穿过暴风雨的先头部队时，海浪此起彼伏，波涛汹涌。帕德里克站在舵轮后面，精力集中，眉头紧锁。控制台周围布满不断闪烁和嘟嘟作响的破旧雷达，在雷达屏幕的反射下，他脸色发青。天空中有一点余光，但很难看清任何东西。帕德里克在用仪器和直觉指引他们，"是的，风暴确实很猛烈，不过这里是路易斯岛的下风处，情况倒不是太糟。等我们到达路易斯岬时要糟糕得多。"

芬想象不出更糟糕的情形。当他们经过蒂姆彭角灯塔时，他已经呕吐了两次。他拒绝了阿奇的煎蛋和火腿，这个小伙子竟然能在一个失去固定基准点的厨房里变戏法似的弄出这两样东西来。

“还要多久到？”芬问帕德里克。

船长耸耸肩，“昨晚花了近8小时，今晚有可能是9小时或者更多。现在正进入风暴中心。到达安斯格尔时肯定是凌晨了。”

芬想起了18年前他们绕行路易斯岬时的情景，灯塔的光最终消失在茫茫夜色中。岛上的安全也离他们远去，他们已经进入了浩瀚无边的北大西洋，安危完全取决于一艘几吨重的生锈拖网渔船和船长的技术。那时他就感到恐惧、孤独、无比脆弱，但这一次，当他们绕过路易斯岛北端时，大海向他们喷发的怒火还是让他始料未及。柴油机在黑暗中奋力运转着，他们在和看起来不可逾越的困难抗争，周围的海浪陡然耸起，以排山倒海之势扑向船头，撞击着舵手室。芬紧紧抓住任何可以依附的东西，感慨帕德里克怎么还能如此镇定，很难想象在接下来的七八个小时里，如何才能完好无损地存活下来。

“我父亲去世前，”在机器的咆哮和风暴的狂啸声中，帕德里克不得不提高嗓门，“他买了另一条船来替代紫岛号。”他点点头，暗自笑着，眼睛紧盯着面前的屏幕和窗外的黑暗，“是啊，它也是一个大美人。他叫它铁娘子。他花费了大量时间和金钱把它改造成他期望的样子。”他瞥了一眼芬，“有时候你会希望和它打交道像和女人打交道那么容易。”他扭过头去，冲着茫茫夜色笑了笑，接着面色凝重起来，“他打算一有机会就卖掉这个老情人，只是再也没遇到机会。肝癌。几周后就去世了。我不得不继承他的事业。”他用一只手从弗吉尼亚烟盒里拿出一支看起来皱巴巴的香烟，点燃了，“我第一次带着铁娘子出航就失去了它。轮机舱里一根管道破裂了，等我们开始处理的时候，进来的水太多了，我们无法排出去。我让其他人把救生艇弄出来，我尝试了各种办法来拯救它。水一直淹到了我的脖颈，我好不容易才逃生。千钧一发。”烟雾从他嘴里冒出来，融入周围骚动的空气中。“不过我们很幸运，那天天气很好，附近有另一艘渔船。我眼睁睁地看着它沉下去，带着我父亲寄予的全部情感、所有的希望和梦想，我当时能想到的就是，我怎么告诉我的叔叔们我把父亲的船弄没了。但我的担心是多余的，只要我们安全，他们就很高兴了。一个叔叔说，‘一条船只不过是一堆木头和金属，孩子，它唯一的心脏就是驾驶它的人。’”他深吸了口烟，“只不过，每次我经过船失事的地点时身上总是起鸡皮疙瘩，我知道它躺在海底，就在我们最后看到它的水面下。我父亲所有的梦想也永远消失了，和他本人一样。”

芬感觉到了年轻船长强烈的情感，好像还有第三个人在场一样。他看着船长，“我们刚经过那地方，对吗？”

“是的，麦克劳德先生，确实如此。”他飞快地扭头看了芬一眼，“你应该到铺位上躺一下。你也许会睡上一小觉。这将是一次漫长而艰辛的行程。”

邓肯取代了芬在舵手室的位置，芬走到下面，躺在他多年前曾睡过的同一张铺位上。他不指望能睡着，只是想在这段漫长难熬的时间里，有足够的时间反复思考所有困扰他的问题，那些他知道不到安斯格尔就得不到答案的问题。甚至到了那里，也不能保证能得到答案。阿泰尔和芬利克斯可能已经死了，他将永远也不会知道答案。同时他也永远不会原谅自己对即将发生的事情没有哪怕一丁点的预感。

因此当阿奇把他唤醒时他很惊讶。“快到了，麦克劳德先生。”

芬吃了一惊，从铺位上溜下来，感到晕头转向，坐在那里用手揉着眼睛。引擎平稳而富有节奏的敲击声好像已经变成了他的一部分，在他脑中砰砰作响，使他的灵魂感到震颤。拖网渔船疯狂地摇晃，他拼尽全力才爬回舵手室。邓肯在掌舵，脸上一副全神贯注的表情。帕德里克坐在他身旁，神情阴郁地盯着茫茫夜色，脸色很糟。他在玻璃上看到芬的身影，就扭过头来，“最近一小时里，我一直试图通过无线电联系他们，但只听到白噪声和静电干扰。我不喜欢这样，麦克劳德先生，这不大像吉格斯的风格。”

“还要多久到？”芬问。

“10 分钟，也许更短。”

芬向黑暗中望去，但什么也没看到。帕德里克也伸长脖子往黑暗里张望，“该死的灯塔在哪里？”他按了一下开关，紫岛号的灯光瞬间划破了黑暗的夜色。那个险些让芬丧命的 300 英尺高的悬崖从海中赫然升起，耸立在他们面前，漆黑发亮，沾满了一道道海鸟粪。他大吃一惊，没想到已经距离悬崖如此之近。

“天哪！”他不由自主地喊道，抓住门框稳住自己。

“该死，快拐弯！”帕德里克对邓肯吼道。邓肯猛地把舵轮向左一打，紫岛号冒险偏离了航线，歪歪斜斜地穿过翻腾的巨浪。“没有灯光！”他吼道，“没有该死的灯光！”

“昨晚灯塔正常吗？”芬大喊。

“是的，数英里外都能看到。”

邓肯重新控制了拖网渔船，使它再次乘风破浪。他们绕过安斯格尔南端，避开灯塔岬，最终驶入黑水湾相对安全的水域。这里的风明显有所缓和，但海浪起伏的落差仍然有10英尺或更多。他们看到汹涌的海水在他们通常放供给的海岬周围掀起白色浪花，冲撞着深入安斯格尔腹部的洞穴的入口，然后分成几股水流。

帕德里克摇摇头，“今晚你不能乘小艇去那里了，麦克劳德先生。”

“我费尽周折来这里，”芬在发动机的轰鸣声中大喊，“不是为了在那个男人杀害我儿子的时候坐在这艘该死的船上。”

“如果我让紫岛号靠近些，再把你放到小艇上，很有可能我们被那些岩石撞得粉身碎骨。”

“我见过你父亲有一年在暴风雨中把拖网渔船开回到了内斯港码头，”芬说，“在他们把塘鹅带回内斯的时候。”

“你记得这件事？”帕德里克的眼睛闪闪发亮。

“所有人都记得，帕德里克。那时我只是个孩子，但大家谈论了它好几年。”

“我父亲没有恐惧。如果他认为他能做某件事，那他就去做。大家说他有钢铁般的意志，事实是他一点都不紧张。”

“他是怎么做到的？”

“他先抛锚，然后倒退着进去。他想如果他陷入麻烦的话，他就会挂上挡，拉起锚，这样就会化险为夷。”

“那你身上有多少父亲的影子，帕德里克？”

帕德里克认真地盯了芬很久，“一旦上了那条小艇，你就自求多福吧。我可什么也帮不了你了。”

芬感觉自己从来没有这么恐惧过。在一望无际的大海上，海水从四面八方拍打着岩石，他从来没有感觉如此失控。这是和最强大的大自然赤裸裸的对抗，相比之下，他显得如此渺小和微不足道。然而他们完好无损地穿越了50英里狂风暴雨的海洋，现在只有几百英尺就到达目的地。邓肯在救生艇上拴了根绳子，把它系在船尾。帕德里克把紫岛号一点点倒进小海湾，锚链绷得紧紧的，两个海角上的悬崖把他们夹在中间，距离近得触目惊心，拖网渔船随着海浪忽上忽下，忽左忽右。海水噼里啪啦地击打着安斯格尔岛，像要吞噬它。

帕德里克示意他已经把船靠得足够近了。邓肯对芬点了点头，该走了。在他溜下梯子的时候，大雨向他横扫过来，沾了水的手指在刺骨的寒冷中冻得僵硬。现在覆盖着油布雨衣的身体还是干的，但他知道这维持不了多久。他的救生衣看起来单薄得可怜。如果他落入水中，救生衣只能支撑他在海上漂浮一会儿，然后他就会被海水推到岩石上撞得粉身碎骨。救生艇疯狂地颠簸摇晃，很难迈进去。他深吸了口气，好像要潜到水底去，松开手，跳进救生艇中。在他的重压下，救生艇突然下沉。他急急地用手摸索绕在船舷外的绳子，结果除了湿滑的皮艇外什么也没摸到。他觉得自己正向水中滑去，救生艇就要离他而去。他鼓起勇气准备迎接海浪的冲击，但在千钧一发之际，他的右手掌像烫着一般触碰到了粗糙的塑料绳。他紧紧地抓住它，救生艇又一次回到了他身下，这一次，他紧抓着绳子，随着它起伏，又紧紧抓住了左手边的绳子才获得了安全。

他抬头向上看，隔着很远的距离看到了邓肯苍白的脸，他好像在喊叫什么，但芬听不清。他挪到救生艇后部，把船尾的舷外马达翻转过来。他打开阻风门，拉开启动绳，一次，两次，三次，四次，没任何反应。到第五次的时候，它扑哧了几声，噼啪作响，接着卡壳了，他疯狂地加大油门，想阻止它停火。真是危在旦夕。只有一根类似脐带的绳子把他和大船相连，他马上就要离开它安全的怀抱了。

他把救生艇打了个转，身后的绳子随之展开，随着海浪高高翘起的船头对准了着陆点。他转动了加速器，橙色的小艇以令人吃惊的速度朝着岩石破浪前行。借助拖网渔船的灯光，他看到洞穴巨大的黑色嘴巴在他上方张开，听到了岛腹部洞穴里的咆哮和大海的奔腾。狂暴的奶白色泡沫在他周围沸腾，他感到救生艇被浪潮托起，向岩石推去。他猛拉船舵，把马达的马力加到最大，在最后一秒脱险，没让自己撞得粉身碎骨，大海又重新把他吸回到了海湾。海水的咆哮声震耳欲聋，他甚至没有勇气回望一下拖网渔船。

他把救生艇转过来，再次面对岩石。它们在潮水下忽起忽落，好像在揣度他，然后隐藏起来准备伏击。他停了整整一分钟，任凭海水起伏，鼓起所有的勇气。他意识到把握时机最重要，不能再像第一次那样被浪潮卷进去了。潮水要比小小的马达强大得多，会在瞬间把他冲到岩石上去。他必须在海浪退却时驶入，逆水行舟，这样才能避免冲撞。太简单了！他这种试图用理性分析寻求脱险方式的努力荒唐得让他觉得可笑。事实是，如果上帝存在的话，那现在芬的生命就实实在在地掌握在了他手里。他做了个深呼吸，等待海水再次冲向岩石，然后他就会在向后翻涌的海浪中全力加速。洞口再次向他逼近，好像他在原地未动，只不过在泡沫的迷雾中勉强维持平衡，接着他突然被一股不可控制的力量向前推去。他拼尽全力转动船舵，但螺旋桨已经跃出了水面，叶片徒劳地在空气中嘶鸣。整个安斯格尔岛大山一般向他压来。大海把他从救生艇中整个儿托起，以一股让他窒息的力量把他扔到岩石上。他痛苦地大叫着，尝到唇边的血腥味，感觉到片麻岩的锯齿状边缘正在撕扯他的皮肉。小艇不见了，他被海水的力量钉在了岩石上。接着几乎在瞬间，那股把他按压在那里的力量消失了，大海开始把他往回吸。他觉得自己正从千百年来磨得光滑闪亮的黑色岩石表面滑下去。他急切地摸索着寻找抓点，但遍布岩石的绿藻像黏液一样从他的指间滑过，他意识到大海的力量正在把他拉回到一个冰冷黑暗的地方，他知道自己在那里会沉睡不醒。

接着他摸到了一样东西，是一个冰冷扎手的铁环，他的手指紧紧抓住它不松手。大海对他又拉又拽，他的胳膊快要脱臼了，大海最后不得不屈服。好一会儿，他静静地躺在那里，手里紧抓着系船环，像一个被冲到了岩石上的海洋生物。接着他开始奋力向上攀爬，摸索着落脚点和抓手，以免海水返回来把他带走。他能感觉到海水在咬他的脚跟。好在他摸到了那个岩架，18 年前他们登上安斯格尔时，就是在这个岩架上，天使点燃泥炭火为他们煮茶。他成功了。他爬上了岩石，远离大海的威胁，它现在只能把愤怒喷洒到他脸上。

这时他才觉察到雨已经停了，头顶上黑色天空中的巨大裂缝突如其来地把月光的碎片洒向整个岛屿。在一片炫目的银色月光中，他看到紫岛号回到了安全的港湾，大海似乎因为这艘船促成了芬的逃脱而余怒未消，依然用力摇晃着它。

芬摸索着找别在腰间的手电筒，希望它还能管用。手电筒的光照在他脸上，他在黑暗中挥动着它，让船员知道他安全了。接着他把双膝抬到胸前，后背紧贴着悬崖，蜷缩在那里整整 5 分钟，努力让自己恢复气力，平静心情，鼓足勇气，以便爬到崖顶。他用手电照了下手表，凌晨 4 点多了。不到两小时，黎明就会到来。他几乎不敢设想黎明会带来什么。

雨停了，月光在支离破碎的天空忽隐忽现。风似乎小了些，芬不知是出于他的想象还是真的如此。他摇摇晃晃地站起来，用手电筒照向上面的斜坡。光束下出现了塘鹅猎手们过去把供给拉到小岛顶上那条光滑闪亮的滑道，这么多年了还在使用。芬举起手电筒，沿着它曲折向上的路线一直照到斜坡最陡处，看到他们用过的绳子弯弯曲曲地穿过大大小小的石块垂下来。他开始向上爬，直到抓住了绳子的末端。他用力拉了拉，发现绳子系得很牢。

他把它系在腰间，开始向小岛顶端攀爬。黑暗中绳子给他指引了正确的方向，使他越来越接近终点。他时不时停下来，把绳子在腰间绕一圈，这是一个防止坠落的安全措施。

他足足花费了20分钟才把自己拉到了岛屿之巅。他从身上解下绳子，气喘吁吁，狂风畅通无阻地穿过杂乱的岩石，狠狠地抽打着他。他回头张望，发现紫岛号的灯光在海湾熄灭了。他转过身来，看到一轮满月从破碎的暴风云中钻出来，将光洒满了整个安斯格尔岛。他看到灯塔蜷伏的侧影，在岛屿之巅的黑暗中矗立着。而在100码之外，越过一片片杂乱的岩石和鸟巢，就是老黑屋蜷缩在黑暗中的身影。没有灯光，没有生命的迹象，只有风传送来泥炭的烟味。他知道里面一定有人。

## 5

他借着手电筒的光线，跌跌撞撞地在岩石间穿行，不时碰翻鸟巢，惊得鸟儿嘎嘎叫着飞入夜空，吐了他一脚黏稠的东西。挂在黑屋入口处的防水帆布用沉重的巨石压着，他用力把它扯开，挤了进去。

他看到屋子中间泥炭火的余烬仍在黑暗中发光，还能闻到人体酸酸的汗味，比无处不在的泥炭烟味还要浓。他用手电筒照了下墙壁周围，透过蓝色烟雾弥漫的空气，看到铺在石架上的垫子上躺着一个个缩肩弓背的身影。有几个人被惊醒了，他的手电筒光照在一张苍白而满是睡意的脸上，是吉格斯。吉格斯抬起手遮住眼前的光线，“阿泰尔？是你吗？出了什么事？”

“不是阿泰尔，”芬放下身后的防水帆布，“是芬·麦克劳德。”

“天啊，”他听到有人说，“你究竟是怎么来到这里的？”

现在他们全都醒了，有几个人把腿从垫子上放下，坐了起来。芬快速数了下人头，共有10个。“阿泰尔和芬利克斯去哪儿了？”有人点燃了煤油灯，借着幽幽的光线，芬透过烟雾看到他们都在瞪着他，好像他是一个幽灵。

“我们不知道。”吉格斯说。另一盏灯也点上了。有人弯腰拨拉了一下火，在火堆上加了些泥炭。“我们忙着安装滑轮，一直干到黄昏。阿泰尔和芬利克斯离开了大伙儿。我们都认为他们先回黑屋了，但我们进来后却不见他们的踪影。他们的衣物和装备不见了，无线电也摔碎了。”

“你们不知道他们去哪里了？”芬觉得难以置信，“在安斯格尔没有多少地方可以藏身。在这种天气下，他们也不可能在外面逗留很久。”

其中一个人说：“我们觉得他们一定在下面的某个岩洞里。”

“但我们不知道为什么，”吉格斯紧盯着芬，“也许你可以告诉我们。”

“你究竟是怎么到这儿的，芬？”说话的是阿斯泰里斯，“昨天我并没有看到你长翅膀。”

“帕德里克送我来的。”

“在这种天气下？”普鲁托在黑暗中盯着芬，自从芬那年参加捕猎起他就和这支捕猎队伍在一起了，“你疯了吗？”

芬的紧迫感渐渐变成了恐慌，“我觉得阿泰尔要杀芬利克斯。我必须找到他们。”他把防水帆布拉向一边，重新冲进狂风中。吉格斯三步并作两步跨过去抓住他的胳膊。

“别像个大傻瓜，伙计！外面一片漆黑。你还没找到他们，自己就丧命了。”他把芬拽回到屋里，把门口的防水帆布重新拉上，“谁也不要出去找人，等天亮时再说。我们为什么不坐下来泡杯茶，听你把话说完？”

火焰吞没了干干的泥炭，塘鹅猎手们围坐在火堆旁，阿斯泰里斯把一壶水放在灶上，一些人用毯子裹住了肩膀，其他人戴上了鸭舌帽或棒球帽，几个人点上了香烟，把更多的烟雾吐进已经充满浓烟的空气中。他们沉默地坐着，等着水烧开后阿斯泰里斯泡上茶，气氛显得紧张而怪异。芬从他们安静耐心的等待中寻找到了一种奇怪的慰藉，他努力想放松一下因为一路劳顿而绷紧的肌肉。对他来说，他能到这里来简直不可思议。

茶泡好了，阿斯泰里斯给每人的杯子里倒上水，全脂奶粉和糖罐在大家手里传来传去。芬把茶调得甜甜的，喝了一大口这种糖浆似的乳状液体。它喝起来不大像茶，但它的热度使人感觉舒服，在糖进入血管后他像被猛击了一下。他抬起头，发现他们都在盯着他，他有一种奇怪的似曾相识的感觉。18 年前他在这个岛上的时候，曾经每天晚上都坐在岩石上这个庇护所的火堆旁，但这次不同。这次有种做梦的感觉，某种不那么真实的东西。黑色幽灵般的忧虑开始使他思想混乱。他以前曾经在这里，但他不记得是怎么回事了。

“那么……”吉格斯打破了沉默，“阿泰尔为什么要杀他的儿子？”

“两天前，他告诉我芬利克斯是我的儿子。”外面的风听起来像远方的哭喊。黑屋里的空气死一般的沉寂，悬浮在其中的烟雾几乎纹丝不动。“因为某种原因，”芬摇摇头，“我不知道为什么，他好像毫无道理地恨我。”他深吸了口气，“是阿泰尔谋杀了天使。为了吸引我回到路易斯岛，他效仿了我调查过的爱丁堡的一桩谋杀案。我非常肯定他想让我知道芬利克斯是我的儿子，这样杀了他就能让我痛苦。”

火堆旁有一阵不安的骚动，芬看到几个人面面相觑，阴郁的表情显得意味深长。吉格斯问：“你连一条阿泰尔这么恨你的理由都想不出来吗？”

“我能想到的只是他一定是因为他父亲的死而怪罪我，”芬突然意识到也许火堆旁其他的人也是这样想的，“但那不是我的错，吉格斯。你知道的，那不过是个意外。”

吉格斯仍然专注地盯着他，眼神里充满困惑，“你真的不记得了吗？”

芬意识到自己的呼吸变得浅而急促，恐惧用长而冰冷的手指攫住了他，“你什么意思？”

吉格斯说：“我一直不确定是不是因为脑袋受了撞击，也就是脑震荡，还是你脑子里某种更深的东西，一些心理的原因使你的记忆一片空白。”恐惧如洪水般淹没了芬，他感觉好像为取出一枚隐藏的弹片，某个久已遗忘的伤口被打开了，这让他难以忍受。

他想向吉格斯大喊住嘴，无论是什么，他都不想知道。吉格斯摸着胡子拉碴的下巴，“一开始我去医院探望你的时候，我想你一定是假装失忆，但我现在非常肯定这是真的。你真的不记得了，也许这是件好事，也许不是。你到最后才能知道。”

“看在上帝的分上，吉格斯，你在说什么？”芬手中的马克杯在颤抖，一种难以言说的东西悬浮在他们上方的烟雾中。

“你记得我发现你醉倒在路边的那天晚上吗？含混不清地说你不想去安斯格尔？”芬缄默地点点头。“你不记得为什么了？”

“我害怕了，就是这样。”

“害怕，是的，但不是害怕安斯格尔。那天晚上当我把你带回农场后，你向我诉说了我难以想象的让你痛苦的事情。你坐在火堆前的椅子上，哭得像个孩子。我从没见过一个成年男人那样哭泣，那是恐惧和羞耻的泪水。”

芬的眼睛瞪得大大的，吉格斯说的是另一个人，不是他。他那天晚上在那里，但没有哭泣。他只不过喝醉了，仅此而已。

吉格斯的眼睛阴沉地扫视着坐在火堆旁的人，“那年你们中的一些人也来到了安斯格尔，所以你们知道我在说什么。一些人没来，对于他们，我要说一遍我以前说过的话。无论在安斯格尔岛上发生过什么事，无论我们之间说过什么话，都要留在这里，留在这个岛上。它会记在我们脑子里，但永远不会从我们口中传出去。如果我们中任何人对其他人吐露一个字，在接受上帝的审判之前，他要先过我这一关。”火堆旁没有一个人不相信这是真的。

火苗吞噬了泥炭，聚集在火堆旁的人们的影子在墙上舞动，像一次沉默誓言的沉默见证人，火光外的黑暗似乎使四周的墙壁靠近了，把他们紧紧地夹在中间。所有的人都转头盯着芬，他们看到他神思恍惚，在黑暗中颤抖着，脸上血色全无，像漂白的骨头一样苍白。

吉格斯说："那个人本身就是个魔鬼。"

芬皱起了眉头，"谁？"

"麦金尼斯，阿泰尔的父亲。就在他的书房里，他对你们这些男孩做出了难以启齿的事。所有这些年的折磨，都被关在了紧锁的门后。首先是阿泰尔，接着是你。没有一个孩子应该受到那样的凌辱。"他停下来深吸一口气，周围的沉默让他感到窒息，"这就是那天晚上你告诉我的事，芬。你和阿泰尔从来没有谈论过它，从来没有承认过这件事，但你俩都知道发生了什么，知道另一个人忍受了什么样的痛苦。在你们之间有个沉默的约定。这也就是那个夏天你特别高兴的原因，因为一切都结束了。你就要离开路易斯岛了，再也没有任何理由见麦金尼斯先生了。这件事永远结束了，你不会告诉任何人。你怎么能面对他使你所蒙受的耻辱？太丢脸了。但现在你再也不用这样。你可以把它抛于脑后，永远忘掉。"

"但是接着他告诉我们，我们要去安斯格尔。"芬的声音近乎耳语。

吉格斯的脸异常严峻，罩上了一层浓厚的阴影，"突然，在如释重负之后，你要和他在安斯格尔岛上待两个星期，和这个毁了你年轻生命的人朝夕相处。天知道，在我们这个巴掌大的地方，根本无路可逃。即使他不会动你一根手指头，你也不得不忍受和这个男人差不多一天 24 小时待在一起。对你来说，这是无法想象的。那时我没有因为你的感觉责怪你，现在也不会。”

尽管芬的眼睛紧闭着，却在 18 年来第一次睁大了。在他整个的成年生活中，他一直感觉有一种他无法看清的东西，某种超出他视线之外的东西存在着，现在这种感觉消失了，就像给马去掉了眼罩。它所带来的震惊引起了身体上的痛苦，他因为紧张而浑身僵硬。他怎么能不记得这些呢？现在他所有的意识都被记忆充斥着，如同从噩梦中醒来时依然生动清晰的画面。当画面断断续续地从他眼前闪过，他感到胸中充满了怒火。他能闻到麦金尼斯先生书房里的书上灰尘的气味，麦金尼斯先生嘴里陈腐的烟草和酒精的臭味热乎乎地喷在他脸上。芬能感觉到他冰冷干枯的手的抚摸，甚至现在都让他退避三舍。如同记忆恢复的预兆，他又一次看到罗比死后那个经常萦绕在他梦中，有一双出奇的长腿的怪人。那个沉默地站在他书房角落里的男人，脑袋从天花板旁耷拉下来，胳膊从风帽夹克的袖子里垂落下来。现在芬终于认出他来了，他就是麦金尼斯先生。他那长长的、覆盖住了耳朵的灰色头发，还有那双死气沉沉、惊恐万状的眼睛。为什么他以前没有看出来呢？

芬睁开眼睛，发现自己泪如泉涌，像硫酸一样灼伤了脸颊。他挣扎着站起来，踉踉跄跄地来到门口，把防水帆布拉到一旁，把胃里的东西全吐进了大风中。接着他双膝跪地，不停地干呕，直到胃部肌肉抽搐，无法呼吸。

几双手轻轻把他搀扶起来，领他回到温暖的屋内。有人在他肩膀上围上了毯子，他又被领回到火堆旁原来的位置，坐在那里抽泣。他止不住地颤抖，如同发高烧一样，额头上一层细密的汗珠闪闪发亮。

他听到了吉格斯的声音："我不知道你现在记得多少，芬，但是那天晚上你告诉我之后，我想杀了他。想想一个男人居然对孩子们做出这样的事！甚至自己的儿子！"他深深地吸了口气，"接着我又想报警，去起诉他。但你求我不要去，你不想让任何人知道这件事，永远不要。就在那时，我意识到唯一的解决办法就在这里，就在安斯格尔岛上，我们自己解决。这样永远不会有人知道。"

芬点点头。他不需要吉格斯告诉他其余的事，他现在清楚地记得一切，就像昨天刚发生的一样，仿佛蒙蔽物被一层层揭去而逐渐变清晰的电影。他记得来到安斯格尔的第一个晚上，人们围坐在火堆旁，吉格斯读完《圣经》后直接揭露了阿泰尔的父亲所犯下的罪行，让所有人大吃一惊。继而是可怕的沉默和抵赖。如同高级法院的律师，吉格斯不停地软磨硬泡、威胁恐吓，身体上的威胁，对上帝的惩戒的呼唤，用芬告诉他的事情与麦金尼斯当面对质，直到那个年长者最终失控了，在恐惧和羞耻的驱使下，像倾倒毒药一样一股脑儿地倒了出来。他无法解释自己为什么那么做，他本不想让这种事情发生，他非常非常地抱歉，再也不会发生这样的事了。他会对孩子们做出补偿，两个都要。在他们面前，麦金尼斯先生彻底崩溃了。

芬也记得阿泰尔在火堆对面看他的那种眼神，流露着受伤和背叛的眼神。芬破坏了他们之间沉默的协议，打碎了允许麦金尼斯家庭继续运转的唯一的东西。否认，如果你否认了，它就没有发生过。芬现在意识到，也许是第一次意识到，阿泰尔的妈妈一定也知道，她也一直在否认，但芬对吉格斯的坦白意味着再也不能否认了，其他的选择是不可想象的。

吉格斯环顾了一下火堆旁的面孔，火焰照出了他们眼中的恐惧。他说："那天晚上我们就坐在这里审判他，一个由他的同行们组成的审判团。我们判决他有罪，把他逐出了黑屋。他受到的惩罚是在我们留在这里的两周里，他在安斯格尔岛上过着艰苦的生活。我们会在石冢上给他留下食物，在结束的时候把他带回去。但他将永远不能再来安斯格尔，永远、永远都不能再对任何一个男孩动一根指头。"

芬明白了，为什么他记忆中待在安斯格尔岛上的两周里，麦金尼斯先生从未出现过。现在他又一次瞥见阿泰尔的父亲鬼魂一样飘忽的身影，从下面的洞穴里爬上来捡拾为他留在石冢旁的食物，一个因羞愧而弯腰驼背、步履蹒跚的背影。尽管他从来没说什么，吉格斯一定感觉到了阿泰尔在芬坦白之后对他的敌意，所以一直把他俩分在不同的工作组。

芬凝视着照耀着吉格斯脸庞的火焰，"我在悬崖上出事的那天，麦金尼斯先生把我拴在绳子上之后没有失足，是吗？"

吉格斯伤感地摇摇头，"我不知道，芬，我真的不知道。我们不知道怎样才能下去到你身边，接着有人看到他从下面爬了上去。他一定是从下面的洞穴里听到了骚动声。我猜他努力想以某种方式为自己赎罪。在某种程度上来说，他做到了。也许是他救了你的命，但他是失足坠崖还是自己跳了下去，没人说得清。”

“没人推他吗？”

吉格斯微微把头歪向一边，瞪着芬，“谁会推？”

“我。”他必须知道。

屋外，暴风雨正慢慢平息，但风仍然在岩石上的每个洞口和缝隙中呼啸尖叫，经过所有溪谷和洞穴，穿行在世世代代去世的塘鹅猎手们的石冢之间。吉格斯说：“他掉下去的时候，我们已经把你向上拉了 50 英尺，芬。没有人推他，除非，也许是上帝之手。”

# 二十

## 1

他听到有人叫他的名字，欢快，有力，清晰。芬，芬·麦克劳德，但很遥远，远在浓雾之外的某个地方。好像从黑暗的海底迅速地浮起，意识的表层打开了，他被突如其来的炫目光线吓了一跳，痛苦地眨着眼。人影在他四周晃动，有人拉开了防水帆布，屋内充满了柔和的晨光，闷火里冒出的烟雾在和光一同偷偷潜入的风中盘旋。

当吉格斯说他们应当尽量在黎明前睡会儿觉时，芬还觉得难以想象，这怎么可能？然而现在他甚至不记得怎么蜷缩在对面墙边的石架上的，某个自我保护机制关闭了他的意识。也许是同样的机制把他所有不堪的记忆在这 18 年里都隐藏在了他意识中一个黑暗而难以触及的角落。

“芬·麦克劳德！”喊声又响起来了，但这次芬察觉到其中呼哧呼哧的喘息声。阿泰尔。恐惧如同一支冻僵了的箭刺穿了他。他从石架上跳下来，挤过人群，跌跌撞撞地来到门口。吉格斯和其他几个人已经在外面了。芬手搭凉棚，挡住东边天空仍然很低的阳光，看到在灯塔旁边的悬崖边上有两个被曙光笼罩的身影。天空几乎是黄色的，布满了粉红色条纹状的云彩，还有上万只不断扇动巨大翅膀的塘鹅，它们正用尖叫声对下面的人表示蔑视。

阿泰尔在芬利克斯上面，芬能看到芬利克斯的脖子上系着一根绳子，绳套在阿泰尔手里。男孩的手被捆在背后，他正濒临悬崖的边缘，仅靠阿泰尔在绳子上保持的张力，才不至于从边缘翻下去，坠落在300英尺下的岩石上。

芬磕磕绊绊，一步一滑，穿过布满卵石的泥沼和海草，向悬崖顶端的两个人靠近。阿泰尔看着他，脸上挂着一种奇怪的微笑，“昨晚我们看到拖网渔船进来的时候，我就知道是你。我们看到你设法跳到救生艇上。真他妈的疯了！不过我们为你加油，老兄。”他看着芬利克斯，“是吗，小芬？这可比原来期望的好多了。父亲目睹自己的孩子坠下悬崖。”他转向芬，“来吧，麦克劳德，靠近点，这样你就会从正面看到这一幕。我想DNA检测结果出来了吧？”

芬现在距离他们不超过50英尺，他几乎能在风中嗅到那孩子身上的恐惧。他停下来，气喘吁吁，用一种仇恨和怀疑交织的复杂眼神看着老同学。“不，”他大喊道，“你吐出了一片药，阿泰尔。泼尼松，治哮喘的，只能是你干的。”

阿泰尔大笑，“上帝，要是我能想到这一点，我就会故意这么做了。”

芬更加小心地向他们靠拢，想方设法拖住阿泰尔，“你杀死了天使麦克里奇，就是为了让我来这里。”

“我知道你用不了多久就能解开这个疑团，芬。你总是他妈的太聪明了。”

“你为什么要杀麦克里奇？”

阿泰尔大笑，“为什么他妈的不是他？他就是个人渣，芬，你知道的。谁会他妈的想念他？”

芬想起了多年前被天使弄残废的那个男孩眼里的泪花。

“不管怎样……”阿泰尔的微笑在嘴边凝固了，“他自寻死路。记得吗？18年前他就在这里，他知道那年究竟发生了什么事，他没有一天不提醒我这件事，没有一天不声称将它公之于众，让我当众受辱。”他的脸因为愤怒和仇恨扭曲了，“你现在想起来了吗，芬？吉格斯告诉你了吗？”

芬点点头。

“好，很高兴你知道了。该死的失忆症。很久以来我一直认为你是装的，接着我忽然意识到，不，这是真的，你他妈的解脱了。记忆，岛屿，所有的一切。而我却被困在这里，照顾一个需要用吸管喂食的妈妈，娶了我这一生唯一爱过的女人——一个遭芬遗弃的女人，怀着他的儿子而不是我的，无法摆脱我父亲对我们所做的一切的记忆，无法摆脱很多人知道这件事的羞辱。都是因为你，而你他妈的却解脱了。上帝！”他仰头怒视着天空，“好了，再也不会了，芬。你将看着你自己的儿子丧命，就像我曾亲眼看到自己的父亲在同一个悬崖上丧命一样。都是因为你。”

“我想你知道我的孩子在一场肇事逃逸的车祸中丧生了。”

阿泰尔咧嘴大笑，“在报纸上看到了，老兄，我读到这消息时真是高兴坏了。这个免受责罚的孩子终于也遭殃了。就在那时我有了明确的计划。这是用你毁坏我生活的方式来毁坏你生活的机会。”

芬现在距离他们不到10英尺了。他看到阿泰尔眼中的疯狂，还有芬利克斯眼里的恐惧。

“够近了。”阿泰尔厉声说道。

芬说：“如果你想看到我目睹儿子死亡的乐趣，上个月你应该在爱丁堡皇家医院。那个可怜的孩子只有8岁，当他的心脏停止跳动时我正在重症监护病房。”他看到阿泰尔的眼睛里瞬间闪现出一丝人性的光芒，“那样你就会近距离地观察到我的痛苦，阿泰尔，你就会知道我的生活因为失去了孩子而永远地被摧毁了。但你今天看不到了。”

阿泰尔皱起了眉头，“你什么意思？”

“看到小芬利克斯像这样在这儿死去会让我感到极度痛心，但我不会亲眼看到自己儿子的死亡。”

阿泰尔的惊愕变成了愤怒，“你他妈的在说什么，麦克劳德？”

“我在说芬利克斯不是我儿子这个事实，阿泰尔。马萨丽只是在气头上才那样告诉你的，这是她为不得不退而求其次，不得不选择你而采取的某种愚蠢的报复行为。只有这样，你才不会认为一切得来的太容易。”他试探性地向他们迈近了几步，“芬利克斯是你的儿子，阿泰尔，一直都是，将来也是。”他看到了男孩脸上的震惊，但他坚定地继续下去，“这么多年来毒打这个可怜的孩子，把怒气撒在孩子而不是父亲身上。其实你虐待的一直都是你自己的儿子，就像之前你父亲对你一样。”

芬从阿泰尔的脸上看到，他曾坚持的每个信念，他所知晓的每个确定的事实，都被剥夺得一干二净，他面对的只是一个他死也无法接受的现实。

“胡说八道！你在撒谎！”

“是吗？想想吧，阿泰尔，记得是怎么回事吗？回想一下她有多少次想把话收回去，又有多少次告诉你她那么说只是想伤害你。”芬又向前迈了两步。

“不！”阿泰尔缓缓转过头，看着在那可怕的17年里他拳打脚踢惩罚过的男孩。他的脸因为悲痛和苦恼扭曲了，“她告诉了我真相，接着认识到那是个错误。”他用狂乱的眼神盯着芬，“你永远也改变不了事实，你知道的，芬。”

“为了伤害你她撒了谎，阿泰尔。你才是那个想让这件事成真的人，你才是那个想让这个男孩代父受过的人，你找到了一只替罪羊，找到了一个可以发泄对我所有怨恨的出气筒。”

“不！”阿泰尔几乎在尖叫。他发出了野兽般的号叫，使得芬全身的汗毛都竖了起来。他扔掉了绳子，芬快步向前，把男孩从悬崖边缘拉回来。他立刻感到这个少年单薄的骨架在止不住地颤抖，究竟是因为痛苦还是寒冷，他无从得知。阿泰尔站在那里阴郁地盯着他们，满眼含泪，燃烧着愤怒的火焰。

芬向他伸出一只手，“来吧，阿泰尔，没必要这样结束。”

但阿泰尔的眼光越过他，“太晚了，覆水难收。”他看着男孩虚弱地倚靠在芬身上。他生命中所有的悲剧都闪现在他眼里，每个痛苦的瞬间，他捅出去结果却刺在了自己身上的每一刀。“对不起。”他的声音不过是随风而来的耳语，是18年前他父亲对芬的道歉的遥远回声，“非常对不起。”他的目光和芬的短暂接触了一下，接着无声地转过身，纵身一跳，坠入了虚空的世界，塘鹅在他身旁飞起，如同要把他带入地狱的火天使。

芬给芬利克斯松了绑，带他穿过岩石朝黑屋走去。几个男人过来接他们，把毯子裹在了男孩肩上。他脸色惨白，一言不发，但他的痛苦显而易见。200英尺以下，在海角之间的小海湾，紫岛号的船员站在甲板上观望着，从西南方的某个地方，风中传来螺旋桨叶片击打湍流的空气的声音。

芬转过身，一架红白相间的西科斯基直升机像只大鸟一样从天而降，吓坏了它前面黑压压的海鸟。发动机轰隆作响，吼声震天。芬看到“H.M.海岸警卫队”的字眼醒目地用黑体印在一侧白色旋翼下面。直升机随着悬崖下的气流起伏不定，最后终于安稳地停在了灯塔旁边的停机坪上。舱门滑向一侧，制服警察和便衣警察一窝蜂地冲了出来。

芬、芬利克斯还有塘鹅猎手们站在那里，看着这些警察小心翼翼地穿过泥沼、跌跌撞撞地跨过岩石朝他们走来。总督察史密斯带队，他的雨衣被风吹到了身后，百利发胶也没能阻止头发在脑袋上飞舞。他滑了一下，脚步不稳地停在了芬面前，狠狠地瞪着他，“麦金尼斯在哪里？”

“你们来得太晚了，他死了。”

史密斯满腹狐疑地歪了下脑袋，“怎么死的？”

“他跳崖了，总督察。”看到史密斯噘起嘴，他补充道，“这里所有的人都看到了。”他扫了一眼吉格斯，对方几乎难以察觉地点了下头。无论警方报告中怎么记录，那都只不过是故事的一半，整个事实的真相将会永远留在安斯格尔岛。它将会躺在纷乱的卵石堆和喧嚣的鸟儿中间，只能被风窃窃传送。当所有目击者死去以后，它将会随着他们心脏的停止跳动而消散。那样就只剩下上帝才知道这个秘密了。

## 2

他望着下面图阿斯湖冰冷的海水，直升机的水平旋翼产生的下曳气流在海湾上划出一圈圈光弧，接着飞机倾斜了一下，向东一转，大幅度地摇摆后降落在候机楼后面的停机坪上。那里聚集着数辆警车和一辆救护车，闪烁着刺眼的蓝光。阳光透过云层的间隙像仙尘一样洒落在旷野上，转瞬间又消失了。

芬再次看了一眼男孩，他裹着毯子坐在舱门口。整个飞行途中这孩子一直面无表情。无论脑子里如何翻江倒海，他外表上却无动于衷。芬感觉自己已经被掏空了，只剩下一具空壳。他再次绝望地将视线移开，看到马萨丽在救护车旁等着他们，乔治·甘恩局促不安地站在她身旁。她上身裹着一件黑色长外套，下面穿着牛仔裤和靴子。她的脸苍白得如同8月的月亮，头发被一阵风吹向了脑后。在甘恩身边，她显得身材娇小。芬在她身上又一次看到了入学第一天那个坐在他身边、扎着马尾辫的倔强小姑娘，但现在有了点小时候没有过的脆弱。阿泰尔的死大家都已经知道了。海岸警卫队的直升机在停机坪降落时，她扭开脸，以躲避螺旋桨的叶片掀起的强大气流和尘埃。

芬转过身，看到吉格斯和普鲁托表情严肃、一言不发地坐在机舱后面，是史密斯要求他们来的，他想把正式声明带回斯托诺韦。其他人留在后面打包，然后乘坐紫岛号返航。没有一只鸟被捕杀，几个世纪以来路易斯岛上头一次没有塘鹅被吃掉。

引擎停下来，舱门打开了，马萨丽焦急地在走下飞机的人群中搜寻。芬看到她的目光落到芬利克斯身上时屏住了呼吸。她跑过去，张开双臂紧紧搂住儿子，好像再也不想让他离开。芬从舱口下来，站在那里犹豫地看着他们，感觉无助又无奈。甘恩走过来朝芬手里塞了一张从笔记本中撕下来的纸条，并用一只手温柔地拍了拍马萨丽的肩膀，“我们需要带孩子去医院检查一下，麦金尼斯夫人。”马萨丽不情愿地放开儿子，接着用双手捧住他的脸，看着他的眼睛，也许在寻找他不那么恨她的些许痕迹，“和我说话，芬利克斯，说点什么吧。”但他扭头看向芬。

“你在岛上告诉我爸爸的那些话是真的吗？”

马萨丽惊恐地看着芬，眼睛瞪得大大的，“你告诉阿泰尔什么了？”

芬攥着甘恩塞给他的那张纸条，不敢去看，“我告诉阿泰尔，芬利克斯是他的亲骨肉。”

“我是吗？”芬利克斯看看这个，又看看那个，胸脯因愤怒一起一伏，似乎认为他被排除在了某个他们应该共享的秘密之外。

马萨丽说：“你只有几周大，芬利克斯，每晚都哭个不停。我得了产后抑郁症，各种你能想到的抑郁都有。”她蓝色的眼睛和芬对视了一下，又迅速移开，盯着远处的某个地方，从那里她可以回首过去，“我们吵得很凶，我和阿泰尔。我现在甚至不记得当时是为什么了，但我想伤害他。”她看着儿子，内疚在她的前额上刻下了深深的沟壑，“所以我利用了你。我告诉他你是芬的儿子，不是他的，就那么脱口而出。我怎么能想到这会导致什么后果，会有这样的结局？”她抬眼望着头顶疾驰而过的云朵，“当时我恨不得把自己的舌头咬掉。我千百次地告诉他，我那么说只是为了伤害他，但他从来都没相信过我。”她低下头，用指尖爱抚着儿子的脸颊，“从那以后，你不得不为此付出代价。”

“那他真的是我爸爸。”芬利克斯眼睛里泪光闪闪，所有的痛苦和失望都写在了脸上。

马萨丽犹豫了一下，“芬利克斯，你想知道事实吗？”她摇摇头，“事实是我不知道，我真的不知道。和芬在格拉斯哥分手后，我回到了路易斯，非常痛苦，于是直接投入了阿泰尔的怀抱。他高兴极了，愿意给予我正在寻找的安慰。”她叹了口气，“我从来都不知道究竟是阿泰尔还是芬使我怀了孕。”

芬利克斯感到四肢无力，视线无精打采地落在警车闪烁的灯光上。他眨掉眼泪，决心坚强面对一个难以把握的世界，“那我们就永远都不要知道。”

马萨丽说：“我们可以查出来。”

“不！”芬利克斯几乎是在大喊，“我不想知道！如果我不知道，我就可以不认为他是我爸爸。”

芬捻开手里的纸条，垂下眼帘看了看。他感到喉头发紧，“你现在不想知道已经太晚了，芬利克斯。”男孩看着他，眼睛里突然充满了恐惧。

“你什么意思？”

附近车里的警方波段发出噼啪的声响。

“昨天晚上，我让甘恩探长给处理周三采集的DNA样本的实验室打了电话，他们反复核对了你和阿泰尔的DNA。”芬利克斯和马萨丽用希望和恐惧交织的眼神紧盯着他。芬把纸条塞进兜里，“你喜欢足球吗，芬利克斯？”男孩皱起了眉头。“如果喜欢，我可以弄两张下次在格拉斯哥举行的苏超联赛的票。这不是父子间通常做的吗？一起去看足球赛？

图书在版编目（CIP）数据
黑屋 /（英）彼得·梅（Peter May）著；郑丽译．—南京：译林出版社，2018.10
书名原文：The Black House
ISBN 978-7-5447-7456-7

Ⅰ.①黑… Ⅱ.①彼… ②郑… Ⅲ.①长篇小说－英国－现代 Ⅳ.①I561.45

中国版本图书馆 CIP 数据核字（2018）第185263号



著作权合同登记号　图字：10-2014-195 号

**黑屋 ［英国］彼得·梅 / 著　郑丽 / 译**

责任编辑　王振华
特约编辑　杜姗姗
装帧设计　灵动视线
校　　对　刘文硕
责任印制　贺　伟

原文出版　Editions du Rouergue，2009
出版发行　译林出版社
地　　址　南京市湖南路 1 号 A 楼
邮　　箱　yilin@yilin.com
网　　址　www.yilin.com
市场热线　010-85376701
排　　版　灵动视线
印　　刷　三河市延风印装有限公司
开　　本　960 毫米 × 640 毫米　1/16
印　　张　24.5
版　　次　2018 年 10 月第 1 版　2018 年 10 月第 1 次印刷
书　　号　ISBN 978-7-5447-7456-7
定　　价　39.80 元